Le Cottage de Noël

SARAH
MORGAN

Le Cottage de Noël

Traduit de l'anglais (Royaume-Uni) par
CATHERINE BERTHET

COSY ROMANCE

&h

Titre original :
THE HOLIDAY COTTAGE

Ce livre est publié avec l'aimable autorisation de HarperCollins Publishers, LLC, New York, U.S.A.

HARPERCOLLINS FRANCE
83-85, boulevard Vincent-Auriol, 75646 PARIS CEDEX 13.
www.harlequin.fr

ISBN 979-10-339-2127-1 — ISSN 2271-0256

À Flo, Ali et Dora, avec tout mon amour

Chapitre 1

Imogen

Tout commença par une conversation banale et Imogen était bien incapable de déterminer à quel moment les choses étaient allées de travers. Ce n'était pas sa faute. Du moins, pas entièrement. Elle avait voulu être amicale, voilà tout. Se rapprocher de ses collègues. Ce n'était pas un crime, n'est-ce pas ? C'était presque une obligation quand on travaillait en open space, la disposition des bureaux créant une atmosphère de familiarité. Être assis à côté et en face de vos collègues encourageait les confidences et les discussions, permettait l'absorption graduelle de minuscules miettes d'informations, provoquant une sorte de cohésion.

— Salut, Imogen, lança Anya de l'autre côté du bureau.

Anya était accro au maquillage et passait au moins une demi-heure chaque jour à vanter les mérites de sa dernière trouvaille. Aujourd'hui, ses paupières scintillaient telle une décoration de Noël.

— Tu as vu le mail de la patronne ? Elle organise une journée « Amenez votre chien au travail » la semaine précédant Noël.

— Oui, je l'ai vu.

À partir de là, sa journée s'était détériorée. Tisser des liens avec ses collègues était important, mais elle préférait garder sa vie professionnelle et sa vie privée séparées.

— As-tu reçu les tarifs pour les lieux de réception, Anya ? Je dois envoyer la proposition à Rosalind pour qu'elle la vérifie avant qu'elle soit transmise au client à l'heure du déjeuner.

Animaux de compagnie, vêtements, maquillage, régimes alimentaires, voyages, nourriture, films, livres, mauvais rencards, clients agaçants… Voilà le type de conversations que l'on pouvait entendre dans les locaux de RPQ Events.

— J'attends les deux derniers. N'est-ce pas une idée géniale ? Chaque chien porte une tenue de fête et Rosalind choisit le vainqueur. Les bénéfices iront à une association caritative. Ce sera tellement amusant ! Je me demande si je peux persuader mon petit Cacao de porter des bois. Il déteste qu'on lui touche la tête, alors peut-être pas. Mais nous aussi, on pourra s'habiller pour l'occasion ! J'ai acheté un nouvel highlighter irisé samedi. Parfait pour Noël. Il y avait une réduction si on en achetait deux, alors j'en ai pris un pour toi aussi.

Elle le tendit à Imogen par-dessus le bureau.

— C'est pour moi ? s'exclama cette dernière, surprise et touchée. Pourquoi ?

— Ça me fait plaisir, répondit Anya en haussant les épaules, le sourire aux lèvres. C'est ma façon de te remercier de m'avoir aidée à me sortir de la situation épineuse avec ce client, la semaine dernière. Et puis, tu as de belles pommettes, autant les mettre en valeur.

Imogen sentit grossir une boule inattendue dans sa gorge. Elle se rappela sa première journée dans l'entreprise. Anya lui avait offert un cupcake recouvert de glaçage et un stylo qui brille dans le noir. « Tu travailleras tard donc il te sera utile. »

Difficile de croire qu'elle était employée depuis presque un an. Elle avait commencé quelques jours avant Noël et venait à peine de prendre ses marques quand l'entreprise avait fermé pour les fêtes.

— Il me plaît beaucoup, merci.

Elle consulta l'heure et fut envahie par une bouffée de panique. Elle ne manquait pas les deadlines. Jamais. Et celle-ci était bien trop proche à son goût. Elle aurait voulu appeler les prestataires pour obtenir les tarifs, toutefois, étant la manager d'Anya, elle était censée la former. Se retenir d'intervenir lui demanda un effort immense. C'était tellement plus rassurant et plus simple de faire les choses elle-même. Au moins, elle avait alors la certitude que le travail serait fait en temps et en heure, et sans la moindre erreur.

— Anya, les tarifs ? Ce sont les derniers chiffres que j'ai à intégrer à la proposition.

— Pas de problème, je m'en occupe. Tiens, au fait, j'ai repéré un rouge à lèvres qui t'irait bien, Imogen. Peut-être qu'on pourrait aller faire les boutiques ensemble un jour pendant la pause déjeuner. Si tu cherches des vêtements pour chiens, j'ai vu sur Internet un adorable costume de père Noël qui irait à merveille à un golden retriever. À moins que tu aies déjà une tenue en tête ?

Anya était plus intéressée par la journée « Amenez votre chien au travail » que par le travail en lui-même.

— Tu amènes Midas, n'est-ce pas ?

Réalisant qu'il n'y avait aucune chance d'obtenir ces tarifs avant d'avoir terminé cette conversation sur les chiens, Imogen jeta un œil à la photo sur son bureau.

D'immenses yeux marron la regardaient et elle sentit un pincement au cœur.

« Amenez votre chien au travail. »

Elle toucha la photo du bout des doigts.

— Je ne suis pas sûre de pouvoir.

C'était absolument impossible, mais elle devait encore trouver le moyen de l'annoncer à ses collègues sans se les mettre à dos. Soudain, elle eut une idée.

— Il ne va pas bien. Il est en observation chez le vétérinaire depuis plusieurs jours.

— Quoi ? Non ! Midas est malade ? Et tu ne nous l'as pas dit ?

Anya posa son stylo.

— Janie, tu savais que Midas était malade ?

Janie regarda dans leur direction, sa queue-de-cheval se balançant dans son dos. Elle était accro au fitness et passait une heure à la salle de sport chaque matin, pendant que les autres dormaient encore. Il lui arrivait même d'arpenter les couloirs du bureau dans le seul but d'augmenter son nombre de pas quotidien.

— Midas est malade ?

Elle rejeta l'appel d'un client pour se focaliser sur Imogen.

— C'est horrible. Que s'est-il passé ? Était-ce la faute de la dog-sitter ? L'a-t-elle laissé manger une cochonnerie ?

— Non, rien de tel.

Prétendre que Midas était malade n'était peut-être pas une si bonne idée que ça, finalement. Elle aurait dû faire comme si de rien n'était. Cela lui aurait permis d'inventer une raison pour justifier l'absence de Midas le jour J. *Il s'est blessé en marchant, il doit reposer sa patte.*

— Ce n'est pas important. Anya, si tu pouvais obtenir ces dernières estimations, ce serait super, car j'en ai besoin pour finir ce document et la proposition doit être envoyée au client avant...

— Bien sûr que c'est important ! C'est de ton chien qu'on parle. Qu'y a-t-il de plus important que ça ? Le client peut attendre.

— Absolument pas, rétorqua Imogen. On est dans un secteur compétitif. De nouvelles agences d'événementiel ouvrent chaque jour. Il est important qu'on dépasse les attentes de nos clients.

— Ce sera le cas, assura Anya. On fera un super boulot lors de l'événement lui-même. C'est toujours le cas, surtout quand c'est toi qui supervises. Mais ceci n'est qu'une proposition. Personne ne mourra si elle a quelques heures de retard. Détends-toi pendant quelques minutes, Imogen. Tu as travaillé le week-end dernier pour chapeauter plusieurs événements, et tu n'as pas pris ton lundi. Tu bosses trop dur.

Trop dur ? Ces deux mots ne faisaient pas partie de son vocabulaire.

Elle adorait son travail. Il était tout pour elle. Elle était très polyvalente et gérait deux fois plus de comptes que les autres. Elle faisait tout son possible pour remporter les contrats et réussissait à garder les clients grâce à son expérience, son attention aux détails, sa créativité et son travail acharné. Elle était douée dans son domaine. D'ailleurs, elle n'était pas la seule à le penser. Dans sa précédente entreprise, elle avait gravi les échelons du management si vite qu'une collègue jalouse avait déposé un masque à oxygène sur son bureau, pour qu'elle puisse respirer en grimpant toujours plus haut.

Aujourd'hui, elle supervisait une équipe de six personnes et, de temps à autre, elle regrettait de ne pas pouvoir faire tout le travail elle-même au lieu de déléguer. Anya, en particulier, ne semblait jamais pressée. Elle était généreuse et gentille, mais horriblement lente à compléter ses tâches. Elle disait à tout le monde que l'équilibre entre vie privée et vie professionnelle était essentiel à ses yeux, pourtant Imogen la voyait rarement se concentrer sur la partie professionnelle de l'équation.

Parfois, elle avait l'impression d'essayer de courir un marathon avec six poids attachés à la taille.

Elle allait devoir parler à Anya. Elle n'avait pas le choix. Elles devaient avoir une discussion sur les notions d'implication et d'objectifs. Recadrer Anya lui ferait perdre un temps précieux, ce qui voulait dire qu'elle finirait plus tard que prévu.

Équilibre entre vie privée et vie professionnelle ? Il n'y en avait aucun pour Imogen, mais cela ne la dérangeait pas. C'était son choix.

— On doit envoyer la proposition avant midi, Anya. Allez, tu peux y arriver !

— Détends-toi, Imogen. Tu vas te faire des cheveux blancs et des rides prématurément. Tu as tant d'énergie que tu me donnes envie d'aller faire une sieste. Ce sera fait. Ça l'est toujours.

Imogen sentit son niveau de stress monter d'un cran.

C'était toujours fait, mais seulement parce qu'elle finissait invariablement par s'en occuper. Elle appréciait vraiment la jeune femme, ce qui rendait la situation encore plus délicate.

— Anya...

— Je sais, coupa celle-ci. Tu es stressée. Et je comprends pourquoi.

— Ah oui ?

Imogen se sentit soulagée. Peut-être Anya était-elle plus consciente des impératifs qu'elle le pensait ?

— Bien sûr. Comment peux-tu être détendue quand ton adorable Midas est malade ? Je n'arrive pas à croire que tu aies gardé ça pour toi. Je serais en train de paniquer, à ta place.

Midas ?

— Je...

— Qu'en dit le vétérinaire ? Quand le laisseront-ils rentrer ? Tu dois être folle d'inquiétude. Tu peux te confier à nous. On forme une équipe. On est là pour se serrer les coudes. Tu as le droit d'avoir des soucis, Imogen. On peut te remplacer si besoin. On peut faire ton travail à ta place.

Imogen cligna des yeux. Anya semblait incapable d'assurer ses propres tâches, alors celles de quelqu'un d'autre... Toutefois, ce n'était probablement pas le moment de le lui faire remarquer.

— Eh bien, je...

— Anya a raison, intervint Janie. Tu n'es pas obligée de tout garder pour toi. Il s'agit de Midas, quand même. C'est ton bébé.

Elle saisit la photo qu'Imogen gardait sur son bureau.

— Regardez-moi cette bouille. Pauvre bonhomme. Je suis sûre que Rosalind te donnerait ta journée si tu la mettais au courant. Elle a été formidable quand Buster a eu cette grosseur sur la patte. Elle-même adore les chiens, donc elle comprend.

— C'est pour cette raison que j'aime cet endroit, renchérit Anya. Tout le monde est si humain ! Dans la dernière entreprise où je bossais, personne n'abordait de sujets personnels. C'était comme travailler avec une bande de robots. Un vrai cauchemar.

Un endroit où personne n'abordait de sujets personnels ? Imogen commençait à se demander si ce n'était pas préférable. Elle adorait ses collègues, mais elle les aurait aimées encore plus si elles avaient partagé son éthique de travail.

Elle devait admettre que ces jeunes femmes étaient des gens bien, même si, la plupart du temps, leur travail passait après leur vie privée.

Janie avait les larmes aux yeux, aussi Imogen tendit-elle le bras pour retirer doucement ses doigts de la photo.

— Je préfère ne pas en parler.

Elle replaça le cadre sur son bureau, près de celui de sa famille. Dans son entreprise précédente, les employés n'avaient pas de bureau attitré, et personne n'avait le droit d'exposer le moindre objet personnel. Chez RPQ Events, les pratiques étaient très différentes.

Il y avait des plantes, un aquarium, et la direction encourageait les employés à personnaliser les stations de travail. Anya avait disposé une guirlande lumineuse autour de son écran d'ordinateur, qui ne semblait choquer personne.

En regardant autour d'elle lors de son premier jour, Imogen avait tout vu, des mascottes en peluche aux photos de famille. Quand ses yeux s'étaient posés sur son bureau vide et triste, elle avait décidé de le décorer.

« Allez, Imogen, montre-nous ta famille », avait dit Janie gaiement. Anya avait approuvé d'un hochement de tête. « As-tu des animaux de compagnie ? Ici, on adore les animaux. Même Danny. Il affirme qu'il a acheté les lapins pour ses filles, mais c'est du pipeau. »

Elle n'avait jamais placé de photo personnelle sur son bureau auparavant, mais ici, cela aurait attiré l'attention alors elle avait imité ses collègues. Ayant apprécié leur accueil chaleureux, elle avait soigneusement sélectionné une photo de Midas et une photo de famille prise à Noël. Tout le monde était agglutiné pour entrer dans le cadre, essayant de ne pas glisser dans la neige. Les yeux étaient rieurs, les visages souriants. Imogen adorait cette photo. Tout le monde avait l'air heureux.

— On est là pour toi, Imogen.

Janie lui pressa l'épaule pour la réconforter.

— Tu es si forte, si courageuse ! Ça doit être horrible de ne pas avoir ta boule de poils pour t'accueillir quand tu rentres à la maison. Je suis sûre qu'il te manque terriblement. Nous n'avions aucune idée de ce que tu traversais. Tu as l'air normale. Honnêtement, tu es incroyable, bien que je sois sûre que ça aide d'être si proche de sa famille.

Imogen se mit à paniquer. Elle trouvait les conversations personnelles vraiment gênantes. D'une minute à l'autre, elles allaient lui donner des conseils en matière de deuil.

Elle devait mettre un terme à cette discussion avant que ça n'aille plus loin.

— C'est vrai qu'il me manque, mais il est entre de bonnes mains. Je suis certaine qu'il sera bientôt rentré. Anya, si tu pouvais me communiquer ces estimations, je pourrais les envoyer au client avant midi.

— Je suis dessus, assura celle-ci. Qu'est-ce qui lui arrive ?

— À qui ?

— À Midas.

Anya la regardait avec des yeux ronds emplis de compassion.

— Rien de grave, j'espère. Je ne sais pas comment tu arrives à te concentrer sur le travail sachant qu'il est malade.

— Ils ne savent pas exactement ce qu'il a, répondit Imogen. Ils lui font passer des examens.

C'était le problème avec les open spaces. Les gens voulaient des détails.

Elle passait beaucoup de temps à l'extérieur avec les clients, que ce soit en rendez-vous dans leurs bureaux, pour visiter des salles de réception ou superviser des événements, mais venait toujours le moment où elle devait retourner à son bureau, et cela voulait dire être enfermée avec ses collègues. Elle les appréciait, là n'était pas le problème, mais il y avait une limite entre s'intégrer et être collés les uns aux autres. Si quelqu'un voulait discuter, elle était toujours prête à écouter, mais parfois, les conversations devenaient trop intimes (d'après elle, la proximité forcée aurait dû les encourager à faire preuve de retenue).

Janie, par exemple. Comme elle ne prenait jamais la peine de quitter son bureau quand elle recevait un appel personnel, Imogen savait qu'elle vivait avec sa mère, avait une sœur mariée et fréquentait deux hommes à la fois pour éviter de se retrouver seule si l'un d'eux décidait de la ghoster (le père de Janie avait abandonné sa famille quand elle avait dix ans, provoquant chez elle une méfiance perpétuelle vis-à-vis du sexe opposé).

Puis il y avait Peter, assis à sa gauche. Peter était directeur technique dans l'entreprise depuis six mois. Alors qu'ils se connaissaient à peine, Imogen savait qu'il avait rendez-vous chez le médecin vendredi pour parler d'une partie de son anatomie qu'elle essayait de ne jamais imaginer chez un collègue. Elle savait que sa petite amie désirait qu'ils emménagent ensemble, et que Peter n'en avait nullement l'intention puisqu'elle l'avait entendu parler au téléphone avec son propriétaire et renouveler son bail pour un an.

Et il y avait Danny, un autre chef de projet, qui passait la majeure partie de sa journée à programmer des séances de sport et des happy hours pour pouvoir arriver à la maison après que sa femme avait couché leurs jumeaux de quatre ans. Oui, il avait des lapins, mais à en juger par ses propos, il ne s'en était jamais occupé. C'était la responsabilité de son épouse (qui semblait avoir un grand nombre de responsabilités).

Imogen classait tout ce qu'elle entendait dans un compartiment dans sa tête étiqueté « Les choses que je préférerais ne pas savoir » et essayait de les oublier. Mais l'insistance de ses collègues pour apprendre à la connaître lui posait un véritable problème.

Elle était une personne discrète. À choisir, elle aurait préféré ne rien révéler de sa vie privée, mais elle souhaitait s'intégrer. Elle voulait être appréciée. Alors elle faisait comme tout le monde. Elle avait posé des photos sur son bureau. Elle papotait. Et les discussions ne feraient que se multiplier puisqu'ils se dirigeaient vers le pire mois de l'année en matière d'activités de team building. Décembre.

Imogen savait que la journée « Amenez votre chien au travail » marquerait le coup d'envoi de nombreuses célébrations de Noël. Il y aurait le repas de l'entreprise, le Secret Santa, la soirée quizz en faveur d'une association caritative (lequel des rennes suivants ne fait pas partie de ceux du père Noël ?). La liste était infinie, et bien que ses collègues connaissent quelques petites choses à son sujet, personne ne savait combien elle redoutait la période des fêtes. L'année précédente avait été facile car elle venait tout juste d'entrer dans l'entreprise, mais ce Noël promettait d'être plus éprouvant.

— Au moins, tu pourras profiter de lui pendant les fêtes.

Janie lui sourit.

— Plus que trente-six dodos. On passe Noël avec ma sœur, cette année. J'ai hâte. Sa maison et sa télévision sont plus grandes que les miennes. Et toi, Imogen ? S'il te plaît, dis-moi que tu prends des vacances. Les bureaux ont fermé pendant une semaine l'année dernière, pourtant tu as quand même envoyé des mails le jour de Noël. Franchement, qui fait ça ?

— J'étais toute nouvelle, et très motivée.

Ce n'était pas la raison exacte, mais ça fonctionnait assez comme excuse.

— Je ne m'attendais pas à ce que vous les consultiez. Le bureau étant fermé et les clients en vacances, j'ai pensé que c'était le moment idéal pour me mettre à jour et avancer. Je voulais débuter janvier sur les chapeaux de roues.

— Mais c'étaient tes vacances à toi aussi. Pourquoi n'étais-tu pas en train de profiter de ta famille ?

— Si, j'ai profité d'eux.

Imogen rapprocha la photo de Midas de celle de sa famille.

— Mais quand mes proches regardaient un film ou faisaient une sieste digestive, j'en profitais pour travailler.

Et elle ne voulait pas y repenser. Vraiment pas.

— Tu es obsédée, décréta Anya. Laisse ton ordinateur portable au bureau cette année, ainsi tu ne seras pas tentée. Ç'a été surprenant d'allumer mon ordinateur le 2 janvier et de tomber sur cinquante-six mails de ta part !

— J'aime que tout soit bouclé à la fin de l'année, se défendit Imogen. J'ai quand même passé beaucoup de temps avec ma famille, ne t'en fais pas.

Janie s'adossa à son siège, secouant la tête.

— Je ne sais pas comment tu fais. Tu ne viens quasiment jamais boire un verre avec nous après le boulot car tu gardes ta nièce et ton neveu ou tu rends visite à ta grand-mère. Tu as un chien. Tu fais tout pour tout le monde, et tu gères en parallèle une charge de travail énorme. Tu ne prends jamais de congé. Combien de jours vas-tu reporter sur l'année prochaine ?

— Euh, je ne sais pas. La majorité, je crois.

— Exactement ! Tu veux bien ralentir ? Tu nous donnes l'impression d'être incompétents.

— Vous êtes tous géniaux, assura Imogen. On forme une équipe formidable.

— En effet, mais si tu ne ralentis pas le rythme, tu vas faire un burn-out. Tu as travaillé chaque week-end, donc tu mérites de vraies vacances. Ta maison de famille semble être l'endroit rêvé où passer Noël, elle a l'air d'être immense et vraiment superbe. Toute cette verdure… Midas doit se régaler. Est-ce que tu as hâte d'y être ?

Noël, Noël, Noël.

De l'avis de ses collègues, il n'était jamais trop tôt pour parler de Noël. Cela lui donnait envie de hurler.

Cette année, la conversation avait commencé en juillet (juillet ! Qu'est-ce qui clochait chez les gens ?). Anya s'était fait plaisir avec un marathon de films de Noël un week-end et en avait parlé pendant des semaines.

Un midi d'octobre, Janie était allée au supermarché pour acheter une salade toute prête. À son retour, elle les avait informés que les étagères croulaient déjà sous les décorations et les chocolats de Noël. Elle avait posé sa salade à l'apparence artificielle sur son bureau – on aurait dit que les feuilles étaient en plastique –, ainsi qu'un père Noël en chocolat dans un emballage criard.

— En temps normal, j'évite le chocolat, mais je fais une exception à Noël, leur avait-elle dit joyeusement en débarrassant le père Noël de son papier aluminium rouge avant de lui croquer la tête. Et toi, Imogen ?

Imogen s'était concentrée sur son écran d'ordinateur en espérant qu'ils changeraient de sujet.

— Je refuse de penser à Noël en octobre. C'est trop tôt.

C'était correct de répondre ainsi, n'est-ce pas ? Des tas de gens refusaient de penser à Noël en octobre.

Un mois plus tard, quand quelqu'un l'avait interrogée sur l'organisation de la fête de Noël du bureau, elle avait répondu dans la même veine.

— Je refuse de parler de Noël en novembre. C'est trop tôt.

Mais dans une semaine, on serait en décembre, et Imogen se retrouverait à court d'excuses valables. Des décorations illuminaient les vitrines des boutiques. Les enceintes diffusaient des chants de Noël.

Elle ne pouvait plus éviter le sujet.

Elle participerait à cette conversation, en espérant que la prochaine n'aurait pas lieu tout de suite.

— Je rentre à la maison, oui. Ce sera le chaos, comme toujours. Vous savez comment c'est. De grandes réunions de famille bruyantes. Un sapin trop haut pour le salon. Un feu de cheminée. L'oncle George qui chante faux. Je passerai la majeure partie de mon temps à essayer d'empêcher mes neveux et nièces de tripoter les cadeaux et m'assurer que ma mère ne brûle pas la dinde.

Voilà. Ces quelques informations devraient les satisfaire.

— Anya, j'ai vraiment besoin de ce devis.

— Je m'en occupe. Au fait, Dorothy Rutherford a appelé plus tôt dans la matinée. Tu étais au téléphone avec le technicien de la société d'éclairage.

Imogen sentit sa respiration s'accélérer.

— Tu as oublié ? Dorothy Rutherford est une cliente importante, Anya. Quand elle appelle, j'interromps ce que je suis en train de faire pour la prendre. Si je suis en ligne avec un autre client, alors je la rappelle dès que j'ai terminé.

— Elle l'a bien pris. Elle t'adore. On sait tous que tu es la raison pour laquelle elle nous a engagés. Elle voulait continuer à travailler avec toi quand tu as quitté ta dernière entreprise. À ses yeux, tu ne peux pas commettre d'erreur. Et puis, tu es la seule d'entre nous qui apprécie vraiment son vin sans alcool.

— Il ne me déplaît pas, contredit Janie. C'est une boisson rafraîchissante. Mais ce n'est pas de l'alcool. Il ne me donne pas les sensations auxquelles j'aspire le vendredi soir. Mais pas non plus la gueule de bois le lendemain.

— Seulement le vendredi ?

Anya sourit d'un air espiègle.

— Et les autres soirs de la semaine, alors ?

— Eux aussi. C'est la première chose que je fais quand j'arrive à la maison. Ma mère et moi ouvrons une bouteille que nous partageons. C'est pour cette raison que je vais à la salle de sport chaque matin. J'aurais plus de volonté si je vivais seule. Tu as tellement de chance d'avoir les moyens de payer un loyer, Imogen !

Celle-ci attendit une pause dans la conversation pour reprendre :

— Que voulait Dorothy ?

— Elle voulait te parler de la proposition que tu lui as envoyée. Elle a l'air d'approuver toutes tes suggestions. Elle était impressionnée. Elle a demandé un concept sur mesure, original, et tu lui en as proposé un. Le festival de plein air avec sa scène, ses chapiteaux et tout le reste. Digne d'un concert de rock. Elle pense que cela permettra de faire d'une pierre deux coups : c'est l'occasion idéale pour faire découvrir leurs produits aux clients, et les locaux pourront se joindre à la fête. Elle a adoré l'idée des feux d'artifice et du spectacle de drones. Ce sera un contrat fructueux, Imogen. Félicitations. Tu as transformé un concept virtuellement impossible en réalité. On devrait fêter ça.

Elle adressa un sourire en coin à Janie.

— Ça te dit, un verre de vin sans alcool ?

— Non, merci. Autant boire un double expresso. Je dois admettre, toutefois, que j'adore leurs emballages. Ces bouteilles sont classe. On dirait du champagne.

— Leurs ventes explosent, donc il doit bien plaire à quelqu'un.

Anya posa le menton sur sa paume.

— Je me demande si c'est parce que leur marketing est si bien pensé. Dorothy Rutherford surfe sur la tendance du mode de vie sain. Des photos de son domaine dans les Cotswolds avec son vignoble, des gens cool trinquant avec des verres de Spearcante… Quand je regarde les publicités, j'ai envie d'y être, même si aucun alcool n'est proposé. Je me demande comment elle a trouvé ce nom.

— Je crois que *spearca* signifie étincelle en vieil anglais, déclara Imogen.

Ses deux collègues la dévisagèrent avec étonnement.

— Comment sais-tu ces choses-là ?

— Dorothy est ma cliente. C'est mon travail d'en savoir le plus possible sur elle. Elle n'a pas toujours été dans les affaires. À l'origine, elle étudiait la littérature anglaise à Oxford. Ensuite elle a fait des études médiévales, durant lesquelles elle a appris le vieil anglais et le vieux norrois. Je crois qu'elle a également étudié la prose et la poésie anglo-saxonnes. Je suppose que l'étymologie faisait partie du cursus.

Anya fit la grimace.

— L'étude des insectes ?

Janie gloussa.

— Ça, c'est l'entomologie. L'étymologie s'intéresse à l'origine des mots. Je préfère parler de ça plutôt que d'insectes, merci bien.

En cet instant, Imogen se fichait complètement de l'origine du nom. Elle s'inquiétait de savoir que Dorothy attendait. Celle-ci n'était pas seulement une cliente importante. C'était la préférée d'Imogen. Elle était intelligente, intéressante et étonnamment facile à vivre. Elle accueillait ses idées avec enthousiasme et lui imposait rarement des limites. Dorothy dirigeait le vignoble familial dans les Cotswolds depuis de nombreuses années, produisant des vins primés, quand elle avait décidé de se lancer dans le vin sans alcool. Elle en produisait bien avant que cela devienne tendance, mais récemment, les ventes avaient décollé.

Imogen travaillait avec elle depuis plusieurs années et la trouvait enthousiaste, impliquée et encourageante. Elle ne râlait pas, ne se plaignait jamais. Dieu sait qu'on ne pouvait pas en dire autant de tous leurs clients.

— Je vais l'appeler.

— Inutile. Elle a dit qu'elle serait prise pendant les deux prochaines heures et qu'elle te rappellerait de sa voiture en rentrant chez elle.

Imogen parvint à dissimuler son exaspération. Si Dorothy était en réunion, alors elle devrait patienter, en tâchant de ne pas stresser.

En attendant...

— Anya, si tu pouvais obtenir ces chiffres maintenant, ça me permettrait de finir ce document...

Une idée germa dans son esprit.

— Et ensuite je pourrai appeler la clinique vétérinaire pour prendre des nouvelles de Midas.

— Bien sûr ! Je ferais n'importe quoi pour Midas.

— Super, merci.

Comme elle l'avait espéré, mentionner Midas galvanisa sa collègue. Dix minutes plus tard, Imogen avait incorporé toutes les données au document.

Soulagée, elle l'envoya à Rosalind pour validation puis se détendit sur son siège.

Bouclé. Enfin. Peut-être qu'elle devrait se servir de Midas comme motivateur plus souvent.

Elle se sentait mal à l'aise de parler de lui au travail, mais elle voulait vraiment s'intégrer, et si cela demandait un petit sacrifice personnel de sa part, alors soit. Elle était prête à tout, même à feindre l'enthousiasme pour Noël.

Ses collègues ne connaîtraient jamais la vérité.

Bientôt, un sapin géant trônerait à l'accueil, qu'elle admirerait aux côtés d'eux. Du gui serait suspendu dans des endroits stratégiques, bien que les histoires de cœur entre collègues soient interdites (et, comme Janie l'avait fait remarquer un jour après plusieurs verres de vin alcoolisé, le nombre de personnes qu'on avait envie d'embrasser dans leur entreprise était tristement limité).

Puis il y aurait la journée « Amenez votre chien au travail ».

Midas.

Alors qu'elle soupirait, le regard d'Imogen se posa sur l'image du chien. Le photographe avait capturé le moment exact où sa queue frétillait en l'air.

C'était vraiment un chien superbe.

Quel dommage que ce ne soit pas le sien.

Quel dommage qu'elle ne passe pas les fêtes en compagnie de sa famille bruyante.

Elle adorait la photo sur son bureau. Malheureusement, elle ne représentait pas sa famille. Elle ne savait pas du tout qui étaient ces gens (qui avaient l'air charmants, cela dit).

Elle avait décrit le Noël de quelqu'un d'autre, pas le sien.

Il n'y avait aucune demeure grandiose à la campagne. Il n'y aurait pas de sapin immense ni de feu de cheminée. Oncle

George ne chanterait pas faux car elle n'avait pas d'oncle qui s'appelait George ni aucun autre oncle d'ailleurs. Elle n'allait pas devoir empêcher ses neveux et nièces de tripoter les cadeaux, car elle n'avait ni neveu ni nièce. Il n'y aurait aucun jeu de mimes et aucune dinde brûlée car sa mère n'avait jamais cuisiné de dinde de sa vie.

Mais pour l'heure, ce n'était pas son plus gros problème. Son plus gros problème était la journée « Amenez votre chien au travail ».

Tout le monde s'attendait à rencontrer Midas. Sauf qu'il n'y avait aucun Midas.

Imogen n'avait pas de chien.

Imogen n'avait pas de famille aimante.

Imogen n'avait personne.

La vie personnelle qu'elle avait décrite était entièrement factice.

Chapitre 2

Dorothy

Dorothy était en voiture, quittant Londres pour rejoindre les Cotswolds, quand Imogen la rappela.

— Je suis désolée d'avoir manqué votre appel, Dorothy. Vous savez combien j'aime discuter avec vous.

La jeune femme semblait essoufflée et navrée. Dorothy sourit. Il était impossible de ne pas admirer et respecter Imogen, qui était toujours optimiste et positive. Son énergie se transmettait aux gens autour d'elle. De plus, elle avait toujours le sourire et était extrêmement impliquée dans son travail.

— Aucun problème. J'appelais seulement pour te dire en personne que j'avais adoré ta proposition. Tu as le feu vert. On reparlera des détails le moment venu.

Elle coula un bref regard vers sa fille Sara, qui était assise sur le siège passager à côté d'elle, les mains sur les genoux.

Celle-ci la regardait d'un air mécontent.

Dorothy l'ignora. Il s'agissait de sa décision. Elle avait le droit de faire ce qu'elle désirait. Cela lui faisait plaisir de donner le contrat à Imogen. Personne ne le méritait plus qu'elle.

— Formidable ! C'est une excellente nouvelle. J'ai hâte !

L'enthousiasme d'Imogen emplissait la voiture.

— Je commencerai à peaufiner les détails ce week-end, je vous les enverrai lundi.

— Ce n'est pas pressé. Prends le week-end pour te reposer, Imogen. Tu travailles trop dur.

Après avoir jeté un œil dans son rétroviseur, elle se rabattit vers la sortie.

— Déjeunons ensemble lors de mon prochain passage à Londres. Ce sera l'occasion de trinquer à notre excellent partenariat et aux fêtes de Noël.

— Ce serait super. Donnez-moi le jour et l'heure, je nous réserverai une table. J'ai déjà hâte d'y être.

— Je serai dans les Cotswolds la semaine prochaine, mais je serai de retour à Londres la semaine suivante. Est-ce que cela te convient ?

Elles se mirent d'accord puis Dorothy lui souhaita un bon week-end avant de raccrocher.

Un silence pesant envahit l'habitacle.

Dorothy attendit. Elle n'avait pas l'énergie pour la conversation qui allait suivre. Pas ce soir.

Sara prit enfin la parole.

— Maman...

— Je ne veux pas l'entendre, Sara, coupa Dorothy.

— Mais...

— Imogen fait du super travail. Elle est intelligente, appliquée et créative. Il n'y a personne d'autre avec qui je préférerais travailler. Tu l'as entendue à l'instant, son enthousiasme est contagieux.

Sara prit une inspiration.

— Elle est douée. Je ne remets pas en doute ses compétences, mais...

— Sais-tu que nos fournisseurs et nos clients parlent encore de l'événement qu'elle a organisé pour nous l'année dernière ? Même ceux qui n'y ont pas assisté, car ils regrettent de ne pas avoir fait l'effort de venir. Quel dommage que tu l'aies raté !

Sara tourna la tête pour regarder par la vitre.

— Ava était malade, lui rappela-t-elle.

— Oui.

Dorothy ouvrit la bouche puis se ravisa.

Laisse tomber, Dorothy.

— Je sais que tu veux donner le contrat à Imogen, reprit Sara, mais ne penses-tu pas qu'on devrait au moins demander à d'autres entreprises de nous faire des propositions ?

— Non.

Dorothy gardait un œil sur le véhicule devant elle qui zigzaguait entre les voitures.

— Imogen est excellente dans son domaine, le devis entre dans notre budget et je sais que tout se déroula sans accroc si c'est elle qui le supervise. Pourquoi solliciter d'autres agences ? Nous sommes une petite entreprise familiale, je n'ai pas le temps pour tout ça. Bon sang, mais que fabrique ce type ? Pense-t-il réellement qu'il va réussir à se faufiler dans un espace aussi étroit ? Les gens se comportent vraiment bizarrement le vendredi après-midi.

Elle souhaitait que cette conversation se termine, malheureusement elle n'eut pas cette chance.

Sara pianota des doigts sur le dossier posé sur ses genoux.

— Tout ce que je dis, c'est que...

— Je sais exactement ce que tu veux dire, et je te suis toujours reconnaissante de partager ton avis. Toutefois, la décision me revient.

À l'entendre, on aurait pu croire que prendre une telle décision avait été facile, pourtant ce n'était pas le cas. Sara savait-elle qu'elle doutait en permanence ? Les grandes décisions, les décisions importantes, devaient être claires, mais celle-ci était trouble et opaque.

— Ces concepts sont parfaits. Le spectacle de drones est une idée de génie. L'événement aura lieu sur notre propre terrain, ce qui réduira les coûts et nous permettra de convier nos voisins et les gens du village, ce dont je me réjouis. Ça va être une sacrée fête.

— Le concept est intelligent, je l'admets. Je ne remets pas en cause le travail d'Imogen. Tu le sais.

Sara soupira.

— Je m'inquiète pour toi, voilà tout.

— Inutile. Je sais ce que je fais.

Si seulement c'était vrai... En réalité, elle ne savait pas du tout ce qu'elle faisait. Elle improvisait. Faisait de son mieux. Suivait son instinct en espérant que cette fois, elle ne se tromperait pas. Les erreurs étaient censées rendre plus sage, mais dans le cas de Dorothy, elles l'avaient surtout rendue méfiante.

— Maman...

— Donne-moi les derniers chiffres des ventes. Ensuite on pourra cesser de parler travail et profiter de notre week-end.

La circulation se fluidifiant enfin, elles laissèrent Londres derrière elles.

Sara continua d'observer sa mère quelques instants, puis elle consulta son téléphone.

— Patrick a envoyé les chiffres il y a une heure. Les ventes ont augmenté de 40 % par rapport à l'année dernière à la même période. Les commandes ont explosé. C'est l'effet Noël, bien sûr. J'ai parlé à l'agence de publicité. La nouvelle campagne, « Un Noël sans migraine », semble avoir eu un impact auprès des quarante-cinquante ans. C'est une bonne nouvelle étant donné qu'on souhaitait accroître les ventes dans ce segment.

Dorothy sourit.

— Je me réjouis d'imaginer toutes ces familles festoyant autour d'une de nos bouteilles. Qu'en est-il de la nouvelle campagne sur les réseaux sociaux ?

— Elle a fait un carton auprès des influenceurs. L'un d'eux a posté des clichés lifestyle éblouissants sur lesquels la nouvelle bouteille et la nouvelle étiquette ressortent super bien. Une photo incroyable a été prise dans une ferme de sapins. Je te l'enverrai. Les bouteilles demi-format spécial fêtes avec l'étiquette de Noël se sont presque entièrement vendues. On en a commandé d'autres...

Sara parla pendant toute l'heure suivante. Le temps qu'elle ait fini d'informer Dorothy des dernières nouvelles, elles avaient quitté l'autoroute et empruntaient des routes de campagne en direction des Cotswolds.

Dorothy sentit le stress de la ville la quitter, remplacé par un autre type d'anxiété.

Ce n'était pas l'endroit, le problème, c'était la période de l'année.

— Il fait froid aujourd'hui, remarqua-t-elle vivement. Je n'arrive pas à croire que dans quelques jours, nous serons en décembre. Ce sera bientôt Noël.

Au moment où elle prononça ces mots, elle sentit la main réconfortante de Sara sur sa jambe.

La tension provoquée par le début de leur discussion s'évapora.

— Je sais. Tout ira bien. On va passer de bonnes fêtes, tu verras.

— Je sais. On passe toujours de bonnes fêtes.

Que ferait-elle sans sa fille ? Dorothy se redressa légèrement pour mieux se concentrer sur la route. Sara était meilleure qu'elle quand il s'agissait de faire abstraction du passé. Elle avait réussi à le mettre dans une boîte, qu'elle avait verrouillée. Dorothy aurait aimé pouvoir en faire autant.

— Les filles sont excitées ?

— C'est un euphémisme. Elles ont fait un graphique pour pouvoir compter le nombre de dodos jusqu'à l'arrivée du père Noël. Elles ont fabriqué plus de cartes de vœux qu'on a de personnes dans nos vies. Je ne sais pas du tout ce qu'on en fera.

— Dis aux filles de les envoyer aux animaux. Les alpagas adoreraient recevoir une carte de vœux.

— C'est une super idée. Il faudra t'assurer qu'ils ne les mangent pas.

Sara gloussa.

— En parlant d'alpagas, Mme Nolan veut savoir si elle peut emprunter Benson pour la pièce de théâtre de l'école. Comme tu seras dans le public, tu peux le surveiller.

— Seigneur ! Ils ont un rôle pour un alpaga ? C'est quoi, cette pièce, au juste ?

— Les enfants ont écrit l'histoire. Tous les êtres vivants sont les bienvenus. Ils ont créé un rôle spécialement pour Benson car ils l'adorent. Peu importe combien ils le collent et le câlinent, il ne les mord jamais.

— Il est très doux. Oui, ils peuvent le faire participer.

— Tu penses qu'il accepterait de porter un serre-tête avec des bois ?

— Il n'y a qu'une seule façon de le découvrir.

Dorothy sourit.

— Les moutons des Herdwick sont gentils. Tu pourrais en emprunter quelques-uns.

— Je songe à amener Roméo et Juliette, figure-toi.

Dorothy secoua la tête, esquissant une grimace.

— La pièce se transformerait en pantomime. Tu sais comment sont les chèvres.

— Elles sont adorables.

— Elles mangent tout ce qui leur passe sous le nez, Sara.

— C'est vrai, tu as raison. Bien. Juste Benson, alors. Et peut-être un mouton. Je demanderai aux Herdwick.

— Je pourrais inviter Miles à se joindre à nous, proposa Dorothy. Ce serait utile d'avoir un vétérinaire sur place.

Sara rit.

— Il n'acceptera jamais, pas après l'incident d'il y a quelques années, quand Bryony Wilson l'a coincé dans le couloir pendant l'entracte après qu'il avait bu un verre de vin.

— Tu as probablement raison. Je m'occuperai de Benson, dans ce cas.

— Super. Merci, maman. Maintenant que les rénovations sont terminées à Holly Cottage, vas-tu contacter l'agence immobilière pour le remettre en location ?

— Pas pour l'instant. Je m'en occuperai en janvier.

Holly Cottage servait autrefois de logement au gardien du domaine. Depuis dix ans, Dorothy le proposait comme location saisonnière. Durant l'été, elle avait embauché un ouvrier pour le rénover. Le travail avait pris beaucoup plus de temps que prévu – les vieux cottages étant capricieux et imprévisibles –, mais elle était ravie du résultat. Ils avaient réussi à moderniser le système de chauffage et la plomberie, tout en conservant le caractère et le charme originels.

— Il est ravissant, commenta Sara. Puisqu'on aborde le sujet de Noël, on n'a pas peaufiné les détails pour cette année. Les filles aimeraient qu'on le fête au domaine si cela ne te dérange pas.

Dorothy sentit une boule se former dans sa gorge.

— Rien ne vous y oblige, Sara. Ça ira, je t'assure. Tu étais avec la famille de Patrick l'an dernier. Tu devrais passer Noël dans ta propre maison, pour une fois. Je viendrai pour la journée.

— Je passe déjà suffisamment de temps dans ma propre maison, répondit Sara. On préférerait de loin venir chez toi. Si nous accueillir ne te dérange pas, bien sûr. Comme ça, je peux avoir un Noël de rêve allongée sur le canapé à ne rien faire, pendant que tu t'affaires en cuisine et divertis tes petits-enfants hyperactifs. Qui refuserait une telle offre ?

Son téléphone bipa. Elle consulta le message, pendant que Dorothy s'émerveillait que sa fille réussisse toujours à la faire sourire et apprécier les fêtes de Noël.

C'était un miracle, vraiment, étant donné qu'elle appréhendait toujours autant cette période. Peu importe le nombre de décennies écoulées, elle était toujours douloureuse. Sara le savait, bien sûr. Par de nombreux aspects, les fêtes étaient aussi difficiles pour sa fille que pour elle. Elles avaient vécu ces jours sombres ensemble. Elle se demandait parfois si elle aurait survécu sans sa fille.

Elle sentit monter en elle une bouffée d'amour mêlée de fierté.

Sara était incroyable. Elle avait décidé que chaque Noël serait merveilleux, et elle insistait toujours pour le célébrer en grande pompe.

Dorothy tourna brièvement la tête vers celle-ci qui répondait au texto sur son téléphone. Sa tête étant baissée, ses cheveux avaient glissé vers l'avant tel un rideau d'or pâle, ne laissant qu'un aperçu de ses longs cils et de la courbe de sa joue. L'espace d'un instant, elle la revit adolescente, et non comme une femme mariée et mère de deux enfants.

Sara. Toujours si responsable. Si aimante. Alors que certains enfants représentaient une source d'angoisse constante, elle n'avait jamais eu le moindre problème avec Sara.

— Patrick m'informe que c'est soirée pizza. Tu es invitée. Les filles et lui ont déjà préparé la pâte ainsi que la sauce tomate. Ce qui veut dire en clair que je vais devoir rénover la cuisine en rentrant. Tu comprends maintenant pourquoi je meurs d'envie de venir passer Noël chez toi ?

Dorothy gloussa. L'espace d'un instant, elle fut tentée de se joindre à eux. Passer du temps avec ses petits-enfants la distrayait toujours et lui mettait du baume au cœur. Pourtant, elle souhaitait rester tranquille à la maison.

— Pas ce soir, mais je te remercie de m'avoir invitée.

— Tu es sûre ? insista Sara d'une voix inquiète. Vas-tu rester à broyer du noir ?

— Non. J'ai passé la semaine à Londres. Je suis heureuse de rentrer. Je vais m'assurer que tous les animaux vont bien et découvrir ce qui s'est passé en mon absence.

— Si tu changes d'avis, viens à la maison. Tu sais que Patrick cuisine toujours pour un régiment.

— Je sais. Merci.

— Alors, peut-on passer le jour de Noël chez toi ? Ou est-ce trop te demander ? Sois honnête. Je te promets que je ne resterai pas allongée sur le canapé à me tourner les pouces. On mettra tous la main à la pâte, y compris les filles, même si leur façon d'aider a tendance à rajouter du travail aux adultes.

Dorothy sourit.

— Tu sais que j'adorerais que vous veniez.

Rien que d'y penser, elle se sentait de bonne humeur. Elle mettrait les petits plats dans les grands, comme Sara le faisait toujours. Elle choisirait un sapin immense. Les filles seraient ravies.

— Ce sera amusant. Elles pourront m'aider à décorer la maison au cours des semaines à venir.

Son cœur se serra. Elle avait de la chance de les avoir, sa fille et son beau-fils merveilleux, ses deux adorables petites-filles. Le domaine, l'entreprise, sa superbe maison à la campagne. Les animaux. Elle sourit. Grâce aux animaux, elle ne se sentait jamais seule. Elle avait de nombreuses raisons de se réjouir, elle en était consciente. Néanmoins...

Il était possible de se sentir chanceux et reconnaissant tout en éprouvant des regrets concernant le passé. Et à cette période de l'année, cette douleur devenait plus vive.

Elle déposa Sara chez elle au village, s'arrêta le temps d'enlacer ses petites-filles, puis parcourut les quelques kilomètres restant jusqu'au domaine de Winterbury.

Lorsque ses parents avaient acheté la maison, celle-ci était délabrée. Le terrain, quant à lui, était en friche. Profitant des travaux de rénovation, son père avait planté les vignes, inspiré par un séjour en France. Il était convaincu que l'aspect abrité de la propriété et la qualité du sol produiraient un vin excellent. Le temps lui avait donné raison.

Dorothy descendit les étroites routes de campagne, ses phares éclairant les murs de pierre sèche et les chaumières comme elle se dirigeait vers le petit village de Winterbury, typique des Cotswolds. Aussitôt, une sensation de sérénité et de calme se répandit en elle. Malgré toutes les avancées du monde moderne, elle avait parfois l'impression que le temps s'était arrêté dans ce petit coin pittoresque de l'Angleterre.

Une rivière traversait le cœur du village, bordée de maisons en pierre couleur miel. Il y avait un jardin public, un pub qui attirait des clients sur des kilomètres à la ronde, une boulangerie délicieuse et diverses boutiques indépendantes qui vendaient des produits locaux tels que les vins du domaine de Winterbury. Durant l'été, les rues étaient envahies de touristes désireux de s'imprégner de l'ambiance, mais l'hiver, le village redevenait celui de son enfance.

La météo annonçait une vague de froid, mais l'année avait été bonne pour les vignes. Patrick, qui était son viticulteur en plus d'être son gendre, lui avait annoncé le mois dernier que ç'avait été leur meilleure année, avec leur plus grande production en date. Le mois de juin avait été chaud et sec, ce qui avait favorisé la floraison. De violents orages avaient ensuite éclaté, mais heureusement les vignes prospéraient déjà. La récolte avait été exceptionnelle.

Deux kilomètres plus loin, elle quitta l'artère principale, franchit le portail du domaine, dépassa Holly Cottage et remonta l'allée bordée d'arbres qui conduisait à la maison.

La perspective d'un week-end seule ne l'inquiétait pas. Elle vivait seule depuis la mort de Phillip, elle y était habituée.

Sara craignait qu'elle souffre de solitude, à tort. Dorothy ne se sentait jamais seule ici. En partie car il y avait généralement des gens sur place – les quelques employés qui travaillaient au domaine, et Jenny, sa femme de ménage qui vivait au village. Mais surtout, elle était ici chez elle.

Elle se gara devant la maison. La porte d'entrée s'ouvrit, et une lueur accueillante se déversa sur les marches. Un épagneul fusa vers elle, la queue remuant vigoureusement.

— Bailey !

Elle se baissa pour le câliner.

— Tu m'as manqué.

Elle sortit sa valise de la voiture. Dorothy voyageant léger, celle-ci était de petite taille.

— Il se comporte toujours comme si tu t'étais absentée pendant un an, alors que tu n'es partie que quelques jours. Ton séjour s'est bien passé ?

Jenny l'attendait, debout sur les marches, son manteau déjà boutonné.

— Très bien. Merci d'avoir veillé sur les animaux et la maison, Jenny.

Elle enlaça chaleureusement son amie. Elles se connaissaient depuis des décennies, s'étaient soutenues dans les moments difficiles.

— Tout va bien ?

— Oui. Je suis allée voir les alpagas dans l'après-midi. Tout allait bien. Je leur ai rajouté du foin.

— Merci, Jenny. Sois prudente sur la route. À lundi.

Dorothy regarda son amie partir, puis pénétra dans la maison, Bailey sur les talons.

Quel plaisir d'être rentrée !

Elle se rendit dans la cuisine, où une chaleur accueillante l'enveloppa.

Jenny avait laissé une pile de courrier pour elle sur la table, mais elle décida qu'elle s'en occuperait plus tard. Elle se prépara une tasse de chocolat chaud crémeux, qu'elle emporta dans la bibliothèque. C'était la pièce dans laquelle elle se sentait le plus proche de Phillip. Elle y percevait encore sa présence bien qu'il soit décédé depuis de nombreuses années. Elle était veuve depuis plus de vingt ans, et même si elle s'en était bien sortie, il lui manquait chaque jour.

Elle s'assit dans l'alcôve donnant sur les jardins et l'enclos. De là, elle pouvait habituellement apercevoir son petit troupeau d'alpagas, mais ce soir, ils s'étaient réfugiés dans la petite grange qu'elle avait fait construire pour les protéger du froid.

À droite de l'enclos se trouvait le potager. Derrière, le verger et au-delà, les vignobles.

Bailey la rejoignit et s'installa à ses pieds.

— On devrait se coucher tôt.

Elle lui caressa la tête.

— Une journée chargée nous attend demain.

Chaque journée était chargée, et à l'approche de Noël, elles le deviendraient de plus en plus. Rien de comparable aux vendanges, bien sûr, qui étaient éreintantes et laissaient peu de temps pour se reposer. Elle déléguait la gestion de l'entreprise à sa petite équipe, dont Patrick était un membre clé, toutefois elle gardait un œil sur les affaires. Il lui arrivait même occasionnellement de participer à la taille des vignes. Cela lui rappelait les journées épuisantes mais heureuses auprès de Phillip, avec qui elle avait travaillé main dans la main.

Il était temps qu'elle commence à préparer Noël. Si ses petites-filles dormaient ici, alors elle devait décorer la maison du sol au plafond.

Elle allait cuisiner et congeler la nourriture de manière à prendre de l'avance pour pouvoir profiter de ses proches pendant leur visite.

Il faudrait sans doute qu'elle s'y consacre de l'aube au coucher du soleil. Cela ne l'inquiétait pas. Au contraire, elle en avait besoin.

Et bien qu'elle sache que Sara la taquinait quand elle prétendait vouloir se la couler douce sur le canapé, elle souhaitait vraiment que sa fille puisse se détendre et profiter de Noël. Elle souhaitait qu'elle passe du temps avec les enfants et Patrick au lieu de rester en cuisine. Les moments en famille étaient si précieux, et les petits grandissaient si vite…

Elle ramassa sa tasse vide, retourna dans la cuisine et sortit sa sacoche d'ordinateur ainsi que la proposition envoyée par Imogen. Le concept et les détails étaient originaux, ce qui ne l'étonnait guère. C'était une jeune femme impressionnante qui méritait que Dorothy lui confie l'organisation des événements du domaine.

Elle savait que Sara s'inquiétait qu'elle se soit autorisée à devenir aussi proche d'Imogen.

C'était la seule chose sur laquelle elles n'étaient pas d'accord.

Elle avait beau comprendre l'inquiétude de sa fille, elle ne changerait pas d'avis.

Elle ferait ce qui était nécessaire.

Chapitre 3

Sara

— Alors, comment était la grande méchante ville ?

Au moment où elle passait la porte, Patrick l'attrapa et l'embrassa.

— Grande et méchante.

Elle posa sa valise et lui rendit son baiser.

— Je pense qu'elle m'a corrompue.

— Ah ouais ?

Il s'écarta et sourit.

— C'est la meilleure nouvelle de l'année. Tu veux bien développer ? Ou mieux encore, fais-moi une démonstration.

— Je vais y réfléchir.

— Maman !

Les filles sortirent en courant de la cuisine, poussant des cris perçants.

— Ou peut-être pas, murmura-t-elle, lui souriant avant de se tourner pour enlacer les filles.

D'abord Ava, six ans, la plus turbulente des deux sœurs.

— On fait des pizzas !

— Ah oui ? Je vais vous aider.

Elle embrassa Ava et tendit le bras vers Iris. À neuf ans, Iris était plus calme. Les filles sentaient le shampoing, le sucre et l'innocence.

Elle les tint serrées. Rien ne comptait plus pour Sara que sa famille. Il n'y avait pas un jour où elle ne se sentait pas reconnaissante. Ils représentaient tout pour elle. Elle ne laisserait jamais rien s'immiscer entre Patrick, leurs filles et elle.

— On a commencé à préparer la tienne, l'informa Iris. On s'est dit que tu serais trop fatiguée pour la faire toi-même. On espérait que mamie viendrait.

Iris. Toujours gentille. Pensant toujours aux autres.

Sara embrassa le sommet de sa tête avant de se relever.

— Mamie était un peu fatiguée. Elle avait hâte de retrouver ses animaux.

— Allez, viens ! lança Ava à sa sœur.

Elle attrapa Iris par la main et la tira jusqu'à la cuisine.

Ava. Toujours agitée. Toujours en mouvement.

En les regardant main dans la main, Sara eut un pincement au cœur. Elle voulait que ses filles soient toujours aussi proches que maintenant ; toujours là pour se soutenir l'une l'autre. Des sœurs.

Songeant qu'elle aimerait pouvoir arrêter le temps, elle suivit les filles, accompagnée de Patrick.

— Elles ont été sages ?

— Oui, plutôt. Tu sais comment c'est. Elles sont excitées de te voir. Je ne sais pas comment on va faire pour les coucher à l'heure.

— Elles peuvent veiller, pour une fois.

Sara retira ses chaussures et attrapa un tablier. C'était bon d'être à la maison. Elle restait inquiète pour sa mère, mais ici, entourée des siens, elle était capable de reléguer ses soucis au second plan.

— Je ne veux pas mettre de sauce tomate sur mon plus beau chemisier en soie.

— Tu pourrais l'enlever.

Patrick lui adressa un regard entendu, qu'elle lui retourna.

À la réflexion, ils auraient peut-être dû prendre une babysitter pour la soirée et sortir.

— J'ai enlevé le mien. J'ai fait tomber de la sauce tomate dessus, déclara Ava en parsemant du fromage sur sa pizza. J'étais triste parce que c'est mon préféré.

— Ça partira au lavage.

Iris rapprocha la pizza de sa sœur pour qu'elle répande moins de nourriture sur la table.

— Je l'ai mis à tremper dans la salle de bains. Elle pleurait, alors je lui ai expliqué que tu ferais partir les taches. Tu y arrives toujours.

Sara lui sourit. Elle était contente de ne pas avoir pris de baby-sitter, en fin de compte. Ce soir, c'était soirée en famille. Plus tard, quand les filles seraient au lit, Patrick et elle profiteraient d'un moment à deux.

— Tu es très gentille avec ta sœur.

— Voici ta pizza.

Patrick la posa devant elle. Sara cligna plusieurs fois des paupières.

— Wouah ! Ça fait beaucoup d'olives.

— Il y en a trop ?

Iris la regardait d'un air inquiet.

— On sait que tu adores les olives, alors je t'ai donné ma part. Tu trouves que ça fait trop ?

— Non, c'est la bonne quantité. C'est très généreux de ta part.

Sara admira sa pizza comme il se devait.

— Elle est vraiment parfaite, je suis impressionnée.

Rougissant de fierté, Iris se remit joyeusement à garnir sa pizza.

Les pizzas sont le reflet des personnalités de mes filles, songea Sara. Celle d'Iris était ordonnée et symétrique, chaque quart orné de lamelles de jambon et décoré avec la même précision.

— Ta pizza est une œuvre d'art, complimenta-t-elle.

Ava poussa la sienne en avant.

— Et la mienne ? Est-ce que la mienne est une œuvre d'art ?

— De l'art moderne, répondit Patrick, faisant un clin d'œil à Sara.

On aurait dit que tous les ingrédients avaient été lâchés d'un hélicoptère.

— Elle a l'air délicieuse.

Sara enfourna les pizzas puis s'assit à table.

— Longue semaine ? Prends un verre de notre meilleur blanc de Winterbury.

Il posa un verre à pied devant elle.

— Jolie couleur, commenta Sara.

— Le goût est encore meilleur.

Il s'assit à côté d'elle et lui pressa la main.

— Ç'a été notre meilleure année au vignoble. Incroyable. Pour une fois, le temps a été notre ami. Merci pour ton mail, au fait. On dirait que ton rendez-vous avec l'acheteur s'est bien passé.

— Vraiment très bien. Il connaît bien le domaine des boissons à faible teneur en alcool et sans alcool. C'est un secteur dans lequel il espère accroître considérablement ses ventes.

Sara prit son verre.

— J'ai bon espoir.

Ava se couvrit les oreilles.

— Arrêtez de parler du travail. Le travail, c'est ennuyeux.

Sara posa son verre.

— Tu as raison. Plus de travail.

— Le temps ne peut pas être ton ami, papa, c'est bête.

Ava prit ses crayons de couleur.

— Tu ne peux pas faire une soirée pyjama avec le temps.

— Si tu fais du camping, si, intervint Iris. Tu te rappelles la tempête de la nuit où on a campé dans le vignoble ? On a failli s'envoler. Papa a dû venir nous sauver.

— Je ne me rappelle pas.

Ava gribouilla au crayon vert sur sa feuille.

— Je dessine un sapin de Noël.

Iris jeta un œil au dessin de sa sœur.

— C'est joli. Ajoute-lui des décorations.

— Quand est-ce qu'on aura notre vrai sapin ? demanda Ava en gribouillant quelques ronds roses sur l'arbre.

— Pas encore, répondit Iris. Si on le prend trop tôt, les aiguilles tomberont.

— J'adore avoir un sapin, déclara Ava. J'aimerais qu'on en ait un toute l'année.

— Moi aussi.

Iris se pencha en avant pour essuyer les traces de crayon qui avaient débordé sur la table.

— Tu veux partager ma chambre le soir du réveillon ?

— Chez mamie ?

Le visage d'Ava s'illumina.

— Oui !

Elle tourna la tête vers Sara.

— Je peux ? S'il te plaît ?

— Bien sûr que tu peux, si Iris est d'accord.

— Ce sera amusant.

Leur enthousiasme était contagieux. Une douce chaleur se répandit dans les veines de Sara. L'excitation des fêtes commençait à la gagner, elle aussi. Elle savait que sa mère trouvait cette période de l'année difficile. Une partie d'elle aussi, toutefois elle avait appris à en faire abstraction. Le voile de tristesse se dissipait rapidement quand elle était avec les filles. Leur joie de vivre s'infiltrait en elle, repoussant le chagrin.

— On ira bientôt chercher le sapin. On choisira le plus grand de la forêt.

Ava tapa dans ses mains, renversant son verre au passage. Iris se dépêcha d'aller chercher une éponge pour nettoyer les dégâts.

Patrick l'aida.

— Rappelle-toi, tu réclamais une petite sœur, plaisanta-t-il.

Iris lâcha le chiffon dans la mare de jus.

— J'ignorais qu'une petite sœur ferait autant de bêtises.

Ils dînèrent tous ensemble, et le temps de mettre les filles au lit, Sara fut prête à aller se coucher elle aussi.

Elle mit les assiettes au lave-vaisselle, rangea la cuisine et prépara du café.

— J'espère que c'est du déca, dit Patrick. Encore que rien ne pourra m'empêcher de m'écrouler ce soir.

— Elles t'ont dérangé pendant la nuit ?

— Ava a fait quelques cauchemars. Tu sais comment elle est. Elle a une imagination débordante. J'en ai probablement trop fait avec elles. On a beaucoup joué, cela a dû les exciter. Je culpabilise de travailler autant, alors quand je suis avec elles, j'en fais des tonnes.

Il sortit deux tasses qu'elle remplit de café.

— Comment avons-nous pu donner naissance à deux enfants si différentes ?

— Je ne sais pas. En tout cas, elles forment un excellent duo. On n'est pas obligés de se ressembler pour bien s'entendre. Pense au fish and chips. Aux scones et à la crème.

Ils emportèrent leurs boissons dans le salon où Sara s'affala sur le canapé.

— Je m'inquiète pour elles. Iris est si sensible... A contrario, Ava est capable de s'attirer une tonne d'ennuis alors qu'elle n'a que six ans. Comment est-ce que ce sera quand elle en aura seize ?

Patrick caressa sa jambe.

— Tout ira bien.

— Tu n'en sais rien. Personne ne sait jamais ce que la vie lui réserve.

— Wouah !

Il changea de position pour pouvoir la regarder.

— Qu'est-ce qui t'arrive ?

— Rien, c'est juste que parfois, je m'inquiète...

— Je sais ce qui t'inquiète, mais tu te fais du mouron pour rien. Ce que tu redoutes n'arrivera pas. Tu réagis ainsi parce que tu as été coincée dans la voiture avec ta mère pendant deux heures ? C'est elle qui t'a mis de telles pensées dans la tête ?

— Non.

Elle se dépêcha de la défendre.

— Évidemment, elle s'inquiète...

— Et elle t'a transmis sa préoccupation. Mais c'est sans fondement. Les filles vont bien. Elles s'adorent.

Il posa sa tasse et la prit dans ses bras.

— Comment va ta mère ?

— Oh ! tu sais... comme d'habitude.

Elle se blottit contre son épaule.

— Elle fait bonne figure. Elle est occupée, ça l'empêche de broyer du noir.

— L'as-tu persuadée de nous laisser passer le jour de Noël avec elle ?

— Je pense que oui.

Elle leva les yeux vers lui.

— Tu es sûr que ça ne te dérange pas ?

— Bien sûr que non. Les filles seront ravies.

— Et toi ?

Elle attrapa sa tasse de café.

— Tu travailles avec ma mère. Es-tu certain de vouloir passer Noël avec elle aussi ?

— Oui. Sa compagnie est agréable. Notre collaboration se passe très bien. Non pas que je la voie souvent. En parlant du travail, la proposition envoyée par l'agence d'événementiel pour notre fête d'été annuelle a l'air super.

— Tu l'as lue ? Entre le vignoble et les filles, je ne pensais pas que tu en aurais le temps.

— Tu n'étais pas là. Mes soirées étaient longues et tristes. Tu m'as manqué. De plus, le sujet m'intéresse.

Il marqua une pause.

— C'est incroyable, la vitesse à laquelle on se développe. Si le type avec qui tu as eu rendez-vous passe commande...

— Je sais. Notre petite exploitation vinicole des Cotswolds va devenir populaire !

Elle lui adressa un sourire radieux.

— Joyeux Noël !

— Est-ce que ta mère a eu rendez-vous avec Imogen ?
— Non, pas cette fois. Elles ont prévu de déjeuner avant Noël.
La nervosité l'envahit de nouveau.
— Elles se rapprochent de plus en plus.
— Cela te dérange ?
— Je ne sais pas.
Elle s'interrompit.
— Oui, ça me dérange.
— Imogen est douée dans son boulot.
— Je sais. Ce n'est pas ce qui m'inquiète.
La tête de Sara se mit à pulser.
— Tu sais comment est ma mère. Elle répond toujours présente pour les animaux abandonnés et les personnes en détresse.
— Dans quelle catégorie entre Imogen ?
— Je n'en suis pas sûre. Mais quand elle a changé d'entreprise, ma mère n'a pas hésité à la suivre.
— Parce qu'elle est compétente et enthousiaste. Elle n'a rien d'un animal errant ou abandonné, Sara. Continuer de collaborer avec elle était une décision commerciale avisée.
Entendre Patrick la rassurer avec des arguments sensés lui faisait du bien, mais quand bien même, elle était rongée par l'anxiété.
— Tu as raison, mais on sait tous les deux que ce n'est pas la seule raison pour laquelle ma mère travaille avec cette agence.
Il resta silencieux un moment.
— Quoi qu'il en soit, la décision lui revient. Elle fait ce qu'elle estime devoir faire. Ce qu'elle pense être juste.
Mais cela pourrait avoir des conséquences fâcheuses.
— Je veux la protéger.
Se protéger elle-même également. Était-ce égoïste ?
Non, c'était une question de survie.
— Je sais. Mais ta mère est aussi têtue et déterminée que toi. Elle ne changera pas d'avis. Tu n'as pas d'autre choix que d'accepter sa décision.

— Tu as raison. S'inquiéter ne sert à rien.

Elle se blottit plus près de lui.

— Cette période de l'année est difficile, murmura-t-elle.

— J'en suis conscient.

Il resserra les bras autour d'elle.

— Tout ira bien, tu verras. On va passer de bonnes fêtes.

Il n'y avait aucune raison que cela ne soit pas le cas. Alors pourquoi se sentait-elle aussi préoccupée ?

Chapitre 4

Imogen

Imogen éteignit son ordinateur et bâilla. La journée avait été longue, et elle devait encore trouver des idées pour la célébration du centenaire d'un client l'été suivant, mais elle était pressée de rentrer car le trajet à pied de la gare jusqu'à chez elle devenait de plus en plus dangereux à mesure que la soirée avançait. Rosalind l'appela de son bureau.

— Imogen ? Peux-tu venir un instant ?

Elles étaient les deux dernières personnes présentes à l'étage. Les bureaux étaient déserts, et au-delà des vitres la ville s'étendait, de hauts immeubles éclairés se découpant dans la nuit.

Loin en contrebas, la Tamise serpentait devant Tower Bridge et descendait vers Greenwich. C'était une vue époustouflante de Londres, qui soulignait ses plus beaux atouts, et parfois Imogen se demandait si quelqu'un le remarquerait si elle cachait un sac de couchage sous son bureau et vivait là. Ce serait beaucoup mieux que son logement actuel, qui était un exemple de ce que Londres avait de moins désirable à offrir.

Imogen s'arrêta à l'entrée du bureau et sentit l'habituel pincement d'envie. Rosalind était la seule personne à bénéficier de son propre espace. Elle avait une porte (une vraie porte !), bien qu'elle la fermât rarement.

Imogen imaginait parfois la quantité de travail supplémentaire qu'elle pourrait abattre si elle avait son propre bureau.

Plus de papotage. Plus besoin d'inventer des détails au sujet de sa vie. Plus besoin de faire d'efforts pour s'intégrer. À quoi est-ce que cela ressemblerait ?

Elle détesterait.

Elle se sentait déjà seule chez elle ; elle n'avait pas besoin d'être coupée de ses collègues et de se retrouver seule au travail également.

— Tout va bien, Rosalind ?

— On ne peut mieux. J'ai de bonnes nouvelles, et puisque c'est en grande partie grâce à toi, je me suis dit que j'allais te l'annoncer en premier.

Rosalind s'adossa à son fauteuil et enfila ses lunettes, qui lui donnaient l'allure d'une enseignante sévère.

— Noop nous a engagés.

Un sentiment de victoire s'empara d'Imogen.

— Ah oui ?

C'était pour cela qu'elle faisait autant d'heures. Rien n'arrivait à la cheville de la montée d'adrénaline qui accompagnait la signature d'un nouveau contrat fructueux.

— Absolument. Et nous étions en concurrence avec cinq autres agences, ce qui est d'autant plus impressionnant. Ils t'ont adorée. Félicitations, Imogen.

— C'était un travail d'équipe.

— Tu as dirigé cette équipe.

Rosalind lui fit signe d'entrer.

— Viens t'asseoir un instant. Je veux te parler.

Imogen entra dans le bureau et s'assit en face de Rosalind. Elle rentrerait chez elle très tard, mais ce nouveau développement valait presque la peine de se faire racketter.

— C'est une super nouvelle. Quand l'as-tu appris ?

— À l'instant. Le P-DG a appelé. Il n'y a qu'une seule condition. Ils veulent que ce soit toi qui t'occupes d'eux personnellement.

— Aucun problème, répondit Imogen sans hésiter.

Rosalind se pencha en avant, l'examinant attentivement.

— Tu es sûre ? Je t'avoue que je m'inquiète. Tu as presque deux fois plus de clients que Danny, et il m'a dit cette semaine que sa charge de travail était trop élevée pour en prendre un autre.

— Danny a deux enfants et une vie de famille remplie.

Imogen ne mentionna pas les heures passées à la salle de sport ni les happy hours.

— Il a beaucoup de choses à gérer.

— Danny a également une épouse qui s'occupe de presque tout, rétorqua Rosalind, mais passons. Je ne suis pas une de ces patronnes qui pensent que les employés ne devraient avoir aucune vie de famille, bien que je soupçonne que la contribution de Danny dans ce domaine est minime. Toutefois, cela me fait me demander comment tu fais pour gérer autant de clients.

— Je suis célibataire. Ça aide. Et j'adore mon travail. J'apprécie chaque moment. On pourrait dire que je suis un bourreau de travail.

Sans vie de famille, son travail était sa priorité, d'autant qu'elle n'avait pas d'autre choix que d'être indépendante financièrement.

Rosalind plissa les yeux.

— Je croyais que tu avais un petit ami. Jack, c'est bien ça ?

Bon sang ! Elle avait oublié Jack, ce qui aurait été un signe révélateur si la relation avait été réelle, mais comme bien des choses dans la vie d'Imogen, Jack n'était pas réel. Étant au fait des hauts et des bas de la vie amoureuse de Janie, elle était presque soulagée que ce soit le cas.

— Ce n'est pas très sérieux entre nous. Il travaille pour un grand cabinet de conseil en gestion. Tu sais comment c'est. Il n'a aucune vie en dehors du travail.

— Quand bien même, tu cravaches trop. Ne pense pas que je ne l'ai pas remarqué. C'est une charge de travail lourde pour n'importe qui, même pour quelqu'un avec ton talent et ta conscience professionnelle. Je ne veux pas que tu fasses de burn-out.

— Je peux t'assurer que cela n'arrivera pas, Rosalind.

Elle se percha au bord de sa chaise, essayant de donner l'impression de déborder d'énergie.

— Tu es sûre de t'en sortir ? insista Rosalind. Tu me le dirais si tu rencontrais des difficultés ?

— Oui.

Non, certainement pas.

Si elle avait du mal à gérer sa charge de travail, alors elle se coucherait plus tard, voilà tout.

— Je ne suis pas sûre de comprendre pourquoi tu me poses la question. Ai-je commis une erreur ? Oublié quelque chose d'important ?

— Non, absolument pas.

Rosalind la regardait fixement.

— En fait, tu surpasses régulièrement tes objectifs.

— Bien. Je travaille vite, comme tu le sais. Et si j'ai besoin de faire quelques heures supplémentaires, je n'hésite pas.

Pourquoi Rosalind l'interrogeait-elle ainsi ? Imogen résista à la tentation de consulter son reflet dans le miroir. Avait-elle l'air fatiguée ? Que se passait-il ? Peut-être devrait-elle porter plus de maquillage. Elle parlerait de blush avec Anya.

— Tu fais déjà plus que quelques heures supplémentaires.

Rosalind pianota sur son clavier avec un doigt pour sortir son ordinateur de veille et consulta l'écran.

— Je n'ai pas pu m'empêcher de remarquer que tu m'avais envoyé un mail à 3 heures du matin la semaine dernière. Et un autre la nuit suivante à 4 heures. T'arrive-t-il de dormir, Imogen ?

— Je suis une de ces personnes chanceuses qui n'ont pas besoin de beaucoup de sommeil, lui assura Imogen. Et si une idée me vient dans la nuit, alors je préfère m'en occuper tout de suite.

— Hmm.

Rosalind la scruta par-dessus sa monture.

— Y a-t-il des moments où tu déconnectes ?

— Bien sûr.

Jamais.

— Je fais du yoga, de la méditation, je promène le chien…

— Ah oui, Midas.

Rosalind retira ses lunettes.

— Janie a mentionné qu'il était malade. As-tu eu des nouvelles du vétérinaire ?

Un petit ami fictif était gérable. Les petits amis étaient connus pour leur manque de fiabilité, donc il existait une myriade d'options pour se débarrasser d'eux rapidement sans faire hausser les sourcils, cependant le chien avait été une erreur. Elle s'en rendait compte maintenant. Elle aurait dû choisir un animal de compagnie moins compliqué, comme un lapin ou un hamster. Peut-être même un phasme, même s'il était difficile d'être gaga devant un phasme. Cette photo-là n'aurait certainement pas attendri Janie.

En fait, elle aurait dû choisir n'importe quel animal de compagnie qui lui aurait permis de tisser des liens avec ses collègues sans créer toutes ces difficultés.

— Le véto dit qu'il va se remettre.

— Bien. Quand vas-tu le récupérer ?

— Le récupérer ?

La toile de mensonges se resserra autour d'elle, et elle sentit une pointe de panique.

— Je suppose que le véto ne va pas te le ramener lui-même ?

— Oh… non, bien sûr que non. J'irai le chercher moi-même. Remarque, ce serait formidable s'ils pouvaient livrer. Comme la pizza.

Tais-toi, Imogen.

— J'y vais demain. Ils veulent le garder encore une nuit. Pour être sûrs.

— Sûrs de quoi ? Quel était le problème ?

— Ils ne savent toujours pas exactement. Ils ont dit qu'ils me feraient un compte rendu détaillé sur place.

Elle nota dans un coin de sa tête de faire des recherches. Il lui fallait trouver une maladie canine suffisamment sérieuse pour nécessiter d'être en observation, mais qui n'engageait pas le pronostic vital.

— Si tu dois être en télétravail lundi pour pouvoir le surveiller, je t'y autorise.

Être en télétravail ? Si avoir un chien fictif était aussi contraignant, alors elle était soulagée de ne pas en avoir du tout.

— Ce ne sera pas nécessaire, Rosalind. J'ai une dog-sitter formidable qui est toujours prête à me donner un coup de main. J'ai trois événements lundi, donc je vais vadrouiller dans Londres pour assister à chacun d'eux. Tu sais comment c'est.

À la réflexion, non, Rosalind ne se rendait probablement pas compte car elle n'assistait plus aux événements en personne. Elle avait monté sa propre entreprise et recruté des personnes compétentes qui s'occupaient du plus gros de la relation client.

— On dirait que ta dog-sitter est une pépite. Donne-moi ses coordonnées. C'est une vraie galère de trouver quelqu'un de fiable. La dernière promeneuse à qui j'ai fait appel était un désastre.

Imogen fit mine de compatir, comme si elle comprenait tout à fait.

Pose une question ouverte.

Ainsi, ce ne serait pas à elle de faire la conversation.

— Que s'est-il passé ?

— Elle en promenait tellement qu'elle a perdu le fil. Et parfois elle perdait les chiens eux-mêmes. Heureusement, ils sont tous pucés. Mais j'en suis à mon cinquième cette année.

— Ton cinquième ?

Imogen était sur le point de faire remarquer que ça faisait un sacré paquet de chiens quand elle réalisa que Rosalind parlait des promeneurs de chiens.

— Hmm, oui, ajouta-t-elle. Ce n'est jamais facile de trouver des gens sérieux.

— Penses-tu que la tienne pourrait s'occuper de ma Daisy ? Elle s'entend bien avec les autres chiens. Enfin, la plupart du temps. Elle mord très rarement.

— Je crois que la personne à qui je fais appel n'accepte pas de nouveau client, s'empressa de répondre Imogen, mais si une place se libère, je te préviendrai.

— Parfait, merci.

Rosalind lui sourit.

— Bon, si tu es sûre de toi pour le contrat Noop...

— Absolument.

Le regard d'Imogen se posa sur l'horloge. Qu'il était tard ! Elle approchait de l'heure où le vol à la tire pouvait tourner au meurtre. Elle se leva.

— Merci, Rosalind. À lundi.

— À lundi. J'espère que Midas ira bien et que la facture du vétérinaire ne sera pas trop salée.

Au moins, les chiens fictifs ne coûtaient pas cher. C'était déjà ça. Ils étaient compliqués à gérer, certes, mais ils n'engendraient pas les moindres frais.

Imogen quitta le bureau sur un petit nuage. RPQ Events venait de gagner un nouveau client !

Elle sourit en descendant à pied jusqu'au rez-de-chaussée (l'obsession de Janie pour son nombre de pas quotidien avait déteint sur elle), ses talons claquant et résonnant dans la cage d'escalier.

L'espacc d'un instant, elle avait eu peur que Rosalind ne lui confie pas le projet, ce qui était ridicule parce qu'elle allait bien. Elle n'était ni en burn-out ni au bord du burn-out.

Ignorant ce qui avait provoqué cette conversation, elle décida qu'elle se montrerait plus prudente à l'avenir.

Elle arrêterait d'envoyer des mails en pleine nuit. Ou le jour de Noël. Les personnes normales ne faisaient pas ça. Du moins, pas les personnes avec le genre de vie qu'elle prétendait mener. Si elle était vraiment qui elle prétendait être, elle promènerait Midas dans le froid vif hivernal et retrouverait ses proches autour d'un bon repas dans la grande maison familiale située à la campagne. En cette période, elle ne songerait même pas au travail, tant elle serait occupée.

Ce genre d'impair ne se reproduirait pas.

Cette année, elle rédigerait tous ses mails en avance et les sauvegarderait dans les brouillons. Puis, elle les enverrait le 2 janvier. Anya trouverait le même nombre de messages à son retour de vacances, mais cela attirerait moins l'attention.

Elle traversa le hall d'entrée, salua le vigile à la réception et fit la danse de la mort avec la porte à tambour qui, chaque jour, menaçait de mettre fin à la carrière et à la vie des travailleurs.

Le froid mordant s'infiltrant sous ses vêtements, elle boutonna son manteau et enroula son écharpe autour de son cou.

La météo annonçait un hiver exceptionnellement froid. Les bookmakers avaient arrêté de prendre des paris en défaveur d'un Noël blanc à Londres, bien qu'une telle chose soit rarissime.

Peut-être devrait-elle adopter un vrai chien pour lui tenir chaud. Mais étant donné qu'elle n'avait pas de famille prête à la dépanner en cas de besoin, ce n'était pas une option. Elle tâchait de se simplifier la vie autant que possible.

La rame était bondée, aussi elle resta debout, écrasée entre les voyageurs, évitant tout contact visuel. Là, coincée entre la barre de métal et un homme en costume, elle se rendit compte que cela faisait bien longtemps qu'elle n'avait pas été aussi proche d'un homme physiquement. Devrait-elle retenter les applis de rencontres, même si cela n'avait mené à rien la dernière fois ? Non, réflexion faite, elle préférait éviter.

Le métro souterrain cahotait de station en station, déversant des passagers. Comme ils s'éloignaient du glamour et du luxe de Londres avec ses bureaux en verre, son effervescence et son animation, le nombre de voyageurs diminua et Imogen put enfin s'asseoir.

Elle fixait un point devant elle, prenant soin de ne regarder personne ; de ne pas se faire remarquer.

Lorsque le train arriva enfin à son arrêt, il ne restait plus que quelques personnes dans le wagon.

Elle quitta la station et boutonna son manteau par-dessus le sac à main qu'elle portait en bandoulière. Elle avait été agressée deux mois plus tôt et on lui avait volé son sac, alors elle restait vigilante durant les cinq minutes de marche entre la station et son domicile. Le contraste entre l'immeuble clinquant en verre où elle travaillait et le quartier où elle vivait n'aurait pas pu être plus flagrant. Même l'agent immobilier excessivement optimiste s'était étranglé sur les mots « quartier en plein essor » pendant la visite. Le fait que l'appartement soit libre en disait long. Le marché locatif de Londres était si tendu qu'à la minute où un bien devenait disponible, des gens offraient des cautions exagérées pour le réserver, souvent sans même l'avoir visité. Personne n'avait visité l'appartement d'Imogen. Apparemment, même les personnes désespérées avaient leurs limites.

Elle se fraya un chemin dans la rue, évitant les déchets qui n'avaient pas été ramassés, passant devant les deux maisons barricadées par des planches et un chariot de courses abandonné. La lueur vacillante d'un lampadaire projetait des ombres sur son chemin. Elle frissonna. La température avait chuté pendant la journée et descendrait sous zéro dans la nuit.

Descendant les marches menant à son minuscule studio en sous-sol, elle se demanda ce que diraient ses collègues s'ils découvraient la vérité.

Elle ne vivait pas dans un bel appartement avec jardin dans lequel Midas pouvait gambader. Aucun chien digne de ce nom ne poserait une patte à l'intérieur de son logement exigu.

Mais qu'importe. Elle avait choisi cet endroit pour une très bonne raison. La sécurité financière. Elle aurait pu louer un appartement plus proche du centre de Londres, toutefois cela aurait considérablement amputé son salaire. Ici, elle pouvait économiser une somme rondelette chaque mois et, à ses yeux, le sacrifice en valait la peine. Elle avait déjà presque réuni assez d'apport pour un logement modeste, or elle visait plus haut.

Elle voulait avoir le coup de foudre ; son chez-elle. Un endroit qui lui appartenait. Chaque fois qu'elle avait des doutes sur son logement actuel, elle consultait son compte épargne et ressentait alors une vague de fierté et de satisfaction.

Elle verrouilla la porte et retira son manteau.

Habiter ici n'était pas si terrible. Cet appartement était même mieux que la plupart des endroits où elle avait vécu enfant, et elle avait décoré son espace de manière à se sentir sereine et en sécurité. Elle avait peint les murs en vert et acheté deux grandes plantes pour pouvoir prétendre qu'elle vivait à la campagne et non à côté d'un parking abandonné et d'une voie ferrée. Les plantes étaient artificielles, comme la plupart des choses dans sa vie, mais c'était intentionnel. Elles n'avaient pas pour dessein de tromper. Elles avaient justement été choisies parce que la luminosité était trop faible pour qu'une vraie plante survive. Sa bibliothèque recouvrait un mur entier, remplie de livres qu'elle avait achetés au marché et dans des boutiques de seconde main. Savoir que quelqu'un avait possédé ces ouvrages avant elle lui donnait un sentiment d'appartenance. Quelqu'un d'autre avait tourné ces pages. Quelqu'un d'autre s'était perdu dans les mêmes mondes que ceux dans lesquels elle s'échappait quand elle était seule.

La cuisine était nichée dans un coin et elle avait placé une petite table bistro ronde près de la seule fenêtre. C'est là qu'elle prenait ses repas. En solitaire, certes, mais cela lui convenait.

Elle posa son ordinateur sur la table, se prépara une tartine, et s'assit pour vérifier la proposition rédigée pour le nouveau client.

Mettre en œuvre ces idées demanderait beaucoup de travail, pourtant le défi ne lui faisait pas peur.

Son téléphone bipa. Anya lui avait envoyé un message.

Comment va Midas ?

Elle poussa un grognement et décida de ne pas répondre. Avec un peu de chance, Anya en conclurait qu'elle était occupée.

Comment s'était-elle retrouvée dans cette situation ? Ça ne pouvait pas continuer. Une seule conversation était sans conséquences, mais les choses étaient en train de dégénérer.

Elle devait se débarrasser de Midas, mais comment se débarrasser d'un chien fictif ? Pourrait-il mourir de sa maladie fictive ? Dès que cette pensée se forma dans son esprit, la culpabilité l'envahit. Aussi, elle se força à se rappeler que cet animal n'était pas réel.

Non, elle ne pouvait pas faire ça. Si elle allait au bureau et annonçait à tout le monde qu'il était mort, elle croulerait sous les témoignages d'affection et on l'encouragerait à prendre un congé, or c'était bien la dernière chose dont elle avait besoin.

Elle mordit dans sa tartine et fixa le mur. Peut-être qu'elle pourrait donner Midas à sa « famille » à la campagne. Mais cela ne ferait que rendre le mensonge plus compliqué.

Puis, elle eut une inspiration soudaine. Elle dirait qu'il s'était enfui. Oui, c'était une bonne idée. Ça marcherait. C'était plausible, efficace. Elle pourrait accuser la dog-sitter (se sentant mal à propos de ça aussi, elle dut se rappeler que sa dog-sitter n'existait pas non plus).

Elle serait triste pendant un temps d'avoir perdu son meilleur ami, cependant, elle resterait stoïque. Ce genre de choses arrivaient. *Je préfère éviter d'en parler, sinon je risque de me mettre à pleurer.* Et non, elle ne prendrait pas d'autre animal. On s'attachait et, quand ils disparaissaient, on souffrait terriblement. Problème réglé.

Ce serait un soulagement de se libérer d'un de ses mensonges.

D'ailleurs, il était temps que Jack rompe avec elle. Non, mauvaise idée. Perdre son chien et son petit ami dans un laps de temps aussi court attirerait la pitié ou le jugement d'autrui. Il valait mieux que ce soit elle qui le quitte.

Quoi qu'il en soit, il était temps de simplifier sa vie. Elle garderait la famille et la maison à la campagne, car c'étaient des sujets de conversation utiles à Noël et aux autres vacances.

Personne ne découvrirait jamais la vérité. Toutefois, elle se séparerait du reste.

Satisfaite de son plan, elle reprit sa tartine.

Elle avait enfourné une autre bouchée quand son téléphone sonna. L'écran afficha le nom de Tina. Son humeur dégringola.

Pourquoi maintenant ? Pourquoi aujourd'hui ?

Elle fixa son téléphone, la boule au ventre, jusqu'à ce qu'il arrête de sonner. Malgré la température glaciale, elle était trempée de sueur.

Il sonna de nouveau, et elle enfonça les ongles dans ses paumes pour se retenir de décrocher.

Elle n'était pas forcée de répondre. Rien ne l'y obligeait. Elle répondrait quand cela lui conviendrait. Quand elle serait prête. Pour l'instant, elle ne l'était pas.

La sonnerie s'arrêta. Un instant plus tard, une notification l'informa que Tina lui avait laissé un message vocal.

Tentée de l'effacer sans l'écouter, elle hésita un instant et capitula, tout en se maudissant d'être aussi faible.

« Salut, Imogen, c'est Tina. Rappelle-moi dès que tu auras ce message. C'est urgent. »

Imogen écouta le message une deuxième fois, puis une troisième, sans trop savoir pourquoi. Ce n'était pas comme si les mots allaient changer.

Salut, Imogen, comment vas-tu ?

Salut, Imogen, j'appelais simplement pour te dire que je pense à toi.

Salut, Imogen, je sais que j'aurais dû le dire avant mais je suis désolée pour tout.

Évidemment, le message ne disait rien de tout cela. Elle s'y attendait, pourtant elle se retrouvait déçue chaque fois. Même si elle savait à quoi s'attendre, elle ne pouvait totalement éteindre la lueur d'espoir en elle. Et peut-être était-ce une bonne chose. Il fallait rester convaincu que les choses pouvaient s'améliorer. Il fallait se raccrocher à cet espoir. Autrement, à quoi bon ? Sans espoir, on vivait dans l'ombre, et elle refusait que cela lui arrive.

Elle supprima le message pour ne pas être tentée de le réécouter. Elle avait déjà suffisamment de soucis.

C'était pour cette raison qu'elle s'était inventé une vie fictive, car sa vie réelle était une chose qu'il valait mieux cacher. Pour ses collègues, elle était Imogen la maîtresse de Midas, dont la grande famille aimante possédait une villa époustouflante à la campagne. Ça avait l'air si formidable qu'elle commençait à se sentir envieuse d'elle-même.

Elle poussa un soupir, chassant cette pensée.

Son téléphone sonna de nouveau et, cette fois, elle répondit, comme elle finissait toujours par le faire.

— Imogen ? demanda une voix rauque et enrouée. C'est toi ?

Imogen ferma les yeux. Elle ne l'appellerait pas Tina. Elle s'y refusait. Pas aujourd'hui, alors que rien dans sa vie ne lui semblait authentique.

— Oui, c'est moi. Bonjour, maman.

Chapitre 5

Dorothy

Dorothy enfila sa vieille doudoune, enroula une écharpe autour de son cou, et sortit avec Bailey. En cette heure matinale, le ciel était d'un blanc laiteux, le sol et les arbres couverts d'un givre argenté. Ceux-ci avaient perdu leurs feuilles, comme s'ils étaient fatigués de les avoir portées toute l'année. Elle adorait le silence et l'immobilité qui régnaient lors de ces matins d'hiver tandis que les gens dormaient encore.

— Quel froid !

Elle parlait à Bailey comme à tous ses autres animaux. Comme s'ils faisaient partie de sa famille. Et pour Dorothy, c'était le cas.

Chacun des animaux dont elle s'occupait avait une histoire, généralement tragique. Ils avaient atterri chez elle car personne d'autre ne leur était venu en aide. Elle leur avait offert un toit et une seconde chance.

Dorothy croyait aux secondes chances.

Ces animaux avaient besoin d'elle, et elle avait besoin d'eux tout autant. Chaque animal qu'elle recueillait la disculpait un peu plus de ses échecs. Inutile de consulter un psychologue pour analyser pourquoi elle agissait ainsi. Encore maintenant, vingt ans plus tard, elle essayait de se racheter. Elle sauvait autant d'êtres vivants qu'elle le pouvait car il y en avait un qu'elle n'avait pas été capable de secourir. Cela ne la dédouanait pas, évidemment. Pas vraiment. Mais ça aidait. Les animaux trouvaient un foyer aimant et la tenaient occupée. Et Dorothy en avait besoin. Être occupée était sa thérapie. Être occupée l'avait sauvée.

Après le drame, quand son esprit et ses pensées l'avaient torturée, quand son cœur s'était brisé une fois, puis deux, il y avait eu des jours où elle avait pensé qu'elle ne survivrait pas. Où elle n'avait pas voulu survivre. Mais elle avait toujours trouvé une raison de continuer.

Au début, il y avait eu Sara. Puis les enfants de Sara – ses petites-filles. Le vignoble. Les animaux. Et malgré toutes les tempêtes qu'elle avait essuyées, elle menait une vie agréable. Satisfaisante. Oui, cela lui arrivait de repenser à cette époque. Elle y pensait plus souvent qu'elle l'aurait admis devant Sara, mais la douleur abominable s'était transformée en douleur sourde, et certains jours elle la remarquait à peine.

Mais à cette époque de l'année, elle la remarquait.

Noël. Au moment où les baies sur le buisson de houx devenaient rouges, elle commençait à la sentir. Sa solution était de s'affairer encore plus que d'habitude. Elle passait plus de temps à Londres. Elle s'impliquait davantage dans l'entreprise, veillait à remplir chaque heure de chaque jour, ses soirées, parfois même ses nuits.

C'était dur, toutefois elle savait qu'elle irait bien. Elle avait déjà célébré tant de Noëls... Elle avait survécu chaque fois, aussi elle savait qu'elle survivrait cette année encore. Elle n'arrivait pas à faire abstraction comme Sara. Elle avait appris que la clé pour supporter la saison des fêtes était de se concentrer sur ce qu'elle avait, et pas sur ce qu'elle avait perdu. De la gratitude, pas de l'amertume.

Le sol étant gelé, elle traversa la cour prudemment. Comme elle approchait de l'enclos, les alpagas la rejoignirent et sa bonne humeur revint.

C'était impossible de se sentir déprimé en compagnie de créatures si belles et si douces.

L'investissement de Dorothy envers les animaux n'avait pas commencé avec les alpagas. Non. Le refuge l'avait appelée pour qu'elle s'occupe d'un âne. Puis il y avait eu une portée de chatons que quelqu'un avait essayé de noyer. Elle avait eu des moutons, un cheval de la police montée à la retraite qui avait besoin d'une vie paisible à la campagne, un deuxième âne, des poules et quelques lapins.

Jamais un alpaga.

Comme souvent, c'était Miles McEwan, son vétérinaire, qui l'avait appelée. Il avait rendu visite à des propriétaires d'alpagas qui s'étaient lassés d'eux, ceux-ci leur demandant trop de travail. Les alpagas étaient en mauvaise santé. Il fallait les reloger. Dorothy accepterait-elle de les accueillir ?

Elle avait entendu la colère dans la voix de Miles, ce qui était inhabituel car il était toujours calme et mesuré, surtout en situation de crise. Mais le triste sort de ces animaux l'avait touché et, comme il l'espérait, elle avait été touchée aussi.

Il savait qu'elle ne dirait pas non. Dorothy ne se détournerait jamais d'un être en détresse, et ces alpagas semblaient avoir besoin d'elle. Miles avait attendu qu'elle accepte avant d'annoncer qu'ils étaient quatre.

Ne connaissant rien aux alpagas, Dorothy s'était documentée, avait rendu visite à un éleveur local pour qu'il lui prodigue des conseils et préparé l'enclos le plus proche de la maison.

Les alpagas étaient arrivés un jour ensoleillé de printemps. Miles et Dorothy les avaient transférés dans leur nouvelle maison. Ils étaient en mauvais état à l'époque, et le vétérinaire leur avait rendu visite régulièrement les premiers mois. Ensemble, ils en avaient pris soin, et bientôt les alpagas avaient retrouvé la forme et la santé. Un an plus tard, elle avait adopté Benson, donc maintenant elle en avait cinq.

En les observant, si vifs et si bien portants, elle avait du mal à se rappeler l'état dans lequel ils étaient arrivés.

Elle les nourrit, vérifia la quantité de foin, nettoya la grange où ils s'abritaient la nuit et leur servit de l'eau fraîche. Ce faisant, elle leur parla, tâtant leurs fourrures et s'assurant de leur santé en général. Miles leur rendait fréquemment visite quand il était dans le coin, et chaque fois qu'elle s'inquiétait, elle l'appelait.

Mais c'était rare. Elle avait appris tout ce qu'elle pouvait à leur sujet. S'était renseignée sur leurs besoins. Passait du temps avec eux.

Elle fermait le portillon du champ quand elle vit la voiture de Miles qui remontait l'allée.

Ça faisait plusieurs semaines qu'elle ne l'avait pas vu et elle se réjouit d'avoir de la compagnie. Elle ressentait une affection toute maternelle pour lui, ce qui était ridicule, car il n'avait certainement pas besoin d'être materné. Mais c'était le fils de sa plus vieille amie et elle avait toujours veillé sur lui. Son cœur se serra. Sybil était décédée cinq ans plus tôt, et elle lui manquait tous les jours. Passer du temps avec Miles lui donnait l'impression que son amie faisait toujours partie de sa vie.

Elle sourit et le salua de la main tandis qu'il se garait et la rejoignait, traversant le terrain verglacé en de longues enjambées assurées, sans la prudence qu'elle-même avait manifestée.

— Bonjour, Dorothy.

Il portait un pull épais et de lourdes bottes, et il y avait des éclaboussures de boue sur son pantalon.

— Bonjour, Miles. Ça me fait plaisir de te voir. Tu as passé la nuit debout ?

— Quasiment.

Elle ne put se retenir de le taquiner.

— Avec une jolie femme ?

— Une vraie bombe. Des jambes dignes d'un cheval de course, répondit-il avec un sourire amusé en s'appuyant contre la clôture. Ce qui n'a rien d'étonnant puisque c'était effectivement un cheval de course. J'étais au haras Morton. Une jument avait des coliques.

— Oh ! Seigneur ! Elle va s'en tirer ?

— Je n'en étais pas sûr à 2 heures du matin, mais je pense, oui. La nuit a été longue.

Elle observa son visage, remarquant combien il était fatigué. Il ne s'était pas rasé depuis plusieurs jours et ses yeux étaient cernés.

— Tu ne fais plus partie de l'équipe équine. Pourquoi t'a-t-on appelé ?

— On a eu beaucoup d'urgences donc je suis intervenu. On me rendra la pareille.

Mais elle savait que ce n'était pas la raison pour laquelle il avait prêté main-forte. Il était de nature généreuse. Il l'avait toujours été.

Elle posa la main sur son bras.

— Tu dois être épuisé et affamé. J'étais sur le point de me faire du café et de préparer le petit déjeuner. Que dirais-tu de te joindre à moi ?

— Pourquoi suis-je là, d'après toi ? J'étais sur le point de rentrer, mais je me suis rappelé que mes placards étaient vides et mon réfrigérateur aussi, alors je me suis dit que j'allais venir ici et afficher un air pathétique dans l'espoir que tu aies pitié de moi.

— Pourquoi tes placards sont-ils vides ?

Dorothy s'était-elle trompée ? Avait-il réellement besoin qu'on le materne ?

— Tu ne prends pas soin de toi ?

— À peine.

Il lui adressa un regard triste.

— Je dépéris lentement. Regarde-moi. J'ai la peau sur les os.

Elle l'étudia, vit de longues jambes, des épaules larges sculptées par des heures passées en extérieur à faire un travail physique difficile. Elle pensa à l'incident qui s'était déroulé pendant l'été. On avait appelé Miles pour secourir une vache dans la rivière. Il y était entré jusqu'à la taille, avait administré un sédatif léger à l'animal pour l'empêcher de le tuer et de se faire du mal, et l'avait hissée sur la berge avec l'aide du fermier.

L'histoire avait fait le tour du village en quelques heures. Depuis, Miles ne payait plus ses consommations au pub.

Sybil aurait été fière !

— Tu es vraiment frêle, répondit-elle sèchement. C'est un miracle que tu aies la force de soulever ta propre tasse de thé.

— Tu n'imagines pas. Manger une part de gâteau pourrait me fournir de l'énergie.

— De gâteau ?

Elle claqua la langue d'un air désapprobateur.

— Pour le petit déjeuner ?

Il haussa les épaules.

— J'ai été debout toute la nuit donc techniquement ça pourrait être le dîner. Si cela te rassure, je peux aussi me forcer à ingurgiter un grand bol de porridge. Celui avec de la cannelle et du sirop d'érable. Et peut-être un sandwich au bacon.

Maintenant, elle fronçait les sourcils.

— Tu n'as vraiment rien chez toi ?

— Bien sûr que si. Disons juste que ma cuisine n'a jamais aussi bon goût que la tienne.

Il se tourna vers les alpagas.

— Ils ont l'air en forme, Dorothy. Tu es une vraie magicienne.

— C'est un travail d'équipe.

Elle lui tapota l'épaule.

— Benson va avoir un rôle dans la pièce de théâtre de Noël de l'école. Je suppose que l'idée de te joindre à moi pour t'occuper de lui ne te tente pas ?

Comme Sara l'avait prédit, il frissonna.

— Non, merci. Pas après la dernière fois. Je suis sûr que tu t'en sortiras très bien, Dorothy. Tu n'as pas besoin de moi.

— Oui, tu as sûrement raison.

Elle sourit.

— Allez, viens. Si tu manges un petit déjeuner convenable, je te laisserai emporter du gâteau pour chez toi.

Ils se dirigèrent vers la maison, où il retira ses bottes près de la porte avant de la suivre dans la cuisine.

La table était couverte de branches de houx et de gui qu'elle avait coupées la veille. Elle les poussa sur le côté pour faire de la place à Miles.

— Ignore mes préparatifs de Noël. Assieds-toi.

— Tu es occupée. Je m'en veux de m'être incrusté.

Il se lava les mains puis ramassa du houx qui était tombé par terre.

— Rien qui ne puisse attendre. Et ça me fait toujours plaisir de te voir.

Passer du temps avec Miles lui permettait de se sentir proche de sa défunte amie. De plus, elle appréciait sincèrement sa compagnie.

Elle s'affaira dans la cuisine pendant qu'il lui racontait sa semaine, affalé sur une des chaises.

Bientôt, un arôme de café fraîchement moulu flottait dans l'air, et le bacon en train de frire grésillait dans la poêle.

Heureuse d'avoir quelqu'un à nourrir et chouchouter, elle le regarda avec satisfaction et amusement tandis qu'il dévorait tout ce qu'elle plaçait devant lui. Enfant aussi, il avait bon appétit.

— Alors comme ça tu n'avais pas vraiment faim, hein ? plaisanta-t-elle.

Elle se réjouissait qu'il se sente ici chez lui et qu'il recherche sa compagnie.

— Non.

Son bol de porridge terminé, il prit le sandwich au bacon qu'elle lui avait préparé.

— Je mange par pure politesse.

— Dis-moi la vérité. Est-ce que tu prends le temps de cuisiner et de te nourrir convenablement ?

— Honnêtement ? Pas vraiment. Je suis trop fatigué.

Il finit le sandwich et ferma les yeux.

— Quand je rentre à la maison après ma tournée, je m'effondre sur le canapé. Et dire que cette période de l'année est censée être calme...

Il marqua une pause.

— C'était délicieux, Dorothy. Épouse-moi.

— Tu as trente-deux ans, rétorqua-t-elle sèchement.

Il ouvrit les yeux.

— J'ai toujours été mature pour mon âge. Et étant donné le nombre de nuits où je travaille, j'ai l'impression d'avoir vécu deux vies, donc si tu calcules en te fondant sur les heures que je passe debout ainsi que sur mon expérience de vie, j'ai probablement dans les cinquante ans.

Il lui sourit et elle songea, comme souvent, que la femme qui persuaderait Miles d'abandonner sa vie de célibataire aurait bien de la chance.

— À quand remonte ton dernier rencard ?

— C'est quoi, ça ?

— Un dîner ? Un film ?

Elle lui resservit du café.

— Ça te dit quelque chose ?

— Pas vraiment. Quand aurais-je le temps pour un rencard ?

— Tu le prends.

Elle posa le gâteau sur la table et lui coupa une généreuse tranche.

— Où passes-tu Noël ?

— Je suis de garde, donc probablement dans une étable, à faire semblant d'être un vétérinaire compétent.

Il réprima un bâillement.

— Les animaux se moquent que ce soit Noël. S'ils tombent malades, ils tombent malades. Tu es une cuisinière incroyable. Je te l'ai déjà dit ?

— Cesse donc de me flatter, veux-tu ? Passe la journée du 25 ici, Miles. Sara, Patrick et les filles seront là.

Alors qu'elle était sur le point d'emballer le gâteau pour qu'il le rapporte chez lui, il le déposa sur son assiette et commença à le manger. Le sourire aux lèvres, elle coupa une autre tranche généreuse à emporter.

— On adorerait que tu te joignes à nous.

— Ne m'invite pas pour le déjeuner. Tu sais ce qui arrivera. Tu poseras le repas le plus délicieux que j'ai jamais vu devant moi et ensuite mon téléphone sonnera et il faudra que je parte m'occuper d'une vache ou d'une autre créature à quatre pattes qui ignore que c'est Noël. À la suite de quoi, tu ne m'adresseras plus jamais la parole.

Il lécha le chocolat sur ses doigts.

— Crois-moi, j'ai offensé plus de gens dans ma vie que j'en ai charmé. Si tu as besoin de preuves, je peux te donner le numéro de la dernière femme qui a fait l'erreur d'essayer de vivre avec moi. Je crois qu'elle vient à peine d'arrêter sa thérapie.

Il avait dit ça sur un ton désinvolte, mais Dorothy n'était pas dupe. Elle savait que sa rupture l'avait affecté et rendu méfiant. Sa relation s'était terminée presque trois ans plus tôt, et d'après ce qu'elle en savait, il n'avait fréquenté personne depuis, ce qui était surprenant étant donné qu'il était le fantasme de toutes les femmes célibataires à des kilomètres à la ronde, et d'une bonne partie des femmes mariées. Nombre d'entre elles seraient tout à fait disposées à tolérer ses horaires décalés si cela leur permettait de passer du temps avec lui.

— Si tu es appelé pour une urgence, alors je garderai ton repas au chaud jusqu'à ton retour. Rassure-toi, je n'aurai pas besoin de thérapie. À mon âge, on ne stresse plus pour les petites choses.

Elle s'assit en face de lui, sirotant sa tasse de café.

— Je suis sérieuse. S'il te plaît, joins-toi à nous. J'insiste.

Il soupira.

— Dorothy...

— De la dinde, de la farce...

— Je ne...

— Des panais rôtis au sirop d'érable...

— Eh merde ! Bien, je viendrai.

Il se leva et mit son bol et son assiette au lave-vaisselle.

— Vas-tu inviter d'autres chiens errants ? J'espère que ce n'est pas un coup monté.

— Je songe à inviter Erin.

Il plissa les yeux.

— Erin de la boulangerie ? Qui a la soixantaine bien tassée ?

— Y a-t-il une autre Erin ?

Les pommettes de Miles rosirent. Dorothy compris alors qu'il y avait, ou qu'il y avait eu, à une époque, une autre Erin. Sa vie amoureuse était peut-être plus remplie qu'elle l'avait cru.

— Erin de la boulangerie est une personne chaleureuse et merveilleuse, déclara-t-il. J'ai hâte de passer du temps en sa compagnie. Surtout si elle apporte un de ses pains au levain. Et ses fameux roulés à la cannelle.

Il ferma le lave-vaisselle et se baissa pour caresser Bailey.

— Tu sais la chance que tu as de vivre ici ? D'avoir de la nourriture dans ta gamelle chaque jour ?

Sa queue frétilla énergiquement. Il le savait, en effet.

Miles se redressa.

— Il faut que j'y aille.

— Attends une minute ! Parle-moi de cette autre Erin.

Il attrapa son manteau sur le dossier de la chaise en lui adressant un sourire espiègle.

— Tu n'en as pas envie, crois-moi.

— Je suis une vieille dame solitaire qui mérite un peu d'excitation dans sa vie.

— Ma vie amoureuse n'exciterait personne, tu le sais très bien. Si tu te sens seule, je peux t'amener un autre animal. La chatte de Paula Lightfoot a mis bas cette semaine. Paula ne peut pas s'occuper de tous les chatons.

Dorothy sentit un pincement au cœur, qu'elle s'efforça d'ignorer.

— Sara me tuerait si j'adoptais un autre animal. Elle n'arrête pas de me dire que je dois apprendre à dire non. Et on sait tous les deux que si Paula n'arrive pas à leur trouver un foyer, elle les gardera.

— C'est vrai.

Il traversa la cuisine. Arrivé sur le seuil, il se tourna vers elle.

— Tu te sens vraiment seule ?

L'inquiétude dans ses yeux lui fit chaud au cœur. Oui, Miles méritait vraiment de trouver l'amour. C'était un homme bien, et les hommes bien n'étaient pas légion.

— Non. Je n'ai pas le temps de me sentir seule.

— Je sais que ce n'est pas ton époque préférée de l'année.

Elle haussa les épaules.

— Ce fut le cas pendant longtemps. Cette année pourtant, il me tarde. Sara et sa famille viennent à la maison pour Noël, et l'excitation des filles est contagieuse. Je me dis toujours qu'il vaut mieux se concentrer sur ce que l'on a plutôt que sur ce que l'on a perdu. Ils seront bientôt là. On va commencer à décorer la maison pour les fêtes. Ils viennent tous les samedis.

— Je sais.

Il sourit.

— Comment se passent les leçons d'équitation d'Iris ? Est-ce que le poney se comporte bien ?

— Thelma est une perle. Iris se débrouille bien. Elle a ça dans le sang. Elle me rappelle tant Sara au même âge ! Je ne te remercierai jamais assez d'avoir trouvé un poney aussi doux.

— Elle avait besoin d'un bon foyer et tu le lui as donné. C'est un arrangement qui fonctionne pour tout le monde.

Il retint un autre bâillement et elle le poussa vers la sortie.

— Tu dors debout. Va te coucher.

— Bonne idée.

Il se dirigea vers la porte d'entrée.

— Merci, Dorothy. C'était délicieux. Tu devrais ouvrir un café.

— Si tous mes clients mangeaient autant que toi, je mettrais la clé sous la porte en une semaine.

Elle fit un geste vers sa voiture.

— Sois prudent sur la route.

Il la prit dans ses bras.

— Je le suis toujours. Prends soin de toi.

Tandis qu'il s'éloignait, elle pensa à Sybil. Leurs discussions autour d'un verre de vin lui manquaient. Partager des livres, des recettes et faire des balades dans la campagne aussi.

Elle était sur le point d'apporter une balle de foin au champ pour Thelma histoire de se changer les idées, quand elle entendit la voiture de Sara.

Quelques instants plus tard, des cris excités s'élevèrent.

— Mamie !

— Je suis là. J'étais sur le point de nourrir Thelma.

— Je vais le faire.

Iris prenait ses responsabilités auprès des animaux au sérieux, faisant à Dorothy un rapport complet sur l'état de chaque animal.

— Je pourrai la monter plus tard ?

— J'espérais que tu en aurais envie. L'exercice lui fera du bien.

Ses petites-filles venaient l'aider tous les week-ends. La gadoue et le froid ne les dérangeaient pas. Elles adoraient être en présence des animaux. Dorothy se réjouissait qu'elles pratiquent des activités saines de plein air. Elle espérait qu'elles continueraient en grandissant.

Plus que tout, elle aimait les voir interagir.

— Je veux monter Thelma, moi aussi !

Ava traversa la cour en dansant, sans se soucier des plaques de glace et de la boue.

— Mais d'abord, je veux nourrir Benson.

— On va nourrir Benson ensemble. Et ce n'est pas à ton tour de monter, c'est le mien.

Iris prit la main de sa sœur et elles se dirigèrent ensemble vers les alpagas. Puis Iris l'aida à grimper sur la clôture.

— Tiens-toi bien. Ne tombe pas.

— Elle l'aide toujours, dit Dorothy à Sara. Elle veille toujours sur elle.

— Oui. Iris est très protectrice. Oh ! à ce sujet. Ne prépare qu'une seule chambre pour elles à Noël. Elles veulent dormir ensemble.

Elles reportèrent leur attention sur les filles.

Savoir les deux sœurs aussi proches lui mettait du baume au cœur.

Elles étaient innocentes, leur quotidien facile, dénué de complications. Aller à l'école, jouer, monter le poney, s'amuser avec leurs amis. La maison était leur sanctuaire et leurs parents, une barrière aimante entre elles et les dures réalités de la vie. C'était impossible, en les voyant ainsi, de penser que les choses pourraient un jour mal tourner. Mais Dorothy savait que la vie pouvait basculer à tout moment ; que personne n'était à l'abri d'une tragédie.

— Tout se passe bien à l'école pour Iris ? A-t-elle un gentil groupe d'amis ?

Sara tourna la tête vers elle.

— Maman…

— Pardon. Ignore-moi.

Elle se maudit intérieurement d'avoir exprimé à voix haute ses inquiétudes, gâchant ainsi un moment si agréable.

— Ses amis sont charmants, répondit Sara d'une voix douce. Cesse de t'inquiéter.

— Je ne m'inquiète pas.

— Je sais que si, mais je comprends.

Sara marqua une pause, regardant Iris prendre la main de sa sœur et la tenir à plat pour que Benson puisse manger la carotte qu'elle tenait.

— Iris est raisonnable et elle n'a pas peur de se défendre. Elle dira non si elle ne veut pas suivre ses amis. Je l'ai entendue. Elle ne se laisse pas facilement entraîner.

— Cela demande un vrai courage.

L'émotion menaçait d'étouffer Dorothy.

— Tu es une bonne mère, Sara.

— Tu as été une bonne mère, toi aussi. Tu l'es toujours.

Sara lui pressa le bras.

— Allez, ça suffit. On a des alpagas à nourrir et Iris veut monter Thelma.

— Tu as raison.

— J'ai croisé Miles en arrivant. Un des animaux est malade ?

— Non. Il était dans le coin donc il est venu s'assurer que tout allait bien.

Sara rit.

— Tu veux dire qu'il avait faim. Il sait que tu prépares toujours un gâteau le week-end.

— Pas faux. Ça ne me dérange pas. J'adore le voir, tu le sais. Je m'inquiète pour lui. Il travaille trop dur.

— C'est un vétérinaire incroyable.

— Oui, mais il n'a pas de vie sociale.

Sara la regarda, amusée.

— Je pense que Miles est assez grand pour prendre soin de lui-même.

— Oui, probablement.

Toutefois, Dorothy savait que lorsqu'on avait souffert, on avait besoin d'un peu d'encouragement pour remettre le pied à l'étrier. C'était plus facile et plus prudent de se protéger que de reprendre des risques, et elle avait le sentiment que c'était exactement ce que faisait Miles. Il se protégeait.

Après avoir mangé docilement toute la nourriture que les filles lui tendaient et leur avoir adressé son expression la plus aimante, Benson rejoignit tranquillement le reste du troupeau. Iris et Ava se dirigèrent alors vers l'enclos suivant.

— Je ne vois pas pourquoi je ne peux pas monter aussi, se plaignait Ava comme elles marchaient vers Thelma.

— Je te l'ai dit. Aujourd'hui, c'est mon tour.

Ava y réfléchit.

— Je pourrais faire un tour rapide.

Iris soupira.

— Pourquoi n'écoute-t-elle jamais ce qu'on lui dit, maman ? Elle proteste toujours.

— Ta sœur est tenace, ça, c'est sûr.

Sara prit Ava dans ses bras.

— Non veut dire non. Pas peut-être. Et pendant qu'Iris monte, j'ai besoin que tu surveilles Bailey.

— Je veux regarder Iris.

Ava se tortilla, mais Sara la tenait fermement.

— On la regardera ensemble.

Dorothy enfila un licol par-dessus la tête de Thelma et la conduisit à l'écurie. Celle-ci servait surtout de lieu de rangement, mais deux des box étaient réservés aux chevaux. Un pour Thelma, et l'autre au cas où elle recevrait un appel de Miles ou d'une association lui demandant son aide.

Iris prit la brosse et commença à retirer la saleté du pelage de Thelma d'un mouvement assuré.

— Tu es pleine de boue. Qu'est-ce que tu as fabriqué ?

Thelma tourna sa tête et lui donna une douce poussée avec son museau. La fillette gloussa.

Sara se rapprocha pour qu'Ava puisse caresser le poney.

— Doucement. Rappelle-toi, pas près des yeux, elle n'aime pas ça.

Ava caressa l'encolure de Thelma.

— Elle est douce.

— C'est grâce à son pelage d'hiver. Il la maintient au chaud.

Dorothy sella le poney, le fit sortir dans la cour et aida Iris à monter.

— Lève la jambe que je puisse serrer la sangle.

Après s'être assurée que la selle était bien attachée, elle les accompagna jusqu'au petit manège couvert.

Ava parlait sans discontinuer. Sara l'écoutait attentivement, répondant occasionnellement, lui demandant son opinion et écoutant sa réponse.

Dorothy sentit monter une bouffée d'amour et de fierté. Sara était toujours impliquée avec les filles et prenait soin de leur accorder autant d'attention à l'une qu'à l'autre. Elle les traitait comme des individus à part entière, mais s'assurait qu'elles savaient toutes deux qu'elles étaient aussi importantes l'une que l'autre. Être mère ne semblait jamais lui peser. Elle était gentille, pragmatique et incroyablement détendue.

Dorothy l'admirait. Être parent n'était pas facile, elle le savait. Vous faisiez ce que vous pensiez être juste, mais quand des problèmes survenaient, vous vous demandiez ce que vous auriez pu faire différemment. Quelle était votre part de responsabilité. L'inné et l'acquis. Elle s'était tant documentée à ce sujet dans sa quête de réponses… Où avait-elle fait fausse route ? Dans quelle mesure était-elle responsable des drames qui avaient secoué leur famille ?

Il y avait des mots qu'elle regrettait d'avoir prononcés, qu'elle aimerait pouvoir retirer.

— Mamie ?

Ava se contorsionna pour descendre des bras de sa mère et courut vers Dorothy.

— Tu as l'air triste.

Elle se ressaisit.

— Je ne suis pas triste du tout. J'ai juste un peu froid. Que dirais-tu d'un chocolat chaud ? demanda-t-elle, reconnaissante d'avoir ses petits-enfants pour la ramener au moment présent.

— On va juste attendre qu'Iris ait fini de monter.

— Je reste avec elle, dit Sara. On vous rejoindra quand on aura fini.

Elle regarda sa fille qui faisait le tour de la carrière au trot, un air de concentration sur le visage.

— Baisse les mains, Iris ! lança-t-elle. Raccourcis tes rênes. C'est bien.

— Elle a ça dans le sang. Tout comme toi à son âge.

— J'adorais monter. Être avec les animaux, passer du temps dehors.

Sara marqua une pause.

— J'ai eu une belle enfance. La meilleure. Papa et toi étiez des parents merveilleux. Je sais combien il te manque. Il me manque à moi aussi. Ce qui paraît fou, étant donné qu'il nous a quittées il y a vingt ans. Ou peut-être pas, en fait.

Les yeux de Dorothy se mirent à piquer. Elle revoyait Phillip emmenant Sara nager dans la mer pour la première fois ; remplissant les chaussettes accrochées à la cheminée en tenue de père Noël au cas où elle passerait la tête par la porte de sa chambre ; lui apprenant à lire.

— Il était fier de toi, Sara.

— J'aurais aimé qu'il puisse connaître les filles. Ava lui ressemble tellement...

— Et comment ! Elle a son exubérance et sa joie de vivre. Ton père refusait qu'on lui dise non. Quelle que soit l'objection, il trouvait une façon de la contourner.

Sara hocha la tête.

— Je ne sais pas si c'est bien ou mal, mais c'est certainement épuisant pour la personne en face.

Elles échangèrent un regard entendu et Dorothy sourit.

— Mes doigts et mes orteils sont gelés. Je vais aller préparer le chocolat chaud. J'emmène Ava, on va commencer à fabriquer des décorations de Noël.

— Attention à la colle et aux paillettes ! l'avertit Sara.

Au même moment, le portable de Dorothy se mit à sonner. Elle consulta le numéro.

— C'est Imogen. Il faut que je décroche. Je promets d'être rapide.

L'expression joyeuse de Sara devint méfiante.

— Maman...

— Tout va bien, Sara. Allô, Imogen ?

Elle écouta en silence quelques instants puis hocha la tête.

— C'est parfait. J'ai hâte d'y être. À bientôt.

Elle raccrocha, consciente que Sara la fixait.

— Elle confirmait notre déjeuner de la semaine prochaine, c'est tout.

— Je n'arrive pas à croire que tu retournes à Londres pour un simple déjeuner. C'est Noël. Les rues seront bondées. Pourquoi ne décales-tu pas à début janvier ? Reste ici.

— J'ai pris un engagement et j'honore toujours mes engagements. Comme tu le sais, j'adore Londres à cette période de l'année. J'aime l'effervescence, l'ambiance, et j'apprécie la compagnie d'Imogen. Elle travaille dur pour nous.

Sara soupira.

— On sait toutes les deux que ce n'est pas la raison pour laquelle…

— On peut boire le chocolat chaud maintenant, mamie ? coupa Ava en attrapant la main de sa grand-mère. Je m'ennuie et j'ai froid.

— Moi aussi, j'ai froid, répondit Dorothy. Sara, on se retrouve à l'intérieur. Ne restez pas dehors trop longtemps.

Elle savait que Sara envisageait d'insister. Elle ne voulait pas que Dorothy aille à Londres, mais cela ne l'empêcherait pas d'y retourner. Elle ferait ce que lui dictait son cœur.

On ne pouvait pas changer le passé. Mais le futur, lui, n'était pas encore écrit.

Chapitre 6

Imogen

Cette nouvelle journée promettait d'être la plus chargée de l'année. Imogen avait trois événements dans trois quartiers différents de Londres. Ce n'était pas idéal, mais cela arrivait parfois. Les clients n'avaient pas toujours des dates flexibles, et c'était à elle de s'adapter.

Elle s'était arrangée pour pouvoir passer du temps à chaque événement. L'expérience lui avait appris qu'on aurait sûrement besoin d'elle. C'était son job de s'assurer que tout se déroule sans accroc.

Imogen ne s'inquiétait pas. Elle était préparée à chaque éventualité, et il y avait peu d'urgences qu'elle n'avait pas rencontrées dans sa carrière. La plus mémorable ? L'intervenant principal d'un congrès pharmaceutique avait fait une crise cardiaque sur scène. Imogen avait localisé le défibrillateur, déchiré la chemise de créateur et libéré deux cents joules qui l'avaient ramené à la vie. Ç'avait été un choc pour eux deux (également pour l'audience, dont les applaudissements avaient crevé le plafond) car cela arrivait beaucoup moins fréquemment que le laissaient croire les séries télévisées médicales. Imogen l'avait ensuite escorté jusqu'à l'ambulance, tout en trouvant un intervenant remplaçant. Malgré l'incident, la conférence avait été jugée comme un succès. L'entreprise était son client depuis lors, et le P-DG lui envoyait un cadeau somptueux chaque Noël.

Puis il y avait eu le jour où un feu s'était déclenché dans la cuisine d'un hôtel une heure avant le déjeuner de célébration du conseil d'administration d'une grande banque d'investissement. Imogen avait fait appel à plusieurs de ses contacts, demandé quelques faveurs et orchestré un déjeuner en quatre services digne de la famille royale.

Elle avait organisé une prestation dans un zoo (à la demande du client) où un des délégués avait trop bu et essayé de grimper dans l'enclos des manchots.

Des problèmes mineurs pouvaient également survenir. Elle avait géré des talons cassés (elle avait fait apporter une paire de chaussures par coursier d'une boutique de Knightsbridge), des maux de gorge (elle avait distribué des pastilles), des notes perdues (elle insistait pour que ses clients lui envoient un exemplaire de leurs présentations), une météo apocalyptique (elle avait fait déplacer l'événement extérieur à l'intérieur deux heures à peine avant qu'il débute). La liste était infinie. Mais Imogen se sentait capable de gérer tous les contretemps, problèmes météorologiques inclus. Elle aimait les défis. Elle aimait se prouver à elle-même, et aux autres, qu'elle pouvait tout gérer. *Allez-y, je suis prête !*

C'était son travail, et elle était douée. Non, pas seulement douée. La meilleure.

Les clients partaient du principe que tout se déroulerait sans ennui, et généralement c'était le cas. Si jamais les choses tournaient mal, c'était le job d'Imogen de résoudre le problème, de préférence sans que le client le sache.

D'après elle, il existait une solution à chaque souci, et souvent plus d'une. Il suffisait de choisir la meilleure.

Lorsqu'elle ne pouvait pas être présente, elle mettait un point d'honneur à rester disponible pour prodiguer des conseils ou résoudre les problèmes. Elle avait deux téléphones, au cas où l'un d'eux soit perdu ou volé. Cela lui permettait également de prendre deux appels en même temps (ce qui arrivait).

Chaque événement avait son équipe RPQ, qui était sur place du début à la fin. Le rôle d'Imogen était de faire acte de présence, prendre quelques photos, résoudre les soucis que le chargé de clientèle peinait à régler, et rassurer le client en lui montrant qu'il était entre de bonnes mains.

Premier arrêt du jour : un hôtel chic de la banlieue proche de Londres. La société de son client célébrant sa meilleure année, son idée avait été de créer une fête d'entreprise en l'honneur de l'équipe commerciale qui faisait également office de fête de Noël.

C'était un de leurs projets les plus ambitieux des derniers mois, notamment à cause du délai.

Le thème étant « Un Noël merveilleux », l'hôtel et les jardins avaient été décorés à l'image de la Laponie. Grâce au budget illimité, Imogen avait fait venir des machines à neige pour transformer les lieux en un paradis blanc. Il y avait des promenades en traîneaux tirés par des rennes, des stands offrant de quoi se sustenter, du vin chaud au chocolat crémeux. À l'intérieur, la salle de bal, qui à peine deux jours plus tôt avait accueilli un dîner de gala pour cinq cents personnes, abritait l'atelier du père Noël, avec des espaces où les employés étaient invités à fabriquer leurs propres jouets.

Consciente des pressions inhérentes à cette période de l'année, Imogen s'était arrangée pour faire venir une grande enseigne de jouets afin que les gens puissent boucler leur shopping de Noël. Une hotte géante trônait à côté du stand, s'ils souhaitaient faire don d'un jouet à une œuvre de charité locale.

Le centre de la salle de bal avait été transformé en patinoire, et dans l'un des coins éloignés de la pièce se trouvait une grotte où des lutins servaient du champagne et des cocktails sans alcool à ceux qui faisaient la queue pour voir « le père Noël ». Chaque employé lui rendait visite pour recevoir son bonus annuel. Imogen avait fait part de ses doutes au P-DG, Angus Fitzgerald – c'était tout de même perturbant ! –, mais celui-ci avait refusé d'abandonner cette idée, étant donné que c'était la sienne.

— Imogen !

L'homme en question se dirigeait vers elle. Dans son costume de travail, il se démarquait considérablement de son staff.

— La fête est incroyable ! Vous êtes une superstar !

Elle lui serra la main, acceptant ses compliments avec un sourire chaleureux.

— Tout le monde semble s'amuser, monsieur Fitzgerald, dit-elle en regardant autour d'elle.

— Combien de fois devrai-je vous répéter de m'appeler Angus ? Ils s'éclatent. Vous avez vraiment imaginé le plus féerique des Noëls. Comment faites-vous ?

Le plus féerique des Noëls.

— C'est mon travail, Angus.

Imogen s'y connaissait en effet très bien en matière de Noëls féeriques. Les seuls qu'elle avait jamais vécus étaient ceux qu'elle inventait dans sa tête. Elle ne passait de vrais Noëls en famille que dans son imagination. Elle sentit un pincement au cœur, une sensation de vide, qu'elle s'empressa de tuer dans l'œuf. Tout le monde savait que Noël était une période stressante. Le Noël blanc des familles heureuses qu'on voyait dans les films était fictif. Elle le croyait. Elle devait le croire, autrement elle se sentirait malheureuse de passer à côté.

Angus contemplait la scène.

— C'est une idée de génie d'avoir fait venir le magasin de jouets ici. Mon épouse se plaint toujours de devoir acheter les cadeaux toute seule, alors j'ai choisi un lion en peluche pour ma petite-fille. C'est ma contribution.

Constatant qu'elle l'observait, il plissa les yeux.

— Vous avez ce drôle d'air sur le visage.

— Quel air ?

— Celui que vous arborez toujours quand vous êtes sur le point de suggérer quelque chose et que vous ignorez comment je vais réagir.

Imogen repoussa l'image touchante d'Angus offrant un lion en peluche à sa petite-fille le jour de Noël.

— Vous me connaissez trop bien.

— Allez-y. Quoi que vous ayez en tête, dites-le.

Elle se lança.

— Votre costume est élégant, Angus.

Il tripota le nœud de sa cravate.

— Mais ?

— C'est un événement décontracté. Professionnel certes, mais décontracté.

— Ce qui veut dire ?

— Je pense que vous échangeriez plus facilement avec vos employés si vous portiez une tenue un peu moins formelle. Cela pourrait vous rendre plus accessible.

Au même moment, le directeur commercial passa devant eux en patinant, portant un pull rouge orné d'un bonhomme de neige géant.

Angus le suivit du regard.

— Il dirige le service commercial. C'est son boulot de discuter avec les commerciaux.

— Vous êtes le patron. Vous avez organisé cette fête pour célébrer la meilleure année de l'entreprise et féliciter vos employés. Vous devez vous mêler à eux.

— Je ne dis pas le contraire, mais même pour vous, je ne porterai pas de pull orné d'un bonhomme de neige. Je dois être capable d'avoir des conversations difficiles. Parfois, je suis forcé de licencier des gens. C'est plus dur à faire quand ils vous ont vu dans ce genre d'accoutrement.

— Je suis d'accord : il y a une limite à ne pas franchir pour continuer d'imposer le respect. On ne la franchira pas. Le bonhomme de neige n'est clairement pas une option. Toutefois, je me demande si...

Elle tapota sa bouche du doigt, réfléchissant, puis sortit son téléphone pour appeler un des employés juniors de son équipe.

— Nick ? Peux-tu m'apporter un pull bleu marine ? Oui, en cachemire. Merci.

— Vous avez apporté des pulls ?

— Toujours. On ne sait jamais ce qui peut arriver. Du vin rouge sur des chemises blanches. Des boutons qui se détachent. Des manches déchirées. Les possibilités sont infinies. Ah, Nick, merci.

Elle prit le pull à son collègue et le tendit à Angus.

— Essayez-le.

Il s'en empara et l'étudia.

— Le logo est un sapin de Noël.

— Petit, à peine visible. Juste assez pour compter comme un pull de Noël. Il envoie le message : « Je suis accessible, mais je reste le boss. »

Angus rit.

— Je n'aurais jamais pensé que les vêtements pouvaient en dire autant.

— Vous seriez surpris. La communication non verbale peut être aussi puissante que les mots qui sortent de votre bouche.

Elle tint sa veste pour qu'il puisse enfiler le pull.

— Il vous va bien.

— C'est plus confortable que la chemise et la cravate, ça, c'est sûr.

Il lui adressa un franc sourire.

— Je peux le garder ? Je le mettrai pour Noël.

Comme si Angus Fitzgerald ne possédait pas des milliards. Comme s'il ne pouvait pas s'acheter plusieurs tonnes de pulls en cachemire rien qu'avec les espèces présentes dans son portefeuille. Ce dont il manquait, c'était le temps. Le rôle d'Imogen était justement de faire gagner du temps à ses clients.

— Bien sûr.

Elle tendit la veste à Nick, notant dans un coin de sa tête d'ajouter le pull à la facture finale.

— Nick va mettre votre veste de côté. Vous pourrez la récupérer plus tard. Ou nous pourrons la faire livrer à votre bureau. C'est comme vous le souhaitez. En attendant, tout a l'air en ordre ici. On a vérifié la sono. Tout est prêt pour votre discours à midi.

— Vous n'y assisterez pas ?

— Hélas, non. Je dois être à Knightsbridge pour 11 h 45, mais je serai en contact permanent avec mon équipe. Ne vous inquiétez pas, vous n'aurez pas besoin de moi, tout va se dérouler à la perfection.

— Grâce à vous. Vous êtes unique.

Il lui serra de nouveau la main.

— Vous arrive-t-il de vous reposer, Imogen ?

Il avait parlé d'une voix douce et sincère, mais c'était une question piège qui nécessitait une réponse prudente.

Si elle répondait « oui », alors il se demanderait si elle s'investissait vraiment à fond. Si elle répondait « non », il commencerait à s'inquiéter qu'elle fasse un burn-out et que sa société en pâtisse.

— Je me repose quand j'en ai besoin, et quand mon planning me le permet.

Il rit.

— Voilà une réponse des plus rusées. Si vous souhaitez quitter l'événementiel et venir travailler pour moi, passez-moi un coup de fil. Vous devez avoir hâte d'être en congé. Il sera amplement mérité.

— Je ne serai en congé que dans plusieurs semaines.

Elle essayait de ne pas y penser car, en réalité, elle n'avait pas hâte du tout. Et elle ne comptait pas prendre de vacances. Les fêtes étaient déjà suffisamment éprouvantes sans avoir besoin en plus de tourner en rond et se morfondre.

— Où passez-vous Noël, Imogen ?

C'était la question qu'elle détestait le plus. Heureusement, elle avait une réponse toute prête.

— Avec ma famille, à la campagne.

Elle avait prononcé ces mots si souvent qu'elle les croyait presque. Dans tous les cas, le mensonge était mieux que la vérité. La vérité mettait les gens mal à l'aise, et elle ne voulait pas mettre les gens mal à l'aise. Elle ne voulait pas non plus qu'on éprouve de la pitié pour elle.

— Donc vous quitterez la ville. C'est bien. On travaille ensemble depuis des années. Vous savez tout de moi, pourtant j'ai l'impression d'en savoir bien peu sur vous. Que faites-vous pour vous détendre, Imogen ?

— Beaucoup de choses. Du jujitsu. Je suis ceinture noire.

C'était la vérité. La seule chose honnête qu'elle révélait sur elle-même parmi une myriade de mensonges. C'était son seul hobby. L'activité à laquelle elle consacrait du temps en dehors du travail.

— Du jujitsu ?

Il haussa les sourcils.

— Qu'est-ce qui vous plaît dans ce sport ?

Il me permet de me sentir en sécurité et sûre de moi.

— C'est une bonne façon de rester en forme.

Elle essaya de penser à d'autres hobbies. Elle devait montrer qu'elle menait une vie équilibrée. Que faisait Janie ?

— Je fais du yoga plusieurs fois par semaine. Je lis. Je promène mon chien. Des choses normales, en somme.

— Vous avez un chien ? s'exclama Angus, vivement intéressé. De quelle race est-il ?

Oh ! Seigneur.

— C'est un golden retriever.

Elle n'aurait pas dû mentionner le chien. Ces détails personnels étaient pour les collègues, pas les clients. Elle fit un geste vers deux cadres de l'équipe d'Angus qui se tenaient à côté d'eux.

— J'ai pris assez de votre temps, Angus.

— J'aime échanger avec vous, mais vous avez raison, je devrais me mêler aux autres. Merci encore, Imogen.

Il contempla le parc d'attractions hivernal qu'elle avait créé.

— C'est la conclusion parfaite à une année parfaite.

Imogen décida qu'il était temps de prendre congé, avant qu'il se mette à pleurer.

— Profitez, Angus. Cette célébration n'est pas seulement pour vos employés. Elle est pour vous aussi. Vous avez réalisé votre meilleur chiffre d'affaires depuis la création de l'entreprise. Vous méritez de profiter. Allez faire une balade en traîneau.

Elle lui pressa le bras en signe d'encouragement et le laissa aller retrouver ses employés pendant qu'elle faisait un rapide tour des lieux pour s'assurer que tout était en ordre.

Appréciant beaucoup Angus, elle tirait une grande satisfaction d'avoir organisé une fête si magique et si inoubliable.

Après une rapide entrevue avec le responsable de l'événement pour s'assurer que tout allait bien, elle reprit le train, direction Londres.

L'étape suivante était un déjeuner de remise de prix qui se tenait dans un hôtel cinq étoiles avec vue sur Hyde Park, auquel elle arriva largement en avance.

Elle avait gravi la moitié de l'escalier menant à l'entrée quand elle reçut un appel de la chargée de clientèle qui supervisait l'événement du soir. Le client était difficile, donc Imogen prévoyait d'y assister dans sa globalité pour régler les quelques incidents qui pourraient survenir.

— Imogen ? s'écria une voix aiguë. Situation de crise !

Elle s'immobilisa sur les marches.

— Respire, Sophie. Calme-toi. Rappelle-toi, on a parlé de ce cas de figure. S'il y a un problème, alors on cherche des solutions. On le résout étape par étape.

— Que veux-tu dire, « si » ? Il y a un énorme problème.

— Tout ira bien.

— Non, pas du tout. C'est tout bonnement incroyable. De tous les...

— Les faits, Sophie, coupa-t-elle. Expose-moi le problème en cinq mots maximum.

— Ma conférencière est coincée à Édimbourg. Il y a eu un incident à l'aéroport. Tous les vols sont annulés jusqu'à nouvel ordre. Elle panique, le client panique, et je panique. C'est l'intervenante principale ! On organise sa venue depuis si longtemps ! On l'a engagée il y a dix-huit mois. Ce n'est pas comme si quelqu'un d'autre pouvait donner son discours à sa place.

Sophie s'interrompit avant de reprendre d'une voix tremblotante :

— Alan Marsh a pété un câble. Il m'accuse, même si j'ignore en quoi c'est ma faute puisque je ne contrôle pas les aéroports. Mais ça, il s'en fiche. Il m'a dit que j'étais inutile et qu'il allait nous virer à moins que tu n'arrives dans les dix prochaines minutes.

Imogen se crispa, agacée. Elle savait gérer les clients exigeants, toutefois, elle avait une haine viscérale des tyrans.

— Il n'avait pas le droit de dire ça. Tu es très bonne dans ton travail, Sophie.

— Non, c'est faux ! Il a raison. Je panique dès qu'un problème survient. Je ne suis pas comme toi. On va perdre le client, je vais être virée et...

— Stop ! l'interrompit Imogen. J'ai besoin que tu m'écoutes, Sophie.

Elle entendit un reniflement.

— Je t'écoute.

— Alan Marsh peut se montrer difficile, alors essaie de voir ça comme une expérience. Reste calme et apaise-le.

— Comment ? Est-ce que je peux lui dire que tu arrives ? Ça le calmera.

— Non, parce que ça revient à lui dire que tu n'as pas suffisamment confiance en toi pour superviser l'organisation de la soirée.

— Je n'ai pas suffisamment confiance en moi pour la superviser.

Imogen eut un pincement au cœur.

— Mais si. Il l'a réduite en miettes, c'est tout. On va recoller les morceaux.

— Ah oui ?

— Oui. Maintenant, énonce-moi le problème aussi brièvement que possible.

— Je viens de le faire.

— Non, tu es si perturbée que le client t'ait hurlé dessus et si distraite par des conséquences imaginaires que tu ne te concentres pas sur le problème en lui-même. Tu pars dans tous les sens et ta crise de panique t'empêche d'analyser clairement la situation. Décris-moi le problème. L'élément déclencheur.

— Je n'ai pas de conférencière !

— Si, tu en as une.

— Pas au bon endroit !

— Exactement. Ta conférencière n'est pas au bon endroit. C'est ça, le problème qui doit être résolu. Donc tu es face à un problème de transport.

— Oui, mais je ne vois pas comment...

— Au lieu de t'inquiéter de perdre le client et ton job, tu dois réfléchir à la façon de régler ce problème de transport.

— Je ne vois pas comment. J'ai déjà appelé l'aéroport, personne ne peut rien me dire.

— Oublie la compagnie aérienne. Le problème qui a besoin d'être réglé, c'est le fait que ton intervenante est au mauvais endroit. Trouve le moyen d'amener ton conférencier du point A au point B dans le temps dont tu disposes. Trouve la solution à ça, et tout sera réglé.

C'était ainsi qu'Imogen menait sa vie. Elle dressait la liste des options et en choisissait une.

— Modes de transport possibles : l'avion, le train, la voiture. La voiture prendrait trop de temps, il reste donc l'avion et le train.

— L'aéroport a retardé tous les vols en partance d'Édimbourg...

— Donc maintenant, le problème, c'est qu'il n'y a pas de vols en partance de cet aéroport. Une des solutions est de choisir un autre aéroport.

Imogen consulta l'heure et fit quelques calculs.

— As-tu consulté les vols en partance de Glasgow ?

— Glasgow ?

— Oui. Vérifie s'il reste des places. Si c'est une option, alors envoie-lui une voiture qui l'y conduira.

Elle donna à Sophie le nom d'une compagnie de taxis dont elle s'était déjà servie et en qui elle avait confiance.

— Que feras-tu quand elle atterrira ?

— Je... euh... je vais envoyer une voiture la récupérer à Heathrow. Et un membre de l'équipe pour l'accueillir là-bas afin qu'elle puisse se détendre et se concentrer sur son discours et non sur la logistique. Comme ça, elle ne se tiendra pas sur le podium tendue et stressée.

— Excellent. Tu vois, tu assures !

Imogen la complimenta chaleureusement, essayant de reconstruire la confiance en elle que le client avait brisée.

— Mais ce ne sera pas suffisant. En plus d'être stressée, la conférencière est tellement contrariée qu'elle menace de tout plaquer et de rentrer chez elle.

— Évidemment. Les déplacements professionnels sont toujours source de stress si tu dois être quelque part à une certaine heure et que tout est retardé. Elle se sent probablement embarrassée, bien que ce contretemps ne soit pas sa faute. Donc, notre problème ici est de la faire se sentir spéciale et importante. Des suggestions ?

Elle se décala sur le côté pour laisser passer un petit groupe d'invités, resserrant son manteau autour d'elle. Il faisait vraiment trop froid pour rester dehors.

— Hum... Elle dort ici, à l'hôtel, ce soir. La chambre est jolie, quoique simple. Le client n'a pas voulu nous donner le budget.

Sophie marqua une pause.

— Je pourrais demander au personnel de l'hôtel de la surclasser. On fait souvent appel à eux.

— En effet. C'est une excellente idée.

— Ils ont peut-être une suite.

— Ça vaut le coup de demander.

— On pourrait lui offrir un soin au spa.

— C'est une idée de génie.

Imogen vit un membre de son équipe lui faire signe depuis le seuil.

— Il faut que j'y aille. Je viens d'arriver à la cérémonie de remise de prix des arts graphiques. J'y serai pendant les deux prochaines heures.

— Tu restes joignable, hein ? demanda Sophie, la panique audible dans sa voix.

— Absolument. Mais tu n'auras pas besoin de moi, tu t'en sors très bien. Et si le client se montre désagréable, écoute-le, reste calme et assure-lui que tu fais tout ce qui est en ton pouvoir pour que la soirée se déroule du mieux possible. Tu fais de l'excellent travail, Sophie.

— Ce n'est pas l'impression que j'ai. J'aimerais être aussi calme que toi. Tu vas venir, n'est-ce pas ?

— Je n'ai jamais raté un événement, Sophie.

Elle ignorait si cela voulait dire qu'elle avait une vie triste, ou qu'elle était efficace.

Elle préférait la deuxième option.

— Je sais. Pardon. Le client n'a de cesse de te réclamer, comme si le reste d'entre nous était incompétent. D'après lui, la débâcle avec la compagnie aérienne ne serait pas arrivée si tu avais été là car tu es une sorte de magicienne...

Sophie s'éclaircit la gorge.

— Il faut que je me calme. Problème, solution, problème, solution.

— Exactement. Tu t'en sors très bien.

Imogen leva un doigt pour indiquer à son collègue qu'elle aurait terminé dans une minute.

— On se voit tout à l'heure.

— Exact. Parce que tu seras là. Bien sûr que tu seras là. Je vais passer les coups de fil nécessaires. On se voit dans quelques heures.

— Tiens-moi au courant.

Imogen glissa son téléphone dans son sac, monta les marches au pas de course et pénétra dans l'hôtel. Soudain prise de vertige, elle réalisa qu'elle n'avait rien mangé depuis la veille au soir. Elle prendrait une collation avant de se rendre au gros événement de la soirée. Elle n'était pas étonnée que Sophie trouve le client difficile. Alan Marsh était pénible. Une de ces personnes ennuyeuses qui voyaient toujours le verre à moitié vide même quand vous le remplissiez à ras bord. Il trouvait à redire sur chaque petite chose, comme s'il cherchait une excuse pour les virer. Imogen avait toujours fait attention à ne jamais lui donner de raison. Aujourd'hui ne ferait pas exception.

— Bonjour, Arthur.

Elle salua le concierge de la main, qui la salua à son tour.

— Ça fait plaisir de te voir, Imogen.

RPQ faisait tant appel à cet hôtel qu'elle connaissait bien le personnel.

Elle se dirigea directement vers la salle de bal où la remise de prix se déroulerait, parla au responsable technique, au chargé de clientèle, et elle alla au fond de la salle pour observer la scène pendant quelques minutes. Tout le monde s'affairait dans une ambiance animée.

— Les tables sont joliment dressées, remarqua Imogen.

Au centre de chacune se trouvait un hologramme de flocon de neige.

Noël dominait déjà sa vie alors que la fête elle-même n'aurait lieu que dans plusieurs semaines.

Elle resta suffisamment longtemps pour parler au client, vérifier qu'il était satisfait, puis monta à l'étage, dans la salle qu'ils utilisaient comme quartier général pour la journée.

Comme elle l'espérait, l'endroit était vide, le reste de l'équipe étant sur place.

Imogen retira ses chaussures et se servit un grand verre d'eau. Puis, après avoir mangé une banane et une barre chocolatée, elle s'allongea sur le canapé.

Elle était épuisée. Son esprit tournait à cent à l'heure, son cœur battait la chamade, et elle devait encore trouver du temps pour passer en revue les événements du lendemain. Les fêtes approchant, ils s'enchaînaient presque en continu.

Elle pensa à Rosalind. « Tu es sûre de t'en sortir ? Tu me le dirais si tu rencontrais des difficultés ? »

Elle ne pouvait pas se permettre le moindre faux pas. Bien qu'elle ait rassuré Sophie, elle se sentait nerveuse pour ce soir. Le client était exigeant. Elle devait donner le meilleur d'elle-même.

Elle ferma les yeux.

Cinq minutes, puis elle irait rejoindre et soutenir Sophie.

Elle dut s'endormir car elle fut réveillée par le bruit de la porte qui s'ouvrait.

Le temps que la personne entre dans la pièce, Imogen avait remis ses chaussures et faisait mine de consulter ses mails. Sa tête était cotonneuse, elle sentait pointer les prémices d'une migraine. Elle commençait à regretter d'avoir mangé du chocolat.

— Salut, Imogen ! lança Janie. Je ne savais pas que tu étais encore là. J'adore ton tailleur. Ce vert te va bien. Tu ressembles à un petit lutin très sexy.

Janie était tirée à quatre épingles. Elle portait une robe noire cintrée, ses cheveux noués en chignon à l'arrière de sa tête.

— Je suis montée prendre mon détachant. Le client a mis de la framboise sur sa chemise. La prochaine fois, je suggérerai un assortiment de fromages en dessert.

Elle fouilla dans un des sacs.

— Mince, où est-il ? Je suis sûre d'en avoir apporté un.

Imogen plongea la main dans le sac XL qu'elle emportait partout et lui tendit le sien.

— Tiens. Ce n'est pas facile de se débarrasser des taches de framboise. Tu ferais peut-être mieux de lui apporter une nouvelle chemise.

— C'est mon plan B. Problème, solution, pas vrai ? Merci, Imogen.

Janie glissa le détachant dans sa poche.

— Je suis dans tous mes états. Maman vient d'appeler. Devine quoi ? Elle va se remarier !

Imogen n'était pas sûre de savoir comment réagir. Était-ce une bonne nouvelle ou non ?

— Wouah ! Qu'en penses-tu ?

— Je suis excitée ! J'apprécie Ray, et elle était seule depuis la mort de papa. Tout ce que je souhaite, c'est qu'elle soit heureuse. Parfois, j'ai l'impression qu'on est plus des meilleures amies que mère et fille, tu vois ?

Non, elle ne voyait pas. Elle n'avait jamais eu ce genre de relation avec sa mère.

Les bons jours, leur relation était distante et glaciale. Les mauvais jours... Les mots lui manquaient pour décrire leurs rapports.

— Je suis contente pour toi.

— Je vais être demoiselle d'honneur. On choisit les robes la semaine prochaine. J'adore les virées shopping mère-fille, pas toi ?

— Comme tout le monde, non ? Allez, je te retarde. Je sais que tu dois retourner auprès du client pour régler cette histoire de chemise.

— Oui, tu as raison. Il faut que j'y aille.

Janie tapota sa poche.

— On se voit au bureau demain. Déjeunons ensemble. Tu es prête pour vendredi ?

Vendredi ? Que se passait-il vendredi ?

— Je...

— Tu n'as pas oublié, quand même ?

Janie gloussa.

— C'est la journée « Amenez votre chien au travail ». On va enfin rencontrer Midas. On est tous super excités !

Midas.

Assez. Elle devait vraiment, vraiment mettre un terme à cette mascarade.

— Je ne peux pas venir, Janie.

— Pourquoi pas ?

L'excitation sur le visage de Janie se transforma en inquiétude.

— Midas est encore malade ?

— N-non, il n'est pas malade, bafouilla Imogen.

Un petit mensonge innocent en avait entraîné un autre, puis encore un autre. Elle regrettait d'avoir commencé, mais le mal était fait, et maintenant elle ne savait pas comment y mettre un terme.

— Je ne voulais pas vraiment en parler. C'est trop horrible.

— Quoi ?

Alarmée, Janie s'assit à côté d'elle.

— Tu me fais peur. Tu n'es pas obligée d'en parler si tu n'en as pas envie, mais tu sais que tu peux, hein ? Tu peux tout me dire. Nous sommes amies.

Imogen sentit une boule se former dans sa gorge.

— Ah oui ?

— Qu'est-ce que c'est censé vouloir dire ? Bien sûr qu'on l'est.

Janie prit sa main dans la sienne, ce qui la toucha profondément.

Soudain, elle eut envie de tout lui révéler. Serait-ce si terrible ? Janie était gentille. Elle comprendrait.

Elle essayait de déterminer par où commencer quand Janie reprit :

— J'ai su à la minute où tu as posé cette photo de Midas sur ton bureau qu'on serait de bonnes amies. Pour commencer, on a toutes les deux un chien !

Non, elle n'avait pas de chien. Pas un vrai, du moins. Tout était faux chez elle. Elle était un imposteur. Un vrai chien l'aurait percée à jour en un instant.

— Et on a d'autres points communs, continua Janie. On est toutes les deux casanières. J'aime les sorties entre filles, bien sûr, toutefois j'aime encore plus passer la soirée à la maison, lovée sur le canapé, à regarder un film avec mes proches. Je sais que toi aussi.

Non, mais elle aurait adoré cela. Hélas, quand Imogen regardait un film sur le canapé, elle était toujours seule.

Elle retira sa main de celle de Janie.

— Tu es une personne merveilleuse, Janie. J'ai de la chance de travailler avec toi.

— Merci. Allez, maintenant, dis-moi ce qui se passe avec Midas.

Si elle avouait la vérité à Janie, alors leur amitié serait terminée. Janie découvrirait qu'elle n'avait pas de chien. Elle serait blessée qu'Imogen lui ait menti. Elle ne lui ferait plus jamais confiance. L'ambiance au bureau en pâtirait.

Imogen ne pouvait le supporter. Aussi, elle décida de continuer à faire semblant.

— Il est parti. Midas est parti.

— Parti où ?

— Il s'est enfui.

— Enfui ?

Janie la regarda, horrifiée.

— Je croyais que ton jardin était sécurisé ?

— Il l'est.

Son estomac se noua. Elle aurait mieux fait de trouver une autre excuse. Là, elle passait pour quelqu'un de négligent. Et blâmer la dog-sitter n'était pas une option. Janie voudrait connaître son nom pour qu'ils puissent tous lui laisser de mauvais avis sur Internet. Mais Midas devait sortir de sa vie et elle ne pouvait se résoudre à le tuer.

— Honnêtement ? Je pense que quelqu'un a escaladé le grillage et l'a pris. Je n'ai pas de caméras de surveillance donc je ne saurai probablement jamais vraiment ce qui s'est passé. En tout cas, il n'est plus là.

Voilà. C'était fait. Adieu, Midas.

Ce fut presque un soulagement. Plus de mensonges au sujet du chien.

Et non, elle n'en adopterait pas un autre.

Elle espérait que la conversation en resterait là, mais un coup d'œil au visage de Janie lui indiqua que sa collègue n'en avait pas terminé.

— Plus là ? répéta Janie, rouge de colère. Tu crois que quelqu'un l'a volé ? Il y a eu plusieurs cas récemment. C'est tellement choquant ! Ces gens croient qu'ils peuvent s'approprier une chose qui ne leur appartient pas ! Et ce n'est pas comme s'ils volaient un meuble de jardin ou une télévision. Les animaux de compagnie font partie de la famille. Ils volent un membre de la famille. C'est du kidnapping. Oh ! Imogen...

Janie la prit dans ses bras.

— Je ne peux imaginer ce que tu traverses. Qu'a dit la police ?

— La police ?

— Tu as porté plainte, n'est-ce pas ?

Janie lâcha Imogen, l'esprit en ébullition.

— Porte-t-il un traceur ? Peux-tu le localiser à partir de ton téléphone ?

Imogen la regarda, ahurie. Localiser son chien ? Elle ne savait même pas que c'était possible.

— Euh, non. Je ne pensais pas en avoir besoin. Il restait toujours près de moi quand on sortait. Il ne s'est jamais enfui.

— Donc tu ne peux pas le localiser. Ma pauvre. Et pauvre Midas. S'il n'est pas du genre fugueur, alors quelqu'un a dû le kidnapper. Il doit être si effrayé !

Janie resta silencieuse un moment.

— On doit pouvoir faire quelque chose.

— J'ai bien peur que non, répondit Imogen. Je dois simplement apprendre à vivre avec. Je t'ai prévenue parce qu'il ne viendra pas à la journée « Amenez votre chien au travail » de Rosalind.

— Évidemment que non.

Janie pressa sa main.

— On devrait l'en informer. Elle annulera. Ce serait trop bouleversant pour toi de voir les chiens de tous les autres.

— Non, je ne veux pas que ce soit annulé. Je dois continuer à vivre.

— Tu es si courageuse… À ta place, je serais effondrée.

— J'essaie de prendre sur moi. De rester occupée. Cela m'empêche de ressasser. Je ne veux pas avoir le temps de cogiter.

Cette partie, du moins, était vraie.

Son téléphone se mit à vibrer. Elle l'attrapa, soulagée.

— Excuse-moi, Janie, je dois prendre cet appel. La conférence de ce soir a pris une tournure un peu cauchemardesque pour la pauvre Sophie. L'intervenante principale manque à l'appel. Et le client est particulièrement exigeant. Il faut que j'aille la rejoindre.

— C'est The Work Nook ? Ils sont horribles. Une de mes amies s'occupait de leurs relations publiques. Et je sais que tu veux aider Sophie, mais comment peux-tu penser au travail dans un moment pareil ?

— Travailler me permet de penser à autre chose. La vie nous impose des défis. On n'a pas d'autre choix que de les relever.

Se dépêtrer de ses mensonges s'avérait beaucoup plus compliqué qu'elle ne l'aurait cru. Elle devait absolument arrêter de s'inventer des animaux de compagnie et une famille.

Elle était soulagée d'avoir fait disparaître Midas. Cette partie de sa vie fictive était derrière elle. Elle se sentait plus légère, bien qu'étrangement triste d'avoir perdu son chien.

Elle se leva, vacillant légèrement.

Janie bondit aussitôt sur ses pieds.

— Tu es sûre que ça va ? Tu n'as pas l'air bien. Tu es blême. Épuisée. Ça doit être le choc. Assieds-toi. Je vais t'apporter à boire.

— Il faut vraiment que j'y aille. Ça va, je t'assure, mentit Imogen.

Elle ne se sentait en effet pas très bien. Sa gorge picotait. Étant donné sa journée chargée, cela n'avait rien d'étonnant. Elle avait beaucoup parlé.

Elle adressa un signe de tête à Janie, attrapa son manteau et descendit jusqu'au lobby. Elle passa la tête dans la salle où se déroulait la remise de prix et, une fois satisfaite, quitta l'hôtel.

Elle aiderait Sophie, calmerait l'horrible Alan Marsh, puis elle rentrerait dormir quelques heures. Heureusement, le lendemain, elle n'avait aucun déplacement de prévu. Plus que quelques heures à tenir, et ensuite elle irait se reposer.

Dans la rue, elle débattit quelques instants entre prendre le train ou un taxi. Finalement, elle appela un taxi. Elle ne se sentait pas assez en forme pour affronter les rames de métro bondées.

Une fois installée, elle se détendit contre le siège et consulta ses mails. Elle en avait reçu quatre-vingt-seize en quelques minutes, presque tous marqués urgent. Elle passa tous les objets en revue, sélectionna ceux en lien avec le programme du jour, qu'elle traita rapidement. Elle était en train de répondre à un client paniqué au sujet d'un changement dans le budget quand elle reçut un appel.

Tina.

Elle le rejeta. Sa mère la contactait uniquement quand elle avait besoin de quelque chose. Il était hors de question qu'elle prenne son appel en pleine journée de travail. Cela la perturberait trop, et elle devait se concentrer.

Nerveuse, elle retourna à ses mails. Elle détestait qu'un appel de sa mère puisse encore avoir cet effet sur elle. Ce n'était pas juste une réaction émotionnelle, c'en était une physique. Son cœur cognait contre ses côtes, lançant un signal d'alerte. Catastrophe en vue ! Ses paumes transpiraient (lâche tout et fuis !) et elle était aussi essoufflée que si elle avait gravi un escalier au pas de course.

Elle prit plusieurs inspirations lentes. Lorsque sa mère rappela, Imogen rejeta de nouveau l'appel.

Au début, cela lui avait paru étrange et contre nature, mais c'était avant qu'elle soit forcée d'admettre que tout chez sa mère était étrange et contre nature. Leur relation ne faisait pas exception.

« Appelle-moi Tina. » Voilà l'une des premières choses que sa mère lui avait dites. « Je ne veux pas que les gens sachent que tu es ma fille. »

Cela l'avait perturbée à l'âge de six ans et la troublait encore à seize ans. Mais elle avait fait avec. Ce n'est pas comme si elle avait eu le choix. Personne ne lui avait demandé : que préfères-tu ? Une mère chaleureuse et aimante qui te serre dans ses bras, te fait la lecture et s'intéresse à tout ce que tu fais, ou cette jeune femme en colère qui t'accuse d'avoir débarqué sans avoir été invitée et d'avoir gâché les meilleures années de sa vie ?

Son téléphone vibra de nouveau. Sophie lui avait envoyé un texto.

Tu arrives quand ? Le client te réclame.

Il restait cinq heures avant le début de la soirée, toutefois si le client avait besoin qu'elle lui tienne la main, alors elle lui tiendrait la main.

Elle était sur le point de taper sa réponse quand son téléphone sonna de nouveau. Cette fois, elle ne reconnut pas le numéro.

Inquiète – c'était peut-être un client –, elle répondit.

— Allô ?

— Vous êtes Imogen Thorne ?

— Oui. Qui est-ce ?

— Je suis médecin, je travaille aux urgences.

Il lui donna le nom de l'hôpital.

— Êtes-vous la sœur de Tina Thorne ?

Sa sœur ? Imogen appuya sa tête contre le dossier, fermant brièvement les yeux. Sa mère avait recommencé.

— Je suis sa fille.

Au cours de sa vie, elle avait joué le rôle de sœur, celui de meilleure amie et de cousine éloignée d'Écosse, or cette époque était révolue. Elle en avait terminé avec ces absurdités.

— Que s'est-il passé ?

— Elle a eu un accident. Quand on l'a amenée, elle a parlé d'une sœur. On a trouvé votre numéro dans son portable. On a essayé de vous appeler avec. Vous n'avez pas décroché.

C'était l'hôpital ? Une pointe de culpabilité l'assaillit. Elle avait cru que sa mère appelait pour demander de l'argent.

— J'étais en réunion. Et elle n'a pas de sœur.

— Vous en êtes sûre ? Elle a bien parlé d'une sœur, pourtant. Elle a même insisté.

Fais semblant d'être ma sœur.

— Elle n'a pas de sœur, répéta Imogen. Vous avez parlé d'un accident. Quel genre d'accident ?

— Si vous venez à l'hôpital, on pourra en discuter face à face. Elle a une blessure à la tête. Le fait qu'elle vous prenne pour sa sœur pourrait indiquer une certaine confusion.

Plutôt un signe de délire, songea amèrement Imogen.

Que cela disait-il d'elle, de soupçonner immédiatement un piège ? Ce type était-il réellement médecin ou était-ce encore une des techniques de manipulation bien rodées de sa mère ?

— Quand ?

— Maintenant.

— Maintenant ? Genre, tout de suite ? C'est hors de question. Je suis au travail. Je n'aurai pas terminé avant minuit et...

— Mademoiselle Thorne, coupa-t-il d'une voix aussi tranchante qu'un scalpel. Votre mère est blessée. On lui fait passer des examens. Il se pourrait qu'elle ait besoin de points de suture. Si c'est le cas, quelqu'un devra rester auprès d'elle à son retour à la maison.

— Vous êtes sûr qu'elle a demandé après moi ? D'habitude, elle ne veut pas...

Elle s'interrompit. Que dire ? D'habitude, elle ne veut pas me voir. C'était trop embarrassant à admettre, d'autant que même à distance, elle sentait que cet homme la jugeait. Il avait probablement des parents et des grands-parents aimants, peut-être même une épouse et des enfants. Les personnes comme lui ne comprenaient pas que tout le monde n'avait pas cette chance. Que certaines familles étaient toxiques, bien loin de l'image de la famille idéale véhiculée par Hollywood. Que tous les problèmes ne pouvaient pas être résolus, ni chaque péché pardonné.

— Je ne suis pas certaine qu'elle aura envie de me voir, finit Imogen.

— Je vous conseille vivement de venir.

Il ne savait pas de quoi il parlait. Il ignorait combien de fois ce même schéma s'était répété ; combien de taxis elle avait pris pour traverser la ville au beau milieu de la nuit pour aller voir sa mère à l'hôpital. Et chaque fois, celle-ci avait juré que cela n'arriverait plus. Occasionnellement, elle tenait parole, et le téléphone demeurait silencieux pendant quelques mois. Puis l'appel venait. Parfois d'un voisin, parfois de la police, parfois d'un type bizarre que sa mère avait rencontré au bar où elle travaillait. Le résultat était invariablement le même.

Imogen la ramenait chez elle, mettait de l'ordre, remplissait le réfrigérateur (elle avait appris à ses dépens que donner des espèces à sa mère n'était pas une bonne idée) puis attendait qu'elle dessoûle et lui ordonne de sortir de sa vie. Imogen obéissait. Jusqu'à ce que sa mère la rappelle. Imogen avait beau se faire violence, elle ne pouvait se résoudre à couper les ponts.

Elle croyait en la famille, bien que la sienne ne soit pas à la hauteur de ses espérances. Elle essayait de se comporter de la façon dont elle estimait qu'un proche devait se comporter – en offrant un soutien aimant, même lorsque c'était très difficile.

Elle était le seul parent de sa mère. Elles n'avaient personne d'autre. Cela ne signifiait peut-être pas grand-chose pour Tina, mais ça voulait dire beaucoup pour Imogen. Elle ne l'aiderait pas financièrement – il y avait toujours des conséquences fâcheuses –, mais elle ne lui tournerait pas complètement le dos. Les membres d'une même famille ne se conduisaient pas ainsi. Ils devaient se soutenir contre vents et marées. Elle le croyait sincèrement, même si sa mère, elle, n'y croyait pas. Et elle souhaitait que ses actions reflètent ses convictions, raison pour laquelle elle était encore en contact avec Tina bien que, la plupart du temps, il aurait été plus confortable de s'allonger sur un lit de pierres. Leur relation était très complexe, elle ne se voilait pas la face.

— Était-elle soûle ?

Il y eut une pause.

— Venez à l'hôpital, on vous expliquera de quoi il retourne.

Ce qui voulait probablement dire qu'elle était soûle. Ce n'était pas une surprise.

Mais ce médecin lui demandait de venir. Il était impartial, et il estimait qu'elle devait être là. Quels tests lui faisaient-ils passer, au juste ? Le serment d'Hippocrate, la déontologie médicale... Les médecins n'avaient pas le droit de mentir, n'est-ce pas ?

Elle consulta l'heure. L'hôpital était quasiment sur son chemin. Elle ferait un petit détour, resterait une demi-heure, parlerait au spécialiste puis attendrait que sa mère lui ordonne de sortir de sa vie. Cela ne prenait généralement que quelques minutes.

— Je serai là dans vingt minutes.

Elle raccrocha, puis envoya un message à Sophie.

Canalise le client. Je serai là dans une heure.

Cet imprévu ne l'empêcherait pas d'arriver à la conférence en avance. Tout irait bien.

Chapitre 7

Sara

— Allons choisir le sapin le week-end prochain.

Sara étala du beurre sur une tranche de pain de mie et la découpa d'une main experte en forme de maison. Elle ne s'inquiéterait pas au sujet de sa mère qui avait pris la route en direction de Londres. C'était ridicule. Que redoutait-elle, exactement ?

— C'est la mienne ?

Patrick avait l'air amusé.

— Jolie maison.

Sara baissa les yeux vers le toast, incrédule.

— Pardon. J'étais en pilotage automatique.

— Je sais. Tu as visiblement beaucoup de choses en tête.

Il la regarda d'un air pensif.

— Tu fronces les sourcils. Veux-tu me dire ce qui te tracasse ?

— Non, mais merci.

— Bois ton café. Tu sais que tu es incapable de fonctionner tant que tu n'as pas bu ta première tasse de la journée.

Il posa un mug près d'elle.

— Ça te fera du bien.

Il lui caressa doucement le bas du dos, et elle se sentit aussitôt réconfortée.

Elle ne pourrait jamais lui cacher aucune de ses humeurs. Heureuse, triste, inquiète, pensive - il les identifiait toutes, ce dont elle était reconnaissante. Ils se connaissaient depuis leurs quatre ans et ils avaient encore le même cercle d'amis qu'à l'époque. Lissa, Shona, Paul et Rick. Ils s'étaient rencontrés en maternelle et avaient fait leur scolarité ensemble jusqu'à ce que l'université les force à prendre des chemins différents. Paul et Rick, qui s'étaient mis en couple presque tout de suite, tenaient aujourd'hui la librairie du village. Sara et Patrick avaient emménagé ensemble, se mariant quelques années plus tard. Lissa avait monté sa boîte de décoration d'intérieur et était basée à Londres, mais elle avait acheté et rénové un cottage au village et venait une fois par mois pour « faire un break », voir ses amis et son frère cadet, Miles, le vétérinaire. Lissa organisait des dîners élégants, avec des plats raffinés et des arrangements floraux somptueux offerts par Shona, qui était fleuriste. Shona s'occupait surtout de mariages et d'événements à grande échelle. Elle voyageait beaucoup, mais tous les trois mois, quoi qu'il arrive, les six amis se retrouvaient. Lissa fournissait la nourriture et l'élégance, Shona les fleurs, Sara et Patrick le vin, Paul et Rick le divertissement. Ils distribuaient à tous des conseils en matière d'ouvrages, et Sara savait que pour Shona, faire ses achats de Noël consistait à envoyer une liste de personnes, avec leurs âges et leurs centres d'intérêt, à Paul et Rick. Ils choisissaient les livres adéquats, les emballaient et les faisaient livrer à Shona, qui se chargeait ensuite de les envoyer. Depuis qu'elle était sur cette liste, Sara avait commencé à donner des indices à Paul au sujet du livre qu'elle aimerait recevoir de la part de Shona. Ce qui lui rappela qu'il fallait qu'elle le fasse.

— As-tu dit à Paul quel livre tu aimerais cette année ?

— Pas encore. J'ai lu la critique d'un ouvrage sur les volcans la semaine dernière. Il a l'air intéressant.

Il prit son assiette et étudia le toast.

— C'est une œuvre d'art architecturale. Je veux manger la porte, mais si je mange la porte, comment allons-nous entrer dans la maison ?

Ava gloussa.
— C'est juste une tartine. T'es bête, papa.
Patrick secoua la tête.
— C'est une maison. Elle a des fenêtres, une cheminée, des portes.
— Tu dois la manger en entier.
— Ah bon ? D'accord, si tu insistes.
Il mordit dans la maison. En réponse, Sara leva les yeux au ciel.
— Envoie-moi le lien vers ce livre pour que je le transmette à Paul. J'ai calé une date pour notre prochaine réunion, au fait.
— Génial.
— Je n'arrive toujours pas à croire que j'aie découpé ta tartine.
— Aucun problème. Ava a eu une tartine en forme de maison, alors j'en mérite une aussi. Ça s'appelle l'égalité.
Il se pencha vers elle et l'embrassa.
— C'est super. Dis, est-ce que la prochaine fois je pourrais avoir un château avec des remparts ? Ou peut-être un yacht ?
— Va t'asseoir.
Elle le poussa doucement.
— Tu as de la chance que j'aie préparé ta tartine.
— Je sais. Mais je t'ai donné une tasse de café fort, donc toi aussi, tu as de la chance.
Il transporta son assiette jusqu'à la table où il s'assit avec les filles.
— Tu disais quelque chose au sujet de sapins de Noël, reprit-il.
— On devrait aller le chercher ce week-end. On part pour la journée, comme chaque année. On se balade en forêt, on boit du chocolat chaud...
Elle avala une gorgée de café, inspirant l'arôme.
— Qu'en pensez-vous ?
— Pourquoi voudrais-tu un sapin ? Tu n'aimes pas Noël.
Il lui fit un clin d'œil tandis qu'Ava poussait un cri.
— Maman adore Noël !
— Ah oui ?

Patrick mordit dans une des fenêtres de sa tartine.

— Je ne le savais pas.

— Si, tu le sais, rétorqua Ava, les sourcils froncés. Elle met des décorations partout, elle fait un gros gâteau et elle coupe plein de trucs verts dans le jardin qu'elle enroule autour de la rampe. Elle accroche des guirlandes lumineuses partout, et elles sont allumées même à l'heure du bain. On fait des cartes de vœux, de la peinture et des décorations. On compte combien de dodos il reste et avant qu'on s'endorme, elle nous lit des livres de Noël.

— Ça a l'air vraiment amusant, commenta Patrick. Mais si on va chez mamie pour Noël, on n'a peut-être pas besoin d'avoir notre propre arbre cette année.

Sara secoua la tête, le sourire aux lèvres.

— Patrick...

— On n'aura pas de sapin ?

La lèvre d'Ava trembla. Iris posa sa tartine pour tapoter sa main.

— On aura un sapin, la rassura-t-elle. Papa plaisante.

— Je ne comprends pas. Ce n'est pas rigolo.

— Il nous taquine.

— Elle a neuf ans mais elle a la sagesse d'une dame de quatre-vingt-dix ans, murmura Patrick avant de finir sa tartine. Iris a raison. Je plaisante. On prendra le plus grand arbre de la forêt. Tellement grand qu'on aura besoin d'une échelle pour poser la fée d'Iris en haut. Et je sais que maman adore Noël. C'est une des raisons pour lesquelles je l'ai épousée.

Ava bondit de sa chaise et le serra dans ses bras tandis qu'Iris souriait discrètement.

Une douce chaleur envahit Sara. C'est vrai qu'elle adorait Noël. Pendant plusieurs années, cela n'avait pas été le cas. Durant les jours sombres qui avaient suivi l'AVC de son père, les fêtes en famille avaient eu un goût doux-amer. Mais tant d'années s'étaient écoulées qu'elle avait appris à bloquer les mauvais souvenirs. Elle les ignorait, préférant se concentrer sur ceux qui étaient heureux. Et elle en avait de nombreux.

Patrick lui avait fait sa demande à Noël. Elle avait découvert qu'elle était enceinte d'Iris à Noël, et avoir des enfants lui avait donné l'excuse dont elle avait besoin pour laisser s'exprimer son amour de la saison des fêtes. Elle voulait profiter de Noël. Aussi, elle chassait la tristesse ou tout sentiment négatif qui menaçait de diminuer son plaisir.

Patrick consulta sa montre et se leva.

— C'est l'heure d'y aller. On ne veut pas être en retard. Ava ? Les dents.

Elle retroussa les lèvres et grogna comme un tigre.

— Super. Maintenant, va te les brosser.

Ava partit en courant. Iris ramassa les assiettes du petit déjeuner et les mit délicatement au lave-vaisselle.

— Merci.

Sara la serra dans ses bras.

— N'oublie pas d'emporter ton projet.

— Il est déjà dans mon cartable.

Iris suivit sa sœur et Patrick haussa les sourcils.

— Le projet sur l'Arctique est fini ?

— Oui.

— Plus de dessins d'ours blancs ?

— Tu as dessiné ton dernier ours blanc. La prochaine fois que tu verras ces ours, ce sera à la réunion parents-professeurs, dans une semaine. Tous les projets seront exposés.

— Le sien est le meilleur.

Elle pencha la tête.

— Tu ne manquerais pas un peu d'objectivité ?

— Non. As-tu remarqué combien elle a travaillé dur ? Elle s'investit toujours à fond.

— Je sais.

Il posa son assiette sur le plan de travail, croisa le regard réprobateur de Sara et la mit au lave-vaisselle.

— Alors maintenant, dis-moi ce qui ne va pas. C'est encore au sujet de ta mère ?

— Elle continue de se punir, et je déteste ça. Même après toutes ces années, elle pense encore que ce qui est arrivé est sa faute.

— C'est inévitable quand on est parent. C'est naturel de se demander ce qu'on aurait pu faire différemment.

— Peut-être, mais il arrive un moment où tu dois accepter que tes enfants soient des individus à part entière. Tu auras beau les élever en leur inculquant de bonnes valeurs, tu n'es pas responsable de leurs choix.

Elle s'interrompit.

— Changeons de sujet. Tu sais que je déteste en parler. J'ai appris à enfermer le passé dans une boîte que je n'ouvre jamais. J'aimerais que ma mère puisse en faire autant.

— Elle trouve toujours cette période de l'année difficile, tu le sais.

Le téléphone de Patrick sonna, mais il l'ignora et prit Sara dans ses bras.

— Tu devrais répondre.

— Ça peut attendre.

Elle appuya la tête contre son épaule.

— Je déteste qu'elle se sente coupable. Cela me met en colère.

— Je sais. Tu te sens impuissante. Tu voudrais arranger les choses, mais tu ne peux pas, chérie.

Il posa le menton au sommet de sa tête.

— Rappelle-toi qu'il y a beaucoup de belles choses dans sa vie. Pour commencer, elle t'a, toi. Et tu es plutôt géniale.

— Plutôt géniale ?

Elle leva la tête pour le regarder.

— Je suis sacrément géniale.

— C'est vrai. Tes tartines en forme de maison sont vraiment exceptionnelles.

Il lui caressa la joue.

— Y a-t-il autre chose ? Dis-moi.

Elle posa la main sur son torse en soupirant. Elle ne voulait pas l'embêter avec ses angoisses, toutefois elle avait besoin qu'il la rassure.

— Elle me fait m'inquiéter au sujet des filles. Elle me demande constamment comment elles vont, si elles s'entendent bien, si elles ont de bons amis. Je sais pourquoi, évidemment, mais cela me rend nerveuse. J'en viens à analyser leurs paroles, leurs actes...

La frustration l'envahit.

— Je m'interroge. Ne devrais-je pas débarquer à l'improviste chez leurs amis pour m'assurer que ce sont des gens convenables avant d'autoriser les filles à aller chez eux ? Est-ce que j'en fais suffisamment en tant que mère ?

— On rend toujours visite aux familles de leurs amis avant de donner notre autorisation.

Comme toujours, Patrick était calme et sensé.

— On vit dans un village. On connaît presque tout le monde.

— J'en ai conscience. Mais quand même...

— Tina avait de mauvaises fréquentations. Rien n'indique que nos filles suivront le même chemin.

— Je le sais bien. Je ne prétends pas que ma réaction est rationnelle. Je t'explique simplement ce que ma mère me fait ressentir.

— Je sais.

Il écarta une mèche de cheveux de son visage.

— On va faire ce qu'on a toujours fait. On va être les meilleurs parents possibles pour les filles. On va leur prêter attention et nous assurer qu'elles savent qu'elles peuvent nous parler de tout. On va continuer de communiquer, de s'assurer qu'elles vont bien. On va les encourager à veiller l'une sur l'autre. Tout ira bien.

Il le pensait sincèrement. Elle adorait cela chez lui. Il était de nature optimiste, s'attendait au meilleur. Et elle en était reconnaissante. Elle en avait besoin.

Contrairement à elle, Patrick n'attendait pas, en retenant son souffle, que leur vie s'effondre. Il ne touchait pas du bois, ne portait pas un flocon de neige porte-bonheur, ne cherchait pas désespérément une deuxième pie quand une seule était perchée sur le rebord de la fenêtre.

Il l'attira plus près de lui.

— J'en suis convaincu. Regarde-nous. On a des amis formidables. Peu de personnes peuvent se vanter d'avoir rencontré leurs amis avant même d'avoir appris à lacer leurs chaussures.

— Je voudrais que les filles connaissent ce bonheur, elles aussi. Qu'elles soient entourées de personnes bien, qui les comprennent et qui les aiment.

— C'est déjà le cas, assura Patrick. Les filles ont de super amis. Elles ont de la chance.

C'était vrai, pour le moment du moins. Mais la chance, comme elle le savait, pouvait tourner. Et parfois, on ne pouvait rien y faire.

Chapitre 8

Imogen

Imogen arpentait les couloirs de l'hôpital. Elle avait passé bien trop de temps dans des endroits comme celui-ci, à attendre des nouvelles de sa mère, coulant des regards envieux vers les proches soucieux qui formaient de petits groupes et se soutenaient mutuellement. Imogen, elle, affrontait seule la situation.

Au début, elle avait pu compter sur Terry, l'homme que sa mère avait épousé quand Imogen avait sept ans. Imogen appréciait Terry. Il lui faisait la lecture, l'aidait avec ses devoirs et l'emmenait au parc. Or, pour une raison qu'elle n'avait jamais comprise, sa gentillesse et ses attentions avaient énervé sa mère.

Laisse la gamine tranquille. Elle va bien.

Sa mère avait été relativement stable ces années-là, et la vie d'Imogen plutôt normale, même si elle manquait d'amour et de tendresse. Il arrivait encore à sa mère de boire et, dans ces moments-là, Terry et elle se disputaient violemment au sujet de sa consommation d'alcool, mais ils semblaient toujours se réconcilier.

Puis, quand Imogen avait onze ans, deux choses s'étaient produites. Sa mère avait perdu son travail, Terry avait décidé qu'il en avait assez de Tina et était parti.

Imogen s'était sentie endeuillée. Elle avait eu l'impression de perdre un père.

À partir de là, les choses s'étaient dégradées. Les mois suivants, sa mère avait été plus souvent ivre que sobre. Un jour, Imogen avait dû l'emmener à l'hôpital pour se faire recoudre après une chute, et quelqu'un avait appelé les services sociaux. Une femme était arrivée et lui avait posé des questions gênantes, l'interrogeant sur sa vie à la maison. Imogen avait souri et inventé une histoire qui avait semblé la satisfaire. *Ce n'est jamais arrivé avant. Oui, les choses vont bien à la maison. Ma tante vient me garder quand maman travaille. Sinon, je vais chez ma grand-mère.*

À ce moment-là, elle avait appris que parfois, s'inventer une vie était mieux que révéler la vérité. Elle avait lu suffisamment pour savoir que s'ils apprenaient la vérité, les services sociaux ne seraient pas contents. Certes, sa mère était à l'opposé de la figure maternelle qui peuplait les livres d'histoires pour enfants, mais elle était sa seule famille. Imogen savait que sa mère avait besoin d'elle, peu importe qu'elle ne l'admette jamais. C'étaient elles deux contre le monde.

Graduellement, sa mère s'était ressaisie. Elle avait trouvé un autre emploi, avait arrêté de boire. C'était une lutte de tous les instants, mais elle avait tenu une année entière avant de rechuter.

Et ça avait continué ainsi.

Chaque fois que la situation dégénérait, Imogen s'était rappelé que sa mère n'était pas totalement responsable. Sa famille l'avait abandonnée à l'adolescence, ce qu'elle jugeait impardonnable. Pas étonnant de la voir si instable. Tina ne savait pas comment être mère car la sienne ne s'était pas occupée d'elle. Elle ne savait pas comment donner de l'amour inconditionnel car elle n'en avait jamais reçu. Sa propre mère l'avait mise à la porte quand elle était tombée enceinte.

Tina ne croyait pas au concept de famille. Il incombait à Imogen de réparer ça et de la guérir ; de lui prouver que certaines familles se serraient les coudes et ne vous abandonnaient pas.

En théorie, ça semblait facile, mais cela n'avait pas du tout fonctionné.

L'année de ses douze ans, les services sociaux avaient débarqué sans prévenir. Imogen soupçonnait que cette visite était liée au dernier passage aux urgences de sa mère. Entre-temps, elle avait appris à tenir la maison. Leur petit appartement était propre et rangé. Ses manuels scolaires étaient empilés sur la table de la cuisine, et une casserole de soupe maison mijotait sur la gazinière. Par chance, la visite avait eu lieu lors d'un des bons jours de sa mère. Elle avait les cheveux et des vêtements propres, et depuis quelque temps, elle était retournée travailler au pub local (Imogen avait essayé de la persuader de prendre un boulot dans une librairie ou un coffee shop – n'importe quel endroit où elle n'aurait pas d'alcool sous le nez pour la tenter –, mais sa mère adorait le pub). Souvent, elle rentrait à la maison avec un client qu'elle venait de rencontrer et Imogen s'enfermait dans sa chambre et se bouchait les oreilles.

Apparemment satisfaits, les services sociaux n'étaient jamais repassés. La vie avait continué ainsi, sans incident particulier, quoique dans une grande solitude. Malgré tous ses efforts, sa mère et elle n'avaient jamais noué de vrais liens.

Et il en était toujours ainsi.

Imogen soupira.

Sa mère. À l'hôpital.

Ce scénario était si familier qu'elle éprouva une grande lassitude.

Le personnel n'arrêtait pas de lui demander de s'asseoir, toutefois elle était trop agitée pour rester immobile. Elle avait pensé que ce serait rapide ; qu'elle verrait sa mère en coup de vent avant de repartir. Mais on l'avait priée d'attendre. Et d'attendre encore un peu. Les examens prenaient du temps. Sa mère n'était pas revenue du scanner. Elle devait faire une analyse de sang.

Pour ne rien arranger, Sophie la bombardait de messages, chacun plus urgent que le précédent. Imogen avait mis son portable en mode vibreur, et il bourdonnait contre sa cuisse comme une guêpe en colère.

Imogen, dans combien de temps est-ce que tu arrives ?

Imogen, peux-tu m'appeler – c'est super urgent.

Imogen, où es-tu ?

Imogen, appelle-moi. TRÈS URGENT.

IMOGEN, TU ES MORTE ?

Une infirmière à l'air sévère s'approcha.

— Vous ne pouvez pas utiliser votre téléphone ici, ça interfère avec l'équipement de l'hôpital.

— Je pensais que c'était un mythe.

Imogen avait travaillé pour une société pharmaceutique et regardé des saisons entières de séries télévisées médicales. Elle savait comment fonctionnaient les machines.

— Vous ne pouvez pas utiliser votre téléphone. Ça dérange les patients, insista l'infirmière.

— Je ne peux pas rester. Je travaille et je suis attendue.

Elle lui adressa un sourire implorant dans le but de l'amadouer.

— Savez-vous quand je pourrai voir ma mère ?

— Depuis que vous m'avez posé la question il y a trois minutes ? rétorqua sèchement l'infirmière. Non. Vous n'êtes pas seule, vous savez. Vous ne l'avez peut-être pas remarqué, mais les urgences sont pleines de gens qui attendent d'être pris en charge. Retournez vous asseoir. Quand j'aurai des informations, vous serez la première à le savoir.

Imogen la regarda partir, frustrée, et se demanda pourquoi les hôpitaux la rendaient si nerveuse.

La réponse était évidente. Certains des pires moments de sa vie s'étaient déroulés dans des hôpitaux, toujours à cause de sa mère.

Mais honnêtement, son enfance aurait pu être pire. Sa mère n'avait jamais été violente. Imogen avait toujours eu suffisamment à manger. Et il y avait eu des périodes relativement longues pendant lesquelles Tina allait bien.

Elle n'avait jamais été chaleureuse ni affectueuse, ni même particulièrement investie, mais au moins, la vie à la maison avait été relativement calme.

Son téléphone vibra de nouveau. Elle vérifia que l'infirmière ne regardait pas dans sa direction et jeta un œil.

Elle allait devoir répondre avant que Sophie craque complètement.

Elle tourna le dos à l'infirmière et tapa rapidement :

Désolée. Petit imprévu à gérer. Je serai bientôt là.

Avec un peu de chance, Sophie se dirait qu'il s'agissait d'un imprévu lié au travail.

La soirée ne commençait pas avant trois heures. Elle avait encore du temps. Tout irait bien.

Les blessures de sa mère étaient-elles graves ? Pourquoi était-ce si long ?

Apparemment, elle était tombée sur des rails de métro, en état d'ivresse. Heureusement, il n'y avait aucun train à l'approche, et le temps que celui de 12 h 46 entre dans la station à vive allure, sa mère avait été hissée sur le quai et transférée dans une ambulance.

On n'avait pas donné d'autres informations à Imogen, si ce n'est que Tina avait demandé après sa sœur. Elle ne savait pas si sa mère avait perdu l'équilibre, ou si elle s'était jetée sur les rails. Elle avait l'estomac noué. Sa mère avait-elle tenté de se suicider ?

C'était cette pensée qui la gardait là. Sa poitrine était douloureuse et elle se sentait tiraillée : d'un côté, elle voulait être présente pour sa mère, de l'autre, elle ressentait le besoin de se protéger. Et il fallait absolument qu'elle se protège, car s'il y avait une leçon qu'elle avait apprise durant l'enfance, c'était que personne d'autre ne le ferait pour elle. Il n'y avait personne pour la soutenir. Personne pour l'épauler. Le côté positif, c'était qu'elle avait appris à être indépendante, une qualité à ses yeux essentielle. Elle n'avait pas besoin d'apprendre comment prendre soin d'elle. Elle le faisait depuis qu'elle avait douze ans.

C'était une des raisons pour lesquelles elle travaillait si dur. Elle n'avait aucun filet de sécurité.

Elle consulta l'heure de nouveau.

Peut-être devrait-elle partir ? Mais si le médecin avait raison, alors sa mère l'avait réclamée, bien qu'elle maintienne cette charade ridicule, clamant qu'Imogen était sa sœur. Elle était surprise que Tina la réclame pour autre chose que de l'argent.

Peut-être que ce nouvel incident l'avait ébranlée et lui avait rappelé qu'elle avait une fille. Elle tenterait peut-être une réconciliation.

Une autre heure passa. Le niveau de stress d'Imogen monta en flèche. Elle ne pouvait pas rater l'événement de ce soir, c'était impossible. Le mieux à faire était de quitter l'hôpital et de revenir plus tard.

Décision prise, elle alla trouver l'infirmière.

— Je dois partir pour le travail, mais j'aurai mon portable avec moi et je serai de retour plus tard pour…

— Votre mère est revenue de son scanner, coupa celle-ci. Vous pourrez la voir dans dix minutes. On la gardera en observation cette nuit.

Dix minutes. Imogen fit un calcul rapide. Dix minutes d'attente, vingt minutes de conversation, un trajet de vingt minutes en taxi pour se rendre à la soirée – elle pouvait encore arriver à l'heure, sans que personne sache rien de ce détour.

Elle envoya un message à Sophie.

Je serai là dans l'heure.

Sophie l'appela immédiatement.

Décidant qu'elle ne pouvait plus l'éviter, Imogen leva le téléphone à son oreille. À ce moment-là, toutefois, elle croisa le regard de l'infirmière.

— Pardon.

Elle rejeta l'appel et annonça qu'elle allait le prendre dehors.

— Vous pouvez aller voir votre mère maintenant. Mais ne la contrariez pas.

Ne la contrariez pas ? Hallucinant. Que dirait l'infirmière si elle savait comment sa mère la traitait ? C'était plutôt elle qui risquait de se retrouver contrariée.

Quelques minutes, se promit-elle. Ensuite, elle retournerait travailler en espérant que personne ne lui pose trop de questions au sujet des heures durant lesquelles elle avait été pratiquement injoignable.

Elle suivit l'infirmière le long du couloir et gravit une volée de marches. Ses genoux tremblaient et son cerveau lui hurlait de partir en courant dans la direction opposée. Mais il s'agissait de sa mère. Quel genre de personne serait-elle si elle ne répondait pas à un appel de l'hôpital ? Visiblement, cette fois, ce n'était ni de la comédie ni un piège. Sa mère était réellement blessée.

Et oui, elle aurait pu refuser de venir, mais si sa mère était morte ? Aurait-elle été capable de vivre avec cette décision ? Elle n'avait qu'elle au monde.

Tina était allongée sur le lit, reliée à des machines qui bipaient et clignotaient. Elle avait les paupières closes, comme si elle était déterminée à ne pas regarder les choses en face. Elle portait un chemisier imprimé très froissé, maculé de taches qui précédaient probablement ses récentes mésaventures, suggérant qu'il aurait dû être lavé depuis bien longtemps. Son apparence révéla à Imogen tout ce qu'elle avait besoin de savoir sur son état.

— Madame Thorne ?

L'infirmière ajusta sa perfusion.

— Votre fille est ici. Vous souhaitiez la voir. Mais vous devez vous reposer. Elle ne restera que quelques minutes.

— Ma fille ? Je n'ai pas demandé à voir ma fille.

Tina Thorne ouvrit les yeux et tourna lentement la tête. Imogen eut l'impression d'avoir onze ans à nouveau.

Je suis dans la pièce de théâtre de l'école, Tina. Viendras-tu me voir ?

— *Pourquoi diable aurais-je envie de venir ?*

Terry serait venu, mais Terry avait fini par quitter Tina.

Elle avait dit à ses camarades de classe que sa mère avait un travail très prenant et n'avait pas pu se libérer, et elle avait prétendu qu'elle se fichait d'être la seule personne de la pièce pour qui personne ne s'était déplacé.

Imogen avait joué son rôle sans que sa mère soit dans le public, de la même façon qu'elle faisait toujours tout toute seule. Elle avait appris à cuisiner car sa mère ne s'en donnait pas la peine. Elle faisait la lessive et les courses. Dès qu'elle avait été en âge de travailler, elle s'était trouvé un job le samedi et avait commencé à économiser. Elle adorait travailler et être rémunérée, et elle adorait étudier. L'école l'avait sauvée, et plus particulièrement Mlle Winston, sa professeure d'anglais. Mlle Winston avait décelé quelque chose en elle que personne d'autre n'avait vu. Privée de soutien parental et d'encouragement, Imogen avait découvert qu'à l'école, les choses se déroulaient autrement. Plus dur elle travaillait, plus elle progressait, plus elle était félicitée. Elle passait chaque examen haut la main. Elle était de loin la meilleure élève de l'école, et plus elle excellait, plus ses professeurs étaient ravis et fiers. L'école était l'endroit où Imogen était le plus heureuse. Travailler dur ne l'embêtait pas ; travailler dur était synonyme de récompenses, d'approbation. Étudier avait du sens ; cela représentait un but. Elle était si occupée à la maison, entre les diverses tâches ménagères, qu'elle dormait peu pour ne pas prendre de retard sur ses devoirs. Mais elle s'en fichait. Elle était simplement heureuse d'avoir la chance de se construire un avenir.

Ses professeurs l'avaient encouragée à s'inscrire à l'université et l'avaient aidée à remplir les dossiers de candidature. Elle avait été acceptée dans tous les établissements où elle avait postulé, mais elle en avait choisi un loin de chez elle. Et elle s'était bâti une vie, saisissant chaque occasion qui se présentait à elle. Ses années sur le banc de l'école lui avaient appris combien sa vie de famille différait de celle de la plupart de ses camarades, et elle avait appris à le cacher. Elle avait appris à se fondre dans la masse, à s'intégrer en observant les autres et en les imitant. La façon dont ils s'habillaient. Dont ils parlaient. Les sujets dont ils discutaient. Grâce à son caractère agréable et sa personnalité sympathique, elle s'était fait un petit groupe d'amis aussi studieux qu'elle. Elle participait activement aux différents aspects de la vie étudiante, toutefois, quand ses camarades expérimentaient l'alcool et les drogues, Imogen ne suivait pas. C'était une voie qu'elle ne prendrait jamais. Elle avait vu où cela pouvait mener. Elle avait le résultat sous les yeux en ce moment même.

Imogen s'enfonça les ongles dans les paumes, se forçant à tenir bon. Elle était une adulte désormais, avec son propre travail et son propre appartement. Elle n'avait aucune raison de se sentir effrayée.

— Qu'est-ce que tu fais là ? demanda sa mère, l'œil vide.

— L'hôpital m'a appelée quand on t'a amenée ici.

— Pourquoi ?

— Ils ont trouvé mon numéro dans ton téléphone. Je suis ton plus proche parent.

L'espace d'un instant, elle aurait aimé que ce ne soit pas le cas. Enfant, elle avait parfois souhaité que sa mère disparaisse du jour au lendemain et soit remplacée par une version différente. Une meilleure version. Ensuite elle se sentait coupable d'avoir de telles pensées et modifiait son vœu, demandant un frère ou une sœur à la place. Son quotidien aurait été plus facile si elle avait eu quelqu'un avec qui le partager.

Maman est encore à l'hôpital.

— Je vais vous laisser seules un moment.

L'infirmière vérifia les équipements une dernière fois et se tourna vers Imogen.

— Ne la fatiguez pas.

La femme se demandait probablement pourquoi elle n'enlaçait pas sa mère, mais Imogen savait qu'un câlin serait accueilli aussi joyeusement qu'une piqûre de moustique.

Elle attendit que la soignante sorte de la chambre.

— Ils m'ont dit que tu étais tombée sur des rails de métro.

— Je ne m'en souviens pas. Tu ne m'as toujours pas dit pourquoi tu étais là.

Imogen prit une inspiration. Elle ne laisserait pas sa mère l'atteindre.

— Je suis ici car ils m'ont appelée. Tu réclamais ta sœur. Je leur ai expliqué que tu n'en avais pas.

Sa mère ne daignant pas répondre, elle soupira.

— Tu avais bu ?

Tina plissa les yeux.

— Je t'interdis de me juger. Tu n'as aucune idée de ce qu'est ma vie. As-tu apporté l'argent que je t'ai demandé ?

Le cœur d'Imogen tambourinait dans sa poitrine.

— Non. Je t'ai dit quand tu as appelé la dernière fois que je ne t'en donnerais pas. Je t'achèterai de la nourriture, je paierai ton loyer ou tes factures, mais je ne te donnerai pas d'argent que tu dépenseras en alcool.

— Ce que je fais de mon argent ne regarde que moi.

— Quand c'est ton argent, c'est vrai. Mais pas quand il s'agit du mien.

Imogen trembla en prononçant ces mots. Elle avait mis des années pour apprendre à dire « non » à sa mère, et ce n'était jamais devenu facile. Dans ces moments-là, elle se sentait tendue, avait l'estomac noué.

— Ce que tu fais de l'argent que je te donne me concerne.

— Espèce de petite arrogante !

— Maman ! Il y a d'autres personnes dans ce service qui essaient de se reposer.

Elle avait découvert tôt dans la vie qu'il n'était pas possible de mourir de honte, or en cet instant, elle aurait aimé pouvoir se cacher sous terre.

— Arrête de m'appeler « maman » ! Tu ne comprends vraiment pas, hein ?

Sa mère était pâle, ses joues creusées. Elle avait du sang séché sur les cheveux dont les mèches étaient poisseuses et emmêlées.

Cela aurait dû être perturbant et effrayant, sauf qu'Imogen avait déjà vu sa mère dans cet état.

— Je... je comprends. Tu te sens vraiment mal et tu te défoules sur moi.

Elle avait essayé de parler d'une voix dénuée d'émotions, mais toute son assurance, toute sa joie, tous ses accomplissements s'évaporaient quand elle était en présence de sa mère. Elle était une petite fille à nouveau. Une petite fille qui se sentait complètement seule.

— Je comprends que tu n'aies pas envie que les gens sachent que tu es assez vieille pour avoir une fille de mon âge, mais...

— Ce n'est pas ça. Pour une fille soi-disant intelligente, tu es vraiment stupide. La raison pour laquelle je ne veux pas que tu m'appelles « maman », c'est parce que je ne veux pas être ta mère.

Imogen tressaillit.

— Je...

— Je n'ai jamais voulu être ta mère, et maintenant que tu es adulte, je ne suis plus obligée de faire semblant, donc va jouer à la petite famille idéale ailleurs. Tu m'entends ?

— Je... je t'entends.

Tout le monde l'entendait. Sa mère venait d'annoncer publiquement qu'elle ne voulait pas d'Imogen. Qu'elle n'avait jamais voulu d'Imogen. Elle l'avait dit auparavant, mais jamais en public et jamais en étant sobre.

Imogen restait immobile, vulnérable, exposée, sa carapace réduite en miettes comme du papier cadeau le matin de Noël.

Elle tenta de puiser dans la force et la résilience qui l'avaient portée toutes ces années, mais le réservoir était vide.

Et maintenant, sa mère la regardait d'un œil mauvais, comme si elle attendait qu'Imogen fasse ou dise quelque chose.

— Maman... Pardon, Tina...

— Va-t'en, cracha celle-ci. Je ne sais même pas pourquoi tu es venue. Tu es pire qu'une moule qui s'accroche à son rocher ! Je ne peux pas me débarrasser de toi.

Imogen tenta de formuler une réponse, en vain. Pourquoi suis-je venue ? se demanda-t-elle. Une question qu'elle s'était posée de nombreuses fois au fil des ans.

Elles avaient eu de mauvais échanges avant, des tas, mais jamais aussi virulents. Jamais aussi violents, et jamais en public.

Relever les incohérences de sa mère ne servirait à rien. Il était inutile de lui rappeler qu'elle téléphonait régulièrement quand elle voulait quelque chose ou se sentait mal. Qu'elle maintenait le contact par intérêt.

Imogen tremblait, un poids lui comprimait la poitrine. Elle était consciente des trois autres personnes présentes dans l'aile qui écoutaient probablement chaque mot. Elle aurait pu tout aussi bien peindre un signe sur elle-même. Indigne d'être aimée. Elle fit de gros efforts pour essayer de prendre du recul, en vain. Elle était terriblement bouleversée, submergée par ses émotions.

Puis, la fillette effrayée laissa place à l'adulte.

— Je suis ici parce que l'hôpital m'a appelée. Parce que je suis ta seule famille.

Et même si leur lien était complexe, problématique, il existait. Elle avait toujours espéré que sa mère finirait par réaliser qu'Imogen ne l'abandonnerait jamais car elles formaient une famille.

— Ma seule famille ? Non. Ce que tu es, répondit lentement sa mère, c'est la pire chose qui me soit jamais arrivée. Si je pouvais changer une chose dans ma vie, ce ne serait pas ma rencontre avec Terry, ni mes problèmes d'alcool. Ce serait toi.

Tout est ta faute. Tu as tout gâché. À cause de toi, ma famille m'a mise dehors et m'a tourné le dos. Chaque fois que je te vois, je pense à ce qu'aurait pu être ma vie si tu n'en avais pas fait partie. Je pense à la vie que j'aurais pu mener, et combien elle aurait été meilleure. J'aurais pu aller à l'université. Décrocher un bon boulot. Au lieu de quoi, je t'ai eue. Pourquoi penses-tu que je n'ai pas eu d'autre enfant ? Quand on commet la plus grosse erreur de sa vie, on ne la reproduit pas.

Imogen en eut le souffle coupé. La pièce s'était-elle vidée de son oxygène ou bien étaient-ce ses poumons qui avaient cessé de fonctionner ? Sa tête tournait et sa vision était trouble. Un étourdissement ? Des larmes ? Elle n'en savait rien.

Rationnellement, elle savait que ce que sa mère disait était ridicule. Évidemment que rien de tout ça n'était sa faute. Des tas de gens avaient des bébés et allaient quand même à l'université. Ou profitaient des autres options disponibles. Des cours du soir. Des cours en ligne. Il y avait beaucoup de possibilités. Le monde en regorgeait. Il fallait simplement les saisir et foncer, chose que sa mère n'avait jamais faite. Pour Tina, il était plus facile de blâmer Imogen que d'admettre qu'elle manquait de motivation et d'ambition. Et quoi que sa famille ait fait, quelle que soit la raison pour laquelle ses parents l'avaient abandonnée, sa mère aurait pu choisir d'agir différemment. La situation aurait pu les rapprocher, Imogen et elle. Elles auraient alors formé leur propre petite famille, auraient été très soudées, n'auraient eu besoin de personne d'autre. À la place, Tina avait infligé à Imogen ce que ses parents lui avaient fait subir. Elle avait rejeté sa fille.

— Tu ne penses pas ce que tu dis.

Imogen détestait le fait que sa voix tremblotait.

— C'est l'alcool qui parle.

— Si, je le pense.

L'expression de sa mère était indifférente, elle regardait Imogen comme si elle était une étrangère.

— Tu as gâché ma vie.

Ces mots poignardèrent Imogen en plein cœur. Rien ne l'avait jamais autant fait souffrir. Cela n'avait pas d'importance que la situation soit injuste. Cela n'avait pas d'importance qu'Imogen puisse difficilement être tenue pour responsable de sa venue au monde.

— Tu sais quoi, maman ? explosa-t-elle. Tu aurais pu gâcher ma vie aussi, mais il était hors de question que je te laisse faire. J'ai choisi de ne pas te laisser faire. Le concept de responsabilité individuelle, ça te parle ? Il y a beaucoup de choses dans ce monde sur lesquelles nous n'avons aucun contrôle, toutefois nous sommes maîtres de nos choix. Mais tu choisis de m'accuser à tort et à travers au lieu d'admettre que tu es responsable de tes mauvaises décisions.

Sa mère la regarda l'espace d'un instant, puis tourna la tête.

Sa tirade terminée, Imogen se tint là, figée. Elle n'en revenait pas de s'être emportée. Elle n'aurait pas dû exploser ainsi. La culpabilité commençait déjà à la ronger, mais face à ces propos odieux, elle n'avait pu se retenir.

Je n'ai jamais voulu être ta mère.

Tu es la pire chose qui me soit jamais arrivée.

En cet instant, elle aurait donné cher pour ne pas être affectée. Or, Imogen rêvait d'avoir une famille. Elle souffrait de ne pas être entourée de personnes partageant sa vie, son histoire. Elle voulait avoir un sentiment d'appartenance, acheter des cadeaux de Noël pour tout un tas de gens, avoir des conversations qui commençaient par « Tu te rappelles la fois où... ».

Elle avait beau savoir que même les familles « normales » connaissaient des tensions et des conflits, elle aurait volontiers affronté les problèmes avec sa mère si elle avait eu des proches pour la soutenir.

Mais elle n'avait personne, et elle était fatiguée.

Fatiguée de tout faire seule. De ne jamais pouvoir partager ses inquiétudes avec personne, de pleurer sans avoir personne pour la réconforter. Que désirait-elle pour Noël ? Quelqu'un sur qui s'appuyer. Quelqu'un qui ne fuirait pas à la moindre difficulté. Que personne ne lui dise qu'elle était la pire chose qui lui était arrivée.

Que faisait-elle ici ?

Sa mère ne voulait pas de sa loyauté. Sa mère pensait qu'elle était un fardeau. Le temps était venu d'y remédier.

Elle devait partir. Elle devait sortir d'ici, mais l'acte en lui-même, définitif, lui paraissait insurmontable.

Elle entendit le bip des machines et se concentra sur les murs blancs et les blouses blanches des médecins qui entraient et sortaient. L'atmosphère était stérile et froide, exactement comme sa relation avec sa mère.

Une femme qui se tenait sur le seuil, probablement venue voir un proche, s'approcha et posa la main sur le bras d'Imogen.

— Est-ce que ça va, mon chou ? demanda-t-elle d'une voix inquiète et chaleureuse.

Elle adressa un regard désapprobateur à Tina, que celle-ci ne releva pas.

Imogen sentit son visage brûler. S'il y avait une chose pire qu'être rejetée, c'était d'être rejetée devant témoins. Elle voulait se défendre. Elle voulait crier qu'elle n'avait pas gâché la vie de sa mère exprès, qu'elle était quelqu'un de bien et que la pire chose qu'elle avait faite, c'était de s'inventer un animal de compagnie. Mais elle garda le silence.

— Je vais très bien.

Cela aurait dû être le cas. Elle n'aurait pas dû se sentir aussi choquée, aussi anéantie. Sa mère ne s'était jamais exprimée de façon aussi claire, pourtant elle l'avait toujours su. Jamais, pendant son enfance, pas un seul jour, Imogen n'avait pensé que Tina était contente d'être sa mère.

Après lui avoir lancé un dernier regard, elle remonta le couloir d'un pas mal assuré. Elle bouscula un visiteur, puis une infirmière portant une pile de dossiers.

— Pardon, marmonna-t-elle, vraiment désolée.

Elle marchait à l'aveuglette, tout était flou, trouble.

Tant bien que mal, elle traversa la salle d'attente et ressortit dans la rue animée. L'air froid s'infiltra sous son manteau et la frigorifia, mais elle le remarqua à peine. Elle marcha jusqu'au parc adjacent à l'hôpital et trouva un banc.

Des gens passaient d'un pas pressé devant elle, emmitouflés contre le vent mordant.

Occasionnellement, certains lui jetaient un regard. Ce n'était pas surprenant. Seule une personne suicidaire resterait sur un banc dans un parc en un jour comme celui-ci.

Finalement, quelqu'un s'assit à côté d'elle, posa une main sur son bras.

C'était la femme qu'elle avait vue dans le service. Elle avait suivi Imogen à l'extérieur.

— Je suis sûre qu'elle ne le pensait pas, mon chou. Les gens disent des choses malheureuses quand ils sont souffrants.

C'était vrai. Hélas, Imogen savait que sa mère pensait chacun des mots qu'elle avait prononcés.

Elle ne répondit pas. Elle désirait qu'on la laisse seule. Toutefois, cette femme ne semblait pas pressée de partir.

— Y a-t-il quelqu'un que je puisse appeler pour vous ? Un membre de votre famille ? Un ami ?

Un membre de votre famille. Si seulement. Malheureusement, sa seule famille était allongée à l'étage dans cette chambre d'hôpital sinistre, à souhaiter qu'Imogen n'ait jamais existé. Il n'y avait personne qu'elle pouvait appeler. Personne qui connaissait la vérité sur sa vie. Personne qui savait qui elle était réellement, ou d'où elle venait.

Elle était vraiment seule. Il y avait quelque chose de touchant, quoique triste et déprimant, dans le fait que la seule personne qui lui ait manifesté un tant soit peu d'attention et d'inquiétude soit une inconnue.

— Ça va aller, dit-elle. Je vous remercie pour votre gentillesse.

Après un moment d'hésitation, la femme partit, laissant Imogen seule sur le banc, tremblante. Personne d'autre ne s'arrêta et elle en fut reconnaissante. Elle ne voulait parler à personne.

Des malheurs se produisaient dans la vie, elle le savait. Des accidents, des maladies, de mauvaises décisions, de la malchance. Cela faisait partie de l'expérience humaine. Mais quand votre propre mère pensait que vous étiez la pire chose qui lui soit jamais arrivée ? Quand vous étiez le malheur que la vie lui avait apporté ?

C'était dur à encaisser. Les mères étaient censées aimer leurs bébés de manière inconditionnelle. Qu'ils soient petits, chauves, laids, bruyants, peu importait, l'amour d'une mère était inné. C'était le b.a.-ba du rôle de parent. Le minimum requis. La fondation. Lire des histoires à son enfant, jouer au parc avec lui, lui cuisiner des légumes... Tout cela était important, certes, mais pas essentiel. L'amour ? Il était essentiel.

Et quand vous n'aviez jamais reçu d'affection, quand votre mère ne vous offrait pas son amour inconditionnel, il devenait très difficile d'avoir confiance en soi, parce que si votre propre mère était incapable de vous aimer, alors qui le pourrait ?

En cet instant, Imogen regretta de ne pas avoir de chien. Pas Midas, mais un vrai chien qui frétillerait de la queue et serait heureux de la voir en toutes circonstances.

Ironiquement, la vie qu'elle avait inventée pour plaire à ses collègues lui faisait désirer une famille encore plus ardemment que d'habitude. Chaque fois qu'elle décrivait une réunion de famille, une sortie avec un proche, elle regrettait que ces moments ne soient pas réels.

Elle s'était réveillée un matin convaincue que Midas était dans la chambre. Ouvrant les yeux, elle s'était attendue à voir ses grands yeux marron et sa queue frétillante, mais évidemment, la chambre était vide, et le seul bruit venait du métro, si proche de son appartement que tout l'immeuble tremblait à chaque passage de train.

De la neige mouilla ses cheveux et coula dans son cou.

Il faut que je me mette au chaud, pensa-t-elle mollement lorsque ses doigts commencèrent à s'engourdir. Elle ne sentait plus ses orteils car ses bottes étaient faites pour la mode, pas le temps froid. Elle s'était habillée pour avoir l'air chic et professionnelle, pas pour affronter un vent et des températures glacials.

Professionnelle.

Elle était censée être quelque part. Où ça ? Elle avait oublié. Son esprit était encore dans la chambre avec sa mère. Non, pas sa mère. Tina. Si elle était la pire chose qui était arrivée à Tina, alors le mieux à faire était de sortir de sa vie de façon permanente. Elle devait arrêter de prétendre qu'elles formaient une famille.

Imogen n'avait pas de famille. Elle n'avait personne.

C'était Noël, et elle ne s'était jamais sentie aussi seule.

Dans sa poche, son téléphone vibra. Elle ne trouva pas la force d'y répondre. Cette entrevue avait détruit la façade qu'elle avait créée et il n'y avait plus que la réalité. Elle avait perdu son énergie et son assurance. Elle avait perdu son ambition, sa confiance en elle. Il ne restait plus rien à part les histoires qu'elle se racontait. Et elles étaient aussi fausses que le reste de sa vie.

Chapitre 9

Dorothy

Pendant qu'Imogen frissonnait seule sur un banc, Dorothy mettait son sac de voyage dans sa voiture.

Elle jeta un dernier coup d'œil vers la maison, illuminée dans l'obscurité hivernale grâce à Patrick, qui avait accroché des guirlandes électriques autour de la porte et de l'avant-toit. Elle n'avait jamais été plus jolie, avec son toit blanchi par la fine couche de neige tombée durant la journée et les arbres qui brillaient d'un blanc scintillant.

— Es-tu obligée d'y aller ce soir ?

Sara resserra son manteau autour d'elle. Mère et fille avaient fait le tour du domaine, s'assurant que les animaux allaient bien, et pendant tout ce temps Sara avait été agitée.

— Je sais qu'il n'est que 18 heures, mais il fait déjà nuit, la température baisse et tu as deux heures de route. Pourquoi ne pas attendre demain matin et y aller en plein jour ?

— Parce qu'alors j'aurai des bouchons. C'est l'heure idéale pour aller à Londres en voiture. Le temps que j'atteigne la périphérie, les gens seront rentrés chez eux. Et j'apprécie le trajet. Le livre audio que j'écoute en ce moment est excellent.

Elle vérifia qu'elle avait son téléphone et son ordinateur portable.

— Je me sens quand même un peu coupable de te laisser garder un œil sur les animaux en mon absence. C'est beaucoup demander.

— Pas du tout. C'est normal de s'entraider entre membres d'une même famille. Tu fais tant de choses pour nous que je ne saurais par où commencer. Ne t'inquiète pas. Tout ira bien, n'est-ce pas, Ava ?

Sara se tourna pour sourire à sa fille cadette, mais découvrit qu'elle avait disparu.

— Ava ? Ava ! Mais où est-elle passée ? Il me faudrait des yeux derrière la tête et sur les côtés. Elle était là il y a un instant. Tu l'as vue ?

— J'étais trop occupée à charger la voiture. Elle ne peut pas être loin.

Dorothy sentit une pointe d'inquiétude, qu'elle étouffa aussitôt. Se montrer excessive ne servirait à rien.

— Bailey est parti aussi. Je parie qu'ils sont ensemble.

— Ava !

Sara hurla le prénom de sa fille, hoquetant de surprise lorsqu'une boule de neige l'atteignit en pleine poitrine.

Ava sortit de derrière un buisson, souriant de toutes ses dents, Bailey à côté d'elle.

— Surprise !

Sara retira la neige de son manteau.

— Tu ne devrais pas t'éloigner, Ava. Il fait nuit.

— Bailey et moi sommes allés souhaiter une bonne nuit à Benson et lui dire que je m'occuperai de lui pendant quelques jours. Je voulais qu'il le sache.

— Je suis sûre qu'il était rassuré de l'entendre.

Dorothy se pencha et retira des flocons des cheveux de sa petite-fille.

— C'est une sacrée responsabilité, Ava. Je compte sur toi.

— Ne t'inquiète pas, mamie, répondit Ava en lui tapotant le bras. Tout ira bien.

Dorothy se redressa et regarda sa fille.

— Tu es sûre que tu t'en sortiras ?

— Bien sûr qu'on s'en sortira. Tu ne seras absente que deux jours. Cesse donc de t'inquiéter.

Sara attrapa la main d'Ava pour l'empêcher de s'éclipser à nouveau. Elle avait enfoncé son bonnet par-dessus ses oreilles et les mèches de cheveux qui s'étaient échappées voletaient et bouclaient autour de son visage tels des fils d'or.

— Tout ira bien.

— Fais attention à bien verrouiller le box de Thelma. Elle a appris à en sortir.

— Je sais.

— Et si tu as la moindre inquiétude au sujet des animaux, appelle Miles.

— C'est noté.

De gros flocons de neige commencèrent à tomber, et Sara frissonna.

— Maman, il y a du verglas et la météo s'annonce vraiment mauvaise. Pourquoi n'appelles-tu pas Imogen pour reporter ?

— Je ne veux pas reporter. Elle travaille sur un projet de grande envergure pour nous, je souhaite savoir où il en est. Et de toute façon, je suis contente de passer du temps en sa compagnie. Ce sera la dernière fois que je la verrai avant Noël. Je ne vais pas à Londres par obligation professionnelle, j'y vais par plaisir. C'est l'occasion pour moi de la remercier pour son travail. Je roulerai lentement, et je trouverai des routes dégagées une fois que je me serai éloignée des chemins de campagne.

Elle n'informa pas Sara qu'elle avait voulu joindre Imogen pour confirmer le rendez-vous malgré la météo, mais en vain. C'était inhabituel. Imogen lui répondait toujours immédiatement, et les rares fois où elle n'avait pas décroché, elle avait rappelé aussitôt. Mais pas cette fois, et Dorothy avait laissé trois messages. Elle avait failli contacter Rosalind pour vérifier que tout allait bien, mais s'était retenue de crainte qu'Imogen se fasse taper sur les doigts. Elle était probablement en train de superviser un événement. Elle avait mentionné qu'elle avait un mois de décembre chargé.

Une fois arrivée à Londres, Dorothy avait l'intention de passer la nuit dans le petit appartement qu'elle avait acheté de nombreuses années auparavant, et le lendemain, elle se rendrait au restaurant comme convenu. Imogen serait là, elle en était certaine.

Elle en savait bien peu sur la vie d'Imogen en dehors du travail, toutefois elle savait qu'elle était fiable.

— Envoie-moi un message quand tu arrives, dit Sara. En espérant que tu ne restes pas coincée dans les bouchons jusqu'au réveillon. C'est la folie à cette période de l'année.

— J'apprécie ma virée à Londres à Noël. Arrête de t'inquiéter. Et de toute façon, je n'y vais pas uniquement pour ce déjeuner. Je dois faire les boutiques. Un certain magasin de jouets m'appelle.

Elle fit un clin d'œil à sa petite-fille, qui lui adressa un grand sourire.

Dorothy déblaya sa voiture.

— As-tu appelé le restaurant pour confirmer ?

Sara semblait troublée.

— La table est réservée. Imogen a toujours tenu ses engagements. C'est la personne la plus fiable avec qui j'ai jamais travaillé.

Elle se baissa et embrassa Ava.

— Rappelle-toi. Je compte sur toi pour t'occuper des animaux.

— Ça marche.

Ava lui fit un salut de la main.

— Je suis la patronne.

— Tu es la patronne.

Dorothy l'enlaça puis serra sa fille dans ses bras.

— Je serai de retour avant que tu aies eu le temps de remarquer mon absence. Et je rapporterai des cadeaux.

— Vas-y maintenant, mamie, la pressa Ava. Dépêche-toi !

— Ava, ce n'est pas poli, lui rappela Sara qui luttait pour ne pas rire.

— C'est mamie qui l'a dit, pas moi. Je n'ai rien demandé.

Dorothy sourit et les salua de la main en s'éloignant. Elle savait que Sara s'inquiétait. Elles étaient si proches que cela n'avait rien d'étonnant. Après la mort de Phillip, elles s'étaient retrouvées toutes les deux. Elle s'inquiétait pour Sara tout autant que Sara s'inquiétait pour elle.

Une fois qu'elle eut rejoint la route principale, le trajet s'avéra plus fluide que Sara l'avait prédit et elle atteignit Londres de bonne heure.

Elle se gara dans le parking souterrain et monta au dernier étage.

Elle avait acheté l'appartement l'année qui avait suivi le décès de Phillip. Non seulement cela lui permettait d'avoir un pied-à-terre à Londres, mais l'investissement était judicieux. Elle n'avait jamais été fan des chambres d'hôtel impersonnelles.

L'appartement n'était pas grand - une seule chambre -, mais il disposait d'une magnifique terrasse qui offrait une vue imprenable sur la Tamise. Et elle n'avait pas besoin de quelque chose de vaste. Cet endroit lui convenait parfaitement, et quand Sara l'accompagnait, elle dormait sur le canapé.

Dorothy déballa la soupe maison qu'elle avait apportée et la réchauffa sur la gazinière pendant qu'elle consultait son téléphone. Aucun signe d'Imogen. Elle éteignit le feu et la rappela, se promettant que ce serait la dernière fois.

Elle tomba sur sa boîte vocale.

Vous êtes sur la messagerie d'Imogen, chantonnait celle-ci d'une voix guillerette. *Merci de laisser un message et je vous rappellerai.*

Dorothy ne laissa pas d'autre message. Elle raccrocha et versa la soupe dans un bol. Elle n'était pas le genre de personne qui attendait des gens avec qui elle travaillait qu'ils soient disponibles en permanence. Elle savait qu'Imogen était sollicitée et occupée. Quand bien même, ce silence était surprenant.

Elle se rassura en se disant que si elle avait eu un imprévu, Imogen l'aurait prévenue.

Et de toute façon, même si leur entretien avait été annulé, elle serait quand même venue à Londres.

Elle avait l'intention de faire ses achats de Noël et de profiter des décorations et des illuminations de la capitale.

Tout irait bien.

Chapitre 10

Imogen

Imogen s'arma de courage et poussa la porte à tambour, entrant dans le hall de l'immeuble qui abritait les locaux de RPQ Events. Sa tête pulsait après une nuit sans sommeil et elle était nerveuse au point d'avoir le cœur au bord des lèvres. Elle s'attendait presque à être arrêtée par la sécurité, ou que son badge ne fonctionne plus, mais heureusement la barrière s'ouvrit sans incident. Personne ne se retourna sur son passage lorsqu'elle se dirigea vers l'ascenseur. De l'extérieur, elle semblait vivre une matinée tout à fait normale.

Pourtant, ce n'était pas une journée normale pour Imogen. Ce serait son dernier jour.

Aujourd'hui, elle serait licenciée. Et elle ne pouvait s'en prendre qu'à elle-même. Elle n'avait pas été à la hauteur, elle avait laissé tomber sa collègue. Elle aimait son travail plus que tout, hélas elle avait tout gâché. Elle avait détruit la seule chose positive dans sa vie.

Si elle avait été à la place de Rosalind, elle se serait virée, raison pour laquelle elle avait rédigé une lettre de démission, qui se trouvait prête dans son sac. Elle était ici non pas pour essayer de persuader Rosalind de changer d'avis, mais parce qu'elle assumait toujours ses erreurs. Elle ne se cherchait pas d'excuses. Quand elle avait tort, elle le disait. Elle était honnête à ce sujet, bien qu'elle n'ait pas été tout à fait sincère concernant le reste de sa vie. Mais qu'aurait-elle bien pu dire ? *Je voulais m'intégrer. Je voulais avoir l'air normale pour que vous m'appréciiez tous, donc j'ai raconté quelques bobards sur ma vie et ensuite... ça a dérapé.*

C'était un euphémisme.

Quitter l'entreprise était peut-être la meilleure solution. L'entrevue avec sa mère l'avait tellement bouleversée qu'elle ne se sentait pas l'énergie de travailler. La passion et l'enthousiasme qui l'avaient guidée jusque-là s'étaient éteints. Elle se sentait exposée et vulnérable. Comme la véritable Imogen, et non comme celle qu'elle avait inventée. Elle n'était pas Imogen le génie de l'événementiel. Elle était Imogen la mal-aimée. Imogen l'imposteur.

Elle voulait ramper sous son lit et y rester le temps de prendre une décision. Elle ne voulait pas être ici.

Aller au bureau pour donner sa démission était l'une des épreuves les plus dures qu'elle avait eues à endurer.

Les portes de l'ascenseur s'ouvrirent et elle sortit de la cabine.

Quelques personnes lui lancèrent un regard compatissant, mais la plupart gardèrent la tête baissée, évitant soigneusement tout contact visuel, ce qui lui apprit tout ce qu'elle avait besoin de savoir.

Il n'y avait aucun signe de Sophie et elle sentit un pincement de culpabilité et d'inquiétude en découvrant qu'elle n'était pas à son bureau. Savoir qu'elle avait laissé tomber une collègue était pire que tout. Sophie était probablement en arrêt maladie. Puis une pensée pire encore lui traversa l'esprit. Et si Sophie avait été virée ?

— Imogen ? appela Rosalind de son bureau. Je prends l'appel d'Evelyn Barker et je veux te voir ensuite.

Évidemment.

Rosalind exigeait des explications, or Imogen n'en avait aucune à lui fournir.

En attendant, elle allait vider son bureau. Ainsi, elle quitterait le bâtiment dès la fin de sa conversation avec Rosalind.

Il lui faudrait trouver un autre job. Mais qui l'embaucherait ? Rosalind ne la recommanderait certainement pas.

Angus Fitzgerald lui avait quasiment offert un travail. Elle pourrait le contacter, mais il n'aurait sûrement plus envie de l'embaucher une fois qu'il aurait découvert la raison pour laquelle elle était en recherche d'emploi.

Arrivée devant son bureau, elle découvrit une grande boîte de chocolats assortie d'une note.

On est là pour toi, Imogen.
Bisous,
Anya et Janie

Les larmes qu'elle retenait menacèrent de couler. Oh, Seigneur, elles étaient si gentilles ! Et dire qu'Imogen les avait abreuvées de mensonges… Elles méritaient tellement mieux !

Anya était au téléphone. Lorsque Imogen s'assit, elle leva un pouce dans sa direction.

C'est alors qu'elle remarqua la pile de flyers sur son bureau. Sur chacun était imprimée une large photo de Midas copiée à partir de celle de son bureau et au-dessus, en caractères gras, était inscrit : KIDNAPPÉ – AVEZ-VOUS VU CE CHIEN ?

Qu'est-ce que…

Confuse, elle se tourna vers Janie.

— Qu'est-ce que c'est ?

— On va le retrouver pour toi, Imogen. Quoi qu'il en coûte.

Les yeux de Janie brillaient de larmes.

— On en a mis partout. Sur les réseaux sociaux. Sur les lampadaires. Dans les immeubles de bureaux et les hôtels. Toute l'équipe a participé.

Attendez. Quoi ?

— Toute l'équipe a participé aux recherches pour retrouver Midas ?

— Oui.

Sur les réseaux sociaux ?

Bonté divine, la situation avait pris une telle ampleur...

— Janie...

— Ne dis rien, coupa-t-elle. Je sais que tu en ferais autant pour nous. On est une équipe, n'est-ce pas ? Et l'alerte est devenue virale depuis qu'on l'a postée, donc je suis confiante. Quelqu'un va reconnaître Midas et m'appeler. J'ai mis mon numéro sur le flyer pour que tu ne sois pas dérangée par des appels inutiles. Je te tiendrai au courant si on a une piste sérieuse. Maintenant, essaie de te concentrer, trie tes mails ou autre. On est de ton côté, Imogen. Tu as vécu un enfer, hier. Je ne sais pas du tout comment tu as pu te concentrer sur ton job alors que ton chien avait disparu. Tu avais une mine affreuse quand je t'ai vue. J'aurais dû faire quelque chose à ce moment-là. Je m'en veux.

— Janie...

— J'ai informé Rosalind ce matin que Midas avait été enlevé. Elle l'ignorait. Elle a fait preuve de compassion. Elle a même relayé l'alerte sur ses réseaux sociaux. Plus elle sera partagée, moins Midas risquera d'être vendu en ligne.

C'était un cauchemar. Imogen avait pensé qu'elle touchait le fond, et voilà que la situation dégénérait encore. Et tout était sa faute. Elle était profondément émue que ses collègues se soient donné tant de mal pour elle, qu'ils s'investissent autant. La sensation d'être un imposteur s'accentua. La personne qu'ils pensaient connaître n'existait pas. Elle n'était pas Imogen la propriétaire de Midas. Elle était Imogen l'imposteur. Imogen la vilaine menteuse.

La seule consolation, c'était que personne ne risquait d'appeler au sujet de Midas car il n'était pas réel. On ne pouvait pas retrouver un chien qui n'existait pas.

Son licenciement tombait à pic, en fin de compte, car jamais elle n'arriverait à se dépêtrer d'une telle histoire.

— Imogen ! s'écria Rosalind.

Imogen se leva lentement, prête à débiter d'autres mensonges. Elle en était arrivée au point où elle avait du mal à les séparer de la vérité.

— Parle-lui de Midas, souffla Janie. Ton chien a disparu. N'importe qui aurait foiré dans ces circonstances.

Imogen n'eut même pas l'énergie de répondre. Elle n'avait de cesse de penser à la pauvre Sophie.

Elle entra dans le bureau de Rosalind, et cette dernière lui fit signe de fermer la porte.

Rosalind ne fermait jamais la porte. Elle ne baissait jamais non plus les stores de son bureau vitré, sauf aujourd'hui. Probablement pour que personne ne puisse assister au savon qu'elle était sur le point de lui passer.

Imogen ferma docilement la porte.

— Avant toute chose, pourrais-tu me dire où est Sophie ? Est-ce qu'elle va bien ? Je m'inquiète pour elle.

Rosalind leva la tête de la pile de papiers posée devant elle.

— Assieds-toi, Imogen.

— Mais Sophie...

— Elle va bien. Elle a la migraine, ce qui n'est guère surprenant après la journée d'hier. On a convenu qu'elle passerait la journée à se reposer et je m'attends à ce qu'elle soit de retour demain, au taquet.

Sophie n'avait pas été virée. Le soulagement était immense.

Mais maintenant qu'elle était rassurée sur ce point, elle ne pouvait plus éviter la raison de sa présence ici.

Décidant qu'il valait mieux en finir, Imogen sortit la lettre de son sac et la posa sur le bureau de Rosalind. Avec un peu de chance, cela accélérerait l'inévitable.

Sa patronne fronça les sourcils.

— Qu'est-ce que c'est ?

— Ma démission. Et s'il te plaît, ne tiens pas Sophie pour responsable du fiasco d'hier. Au contraire, elle a fait preuve de réactivité. Tout était ma faute. Absolument tout.

Rosalind n'ouvrit pas la lettre.

— Assieds-toi, Imogen.

Bon... Cet entretien ne serait apparemment pas expéditif. Imogen se percha au bord de la chaise, le dos droit.

— Je suis navrée pour tout, Rosalind.
— C'est moi qui parle.
— Oui, Rosalind.
Elle avait rapidement appris que lorsque sa patronne prenait la parole, les employés écoutaient. Personne ne la contredisait, pas même les clients.
Rosalind s'adossa dans son siège.
— J'ai reçu un appel de The Work Nook ce matin. Alan Marsh lui-même. De toi à moi, j'aurais préféré commencer ma journée autrement. Bref. Ils sont très mécontents que tu ne te sois pas présentée hier soir. Ce n'est plus notre client.
Elle avait beau s'y attendre, Imogen fut prise de nausées tandis que ses joues brûlaient de honte. Elle fit quelques calculs rapides et se sentit encore plus malade en réalisant l'impact que cela aurait sur le chiffre d'affaires. The Work Nook n'était pas leur plus gros client, néanmoins leur contribution était substantielle. Tous les gens du milieu l'apprendraient par le bouche-à-oreille. La réputation de RPQ en pâtirait, celle d'Imogen également. Elle aurait de la chance de dégotter un autre job dans l'événementiel.
Mais il serait toujours temps de s'en inquiéter plus tard. Pour l'heure, elle devait se concentrer sur le moment présent.
— Je m'excuse.
— Tu l'as déjà fait. Ce que je n'ai pas encore entendu, c'est la raison pour laquelle tu as soudain disparu pour rester injoignable en plein milieu d'une journée de travail.
— Je n'ai aucune excuse.
— Je ne te demande pas d'excuse. J'exige une explication. Il doit y en avoir une. Les personnes zélées comme toi ne décident pas de tout planter sur un coup de tête.
Rosalind marqua une pause.
— J'ai cru comprendre que Midas avait disparu ?
— Ce n'est pas la raison.
— Alors, qu'est-ce que c'est ?
Rosalind retira ses lunettes et se pinça l'arête du nez.

— Je ne peux pas te forcer à me répondre, évidemment. Toutefois, je pense que je mérite de savoir de quoi il retourne.

Imogen la regarda, atterrée. C'est vrai qu'elle méritait de le savoir.

Elle avait travaillé dur pour ne pas mélanger vie professionnelle et vie privée, or la limite avait été franchie. Et elle n'avait plus de boulot de toute façon, donc il n'y avait plus aucune raison de cacher la vérité à Rosalind, même si pour cela, elle devait avouer ses mensonges.

— Je...

Elle s'interrompit et se ravisa. Impossible. Elle ne pouvait pas faire ça.

Elle pensa à ses collègues, qui faisaient tout ce qui était en leur pouvoir pour retrouver son chien. Son chien imaginaire. Qui la défendaient quand elle commettait une erreur ; qui déposaient des chocolats sur son bureau. Ses yeux s'emplirent de larmes. Elle ne supporterait pas l'expression sur leur visage quand ils découvriraient que tout ce qu'elle leur avait raconté sur sa vie était un mensonge. Leur soutien la réconfortait, même s'il reposait sur des bobards.

Elle battit des cils pour repousser les larmes. Elle ne pleurerait pas. C'était hors de question.

— Imogen ?

Imogen tressaillit. Rosalind attendait une explication.

Elle devait lui répondre pour que l'entrevue puisse se terminer. Elle dirait des semi-vérités, en espérant que Rosalind ne se montre pas trop inquisitrice.

— J'étais en chemin pour la soirée du Work Nook quand j'ai reçu un appel des urgences.

Rosalind fronça les sourcils.

— Les urgences ? Quelqu'un a eu un accident ?

Imogen s'humecta les lèvres.

— Ma mère.

— Je croyais que ta mère vivait dans le Dorset.

— Elle était à Londres.

Imogen improvisa, en prenant soin, cette fois, de ne pas se laisser emporter par son imagination.

— Elle faisait ses achats de Noël. Elle est tombée.

Rosalind la dévisagea un moment.

— Je suis navrée de l'entendre. Pas étonnant que tu te sois inquiétée. Je sais combien vous êtes proches. Pourquoi n'as-tu pas appelé pour m'informer que tu avais besoin de prendre ta journée ?

— Je ne pensais pas en avoir besoin. J'avais eu plusieurs échanges avec Sophie, et j'avais promis de la rejoindre rapidement pour essayer de calmer le client. J'étais dans le taxi quand l'hôpital m'a appelée et j'ai pensé que je pouvais passer voir ma mère et quand même arriver à l'heure.

— Quelque chose t'a visiblement retardée. Ce que je ne comprends pas, c'est pourquoi tu n'as pas appelé tes collègues pour leur annoncer que tu avais une urgence familiale. On t'aurait remplacée. Personne d'autre dans ta famille ne pouvait se rendre à l'hôpital à ta place ?

Les yeux d'Imogen se posèrent sur les photos disposées sur le bureau de sa patronne. On la voyait entourée de ses deux filles quand elles étaient plus jeunes. Rosalind avait des parents, une fratrie, tout un réseau de personnes qui lui étaient connectées. Elle avait une pile de cartes de vœux prêtes à être envoyées sur son bureau. Une liste de cadeaux à acheter.

Imogen n'envoyait pas de cartes de vœux. Elle n'avait pas de cadeau à acheter excepté celui pour le père Noël secret du travail.

Rosalind serait incapable de comprendre sa vie.

— Ça s'est avéré… plus compliqué que je l'avais anticipé. J'étais bouleversée.

L'expression de Rosalind s'adoucit.

— Avoir un proche à l'hôpital est toujours difficile, naturellement.

Non, pas « naturellement ». Rien dans sa relation avec sa mère n'était naturel.

— Si tu étais bouleversée, reprit Rosalind, alors raison de plus pour nous prévenir. On forme une équipe, Imogen. On se soutient les uns les autres.

— Je n'étais pas moi-même. Je n'avais pas les idées claires.

— Ta mère a de la chance d'avoir une fille si aimante et attentionnée.

Effectivement. Quel dommage qu'elle ne s'en rende pas compte.

Je ne veux pas être ta mère.

Tu as gâché ma vie.

Les paroles de sa mère avaient démoli les défenses qu'elle avait construites au fil des années, et maintenant, en plus de la douleur émotionnelle, elle allait perdre son travail. Elle s'était montrée loyale envers Tina, et voilà comment elle était récompensée. Elle n'aurait pas dû aller à l'hôpital. Quand le médecin lui avait demandé de venir, elle aurait dû refuser.

Une frustration mêlée d'indignation s'éleva en elle. Tout cela était décidément injuste. Aussitôt, elle se sentit en colère contre elle-même. Elle savait que la vie était injuste. Elle le savait depuis longtemps. De bonnes personnes traversaient de terribles drames, tandis que de mauvaises personnes étaient épargnées. Elle ne pouvait rien y faire. En revanche, elle pouvait choisir de ne pas laisser sa mère continuer à la traiter ainsi. Que lui avait-elle dit ? *Va jouer à la petite famille idéale ailleurs.*

Message reçu. À partir de maintenant, elle affronterait la réalité, aussi terrible soit-elle.

Rosalind se redressa sur son siège.

— Comment va ta mère ?

Imogen choisit soigneusement ses mots.

— Elle recouvre ses esprits.

Ce qui voulait dire, en gros, qu'elle était aussi contrariante et problématique qu'avant.

Rosalind hocha la tête.

— Bien. Tu as probablement hâte d'être à Noël pour pouvoir passer du temps avec elle.

Après la nuit dernière, Imogen doutait qu'elle reverrait un jour sa mère. Et ce n'était pas grave. La seule chose qui pouvait être pire que passer Noël toute seule serait de le passer avec elle.

Sachant pertinemment que ce n'était pas la réponse à laquelle s'attendait Rosalind, Imogen se fendit d'un sourire.

— Oui, dit-elle. J'ai hâte d'être à Noël.

Rosalind la regardait attentivement.

— Je comprends que ton inquiétude pour ta mère t'ait fait reléguer au second plan tes impératifs professionnels, mais on sait toutes les deux qu'il y a autre chose.

Imogen se raidit. Elle ne pouvait pas être au courant. C'était impossible.

— Il n'y a rien d'autre, Rosalind.

— Oh que si ! Et si tu refuses de l'admettre, alors je vais le dire pour toi.

Rosalind se pencha en avant.

— Tu es au bord du burn-out, Imogen.

— Pardon ? Je suis... quoi ?

— Tu es au bord du burn-out et, en tant que supérieure, mon rôle est de te rattraper avant que tu bascules. Ça m'inquiète depuis un moment. Tu es une employée incroyable, dotée d'un immense talent, mais tout le monde a ses limites et, ces dernières semaines, tu as dépassé les tiennes et de loin. Le nombre d'heures que tu assures, la charge de travail que tu gères sont intenables. Évidemment, je suis responsable de cette charge de travail – Rosalind esquissa un faible sourire –, mais toi aussi. C'est important de connaître ses limites.

Burn-out.

Imogen la regarda. Elle n'était pas, mais alors pas du tout au bord du burn-out. Pas du côté professionnel, en tout cas. En revanche, quand il s'agissait de sa mère, le burn-out la consumait entièrement.

Elle ouvrit la bouche pour nier et prit conscience que si Rosalind était convaincue d'avoir identifié le problème, alors elle arrêterait de chercher d'autres raisons pour expliquer le fiasco de la veille. Elle ne la contredirait pas. Après tout, elle était terriblement stressée. Ce n'était pas exactement un mensonge.

— Tu as raison, concéda-t-elle à contrecœur. J'ai en effet eu beaucoup de travail ces dernières semaines. Peut-être trop.

Rosalind acquiesça d'un signe de la tête.

— Tu t'investis complètement dans ton travail, et l'accident de ta mère a été la goutte d'eau.

Ça, c'était tout à fait vrai.

— Je suis d'accord.

— Tout le monde traverse des moments difficiles dans la vie, Imogen. Tu aurais dû m'avertir afin qu'on puisse trouver une solution ensemble. Je comprends toutefois que tes problèmes personnels – l'accident de ta mère en plus de la disparition de Midas – t'aient fait perdre pied, raison pour laquelle tu n'as pas pu te rendre à la soirée de The Work Nook.

Ne sachant quoi répondre, Imogen se contenta de hocher la tête.

Rosalind l'étudia, une expérience toujours un peu troublante.

— Depuis combien de temps travailles-tu ici ?

— Quasiment un an.

Si seulement toutes les questions étaient aussi simples.

Un muscle tressauta dans la mâchoire de Rosalind.

— Et durant cette année, combien de fois dirais-tu que tu n'as pas été à la hauteur ?

Le pouls d'Imogen s'accéléra. Était-ce une question piège ?

— Je… je pense que c'est la première fois, Rosalind.

— En effet.

— Alors pourquoi ne te bats-tu pas pour garder ton poste ? Au lieu d'entrer dans mon bureau d'un pas assuré pour me rappeler quel atout tu es, tu viens m'apporter ta lettre de démission. Pourquoi ?

— Je pensais que tu allais me licencier.

— Et pourquoi donc ?

Parce que ma mère a complètement détruit ma confiance en moi.

Imogen ne répondit pas. Sa patronne fronça les sourcils.

— Je ne comprends pas, Imogen. Je ne comprends pas ce qui se passe. Je t'ai vue te battre pour tes clients. Je t'ai vue affronter des obstacles, contourner des objections qui auraient déconcerté la plupart des gens. Tu es une championne de la résolution de problèmes. Pourquoi ne te bats-tu pas pour toi ?

Imogen déglutit.

— J'ai perdu un client.

— Même si c'était le cas, pourquoi n'es-tu pas en train de me faire la liste de tous les contrats que tu as gagnés pour nous rien que cette année ? Pourquoi n'étales-tu pas des chiffres sur mon bureau pour me démontrer que tu as gagné bien plus que ce que tu viens de perdre ? Parce que c'est ce que tu devrais être en train de faire. Et en temps normal, c'est ce que tu ferais.

Imogen la contempla. C'était une bonne tactique. Elle y aurait probablement pensé, or depuis qu'elle avait vu sa mère, elle avait l'impression d'être une bonne à rien. Elle n'avait pas abordé le problème sous le bon angle. Elle n'avait pas essayé de sauver son emploi car elle avait eu l'impression de ne pas le mériter. Mais Rosalind lui tendait la main. Elle lui donnait les outils dont elle aurait dû s'emparer toute seule.

Sa bouche s'assécha.

— J'ai gagné quatre gros clients le premier semestre.

— En effet.

Rosalind se détendit légèrement.

— Et tous ces contrats sont fructueux.

— J'en ai gagné deux autres en septembre.

— Tu es un atout, Imogen. C'est la raison pour laquelle tu ne perdras pas ton travail, et donc – Rosalind attrapa l'enveloppe qu'Imogen avait posée sur son bureau et la déchira en deux – je n'accepte pas ta démission.

Le soulagement était tel que la tête lui tourna. Elle ne perdrait pas son travail. L'émotion la submergea et elle dut se retenir de se jeter par-dessus le bureau pour enlacer Rosalind.

— Mais qu'en est-il de The Work Nook ? Ils nous ont virés.

— Ils ne nous ont pas virés.

— Tu as dit qu'on ne travaillait plus pour eux.

— C'est exact. Mais ce n'est pas parce qu'ils nous ont virés, expliqua Rosalind. Sophie m'a fait un compte rendu détaillé de ce qu'il s'est passé, m'a raconté comment ils l'ont harcelée, ce qui l'a conduite à te harceler en retour. Et tu lui as prodigué d'excellents conseils, même à distance. L'intervenante est arrivée à temps et la conférence s'est très bien passée. Sophie a assuré.

De la chaleur se répandit dans les veines d'Imogen. Au moins, personne ne pourrait dire que l'événement avait été un échec.

— Alors pourquoi avons-nous perdu le client ?

— Je leur ai dit que nous ne pouvions plus travailler ensemble, répondit sèchement Rosalind. Peu importe la pression qu'ils ont sur les épaules, je refuse qu'on traite mes employés de la façon dont Sophie a été traitée. C'est inexcusable, et c'est ce que j'ai dit à Alan Marsh quand il m'a appelée pour se plaindre. Notre rôle est de soutenir l'équipe du client, nous ne sommes pas là pour servir de punching-ball. J'attends de la courtoisie et du respect. Ils ont manqué de professionnalisme, donc nous ne travaillons plus avec eux.

Imogen en resta bouche bée. Rosalind avait mis un terme à leur collaboration ? C'était soit brave, soit stupide. C'est brave, décida-t-elle, se rappelant la voix tremblante de Sophie lorsqu'elle lui avait rapporté comment le client lui parlait. Mais la plupart des patrons auraient encaissé les insultes, pour le bien de l'entreprise.

Pas Rosalind.

Le respect d'Imogen pour sa patronne augmenta encore.

— C'est... surprenant.

— Si c'est ce que tu penses, alors tu ne me connais pas aussi bien que tu le devrais. Je ne tolère pas de relation toxique dans ma vie privée ou ma vie professionnelle. Quel genre d'équipe formerions-nous si on ne se défendait pas les uns les autres ? Si on ne veillait pas les uns sur les autres ? L'entreprise fonctionne grâce à un excellent travail collectif. Mon travail est d'encourager cette entraide. De toute façon, son équipe a tellement besoin d'être tenue par la main que travailler avec eux n'était pas rentable pour nous. Je suis sûre que tu trouveras des idées pour combler leur absence.

Imogen n'en revenait pas.

— Oui. Oui, tout à fait. Je vais m'y mettre tout de suite, Rosalind.

— Non.

— Non ?

— Non, parce que tu ne travailleras pas pendant les quatre semaines à venir. Du tout. Sur rien. Tu ne consulteras pas tes mails et tu ne prendras pas d'appels.

Un poids lui tomba sur l'estomac.

— Mais... je pensais que je n'étais pas virée.

Rosalind soupira.

— Tu n'es pas virée. Mais même si on s'accorde à dire que tu es un atout pour l'entreprise, ta charge de travail reste trop élevée, et je ne suis pas convaincue que tu puisses ralentir le rythme étant donné le nombre d'événements prévus en cette fin d'année. Si on continue comme ça, quelque chose va céder, et je ne veux pas que ce soit toi. Donc je vais te faire une faveur, même si je risque de le regretter. Tu prends un mois de congé.

— Un mois ? s'exclama Imogen.

Elle avait dû mal entendre.

— Oui. Tu as accumulé de nombreux jours de congé. J'insiste pour que tu les prennes.

— Mais on n'a pas le droit de prendre plus de deux semaines à la fois.

Elle savait que Rosalind avait refusé de donner un mois de congé à Janie qui souhaitait aller en Nouvelle-Zélande cet été. Personne n'avait jamais droit à plus de deux semaines consécutives.

— Ce sont les règles, insista-t-elle.

Rosalind tapa son stylo sur le bureau.

— C'est moi qui fais les règles, Imogen. C'est une des prérogatives de la patronne. Et je t'accorde la permission de prendre toutes les vacances que tu as cumulées.

— Mais ça va, Rosalind, je n'ai pas besoin de...

— Un mois, Imogen. Je me suis entretenue avec les ressources humaines. Tu ne t'es arrêtée que deux jours cette année. Ce n'est pas sain. Tu vas solder tes vacances maintenant. Ça te donnera du temps pour te concentrer sur toi et tes proches. Prends un bol d'air frais, fais de longues balades, prépare des biscuits, repose-toi, fais ce que tu aimes faire pour te détendre – elle eut un geste vague de la main, indiquant qu'elle ignorait ce que faisaient ses employés pour décompresser –, et reviens au travail en pleine forme. On se revoit la deuxième semaine de janvier, et à ce moment-là, on discutera afin de voir comment réduire ta charge de travail.

Imogen était horrifiée.

— La deuxième semaine de janvier ?

— Oui, et je ne veux pas recevoir un seul mail de ta part avant cette date.

C'était un cauchemar. Noël était toujours une période éprouvante pour elle, et d'habitude elle n'avait que quelques mauvais jours à passer. Mais un mois ? Un mois entier à regarder les autres décorer leurs maisons, acheter des cadeaux, se préparer pour le grand jour dans la joie et l'euphorie ? Un mois entier à rester assise seule dans son minuscule appartement à fixer les murs qu'elle fixait toute l'année, ressassant sa dispute avec sa mère ?

— C'est gentil de ta part, Rosalind. Toutefois, je préférerais travailler.

— Ce n'est pas une négociation. C'est un ordre.

Rosalind se leva. L'entretien était terminé.

— Il me semble que tu déjeunes avec Dorothy aujourd'hui. Vas-y – je sais que vous vous entendez très bien –, puis rentre chez toi. Explique à Dorothy que tu prends les congés qui te sont dus. En cas de problème, qu'elle me contacte.

Imogen ne voulait pas être en vacances. Elle ne voulait se concentrer ni sur elle ni sur la famille qu'elle n'avait pas. Elle ne le supporterait pas. C'était presque pire qu'être virée. Dans ce cas, au moins, elle aurait pu s'occuper en cherchant un emploi. Elle aurait eu un but.

La fillette en elle voulait tout mettre sur le dos de sa mère, mais l'adulte savait que cela n'aboutirait à rien. Rosalind ne changerait pas d'avis, donc elle n'avait d'autre choix qu'accepter sa décision et trouver de quoi remplir les quatre semaines à venir.

On tapa à la porte et Janie passa timidement la tête dans le bureau.

À son expression, Imogen comprit que sa vie était de nouveau sur le point de basculer.

— Pardon de vous déranger. J'ai de bonnes nouvelles au sujet de Midas. Comme vous le savez, on le cherche activement depuis hier.

Imogen se détendit légèrement. Il était impossible de retrouver un chien fictif.

— Et on l'a retrouvé.

Rosalind haussa les sourcils.

— Vous avez retrouvé Midas ? Janie, c'est une nouvelle formidable !

Imogen se figea. Ce n'était pas une nouvelle formidable. En fait, c'était impossible. Elle ignorait ce que Janie dirait ensuite, mais ça s'annonçait mal.

— Oui.

Janie haussa les épaules d'un air gêné.

— Hum, en fait, ça a pris une tournure bizarre. Une femme a appelé. Elle vit dans le Suffolk. J'ignore comment Midas s'est retrouvé là-bas, bien que tu aies toujours dit que c'est un chien intelligent, alors peut-être qu'il s'est faufilé dans un train ou quelque chose comme ça. Bref, cette femme dit qu'elle a Midas.

— Bon travail, Janie, complimenta Rosalind. Mais en quoi la situation est-elle bizarre ?

Janie coula un regard vers Imogen.

— Elle prétend que Midas lui appartient, sauf que son nom n'est pas Midas. Elle l'appelle Hunter. Elle a reconnu la photo qu'on a postée, qui d'après elle a été volée sur sa page Facebook. C'est totalement absurde, évidemment. Je lui ai répondu que c'est la photo qu'Imogen a sur son bureau, mais elle insiste pour dire que Midas alias Hunter est son chien. Certaines personnes ne reculent devant rien, c'est une honte. Bref, Imogen, j'ai pris son numéro pour que tu la rappelles. Je suis sûre que c'est un malentendu. Ou peut-être que tu devrais appeler la police et les laisser s'en charger.

Imogen était incapable de formuler une réponse. Elle avait bel et bien pris la photo sur les réseaux sociaux, ne pensant pas un seul instant que cela se retournerait contre elle. Quelle improbable coïncidence ! Elle n'aurait pas dû dire aux gens qu'il s'était enfui. Elle aurait dû le faire euthanasier. Mais alors elle aurait été une tueuse de chien.

— Je suis sûre qu'il y a une explication simple, déclara Rosalind.

En effet. Elle était un imposteur. Toute sa vie avait été éventrée et éviscérée, ses mensonges exposés. Dire qu'elle avait raconté des bobards dans l'unique but de se faire accepter par ses collègues... Quelle ironie ! Et maintenant, à cause de ces mêmes mensonges, ils lui tourneraient le dos.

Mais elle s'en inquiéterait plus tard. La priorité était de régler ce nouveau rebondissement.

— Donne-moi son numéro, Janie, je l'appellerai. Merci.

Elle prit le morceau de papier que Janie lui tendait. Le numéro dansa devant ses yeux. Quelle explication pourrait-elle bien fournir à cette femme ?

— Va au rendez-vous avec Dorothy. Appelle cette femme au sujet de Midas. Et ensuite, pars en congé, dit doucement Rosalind. Tu en as besoin.

Ils pensaient qu'elle perdait la tête, et c'était peut-être le cas.

Cette fois, Imogen ne prit pas la peine de protester.

Quatre semaines ne seraient pas de trop pour trouver comment résoudre la pagaille qu'elle avait semée.

Chapitre 11

Dorothy

Dorothy arriva au restaurant en avance et s'installa près de la fenêtre, à la table qu'Imogen avait réservée. Elle avait passé une excellente matinée et réussi à terminer ses emplettes de Noël. Elle avait acheté bien plus pour les filles qu'elle n'aurait dû, mais impossible de se refréner. Elle comptait leur offrir le plus beau des Noëls, et rien que d'y penser, elle avait le sourire aux lèvres.

Ce week-end, elle commencerait à décorer la maison. Elle avait déjà ramassé du houx, des pommes de pin et des branches dans le jardin. Il ne lui restait plus qu'à sortir les cartons d'ornements du grenier.

Elle consulta l'heure. Imogen n'avait toujours pas appelé, mais rien n'indiquait qu'elle ne viendrait pas. Et après une matinée chargée, c'était agréable de s'asseoir un moment.

Chaque coin du restaurant était décoré pour l'occasion et, tout autour d'elle, les gens profitaient. Les conversations et les rires résonnaient dans la pièce. Un petit groupe de collègues partageaient un déjeuner d'entreprise de Noël ; un couple était assis face à face, des sacs empilés à leurs pieds. Ils avaient refusé de les laisser à la réception et Dorothy se demanda ce qu'ils pouvaient bien contenir d'aussi précieux.

La période de Noël était supposée être marquée par la générosité, mais pour elle, c'était celle où elle avait tout perdu.

Elle inspira et but l'eau que la serveuse lui avait versée à son arrivée.

Elle préférait ne pas y penser. Elle allait faire comme Sara : bloquer ces jours sombres et se concentrer sur le présent. Ce Noël serait merveilleux. En attendant, elle se réjouissait de ce déjeuner de célébration avec Imogen.

Elle étudia brièvement le menu, et quand elle releva les yeux, Imogen se tenait dans l'entrée.

Elle portait un manteau rouge vif qu'elle tendit à la fille de la réception, révélant de hautes bottes noires et une robe noire en laine bien coupée qui mettait en valeur sa silhouette et arrivait à mi-cuisse. Sa tenue était élégante et professionnelle. Au moment où elle se tourna, Dorothy sentit une pointe d'inquiétude. Elle pouvait voir, même de loin, qu'Imogen était nerveuse. Ou plutôt troublée ?

Imogen lissa sa robe et carra les épaules. Repérant Dorothy, elle traversa le restaurant d'un pas rapide, un sourire plaqué sur le visage.

— Suis-je en retard ?

— Non, je suis en avance.

Bonté divine, la jeune femme avait l'air épuisée. Comme si elle n'avait pas dormi du tout. Comme si son univers s'était effondré depuis la dernière fois que Dorothy l'avait vue.

Qu'avait-il bien pu se passer ?

Inquiète, Dorothy se leva et enlaça Imogen, même si elle savait que ce n'était guère professionnel. Elle pouvait presque imaginer Sara fronçant les sourcils. Elle s'attendait à ce qu'Imogen s'écarte, mais elle resta là, enlaçant Dorothy comme si c'était le dernier humain sur terre.

La gorge nouée par l'émotion, Dorothy lui caressa le dos.

— Ça me fait plaisir de te voir. Est-ce que tout va bien ?

— Oh ! Oui, ça va. Pardon. Je me suis laissé emporter par l'ambiance des fêtes.

Imogen s'éclaircit la gorge avant de s'écarter brusquement. Elle s'assit, les joues rouges d'embarras.

— La semaine a été un peu difficile. Vous savez comment c'est à cette période de l'année, on court partout. Je me réjouis de déjeuner avec vous, j'avais hâte.

Elle cligna des yeux plusieurs fois et étudia le menu avec une concentration intense.

Elle semblait si bouleversée qu'une douleur s'éveilla dans la poitrine de Dorothy.

— Tu cours partout pour le travail ou tu parles des préparatifs de Noël ?

— Surtout le travail. On croule sous les événements au mois de décembre. J'en ai enchaîné plusieurs hier, répondit-elle d'une voix excessivement enjouée. Mais ça a été.

Quelque chose dans son intonation informa Dorothy que ça n'avait pas été du tout, mais elle savait qu'Imogen ne lui dirait pas la vérité. Elle restait toujours extrêmement professionnelle. Elle ne se confiait pas, ne racontait pas de secrets, ce qui était approprié, évidemment, puisque Dorothy était une cliente. Quand bien même, elle aurait parfois aimé pouvoir faire disparaître la barrière entre elles. Il y avait tant de choses qu'elle aurait voulu découvrir. Tant de questions qu'elle aurait voulu poser.

Imogen reposa le menu.

— Avez-vous choisi, Dorothy ?

— Je vais prendre la soupe puis le canard. Et toi ?

— La même chose.

Alors qu'elles commandaient leurs plats, des éclats de rire sonores à une table voisine attirèrent l'attention d'Imogen.

Un groupe de dix, affublés de chapeaux ridicules, échangeait des cadeaux.

Imogen les fixa un instant, puis détourna le regard et reporta son attention sur Dorothy.

— Comment se déroule votre séjour, Dorothy ? Vous avez pu faire tout ce que vous souhaitiez ?

— Absolument. J'ai acheté des cadeaux de Noël ce matin, pour mes petites-filles. Les magasins étaient noirs de monde, mais j'ai réussi à trouver les dernières choses dont j'avais besoin. L'année prochaine, je les emmènerai à Londres pour qu'elles voient les illuminations. Je pense que cette escapade leur plaira.

Elles échangeaient des banalités, toutefois Dorothy avait le sentiment qu'Imogen en avait besoin.

— Comment vont Ava et Iris ?

Imogen se rappelait chaque détail de chaque conversation. C'était une de ses nombreuses qualités.

— Elles sont excitées. Elles sont encore à l'âge où attendre Noël est aussi excitant que le jour lui-même.

Elle s'interrompit quand leur entrée arriva.

Imogen regarda sa soupe, comme si elle essayait de se rappeler pourquoi elle l'avait commandée, puis elle prit sa cuillère.

— Allez-vous passer Noël avec elles ?

— Ils viennent tous chez moi. Ce sera animé. L'année dernière, ils sont allés dans la famille de Patrick - mon gendre, comme tu le sais -, et pour être honnête, comme j'étais seule, je n'ai pas fait grand-chose. J'avais un sapin pour faire plaisir aux petites, mais je n'ai pas décoré la maison. Comme elles dormiront chez moi cette année et qu'on passera Noël tous ensemble, je compte faire plus d'efforts. J'adore être aux fourneaux alors je vais probablement cuisiner pour un régiment.

Imogen reposa sa cuillère sans avoir touché à sa soupe.

— De belles fêtes en perspective. Cette période de l'année est merveilleuse.

Son ton était chaleureux et ses paroles parfaitement adaptées, mais il y avait quelque chose dans ses yeux - quelque chose de perdu et de triste - qui fit poser sa cuillère à Dorothy aussi.

Elle n'avait jamais vu quelqu'un lutter aussi fort pour ne pas craquer.

Elle ressentait la même émotion que quand Miles appelait pour lui dire qu'un animal en mal d'amour avait besoin d'une maison. Ce qui était ridicule puisque Imogen était une jeune femme indépendante et accomplie.

Mais tout de même...

— Tu es sûre que tout va bien, Imogen ?

— Absolument. Dites-m'en plus sur vos petites-filles.

Dorothy hésita puis reprit sa cuillère. Si c'était ce que voulait la jeune femme, elle jouerait le jeu.

— Elles adorent fabriquer des décorations et des cartes de vœux. Ma fille, Sara, se retrouve noyée sous les guirlandes en papier et les cartes avec bonshommes de neige. Et toi ? demanda-t-elle d'un ton désinvolte. Qu'as-tu prévu pour les fêtes ? Je suppose que tu seras en congé ?

— Le bureau ferme entre Noël et le Nouvel An.

On débarrassa leurs assiettes. Imogen n'avait presque rien avalé de son entrée.

Dorothy décida de ne pas faire de remarque.

— Je parie que tu as hâte d'être en vacances.

— En fait, j'ai beaucoup de chance, déclara Imogen d'une voix anormalement aiguë. Rosalind m'a donné un mois de congé entier. Quatre longues semaines. J'ai cumulé des jours de vacances et elle insiste pour que je les prenne avant la nouvelle année. Vous avez mon numéro de portable alors s'il y a le moindre problème, ou si quelque chose vous inquiète, vous n'avez qu'à m'appeler. Ou Rosalind, évidemment.

— Un mois ? Quel luxe !

À en croire l'expression d'Imogen, elle ne voyait pas du tout les choses de cette manière.

— Où vas-tu aller ? Vas-tu passer Noël en famille ?

À peine les mots furent-ils sortis de sa bouche qu'elle voulut les ravaler. Elle n'aurait pas dû poser cette question. C'était trop personnel.

— Non. Pas cette année. Il n'y aura que moi.

Que moi.

Ces deux petits mots étaient si chargés en émotion que Dorothy ressentit le besoin presque irrépressible d'inviter Imogen pour Noël. Ce ne fut qu'au prix d'un gros effort qu'elle parvint à se retenir. Ce ne serait pas approprié.

Elle voulait demander à Imogen pourquoi elle ne passerait pas les fêtes avec ses proches, or elle savait que cette question serait déplacée, elle aussi.

On plaça le plat principal devant elles – canard laqué accompagné d'une purée de pommes de terre.

— Que vas-tu faire ?

— Je n'ai pas finalisé mes plans.

La tête penchée en avant, Imogen se concentrait sur son assiette.

— Je resterai probablement à la maison, reprit-elle. À traîner au lit. Lire des livres. Rattraper mon sommeil en retard et faire des marathons de séries télévisées. Toutes les choses pour lesquelles je n'ai normalement pas de temps. Ce sera génial. Ce qu'il y a de bien quand on reste seul à Noël, c'est qu'on peut se montrer totalement égoïste. On peut choisir le programme télé sans se disputer pour la télécommande, cuisiner ou non... N'en faire qu'à sa tête. Si j'ai la flemme, je peux me préparer un sandwich au fromage et personne ne s'en souciera. Génial.

Un sandwich au fromage. Personne ne s'en souciera.

Dorothy s'en souciait, elle. Et elle sentait qu'Imogen aussi.

La douleur dans sa poitrine s'intensifiant, elle posa sa fourchette et son couteau.

Elle ne pouvait le supporter.

— Imogen...

La jeune femme l'imita avant de lever les yeux.

— Je suis vraiment désolée, Dorothy. Je ne me sens pas bien. J'ai la migraine. J'ai mal dormi la nuit dernière. J'aurais dû annuler mais...

— Je suis contente que tu sois là. Je voulais vraiment te voir.

Dorothy marqua une pause, hésitante.

— On se connaît depuis un moment, Imogen. Je sais que, techniquement, je suis une cliente, toutefois j'espère que tu me considères comme une amie. Tu peux me faire confiance.

— Oh, bien sûr ! Vous êtes toujours si gentille !

Imogen but une gorgée d'eau.

— Vous êtes ma cliente préférée, mais ne le dites à personne. Pardon. C'est déplacé.

— Pas du tout, la rassura Dorothy. Pourquoi as-tu mal dormi ? Quelque chose te tracasse ?

— Non. Enfin, il y a bien quelques petites choses... Rien d'important. Quelques problèmes personnels.

Elle hésita puis posa son verre avant d'adresser un sourire fatigué à Dorothy.

— De vous à moi, je ne veux pas être en congé pendant un mois. Je préférerais travailler. J'aime être occupée, vous voyez ? La vie me paraît plus simple quand je m'active.

Dorothy voyait tout à fait.

— Quand on traverse une période difficile, ne pas avoir le temps de réfléchir peut être salvateur. Je comprends. Ce que je ne comprends pas, c'est pourquoi tu prends un long congé si tu n'en as pas envie. Je suis surprise que Rosalind l'autorise.

— C'était sa suggestion.

Imogen roula sa serviette en boule. Ses jointures étaient blanches.

— En fait, ce n'était pas vraiment une suggestion. Elle estime que j'en ai besoin. Je ne suis pas d'accord avec elle. Ne vous méprenez pas, Rosalind est formidable, ajouta-t-elle précipitamment. Vraiment formidable. C'est la meilleure patronne au monde. Et c'est vrai que j'ai été occupée. On a remporté plusieurs nouveaux contrats. Certes, ma charge de travail est un peu trop élevée, mais j'adore mon boulot donc ça ne me semblait pas être un problème.

Rosalind, elle, estimait le contraire. Dorothy avait le plus grand respect pour elle. Si elle était inquiète, alors il devait y avoir une bonne raison.

— Que fais-tu de ton temps libre, Imogen ?

— Mon temps libre ?

Le regard d'Imogen se fit lointain, comme si elle essayait de se rappeler ce que c'était.

— Je fais un tas de choses. Je suis ceinture noire de jujitsu - la version japonaise, pas brésilienne. J'ai commencé en dernière année de fac. Je m'entraîne dans un club, ici à Londres. Habituellement, j'y vais deux fois par semaine, mais depuis que j'ai commencé à travailler pour RPQ, je suis passée à une fois par semaine. Même moins, parfois.

Elle marqua une pause, réfléchissant.

— En fait, je n'y suis pas allée depuis avril. J'ai été super occupée. Mais j'ai l'intention d'y retourner. C'est un bon moyen de garder la forme et d'apprendre à se défendre. Je préfère ça à la salle de sport.

Pourtant, elle avait déserté le cours depuis avril. Et on était en décembre.

— Ça a l'air d'être une activité amusante. D'ailleurs, Londres offre beaucoup de possibilités de sorties. Aimes-tu aller au théâtre ?

— J'adore. La dernière pièce que j'ai vue, c'était la mise en scène de *Hamlet* qui a fait polémique.

La serviette d'Imogen était maintenant si entortillée que Dorothy doutait que même un fer à vapeur parvienne à lui rendre sa douceur originelle.

— Celle de l'année dernière ?

— Non, c'était cette année.

Imogen fronça les sourcils.

— Ou peut-être était-ce l'année dernière. Le temps passe tellement vite...

Le temps qu'elles finissent leur canard, Dorothy avait découvert que non seulement Imogen avait quasiment arrêté les arts martiaux, mais qu'elle n'était pas allée au théâtre depuis plus d'un an. Elle n'était pas non plus allée au cinéma et n'avait lu qu'un seul livre depuis l'été.

Elle commençait à comprendre pourquoi Rosalind avait exigé qu'Imogen prenne quatre semaines de congé.

— Alors, que vas-tu faire de ton temps ? Des vacances d'un mois te permettront de vraiment récupérer. Vas-tu rester chez toi ?

Imogen sembla se ressaisir.

— Je n'ai pas encore décidé. La décision a été prise ce matin seulement, je n'ai pas encore eu le temps de m'y faire. Je vais probablement rester à Londres. Peut-être que je réussirai enfin à voir une pièce de théâtre ou à aller au jujitsu.

Elle posa ses couverts.

— Le canard était vraiment délicieux.

Elle avait mangé à peine deux bouchées, ce que Dorothy se garda bien de lui faire remarquer.

L'idée qu'Imogen passe le jour de Noël seule à Londres devant un sandwich au fromage lui était insupportable.

— As-tu envisagé un séjour à la campagne ? Je possède un cottage.

Les mots étaient sortis avant qu'elle puisse les retenir.

— Tu pourrais en profiter.

— En profiter ?

— Y séjourner. Il s'appelle Holly Cottage. Il est mignon. Pierre des Cotswolds. Cheminée. Toit de chaume.

Dorothy songea aux quelques mois où elle y avait vécu. Quand Sara était partie à l'université, elle s'était retrouvée seule. Le cottage lui avait alors apporté du réconfort. Et il se pourrait bien que ce soit exactement ce dont Imogen avait besoin.

— Le cadre est idyllique, vraiment. Si accueillant et douillet qu'il est populaire auprès des jeunes mariés et des accros aux réseaux sociaux qui adorent prendre des selfies. Il est normalement occupé toute l'année, mais j'ai dû faire des travaux, alors j'ai arrêté de prendre des réservations l'été dernier. Si tu souhaites t'éloigner de Londres quelque temps, il est à toi. Je ne te ferai pas payer.

Imogen la fixait.

— Vous m'offrez un séjour dans votre cottage ?

— Pourquoi pas ? Il est libre. Si tu as besoin d'un bol d'air frais et de te détendre, c'est l'endroit idéal. Le village n'est qu'à dix minutes à pied à travers champs. C'est la campagne, mais il offre tout ce dont tu pourrais avoir besoin. L'été, il grouille de touristes qui essaient de le photographier sous tous les angles, mais c'est à cette période de l'année qu'il est le plus charmant. On y trouve d'excellents produits fermiers, quelques magasins de souvenirs, une boutique de vêtements vintage, une mercerie… Est-ce que tu tricotes ?

— Je… non.

— Il y a une bibliothèque, une librairie indépendante ainsi qu'un café qui vend le meilleur pain d'épice du monde. Ils ont installé les lumières de Noël la semaine dernière, le village est absolument ravissant. Et si tu n'as guère envie de sortir, sache que le cottage est l'endroit idéal pour cocooner avec un livre ou devant la télévision.

Imogen prit une gorgée d'eau.

— Vous me laisseriez vraiment y séjourner ?

— J'adorerais que tu viennes. Tu me ferais une faveur pour être honnête. Ce n'est pas bon pour le cottage d'être vide par temps froid.

Imogen posa son verre.

— Quelle durée aviez-vous en tête ?

— Reste le mois entier si tu veux. Tu n'es pas obligée de décider maintenant. Prends le temps d'y réfléchir.

Imogen prit une inspiration.

— Quand voudriez-vous que je vienne ?

— Quand tu le souhaites. Il y a tout ce qu'il faut au cottage, il te faudra seulement apporter des vêtements chauds.

— Je pourrais venir vendredi ?

— Parfait.

— Va pour vendredi, alors, décréta Imogen. Si vous êtes sûre. Merci. Ça me fera du bien de quitter Londres.

Elle sourit à Dorothy. Un vrai sourire cette fois, pas celui, forcé et faussement joyeux, qu'elle lui avait adressé au début du repas.

— Je peux te retrouver à la gare.

— Je vous remercie, mais c'est inutile, répondit Imogen. Je louerai une voiture. Ce sera pratique d'en avoir une sur place. Cela évitera que je vous dérange.

— Tu ne me dérangeras pas du tout. Ce sera un plaisir de t'accueillir au cottage.

C'est alors que Dorothy prit conscience, une fois les détails réglés, que Sara allait la tuer.

L'appréhension et la culpabilité la gagnèrent. Elle aurait dû réfléchir avant de faire une telle proposition à Imogen, et en temps normal, c'est ce qu'elle aurait fait, mais elle avait été si malheureuse en imaginant Imogen assise seule avec un sandwich au fromage le jour de Noël qu'elle n'avait pas pu s'en empêcher.

Mais qu'était-elle censée faire ? Dorothy ne pourrait pas profiter de Noël en sachant qu'Imogen était toute seule à Londres. Et ce n'était pas comme si elle l'avait invitée pour le réveillon ou à passer les fêtes avec eux. Elle ne faisait que lui prêter le cottage. Ce n'était pas différent que de le louer à un inconnu.

Qu'est-ce qui pourrait bien mal tourner ?

Chapitre 12

Imogen

Imogen conduisait prudemment sur les routes verglacées en direction de Winterbury. Elle était partie tôt mais plus elle se rapprochait de l'adresse indiquée par Dorothy, plus le paysage devenait enneigé.

Les routes scintillaient dans la pâle lumière hivernale, les haies et les champs recouverts d'un manteau blanc. Elle traversa des villages pittoresques, contemplant les rangées de jolis cottages et les commerces aux vitrines illuminées et décorées pour Noël. Elle passa devant une église ancienne, son toit recouvert de neige, et franchit un pont qui surplombait un ruisseau gelé.

Elle avait pensé qu'en quittant Londres, elle éviterait Noël, or ce lieu était l'incarnation même des fêtes, et comme si cela ne suffisait pas, la nature avait ajouté la dernière touche d'éclat au paysage. Cette pâle beauté hivernale s'accompagnait d'un froid mordant.

Par chance, comme elle n'allumait jamais le chauffage afin de réaliser des économies, elle s'était constitué toute une garde-robe de vêtements chauds.

Sa valise était remplie de pulls en laine et de tenues d'extérieur. Elle avait également apporté des bottes solides car elle souhaitait se rendre à pied au village dont Dorothy lui avait parlé.

De l'air frais, des balades dans la campagne, quelques heures passées à bouquiner au café du village – ce programme lui semblait parfait. Pas totalement, bien sûr. Un Noël parfait aurait été synonyme de moments passés en famille, mais pour une personne qui traversait cette période seule, c'était bien. Mieux qu'être seule à Londres.

Seule.

Le mot pesa sur ses épaules, aussi glacial que les flocons de neige virevoltant devant la voiture.

Peut-être avait-elle davantage conscience de sa solitude à cause de son entrevue avec sa mère. Partout où elle regardait, elle apercevait de petits groupes : une femme avec deux enfants excités essayant de nourrir des canards qui se tenaient sur la surface gelée d'un étang, perplexes ; une famille riant ensemble en tirant un sapin de Noël géant le long d'un chemin couvert de neige ; un couple marchant main dans la main qui donnait l'impression de sortir tout droit d'une publicité pour des vitamines (ou des manteaux d'hiver). La femme leva la tête vers l'homme en riant, et il se pencha vers elle pour l'embrasser tendrement.

— Rohhh, marmonna Imogen. Trouvez-vous une chambre d'hôtel !

Ils avaient probablement réservé une suite dans un palace cinq étoiles où ils commanderaient à manger au service d'étage et siroteraient du champagne en louant la saison des fêtes. Il la demanderait en mariage et ils se rappelleraient ce Noël pour toujours.

Tout le monde semblait heureux.

Tout le monde avait quelqu'un.

Imogen sentit un pincement d'envie et se força à se concentrer sur la route. Elle savait qu'elle exagérait, or en cet instant, c'était ce qu'elle ressentait. Une partie d'elle espérait passer devant un couple en pleine dispute, ou un enfant faisant un caprice. Quoi que ce soit qui puisse lui rappeler qu'elle n'était pas la seule dont la vie était loin d'être parfaite. Elle savait que Noël était une période douloureuse pour de nombreuses personnes, pourtant toute cette neige et ces décorations scintillantes avaient tendance à le lui faire oublier.

Comme elle quittait le village, l'état des routes se dégrada. Elle agrippa le volant, priant pour ne pas tomber dans un fossé avec la voiture de location. Des arbres encadraient la route étroite, leurs branches recouvertes de neige créant une arche givrée, brossant un tableau charmant. Les lourds flocons réduisant la visibilité, Imogen ralentit. Peut-être que faire le trajet en voiture n'était pas une si bonne idée. Elle avait l'habitude de la ville, où la neige fondait rapidement et posait rarement problème.

— Vous êtes arrivée à destination, annonça son GPS.

Imogen soupira de soulagement.

— Merci.

Elle secoua la tête. Et maintenant voilà qu'elle parlait à son téléphone comme si c'était une personne ! Elle perdait la tête.

Elle prit la bifurcation indiquée, passant devant un panneau élégant sur lequel était écrit « Propriété et vignobles Winterbury », et s'arrêta. Un grand portail en fer forgé avait été laissé ouvert. Au-delà, une allée serpentait à travers des arbres enneigés.

Dorothy vivait ici ?

Sa mâchoire faillit se décrocher. Heureusement qu'elle était seule dans la voiture ! Elle avait vu des photos, bien sûr, quand Dorothy avait expliqué qu'elle souhaitait que leur prochaine fête estivale se tienne dans sa propriété, mais les images ne rendaient justice ni à la magie ni à l'immensité du lieu.

Elle franchit le portail et, sur sa droite, protégé de la route par un mur de pierre sèche et des arbres anciens, Holly Cottage apparut. Le nom avait été sans aucun doute inspiré par le large buisson de houx qui dominait le jardin de devant. Il était couvert de baies écarlates, les oiseaux ne tarderaient pas à le dépouiller.

Elle se gara sur la place de parking et contempla le lieu qui serait sa maison pendant les prochaines semaines.

Le cottage était ravissant, débordant du charme typique des Cotswolds. De la neige était accrochée au toit, saupoudrant le rosier qui grimpait sur les murs de pierre pâle, et un seul regard suffit pour confirmer que la description qu'en avait faite Dorothy était des plus fidèles.

C'était le cottage de Noël parfait. Le refuge romantique idéal. La destination rêvée pour une lune de miel. Un paradis pour les accros aux selfies. Mais Imogen n'entrait dans aucune de ces catégories, et la vision de ce cottage idyllique intensifia la douleur de la solitude qui l'habitait.

Le doute l'assaillit. Avait-elle fait le bon choix ? Elle n'en était plus si sûre.

En fin de compte, en venant ici, elle n'avait fait que changer d'environnement. Ses soucis l'avaient accompagnée. Sa tristesse liée aux fêtes de Noël, la culpabilité d'avoir trompé ses collègues, la souffrance causée par sa mère. La grosse pagaille qu'était sa vie. Avait-elle vraiment pensé que s'éloigner de la ville voudrait dire s'éloigner de ses tracas ?

Elle resta assise sur son siège un moment, à s'apitoyer sur son sort, et ensuite se rappela que cette attitude ne la mènerait nulle part.

Elle coupa le contact et prit une profonde inspiration. Elle avait survécu à des Noëls pires que celui-ci. Bon, sa mère ne l'aimait pas. Et alors ? Ce n'était pas vraiment une surprise. Au fond d'elle-même, elle l'avait toujours su. Il n'y avait aucune raison pour que l'entendre énoncé si brutalement et publiquement l'affecte autant. Quelle importance si quelques inconnus connaissaient sa triste histoire ? Avec un peu de chance, son altercation avec Tina pourrait leur faire apprécier leurs propres familles, et d'une certaine façon, sa mère lui avait fait une faveur, parce que désormais elle ne se voilerait plus la face : elle n'avait pas de famille. Celle-ci existait seulement dans sa tête, c'était le fruit de son imagination, du désir et de l'espoir. Sa mère était si meurtrie d'avoir été abandonnée par ses proches qu'elle était incapable de faire confiance et d'ouvrir son cœur à qui que ce soit.

Imogen était seule au monde, et plus vite elle accepterait cette réalité, plus vite elle arrêterait de se sentir aussi malheureuse.

D'ailleurs, elle avait de nombreuses raisons de se réjouir. Elle avait toujours un boulot qu'elle adorait (elle ne penserait pas à la façon dont elle allait se dépêtrer des mensonges qu'elle avait racontés à ses collègues, du moins pas pour l'instant). Elle avait un toit sur la tête, de quoi se nourrir.

Et pendant quelques semaines, elle séjournerait ici, dans cet endroit merveilleux.

Oui, elle serait seule, mais elle préférait être à Winterbury que dans la capitale. Ici, loin des rues fourmillant de Londoniens stressés par Noël, le calme régnait. Et le cottage était tout à elle.

Rassérénée, elle sortit de la voiture et posa le pied sur un doux tapis de neige fraîche parsemé de pommes de pin tombées des arbres environnants.

À des kilomètres à la ronde se dressaient des arbres et des champs enneigés. Ce paysage était merveilleusement paisible et l'air froid, pur et vivifiant.

Déterminée et le cœur plus léger, elle tira sa valise jusqu'au cottage. Dorothy ne l'avait pas fermé à clé. Elle ouvrit la porte, retira ses bottes, et s'avança sur le sol de pierre. Aussitôt, une chaleur bienvenue s'infiltra à travers ses chaussettes et elle la savoura. Au moins, elle n'aurait pas froid.

Elle laissa sa valise dans l'entrée et explora le cottage. L'endroit était baigné de lumière naturelle, un atout dont son appartement ne pouvait se targuer.

Le salon était élégant, avec poutres en chêne apparentes et fenêtres donnant sur un jardin clos miroitant de givre. Des sofas profonds et confortables étaient disposés de part et d'autre d'une table basse sur laquelle étaient empilés des livres. Mais le clou du spectacle était la cheminée et son poêle à bois. Imogen s'imagina blottie sous un plaid avec un livre devant le feu le soir. Elle pénétra ensuite dans la cuisine, qu'elle trouva fort jolie. Les placards étaient peints couleur crème, un petit îlot trônait au centre, et des touches élégantes de *country living* étaient disséminées çà et là. Dans un coin, près de la fenêtre, une table à manger donnait sur les champs.

Son regard se posa sur la porte à l'autre bout de la cuisine. Elle l'ouvrit, s'attendant à un garde-manger.

— Oh !

Elle sourit. La porte menait à un petit salon douillet avec une télévision à large écran plat et un immense canapé modulable qui encourageait les occupants à s'étaler. Deux des murs étaient en pierres apparentes, et le troisième était tapissé de bibliothèques aux étagères bien remplies.

Elle aurait été heureuse de passer toutes ses vacances dans cette pièce, mais elle devait encore visiter l'étage, aussi elle retraversa la cuisine et monta l'escalier, le cœur bien plus léger.

Elle avait tellement de chance que Dorothy l'ait invitée à séjourner au cottage ! Il était absolument parfait.

Elle ouvrit la porte de la chambre principale, qui arborait un plafond en voûte et donnait sur la campagne. Au-delà du champ voilé de blanc, elle apercevait la flèche d'une église. Il devait s'agir du village dont Dorothy avait parlé.

Le lit était large, le linge dans des tons clairs de bleu turquoise. Elle était si fatiguée après plusieurs nuits d'insomnie qu'elle dut se retenir pour ne pas se glisser sous les draps et fermer les yeux. À l'étage se trouvaient également une salle de bains nichée sous les toits et une seconde chambre plus petite, avec un bureau disposé face au jardin.

Quoique de taille modeste, le cottage était luxueux et infiniment accueillant. Elle comprenait pourquoi il était populaire auprès des influenceurs.

— Imogen ?

La voix de Dorothy lui parvint, et Imogen jeta un dernier regard plein d'envie au lit avant de descendre l'escalier.

Dorothy se tenait dans l'entrée, enveloppée d'un manteau épais, une écharpe chaude autour du cou. Elle tenait un moule à gâteau et était accompagnée d'un épagneul, qui bondit vers Imogen, la queue frétillante.

Ravie, elle se baissa pour le caresser, touchée par son accueil chaleureux et enthousiaste.

— Que tu es mignon !

— Je te présente Bailey, dit Dorothy. Tu aimes les chiens ? Tu en as un ?

Imogen se redressa.

— Oui, j'aime les chiens et non, je n'en ai pas.

On ne l'y reprendrait pas. À partir de maintenant, elle dirait la vérité, rien que la vérité.

Elle avait appelé la femme de Facebook, lui expliquant qu'il s'agissait d'un énorme malentendu. Heureusement, celle-ci n'avait pas posé trop de questions ni demandé pourquoi son chien avait fait l'objet d'une publication « chien kidnappé ». Janie lui avait envoyé des messages, et Imogen lui avait répondu que c'était un quiproquo et qu'elle éclaircirait tout cela quand elles se reverraient en janvier.

Pour l'heure, elle ne savait pas du tout quelle explication elle fournirait à ses collègues.

Bailey poussa sa jambe avec son museau et, l'espace d'un instant, Imogen regretta qu'il ne lui appartienne pas.

— Le trajet s'est bien passé ? s'enquit Dorothy en retirant ses bottes pour les laisser sur le pas de la porte. Les routes sont verglacées par ici. Lorsqu'il neige, les artères principales sont déblayées en premier, et on est souvent les derniers.

— Très bien, merci. Je suis arrivée il y a dix minutes à peine.

— Tu as fait le tour du cottage ? Est-ce qu'il te convient ?

— Il est superbe, Dorothy. Je n'arrive pas à croire que vous me le prêtiez pour les vacances.

Elle s'était beaucoup interrogée à ce sujet ces derniers jours. Dorothy et elle s'étaient toujours bien entendues, mais tout de même, lui prêter son cottage ?

Pourquoi ?

Dorothy était visiblement encore plus généreuse qu'Imogen l'avait cru. Il n'empêche qu'elle avait l'intention de la dédommager.

— Je suis ravie de t'accueillir, Imogen. Je t'ai préparé un gâteau, il est frais du jour.

Elle le lui tendit.

— Prenons une tasse de thé, je te parlerai du coin. Il y a une carte papier dans la pochette posée sur la table du salon, mais autant te décrire tout cela moi-même.

Imogen prépara du thé, trouvant ses marques dans la cuisine sous la direction de Dorothy, puis elles s'assirent ensemble à table.

— Le village vaut le détour.

Dorothy versa du sucre dans son thé et le remua.

— Il date de l'époque romaine. Il est pittoresque, avec des boutiques intéressantes. Il est facile de s'y rendre à pied d'ici. Même par temps de neige, le sentier devrait être facile à repérer. Il mène tout droit à travers champs. Tu apercevras la flèche de l'église au loin. Elle est visible de partout. Sers-t'en comme d'un point de repère.

— Le cottage est si douillet et confortable qu'il se pourrait que je ne mette pas le nez dehors de tout le séjour.

Imogen se baissa pour caresser Bailey.

— J'aurais dû te dire que tu pouvais venir accompagnée. Alors, n'hésite pas. Fais comme chez toi.

Qui aurait-elle invité ?

Elle passait la majeure partie de son temps au travail, et les personnes dont elle était le plus proche étaient ses collègues. Elle les adorait, cependant elle ne se voyait pas inviter Anya ou Janie au cottage. Pour commencer, elles ne se connaissaient pas vraiment. Et de toute façon, elles avaient toutes les deux des familles auprès de qui passer Noël.

— Je n'ai personne à inviter. Mais ce n'est pas grave.

Dorothy posa les mains autour de sa tasse.

— Je n'aime pas te savoir toute seule.

Toute seule. Pourquoi les gens disaient-ils cela ? Pourquoi ne pas simplement dire seule ? L'insistance était-elle vraiment utile ?

— Inutile de vous inquiéter pour moi. J'aime ma propre compagnie. Je vais pouvoir me reposer et cela me fera du bien.

— Viens déjeuner chez moi demain, proposa Dorothy.

— Déjeuner ?

— Oui, j'insiste. Ce serait formidable.

Imogen eut le sentiment que Dorothy venait de l'inviter parce qu'elle avait dit qu'elle serait seule. Mais ce que Dorothy ignorait, c'était qu'elle était presque toujours seule. Elle en avait l'habitude. Et la plupart du temps, cela ne la dérangeait pas. Il n'y avait qu'à Noël qu'elle trouvait cela éprouvant.

— Vraiment, ça ira, je...

— Ce sera amusant, coupa Dorothy. Je pourrai te présenter mes animaux. As-tu déjà vu un alpaga ?

— Vous avez un alpaga ?

— J'en ai cinq. Et aussi deux chèvres, deux moutons et un poney shetland que mes petites-filles adorent. Sara dit qu'à ce rythme, je serai bientôt en mesure d'ouvrir une mini-ferme.

Imogen était intriguée.

— J'ai hâte de rencontrer Sara. J'ai beaucoup entendu parler d'elle. Quel dommage qu'elle n'ait pas pu assister à la fête de l'année dernière !

— Oui... Elle a eu... un empêchement de dernière minute.

— Exact. Je m'en souviens, vous me l'aviez dit.

Mais elle trouvait tout de même bizarre de ne jamais avoir fait sa connaissance. Quoique cela n'aurait pas dû l'étonner. De taille humaine et familiale, les entreprises Winterbury avaient peu de personnel. Sara était donc probablement très occupée. De plus, Imogen savait que Dorothy n'aimait pas faire perdre de temps aux gens.

— Vous vous occupez vous-même de tous les animaux ?

— Quasiment. Mes petites-filles me prêtent main-forte tous les samedis et mon vétérinaire, Miles, est très compétent. Aimes-tu les animaux ?

— Je n'en ai jamais eu.

Excepté un chien imaginaire, ce qui ne comptait pas, évidemment.

— Je suis une citadine.

— Pourquoi ne viendrais-tu pas en fin de matinée demain, avant le déjeuner ? Je te ferai visiter. Ma maison est facile à trouver. Continue de remonter l'allée et tu tomberas dessus. Ça te prendra environ dix minutes à pied, mais tu peux venir en voiture si tu préfères.

Dorothy finit son thé.

— Tu vas adorer les alpagas. Tout le monde les aime. Ce sont de vrais personnages, surtout Benson.

— Vous leur avez donné des noms ?

— En réalité, ce sont mes petites-filles qui les ont choisis.

Déjeuner chez Dorothy et rencontrer un troupeau d'adorables alpagas ?

L'offre était trop tentante pour refuser.

— Comptez sur moi.

Chapitre 13

Dorothy

— Imogen se joint à nous pour le déjeuner ?

Sara lâcha ses sacs de courses sur la table de la cuisine et lança un regard consterné à sa mère. De la neige était accrochée à son manteau et ses cheveux, et elle avait un grand sac de voyage bien rempli à l'épaule.

— Non ! Pourquoi ? Qu'est-ce qui t'a pris ?

— Je n'ai pas vraiment réfléchi. C'était spontané.

Et maintenant, Dorothy se sentait terriblement coupable.

— Quand je lui ai rendu visite hier, elle avait l'air bien seule. Je lui ai proposé d'amener quelqu'un au cottage, mais elle a répondu qu'il n'y avait personne. Personne ! Tu imagines n'avoir personne à inviter ? Je ne pouvais pas la laisser comme ça, Sara. J'en étais incapable. Si tu l'avais vue, tu l'aurais invitée à déjeuner, toi aussi.

— Non, certainement pas.

Exaspérée, Sara déposa le sac de voyage dans un coin de la cuisine.

— Ça fait peut-être de moi une personne horrible, mais je n'aurais eu aucun scrupule à ne pas l'inviter. C'est déjà très généreux de ta part de lui prêter le cottage.

Dorothy savait que Sara était contrariée à ce sujet aussi.

— Je ne supportais pas de la savoir isolée à Londres pendant un mois, dit-elle avec tristesse. Si tu l'avais vue...

Sara l'interrompit.

— Je lui aurais suggéré de profiter de ces quatre semaines pour voyager. Les Caraïbes sont formidables à cette période de l'année.

— J'aurais peut-être dû dire ça, mais elle semblait…

Dorothy se massa le front.

— Pourquoi ne passe-t-elle pas Noël en famille, Sara ?

Elles échangèrent un long regard.

Puis Sara tourna la tête, comme si la tristesse et le questionnement dans les yeux de Dorothy lui étaient insupportables.

— Je ne sais pas. D'ailleurs, cela ne nous regarde pas. Imogen est une étrangère. Une étrangère, répéta-t-elle plus lentement. Tu n'es pas responsable d'elle, maman.

— Je le sais, mais…

— Maman !

— Pardon.

Dorothy avait l'estomac noué par l'anxiété.

— Tu ne la croiseras probablement pas pendant son séjour au cottage. Mais je n'aurais pas dû l'inviter à déjeuner. Je m'en rends compte maintenant. Je n'ai pas suffisamment réfléchi. Je n'avais pas l'intention de te contrarier.

L'expression de Sara s'adoucit.

— Je le sais bien.

Elle traversa la pièce pour enlacer sa mère.

— Pardonne-moi, souffla Dorothy en lui rendant son étreinte.

— Te pardonner d'être gentille et généreuse ?

Sara s'écarta.

— C'est dans ta nature, cela ne changera jamais. Toutefois, j'admets que, parfois, je préférerais que tu le sois un peu moins.

— Je vais changer. Je vais apprendre à dire non. D'ailleurs, je m'améliore dans ce domaine. J'ai dit non à Miles l'autre jour quand il a essayé de me faire craquer avec un chaton.

Sara secoua la tête, une lueur amusée dans le regard.

— C'est le mieux que tu puisses faire ? Tu es un cas désespéré.

— À qui le dis-tu !

Dorothy regarda vers le coin de la pièce.

— Qu'y a-t-il dans le sac que tu as apporté ?

— Les vêtements des filles pour leur fête de cet après-midi. Ava est incapable de rester propre cinq minutes donc si elle portait sa robe maintenant, celle-ci serait complètement fichue le temps que la fête commence. Elle se changera avant qu'on parte.

La fête de Noël du village. Dorothy avait été si focalisée sur Imogen qu'elle avait oublié.

— Elles vont s'amuser. J'ai préparé du poulet rôti pour le déjeuner.

Dorothy ouvrit le four pour vérifier la cuisson.

— L'odeur n'est-elle pas divine ? Poulet biologique, en provenance de la ferme. Valerie me l'a offert pour me remercier de lui avoir préparé du ragoût. En dessert, j'ai prévu une tarte aux pommes.

— C'est vrai que ça sent bon. J'ai apporté des carottes et des panais, comme tu me l'avais demandé.

Alors qu'elle ouvrait le sac sur la table, elle s'arrêta.

— De quoi allons-nous parler ? C'est gênant. Je me sens nerveuse.

— Imogen est très sympathique. Ce sera l'occasion pour toi d'apprendre à la connaître.

— Je ne veux pas apprendre à la connaître, répondit Sara, une note de panique dans la voix. Comment suis-je censée me comporter ? Que suis-je censée dire ?

— Sois toi-même, la personne gentille et accueillante que tu es toujours. Je m'occupe du reste.

Mais elle se rendait compte maintenant que Sara avait raison. Le déjeuner avait en effet le potentiel d'être gênant.

Sara s'assit à la table de la cuisine, les épaules voûtées.

— À quelle heure arrive-t-elle ?

— D'un instant à l'autre.

Souhaitant que le déjeuner soit déjà terminé, Dorothy déposa quelques brins de thym frais sur le poulet avant de le remettre au four.

— À quelle heure dois-tu emmener les filles à la fête du village ?

— À 16 heures.

Sara la regarda.

— Je n'y arriverai pas, maman.

Dorothy referma la porte du four et se redressa.

— Tout ira bien. Contente-toi de profiter du déjeuner.

— Mais justement. Je ne peux pas en profiter. Je suis si tendue et stressée que j'ai l'impression que je pourrais exploser.

La voix de Sara trembla.

— Je pense que je vais rentrer à la maison. Dis-lui que je ne me sentais pas bien. Dis-lui qu'une des filles est malade. Dis-lui ce que tu veux. Je ne reste pas. Je ne peux pas, je suis désolée.

Au moment où elle se levait, Ava entra en sautillant dans la cuisine, Bailey sur les talons.

— Qu'est-ce que tu ne peux pas faire, maman ?

Ava exécuta une pirouette et faillit tomber sur le chien.

— Tu peux tout faire si tu essaies. C'est ce que tu me dis toujours. Je m'entraîne au ballet, mamie. Regarde-moi.

— Je te regarde, ma chérie. Écarte-toi de Bailey ou tu vas trébucher.

Dorothy regardait également sa fille. Elle vit Sara se ressaisir. L'inquiétude céda rapidement la place à un sourire, quoique crispé.

— On ne reste pas pour le déjeuner, Ava. J'ai une migraine. Où est Iris ?

Sara avait l'air si pâle, si fatiguée que personne ne mettrait en doute son propos.

Ava s'arrêta de tournoyer et fronça les sourcils.

— Mais mamie a fait du poulet avec mes pommes de terre préférées. Et tu as dit que je devais manger un vrai repas ou tout le sucre à la fête me rendra malade.

— Je te préparerai quelque chose à la maison. Iris !

— Mais je veux du poulet.

Iris apparut sur le seuil de la cuisine.

— Qu'est-ce qui se passe ?

— Maman a la migraine alors on ne peut plus manger le poulet.

Ava avait l'air si malheureuse que Dorothy se sentit terriblement mal d'avoir causé autant de tension. Sara et elle étaient proches. Elle aurait dû se douter que voir Imogen lui serait insoutenable.

— Oh ! maman.

Iris rejoignit aussitôt Sara, passant les bras autour d'elle.

— Tu veux que j'aille te chercher un cachet ou un verre d'eau ?

Dorothy vit les yeux de Sara s'embuer.

— Non, ma puce. Ça va aller. Mais j'aimerais qu'on rentre si ça ne vous dérange pas.

— Bien sûr que ça ne nous dérange pas.

Iris caressa les cheveux de sa mère.

— On va partir maintenant. Tu veux que j'appelle papa ?

— Non, ça va aller. Mais merci de me l'avoir proposé.

— Moi, ça me dérange ! chouina Ava. Beaucoup. Je veux rester ici avec mamie et Bailey et manger du poulet.

— C'est impoli, Ava. On est une famille, dit fermement Iris, ce qui veut dire qu'on se soutient et qu'on se serre les coudes. Si maman a besoin de rentrer à la maison, alors on rentre à la maison.

Dorothy croisa le regard de Sara. « On est une famille, ce qui veut dire qu'on se soutient et qu'on se serre les coudes. »

Ava eut l'air contrite.

— On va quand même à la fête cet après-midi ?

— Chuuut, ne t'en fais pas pour la fête, la rassura Iris.

— Mais...

Sara se fendit d'un faible sourire.

— Je serai capable de vous y emmener, ne vous inquiétez pas.

Dorothy était sur le point d'essayer encore une fois de la persuader de rester quand la sonnette retentit.

— J'y vais !

Ava sortit de la cuisine en courant avant que quiconque puisse l'arrêter. Un instant plus tard, elle réapparut accompagnée d'Imogen, qui semblait nerveuse.

— Bonjour. J'espère que je ne suis pas trop en avance ?

Elle tenait une boîte de chocolats. Ses cheveux et son manteau étaient saupoudrés de neige.

— Je pensais que venir à pied me prendrait plus de temps.

Sous le manteau chaud, elle portait un pull torsadé couleur crème avec un jean noir et des bottes doublées de fourrure. Le froid lui avait rosi les joues.

Ava prit les chocolats.

— Merci. Comment tu connais ma mamie ?

Dorothy se ressaisit.

— Imogen et moi travaillons ensemble. Elle va passer quelques semaines à Holly Cottage. Merci pour les chocolats. C'est gentil de ta part, Imogen. Tu as déjà rencontré Ava. Voici ma fille, Sara, et mon autre petite-fille, Iris.

— Enchantée de faire votre connaissance.

Iris serra la main délicatement d'Imogen tout en coulant des regards inquiets vers sa mère.

Sara fixait la nouvelle venue. La lueur dans ses yeux brisa le cœur de Dorothy.

Elle n'aurait jamais dû l'inviter. Sara avait raison. Mais il était trop tard pour revenir en arrière. Elles allaient devoir affronter le déjeuner.

— J'ai beaucoup entendu parler de vous.

Amicale, Imogen tendit la main vers Sara qui réussit à se lever suffisamment pour la serrer.

— J'espère que Holly Cottage vous plaît.

— Il est superbe.

— Tu as déjà un arbre ?

Ava ne percevait pas du tout la tension qui régnait dans la pièce.

— Un arbre ?

— Un arbre de Noël.

— Oh... Non, répondit Imogen, mal à l'aise. Je ne prends pas la peine d'en faire un.

— Tu n'as jamais d'arbre ? Pourquoi ?

L'air ahuri d'Ava aurait fait rire Dorothy en d'autres circonstances. Or, jamais elle n'avait eu si peu envie de rire.

Elle avait conscience que Sara était blême et crispée, qu'Iris s'inquiétait pour sa mère, et qu'Imogen était mal à l'aise et hésitante.

— Je vis seule. Il n'y a que moi.

Elle adressa un sourire navré à Ava.

— Par conséquent, cela me semble inutile.

Ava fronça les sourcils.

— Si tu vis seule, alors tu peux faire exactement ce que tu veux sans penser à personne d'autre. (Elle coula un regard vers sa sœur.) Moi, à ta place, j'aurais dix arbres et personne ne pourrait m'en empêcher.

— Dix ?

Imogen rit.

— Tu ne trouves pas que c'est trop ?

— Non.

Ava eut soudain l'air excitée.

— On peut te choisir un arbre quand on ira chercher le nôtre. On y va demain, hein, maman ? Tu pourrais venir aussi.

L'expression de Sara aurait pu paraître comique si elle n'avait pas été déchirante.

— On verra demain.

Ava afficha une moue perplexe.

— Mais...

— Ça suffit, s'interposa Iris en passant le bras autour de ses épaules. Maman a une migraine. Il faut que tu arrêtes de parler pendant cinq minutes.

Elle sourit d'un air désolé à Imogen.

— Elle est excitée car cet après-midi, c'est la fête de Noël.

— Une fête ? Génial !

Imogen sourit et tourna la tête vers Dorothy.

— C'est gentil de votre part de m'inviter à votre repas de famille. J'espère que ma présence ne vous dérange pas ?

— Nous sommes ravis que tu sois des nôtres. Toutefois, Sara était sur le point de...

— Sur le point d'éplucher les carottes, coupa celle-ci.

S'armant de courage, elle attrapa le sac qu'elle avait apporté.

— Veux-tu que je fasse autre chose, maman ?

Sara allait rester. Dorothy sentit une bouffée de reconnaissance et d'admiration pour sa fille.

Le soulagement était immense.

— Non. Je me charge du reste.

Le repas ne serait peut-être pas gênant, après tout. Elles se contenteraient d'accueillir Imogen, puis chacun reprendrait le cours de sa journée.

Iris regardait sa mère, confuse.

— Mais tu as une migraine.

— Ça va un peu mieux, merci.

Sara déposa un baiser au sommet de sa tête.

— On reste, finalement.

— Tu devrais boire un grand verre d'eau. Je vais t'en chercher un, dit Iris en joignant le geste à la parole avant de regarder sa mère le boire.

— Je veux voir Benson, déclara Ava. Je lui ai fait un dessin. Je veux lui parler de la fête. Le père Noël sera peut-être là, mais ce ne sera peut-être pas le vrai car il est occupé. Je vais mettre ma nouvelle robe, je ne la porte pas maintenant pour ne pas la salir.

— On ne peut pas aller voir Benson. Je dois aider mamie avec le déjeuner.

Son verre d'eau terminé, Sara éplucha et coupa rapidement les carottes.

— Je pourrais l'y emmener, proposa Iris. Elle peut lui montrer ses pas de danse.

Ava adressa un sourire radieux à Imogen.

— Tu pourrais venir aussi. Tu vas aimer Benson. Il est gentil.

— J'ai hâte de le voir, affirma Imogen.

— On peut y aller maintenant ! s'exclama Ava, les yeux écarquillés. On peut y aller, mamie ? S'il te plaît ?

Elle attrapa des morceaux de carotte qu'elle fourra dans sa poche.

— Il adore les carottes. Elles doivent être coupées en petits morceaux sinon il s'étrangle. Tu peux en avoir aussi. Comme ça, il t'aimera tout de suite.

Elle prit quelques carottes qu'elle tendit à Imogen.

Après un bref moment de surprise, celle-ci s'en empara avec un sourire.

— Merci. C'est une information très utile.

— Benson va manger plus de carottes que nous, plaisanta doucement Sara.

Elle en coupa une autre, poussant les morceaux vers sa fille, puis déposa le reste sur la plaque de cuisson du four avec les panais que Dorothy avait déjà préparés.

Cette dernière décida qu'une distraction leur serait bénéfique à toutes.

— Si on faisait une courte balade avant le déjeuner ? Le repas peut rester au chaud. Est-ce qu'il a arrêté de neiger ?

Iris regarda par la fenêtre.

— Il ne neige plus, mais il a l'air de faire froid. Est-ce que ça va aggraver ta migraine, maman ?

— Ça ira, j'en suis sûre.

Sara s'essuya les mains.

— Je trouve que c'est une bonne idée.

— Habillons-nous chaudement, dit Dorothy vivement. Je vais en profiter pour montrer le domaine à Imogen.

Elle se tourna vers celle-ci.

— Je vais t'indiquer le chemin à travers champs qui mène au village pour que tu saches dans quelle direction aller.

Elle espérait que rendre visite aux animaux ferait du bien à Imogen. Ils remontaient toujours le moral à Dorothy. Et même s'ils n'arrivaient pas à mettre la jeune femme à l'aise, leur présence rendrait la conversation plus facile pour Sara.

Dieu merci, Ava était là. Il était impossible de se montrer réservé ou mal à l'aise en sa présence.

Dorothy vérifia que tout était prêt pour le déjeuner, puis elles enfilèrent leurs manteaux et leurs bottes, et elles sortirent.

Les champs étaient recouverts de neige, qui s'accrochait également aux branches des arbres et aux haies. Bientôt, le sol arborerait leurs traces de pas, mais pour l'heure, il scintillait, immaculé.

Les flocons venant de tomber, l'air était froid et mordant. Il faisait larmoyer les yeux et rosir les joues, mais Ava sautilla joyeusement, insouciante, vers le champ où vivaient les alpagas, tirant Imogen par la main comme si elle la connaissait depuis toujours, et non cinq minutes à peine.

— Ils ont un abri pour quand il fait très froid, mais ils aiment être dehors et ils ont de la fourrure donc c'est comme s'ils portaient un manteau tout le temps.

Ava grimpa sur le premier poteau de la clôture.

— Benson ! cria-t-elle.

L'air transporta sa voix aiguë et tous les alpagas se dirigèrent immédiatement vers elle.

— Le grand marron, c'est Benson. Il est pas trop mignon ?

Voyant qu'Ava passait son petit bras à travers la clôture. Iris s'approcha.

— Sois douce, Ava.

— Je suis douce. Il est super gentil, déclara-t-elle à Imogen. L'été, on l'emmène se promener. Quand je serai grande, j'aurai cent alpagas.

— Cent alpagas et dix sapins de Noël, gloussa Imogen, qui semblait trouver Ava craquante. Il te faudra un grand jardin.

— Je vivrai à la campagne comme mamie.

Elle grimpa plus haut sur la clôture et tendit la main vers Benson, qui la poussa doucement du museau.

— Il a l'air de beaucoup t'aimer.

Imogen stabilisa Ava d'une main dans le dos quand celle-ci vacilla un peu.

Une boule se forma dans la gorge de Dorothy en voyant ce geste protecteur. Émue, elle croisa le regard de Sara.

Il était facile de deviner à quoi songeait sa fille.

Ava tenait la main d'Imogen et Dorothy sentit sa poitrine se réchauffer en écoutant la jeune femme lui poser des questions.

— As-tu un alpaga préféré ?

Ava secoua vivement la tête.

— Je les aime tous pareil. Si j'avais un préféré, les autres seraient tristes.

— Sont-ils de la même famille ?

— Basil et Sage sont frères. Lui, c'est Basil.

Ava désigna l'alpaga crème à l'arrière du troupeau.

— L'autre marron, c'est Sage, et il y a Dill et Pepper. Pepper est le diminutif de Peppermint. Ils ont tous des noms d'herbes, sauf Benson.

Imogen étudia les alpagas.

— Ils ne risquent pas de sauter par-dessus la clôture ?

— Ils n'ont jamais essayé, répondit Dorothy. D'après Miles, notre vétérinaire, ils n'aiment pas sauter. Quoi qu'il en soit, je ne les ai jamais vus l'abîmer.

— Qu'en est-il des renards ?

— Oh ! ils les font déguerpir.

Dorothy caressa doucement l'encolure de Benson.

— Ils travaillent en équipe. Ils font un sacré boucan. On essaie de tenir à distance les créatures qui pourraient répandre la tuberculose bovine, comme les blaireaux.

Imogen caressa Benson d'une main hésitante.

— Ils ont une fourrure si épaisse...

— Oui. Elles peuvent masquer des problèmes, donc on reste très vigilants. Ils étaient dans un état terrible quand ils sont arrivés chez moi, sauf Benson. On s'était bien occupé de lui.

— Pourquoi a-t-il atterri ici ?

— Il faisait partie d'un troupeau de trois. Malheureusement, les deux autres sont décédés. Les alpagas n'aiment pas être seuls. Ce sont des animaux grégaires, lui expliqua Dorothy. Miles estime qu'ils ne devraient jamais être moins de trois, raison pour laquelle il m'a demandé de l'accueillir.

— Moi aussi, j'ai un troupeau, intervint Ava. J'ai une sœur. Ça ne nous dérange pas d'être deux. On n'a pas besoin d'être trois. Tu as une sœur, Imogen ?

— Non, répondit Imogen. Je suis fille unique.

— Ça veut dire quoi ?

— Ça veut dire que ma maman n'a eu qu'un seul enfant. Je n'ai ni frère ni sœur.

Ava fronça le nez.

— Il faut que tu te trouves un troupeau, comme les alpagas.

Elle nourrit Benson avec une carotte.

— Ma maman avait une sœur, mais elle est partie, alors maintenant elle est fille unique aussi.

— Ava ! s'écria Sara, qui était aussi pâle que la neige autour d'elles. Ça suffit.

— Je disais juste que...

— Ava, stop, intervint rapidement Iris, tu sais que maman n'aime pas en parler.

— Je sais. Parce que ça la rend triste. Mais elle nous a nous, et papa, alors elle n'est plus triste. On est son troupeau.

Ava sauta de la clôture et tira le bras d'Imogen.

— Viens voir notre poney. Elle s'appelle Thelma.

Indifférente à l'atmosphère tendue, elle rejoignit les étables en sautillant dans la neige.

Dorothy posa la main sur le bras de Sara. Sa fille se dégagea puis emboîta rapidement le pas à Ava.

Dorothy la regarda, consternée. Ava était trop jeune pour savoir quoi dire et quoi taire. Ce n'était pas la faute de la fillette, c'était la sienne. Sara avait raison. Elle n'aurait jamais dû inviter Imogen. Elle avait ouvert la boîte de Pandore et cela risquait d'avoir des conséquences fâcheuses.

Iris, sensible aux humeurs de chacun, avait l'air malheureuse.

— Peut-on aller déjeuner, mamie ?

— Déjeuner ?

Après un dernier regard aux épaules raides de sa fille, Dorothy reporta son attention sur sa petite-fille. Iris l'observait avec des yeux inquiets.

— Bonne idée. Allons-y.

Iris suivit sa mère et sa sœur, marchant prudemment pour ne pas glisser.

Ava caressait Thelma, ayant apparemment oublié la conversation sur les frères et sœurs.

— C'est l'heure du déjeuner, annonça Dorothy. On rentre. Ava, n'oublie pas de te laver les mains.

— Iris doit se les laver aussi.

Ava caressa Thelma une dernière fois puis le petit groupe reprit le chemin de la maison.

— J'ignorais que vous aviez autant d'animaux, commenta Imogen.

Les joues roses, l'air heureux, elle regardait le poney pardessus son épaule.

— Cet endroit est superbe.

— Je te montrerai les vignobles pendant ton séjour, dit Dorothy.

La visite serait purement professionnelle.

— Ce sera intéressant pour toi, étant donné que tu travailles avec nos produits depuis longtemps.

— Avec plaisir.

De retour dans la cuisine, elles savourèrent la chaleur et les délicieuses odeurs du plat en train de cuire.

Les filles se lavèrent les mains, supervisées par une Sara silencieuse, pendant que Dorothy mettait la touche finale au repas.

— Ce sera prêt dans cinq minutes. Imogen, il y a des toilettes de l'autre côté du couloir si besoin. La serviette est propre.

Imogen disparut et Dorothy posa le poulet au centre de la table, suivi par des légumes rôtis et des pommes de terre.

Sara avait l'air si épuisée que Dorothy se sentit coupable. Elle savait qu'elle était responsable.

Une fois le déjeuner terminé, elle ramènerait Imogen au cottage. Les choses en resteraient là. Elle lui donnerait un numéro de téléphone en cas d'urgence, mais en dehors de ça, elle la laisserait tranquille.

— Ça a l'air délicieux.

Ava s'assit à genoux sur sa chaise. Aussitôt, Sara lui fit signe de s'installer correctement.

Dorothy sortit les assiettes chaudes du four, pendant qu'Iris et Sara finissaient de mettre la table.

Il n'y avait aucun signe d'Imogen.

Dorothy jeta un œil vers la porte, espérant qu'elle allait bien.

Elle était sur le point de découper la viande quand la porte des toilettes s'ouvrit enfin.

Imogen apparut, blanche comme un linge.

Inquiète, Dorothy posa immédiatement le couteau.

— Que se passe-t-il, mon chou ? Est-ce que tu te sens mal ?

— Les photos sur le mur des toilettes...

— Les photos de famille ?

— Tu as vu celle de moi et Benson ? s'enquit Ava en déposant une pomme de terre sur son assiette. J'adore celle-là, et celle de Bailey dans la neige. Il est tout blanc, comme un yéti. C'est trop rigolo.

Soudain, Dorothy comprit. Elle savait pourquoi Imogen avait l'air si choquée.

Son estomac se noua.

— Imogen...

— Je ne comprends pas pourquoi il y a une photo de ma mère sur le mur, parmi vos photos de famille.

Dorothy sentit son cœur rater un battement. L'espace d'un instant, elle crut même qu'il allait s'arrêter.

Pourquoi n'avait-elle pas pensé aux photos ? Il y en avait de partout. Elles faisaient tant partie de son quotidien qu'elle ne les remarquait même plus.

Sara se leva rapidement. Dorothy craignit qu'elle parte, la laissant gérer cette crise seule. Elle ne lui en aurait pas voulu. Sara l'avait mise en garde. Depuis le début, elle pensait qu'inviter Imogen était une mauvaise idée. Il semblait qu'elle avait raison.

À sa grande surprise, Sara ne partit pas. Au lieu de cela, elle s'adressa aux enfants.

— Les filles, j'aimerais que vous alliez regarder la télévision pendant quelques minutes.

Ava tint fermement son assiette.

— Non, on mange du poulet.

— On mangera un peu plus tard.

— Mais...

— Iris, peux-tu emmener ta sœur, s'il te plaît ?

Perplexe, Iris hocha la tête et prit la main d'Ava.

— Viens. On va regarder des dessins animés.

— J'ai faim. En plus, on n'a pas le droit de regarder des dessins animés en pleine journée.

— Aujourd'hui, si. On a la permission. On mangera dans une minute.

Une fois qu'Iris et Ava furent sorties et la porte refermée, Dorothy tira une chaise.

— Viens t'asseoir, Imogen.

— Je suis bien là où je suis.

Elle se tenait immobile.

— Il y avait quatre personnes sur cette photo. Ma mère, une fille plus jeune et un couple plus âgé, une femme et un homme. Vous êtes la femme.

Dorothy aurait aimé pouvoir remonter le temps. Un sentiment qu'elle avait éprouvé à de nombreuses reprises au cours de sa vie.

— Oui, c'est moi. J'aurais dû t'en parler plus tôt, mais la situation est compliquée.

Imogen se tourna vers Sara.

— Vous êtes la fille plus jeune.

— Oui.

Sara soutint son regard sans ciller.

— Tina était ma grande sœur.

— Votre sœur.

Imogen se frotta le front d'une main tremblante.

— Elle a demandé sa sœur. J'ai dit à tout le monde qu'elle n'en avait pas, marmonna-t-elle pour elle-même.

Dorothy se força à parler.

— Tina est ma fille. Ma fille aînée.

Imogen respirait rapidement.

— Donc cela fait de vous ma grand-mère.

Y avait-il jamais eu moment plus gênant ?

— Oui.

Dorothy sentit une pression dans sa poitrine. De la peur, de la fébrilité, mais également du soulagement car le moment tant attendu était enfin arrivé.

— Je suis ta grand-mère. Je ne voulais pas que tu le découvres ainsi, évidemment, mais, eh bien, ce n'est peut-être pas plus mal. Il n'y avait aucune façon simple d'aborder le sujet. Maintenant que tu connais la vérité, j'espère vraiment qu'on pourra apprendre à se connaître.

Les mots semblaient bien maigres et inadéquats pour un moment d'une telle ampleur.

— Ma grand-mère, répéta Imogen d'une voix blanche. On travaille ensemble depuis presque deux ans. On a fait des réunions ensemble, organisé un événement, déjeuné, et vous n'avez jamais rien dit ? Pourquoi ? Vous savez visiblement qui je suis depuis le début.

— Non, pas depuis le début, mais j'ai rapidement compris. Et elle avait tant de regrets... La situation était tellement compliquée qu'elle ignorait comment la démêler, mais s'il y avait la moindre chance d'établir une relation future, alors celle-ci devait être fondée sur la vérité.

— C'est pour cette raison que vous nous avez engagés.

— Non.

Il ne lui était pas venu à l'esprit qu'Imogen tirerait cette conclusion.

— Je t'ai engagée car tu es la meilleure dans ton domaine. Quand tu as été embauchée par RPQ, j'ai voulu qu'on continue à travailler ensemble. Je suis fière de toi, Imogen.

Une expression, mélange de douleur et de confusion, se peignit sur le visage d'Imogen.

— Fière ? Pourquoi seriez-vous fière ? Je ne suis rien pour vous. Vous ne vouliez pas de moi dans votre vie. Tout ce que je suis, tout ce que j'ai fait et accompli, je l'ai fait malgré vous, pas grâce à vous.

Ses yeux trahissaient sa souffrance, mais il y avait également là de la détermination. Dorothy comprit alors que sous la vulnérabilité se cachait une force incroyable. Si elle n'était pas aussi inquiète, elle aurait été impressionnée et même admirative.

— Tu es bouleversée, je comprends...

— Bouleversée ? Oui, je suis bouleversée, mais surtout, je suis en colère. Vous m'avez menti.

— Je n'ai pas exactement menti, mais c'est vrai qu'il y a de nombreuses choses que j'ai gardées pour moi, et il y a des raisons à cela. De bonnes raisons.

Dorothy se sentit malade et tremblante. Craignant que ses jambes ne la portent plus, elle tira une chaise et se laissa tomber dessus, ignorant le regard inquiet de Sara.

— C'est compliqué, Imogen. Si tu t'assieds, je te raconterai tout, je répondrai à chacune de tes questions.

— Quelles questions pourrais-je bien avoir ? Je sais déjà tout ce que j'ai besoin de savoir. Vous avez abandonné ma mère.

La voix d'Imogen se brisa.

— Vous étiez sa famille, sa seule famille, et vous l'avez foutue à la porte au moment où elle avait le plus besoin de vous. Les familles sont censées se serrer les coudes quelles que soient les épreuves qu'elles traversent, mais vous nous avez laissées nous débrouiller seules. Je suis sûre que la situation n'était pas facile, mais même si son comportement était problématique, vous auriez quand même dû l'aimer et le lui montrer. Elle n'avait personne. On n'avait personne. C'est votre faute si elle est comme elle est ! Vous êtes la raison pour laquelle elle a toujours été incapable de tisser des liens avec quiconque, moi y compris.

Dorothy eut l'impression de recevoir un coup dans le ventre. Le choc était tel qu'elle avait du mal à respirer. Quelle que soit la réaction à laquelle elle s'attendait, ce n'était pas celle-là. Ou peut-être avait-elle fait preuve d'une incroyable naïveté, d'un optimisme exagéré.

— Imogen, ma chérie...

— Je ne suis pas votre chérie. Plus depuis le jour où vous nous avez abandonnées.

Elle se tourna vers Sara.

— J'ai toujours trouvé un peu bizarre qu'on ne se soit jamais rencontrées, mais maintenant je comprends. Vous m'évitiez exprès. Vous ne vouliez rien avoir à faire avec moi, n'est-ce pas ?

Sara était blême.

— Imogen...

— Je ne sais pas du tout ce qui se passe. Je ne sais pas du tout pourquoi vous m'avez invitée, ce qui a changé exactement, mais je refuse d'être le cobaye de votre expérience sociale bizarre. C'est trop tard. Vous n'étiez pas là quand ma mère avait besoin de vous, quand j'avais besoin de vous, et je n'ai certainement pas besoin de vous maintenant. Je vais faire mes bagages et partir. Adressez-vous à Rosalind pour tout ce qui concerne le travail. Enfin, si cela vous intéresse réellement.

Imogen s'empara de son manteau et courut jusqu'à la porte d'entrée, évitant de peu Bailey qui était en quête de nourriture.

Dorothy ouvrit la bouche pour la retenir, mais seul un faible croassement en sortit.

Accablée par toutes les terribles accusations proférées par Imogen, elle était incapable de trouver les mots.

Par où commencer ? Que dire, que faire pour arranger la situation ?

Le temps qu'elle retrouve sa voix, il était trop tard.

La porte d'entrée claqua, le son résonnant à travers la maison.

Imogen était partie.

Chapitre 14

Sara

Non, pitié, non...

Cela ne pouvait pas arriver. Pas maintenant, après toutes ces années.

Elle avait tout fait pour laisser les vieux traumatismes derrière elle. Elle avait passé des dizaines d'années à bloquer les mauvais souvenirs. Elle avait construit des amitiés, bâti une famille. Une vie.

Si jamais ses pensées s'égaraient, revenant à cette période, elle les ignorait, impitoyable. Elle n'en parlait pas. Elle était fière de la façon dont elle avait enfermé toute cette histoire dans une boîte, refusant de lui donner la moindre seconde de son attention. C'était une forme de protection et, en grande partie, cela avait marché. Les rares occasions où sa mère essayait d'en parler, sa réaction était viscérale, physique. Elle se retrouvait dans le passé, revivant cette affreuse soirée, sentant le contrôle lui échapper. Elle commençait à trembler. Son cœur tambourinait. Ses paumes devenaient moites. Son souffle tournait court, sa poitrine se comprimait et elle était prise d'un besoin irrépressible de courir se mettre à l'abri jusqu'à ce que les souvenirs soient de nouveau confinés dans cette boîte. C'était une sensation effrayante qu'elle essayait dur d'éviter. Elle avait de la compassion pour sa mère, mais elle restait ferme. Elle lui répétait toujours : *Ce n'était pas ta faute.*

Puis, elle la forçait à passer à autre chose. Si elle avait réussi à avancer et à fonctionner normalement, c'était principalement parce qu'elle s'empêchait de ressasser le passé.

Puis un jour, alors qu'elle s'en sortait bien, sa mère avait noué des liens avec Imogen.

Depuis que Dorothy était rentrée d'un rendez-vous avec l'agence d'événementiel et lui avait appris qu'Imogen était la cheffe de projet, elle avait un mauvais pressentiment, une impression de désastre imminent. Au fond d'elle-même, elle savait que ce n'était qu'une question de temps avant que le passé les rattrape.

Et voilà que c'était arrivé.

Elle ne voulait pas y penser. Elle ne voulait pas se rappeler.

Les actions de sa mère avaient ouvert la boîte de ses souvenirs douloureux, et maintenant le passé resurgissait, infectant le présent. Des blessures qu'elle croyait guéries s'ouvrirent de nouveau. Elle prit alors conscience qu'elle n'avait pas guéri du tout, elle avait simplement posé un pansement sur ses plaies et continué de fonctionner.

La panique s'empara d'elle, menaçant de la submerger. Elle voulait contacter Patrick, qu'il la serre fort dans ses bras, en lui promettant de la protéger. Elle savait qu'il viendrait tout de suite si elle l'appelait.

Mais alors qu'elle attrapait son téléphone, sa mère se laissa choir sur la chaise la plus proche.

Sara se sentait mal, certes, mais il était clair, à voir l'expression de Dorothy, que le malaise de celle-ci était pire encore.

Elle reposa son téléphone.

Elle devait tenir le coup pour sa mère. Elle ne s'effondrerait pas. Elle ne laisserait pas Tina les détruire toutes les deux encore une fois.

Quand sa mère lui avait annoncé qu'elle avait prêté gracieusement le cottage à Imogen, Sara avait été horrifiée et en colère, mais même les pires scénarios qu'elle avait imaginés n'arrivaient pas à la cheville de la scène brutale dont elle venait d'être témoin.

Sara prit une respiration lente et profonde, puis une autre. Pour se calmer, elle pensa à Patrick et aux filles, aux joyeuses fêtes qui les attendaient.

— Maman…

— Est-ce que tu m'en veux ? Tu dois être si furieuse après moi…

— Bien sûr que non.

Sa colère se dissipa en un instant. Comment pourrait-elle être en colère après sa mère ? Elle qui était si chaleureuse, si généreuse ? Qui tendait toujours la main et aidait quiconque en avait besoin ? C'était une de ses nombreuses qualités et ce n'était pas sa faute si cela s'était retourné contre elle.

— Tu essayais d'aider. Tu n'es pas responsable de ce qui est arrivé. Tout comme la dernière fois.

— Si, c'était en partie ma faute. J'ai dit des choses horribles ce jour-là.

Elles étaient toutes justifiées de l'avis de Sara, toutefois elle savait qu'il valait mieux éviter de le formuler.

— Il nous arrive à tous de dire des choses que l'on regrette. Personne n'est parfait. C'est impossible de ne jamais commettre d'impair. Quoi qu'il en soit, Tina a pris une décision. Penser que tes actions auraient pu la faire changer d'avis tient du fantasme. Tu ne peux pas tout contrôler, maman. Les gens ne sont pas des marionnettes. Tu dois te pardonner, passer à autre chose. Au lieu de te fustiger, tu devrais essayer d'accepter ce qui s'est passé. C'est arrivé. Ç'a été terrible. Mais au final, Tina a fait un choix.

— Oui. Tu as raison. Mais ces choix ont eu un impact sur la pauvre Imogen. Pour l'heure, elle est notre priorité. Il faut que je la rattrape.

Sa mère se leva en vacillant, dans un mouvement si brusque que la chaise bascula en arrière.

Sara tendit le bras, l'attrapant avant qu'elle tombe par terre.

— Maman, attends une minute. Parlons-en. Trouvons la meilleure approche.

La pâleur et l'air hagard de sa mère l'effrayaient. Soudain, Sara eut l'impression d'être replongée dans cette nuit atroce. Les souvenirs l'assaillirent, les images floues. Tina criait. La petite Imogen hurlait à pleins poumons en tenant fermement son lapin en peluche. Son père qui s'évanouissait. La sirène perçante d'une ambulance, le clignotement des gyrophares bleus puis des couloirs d'hôpital stériles. Le visage blême de Dorothy qui luttait pour ne pas perdre pied.

La voir aussi bouleversée la terrifiait. Elles ne pouvaient pas revivre ce cauchemar. C'était hors de question.

— Respire, maman. S'il te plaît, calme-toi. Ça va aller.

Elle disait ça pour se rassurer autant que pour rassurer sa mère.

— On va trouver une solution.

— Comment ? Les choses qu'elle a dites...

— Je vais aller la trouver et lui expliquer. Elle n'y comprend rien du tout. J'ai besoin qu'elle comprenne.

Sara tut sa propre angoisse : qu'Imogen ne comprenne jamais car la seule famille qu'elle se rappelait avoir eue dans sa vie était Tina. Contrairement à sa mère, Sara ne se faisait aucune illusion là-dessus.

Mais ce n'était vraiment pas le moment d'aborder le sujet.

— On lui parlera, mais pour l'instant il faut que tu essaies de te calmer.

Ce ne serait pas facile de parler à Imogen, car elle avait claqué la porte sans leur laisser la possibilité de s'expliquer.

C'est le choc, songea Sara. Elles étaient toutes en état de choc.

Elle-même devait accuser le coup. Toutefois, cela attendrait. Sa mère était sa priorité.

— Je ne pourrai pas me calmer tant que je ne l'aurai pas vue, tant que je ne lui aurai pas parlé. Elle a oublié son manteau. On doit le lui rapporter ou elle tombera malade. Et elle a laissé son sac à main, avec son téléphone.

Sa mère regarda alentour, affolée.

— Où sont mes clés de voiture ?

Sara comprit alors qu'elle allait devoir elle-même chercher Imogen. Son cœur chavira. Elle ne souhaitait qu'une chose : se cacher.

— Hors de question que tu prennes le volant.

— Si, il le faut. Je dois aller la retrouver.

— Je vais y aller, se força-t-elle à dire.

Se disputer une nouvelle fois avec Imogen au sujet du passé était bien la dernière chose dont elle avait envie. Elle ne voulait pas penser à Tina, encore moins parler d'elle. Or elle n'avait pas le choix. Elle allait devoir affronter sa peur.

Sa mère ne protesta pas.

— Oui. Tu seras plus rapide que moi. Pars la rejoindre, Sara. Dis-lui combien nous sommes inquiètes pour elle. Excuse-toi de ma part. D'ailleurs, je dois m'excuser auprès de toi aussi. Tu as dit que c'était une erreur et tu avais raison. Je n'aurais jamais dû lui prêter le cottage. Mais quand elle a dit qu'elle ne passerait pas Noël en famille...

Les mains de sa mère tremblaient. Elle respirait si fort et si vite que Sara s'inquiéta de plus belle.

— La situation était difficile. J'ai conscience que tu te sens encore coupable.

— Oui, surtout qu'elle a l'air si seule ! Pourquoi ne passe-t-elle pas Noël en famille ? Où est Tina ? Ne sont-elles pas proches ?

— Je ne sais pas, maman. Je n'ai pas les réponses.

Et elle n'en cherchait pas. Elle ne voulait pas y penser du tout. Malheureusement, elle y était forcée.

— Je partais du principe qu'elle allait bien. Qu'elle menait une vie heureuse.

Des larmes roulèrent sur le visage de Dorothy et elle plaqua sa main sur sa bouche pour étouffer un sanglot.

— Oh ! maman, s'il te plaît...

Sara passa les bras autour de sa mère, tâchant de lui offrir du réconfort.

— S'il te plaît, ne pleure pas. Je ne le supporte pas. Ce n'est pas ta faute.

— Oh que si !

Dorothy renifla.

— On le sait toutes les deux. Même la façon dont Tina est partie est ma faute. Les propos que j'ai tenus...

— Tu as dit la vérité, c'est tout, la coupa Sara. Elle avait besoin de l'entendre.

Elle ne voulait vraiment pas en parler. Elle ne voulait pas y penser.

— Dire la vérité n'a fait qu'empirer la situation. Si seulement je pouvais effacer les paroles que j'ai prononcées ce soir-là...

Sa mère s'accrocha à elle, et Sara la serra plus fort, ne sachant ni quoi faire ni quoi dire. Elle se sentait impuissante, davantage une enfant qu'une femme adulte qui avait fondé sa propre famille.

Elle faisait de gros efforts pour éviter de penser à sa sœur, mais quand cela lui arrivait, c'était presque toujours avec colère. Sara lui en voulait terriblement d'avoir semé la zizanie et la destruction dans leur famille.

Après un moment, Dorothy s'écarta, prenant une profonde inspiration.

— Pardon, dit-elle. Ce n'est pas de moi qu'il faut s'occuper, mais de la pauvre Imogen. Va la chercher, Sara. S'il te plaît. Maintenant.

— Dans une minute. Je ne te laisse pas dans cet état, maman.

Elle avait trop peur que sa mère s'effondre, comme son père cette nuit-là.

— Je n'arrive pas à croire qu'Imogen t'ait parlé ainsi, marmonna-t-elle, abasourdie.

— On ne doit pas lui en vouloir. Ce n'est pas sa faute, la pauvre chérie. Elle était blessée. Choquée. Et ses paroles contenaient une part de vérité.

— Absolument pas.

Sara choisit ses mots soigneusement.

— Tu n'as pas abandonné Tina. C'est ridicule.

Elle prenait sur elle pour maîtriser ses propres émotions. Elle se plaindrait auprès de Patrick plus tard. Le pauvre...

— Mais Imogen en est convaincue.

Sa mère sortit un mouchoir de sa poche.

— Tu l'as vue. Elle était furieuse après nous.

— Laissons-la se calmer un peu, se faire à l'idée. Ensuite on s'assiéra tous ensemble pour discuter.

— On ne peut pas.

Dorothy se moucha.

— Tu as entendu ce qu'elle a dit. Elle part. Elle est probablement en train de faire ses bagages en ce moment même. Il faut que tu l'en empêches. Tu dois l'arrêter.

Un bruit leur parvint depuis l'entrée de la cuisine. Dorothy tourna le dos rapidement, tentant de se ressaisir.

— Maman, quand est-ce qu'on mange ? Ava a très faim.

Iris se tenait là, Ava près d'elle.

Sara en resta muette de stupeur.

Pour la première fois de sa vie, elle avait oublié ses enfants.

Elle recouvra rapidement ses esprits.

— Mamie va servir le déjeuner pendant que je fais un saut rapide à Holly Cottage.

Iris avait l'air horrifiée.

— Mamie est en train de pleurer ? Qu'est-ce qui se passe ?

— Elle a probablement faim, répondit Ava. Moi aussi, j'ai envie de pleurer. Je me sentirais mieux si je mangeais du poulet.

— Oh ! mes pauvres puces. Venez vous asseoir à table.

Prenant sur elle, Dorothy se fendit d'un large sourire et coupa des morceaux de poulet qu'elle déposa dans les assiettes des filles avant d'y ajouter des légumes.

Sara réchauffa rapidement la sauce et la versa dans un récipient adapté.

— Servez-vous. Je reviens dans pas longtemps.

— Où vas-tu ?

Iris recouvrit le poulet d'Ava de sauce, puis le sien.

— Tu ne déjeunes pas ?

— Je me joindrai à vous dans une minute. J'ai quelque chose à faire.

— Où est Imogen ? Elle a sûrement faim, elle aussi.

Ava planta sa fourchette dans un morceau de viande.

— J'aime bien Imogen. Benson aussi. Elle est très jolie. Elle a des cheveux dorés comme toi, maman.

Apercevant l'expression troublée de sa mère, Iris poussa l'assiette plus près de sa sœur.

— Mange ton repas. Ça fait une heure que tu te plains de mourir de faim, alors mange.

Sara en profita pour attraper ses clés de voiture et s'éclipser. Holly Cottage n'était qu'à cinq minutes à pied, mais elle y serait en moins d'une minute si elle conduisait. Dans l'intérêt de sa mère, elle ne voulait pas qu'Imogen parte avant qu'elles aient eu une chance de lui parler.

Que dirait-elle, au juste ?

Sara ferma les yeux un moment, appréhendant de la revoir. Imogen était sa nièce. La fille de sa sœur. Elle se rappelait encore chaque détail de la nuit où elle était née. Quand elle l'avait tenue à l'hôpital, le moment précis où la sage-femme l'avait délicatement posée dans ses bras.

Elle était emmaillotée dans une couverture, un petit être minuscule et innocent, inconscient des difficultés provoquées par son arrivée au monde.

Puis elle avait ouvert les yeux. Sara avait alors ressenti une bouffée d'amour bouleversante.

Elle avait contemplé les yeux bleus d'Imogen et réalisé que le coup de foudre existait. À cet instant, elle avait donné son cœur entier à l'enfant de sa sœur.

Et quatre ans plus tard, elle avait eu le cœur brisé.

Il risquait de l'être à nouveau, car chaque fois que Tina était impliquée, c'était ce qui se passait.

Rassemblant son courage, elle sortit de la maison. Aussitôt, elle fut parcourue d'un frisson. Pendant qu'elles étaient à l'intérieur, la température avait chuté et il avait recommencé à neiger. Elle était contente d'avoir décidé de conduire au lieu de marcher.

Mais Imogen était à pied, et elle avait oublié son manteau dans la cuisine.

Inquiète, Sara descendit l'allée. Le trajet était court, mais suffisamment long pour qu'Imogen attrape froid. Si elle était raisonnable, elle prendrait une douche chaude avant de charger sa voiture, ce qui donnerait à Sara un peu plus de temps.

Si nécessaire, elle la supplierait. Elle expliquerait qu'Imogen se trompait sur certains points (sur toute la ligne, plutôt) et qu'il était important qu'elle écoute Dorothy.

Mais si elle refusait ?

Les arbres qui jalonnaient l'allée étaient saupoudrés de neige fraîche. En temps normal, Sara se serait arrêtée pour les admirer. La neige avait quelque chose de magique, elle la rendait heureuse. Ou, pour être plus précise, elle rendait ses filles heureuses, et tout ce qui rendait ses filles heureuses faisait le bonheur de Sara. Mais en cet instant, elle ne pensait pas aux bonshommes et aux anges de neige ni aux batailles de boules de neige. Elle ne pensait pas à Noël du tout.

Elle pensait à sa mère. À son teint livide. À son niveau de stress.

Elle pensait également à Imogen, à la violence de leur interaction. Elle avait fait tout ce qu'elle avait pu pour éviter de la croiser. C'était trop douloureux. L'année dernière, elle avait inventé une excuse pour ne pas les rejoindre à la fête, disant qu'Ava était malade, car elle s'était sentie incapable de voir Imogen sans être débordée par ses émotions. Sa mère avait deviné que c'était une excuse.

Une vive douleur s'éveilla dans sa poitrine.

Une partie d'elle voulait s'arrêter sur le bas-côté pour pleurer un bon coup, hélas c'était impossible. Elle n'avait pas de temps à perdre. Elle devait parler à Imogen.

Sara agrippa le volant plus fermement. Pour tenter de se rassurer, elle se répéta que la situation n'était pas la même que vingt ans auparavant. Sa mère ne faisait pas d'hypertension, ne souffrait d'aucun des problèmes médicaux dont avait souffert son père.

Elle irait bien. Mais plus vite elles pourraient révéler la vérité à Imogen, mieux Sara se sentirait.

Vous étiez sa famille, sa seule famille, et vous l'avez foutue à la porte au moment où elle avait le plus besoin de vous.

Inutile de se demander pourquoi Imogen avait cru à toutes ces choses affreuses. Elle le savait déjà.

Elle serra les dents. Ça faisait des décennies qu'elle n'avait pas vu Tina, et mieux valait qu'elle n'y pense pas, autrement ce serait elle qui aurait des problèmes d'hypertension. Elle devait se concentrer sur Imogen. La jeune femme était la victime innocente de circonstances très malheureuses. Elle méritait d'entendre la vérité. Qu'elle décide d'y croire ou pas... n'était pas du ressort de Sara.

Elle approcha Holly Cottage et sentit une vague de soulagement en découvrant la voiture d'Imogen garée devant.

Au moins, elle n'était pas partie. Tant mieux.

Elle se gara, se fraya prudemment un chemin sur le sentier enneigé et ouvrit la porte du cottage.

— Imogen ? appela-t-elle.

N'obtenant aucune réponse, elle retira ses chaussures, pénétra dans le vestibule puis dans la cuisine. Elle était vide, et rien n'indiquait la présence récente de quelqu'un.

Peut-être qu'elle était à l'étage, dans la salle de bains.

Sara s'avança jusqu'au bas de l'escalier.

— Imogen ?

Elle alla de pièce en pièce, ce qui ne lui prit pas longtemps puisque le cottage était petit.

Un examen rapide l'informa que la valise d'Imogen était encore dans la chambre et ses vêtements, soigneusement pliés dans les tiroirs.

Sara redescendit, troublée.

Les affaires d'Imogen étaient toujours là, mais il n'y avait aucun signe d'Imogen elle-même. Où avait-elle bien pu aller ?

Chapitre 15

Imogen

Imogen avançait dans la neige en trébuchant. Ses yeux piquaient, et elle ne savait pas si c'était à cause du froid ou des larmes. Elle préférait se dire que le froid était responsable. Elle ne pleurait jamais. Même quand sa mère avait publiquement annoncé qu'Imogen était la pire chose qui lui était arrivée, elle n'avait pas pleuré. Mais sangloter maintenant serait tout à fait compréhensible.

Dorothy était sa grand-mère. Dorothy !

Cela ne faisait aucun sens. Rien de tout cela ne faisait sens.

Dorothy, avec qui elle travaillait depuis presque deux ans et en qui elle avait confiance, lui avait menti. Imogen n'aurait jamais soupçonné qu'elle cachait un si grand secret.

Mais pourquoi diable aurait-elle eu des soupçons ?

Imogen ne s'autorisait jamais à baisser la garde, ce qui rendait la trahison pire encore. Elle était prudente. Elle se cachait derrière le personnage qu'elle avait inventé. Elle se considérait comme quasiment invulnérable. Elle enveloppait ses sentiments dans une coquille d'acier pour que personne ne puisse y accéder. Elle ne donnait pas aux gens le pouvoir de la blesser, or Dorothy y était parvenue.

Elle lui avait fait confiance, et il s'était avéré que pendant tout ce temps, elle lui cachait un immense secret.

Avait-elle menti ? Pas exactement, pourtant le résultat était le même.

Toutes ces réunions auxquelles elles avaient assisté ensemble, tous les rires qu'elles avaient partagés... et voilà qu'elle découvrait que cette femme qu'elle avait appréciée et admirée plus que quiconque dans son entourage n'était pas la personne qu'elle prétendait être.

Ayant visiblement deviné que si elle disait la vérité, Imogen mettrait fin à leur collaboration, elle avait dissimulé sa véritable identité. Quelle autre explication pouvait-il y avoir ?

Elle avait pensé que Dorothy respectait son travail. S'était-elle fourvoyée ? Aurait-elle signé un contrat avec RPQ si elle n'était pas sa grand-mère ?

Imogen se sentait secouée, trahie. Qu'est-ce qui était réel ? Qu'est-ce qui était vrai ?

Dorothy était-elle en contact avec Tina ?

Le sol céda sous ses pieds, littéralement cette fois, et le choc lui arracha un glapissement tandis qu'elle dévalait une courte berge et tombait dans un fossé. Ses pieds fendirent la fine couche de glace. Elle perdit l'équilibre et tomba lourdement sur les fesses dans l'eau glacée du ruisseau dont elle ignorait l'existence.

Choquée, elle ne bougea pas. Puis de l'eau glacée s'infiltra dans ses bottes et ses vêtements.

Génial. Vraiment génial.

Elle se releva tant bien que mal et traversa le ruisseau jusqu'à la berge opposée. Elle était si contrariée et perdue dans ses pensées qu'elle n'avait pas remarqué qu'elle s'était progressivement dirigée vers la lisière du champ.

Et maintenant, elle était trempée en plus d'être bouleversée. La vie avait décidé un sens de l'humour bien noir !

En frissonnant, elle regarda autour d'elle pour essayer de déterminer où elle était. La neige ôtait toute visibilité, masquant tout point de repère. Elle n'apercevait rien d'autre que des arbres, des champs et toujours plus de neige. L'estomac noué, elle comprit alors qu'elle s'était considérablement éloignée du cottage.

Suis la flèche de l'église, avait dit Dorothy.

Elle est visible de partout.

Pas quand il neigeait, apparemment.

Elle n'avait même pas son téléphone puisqu'elle avait quitté la maison de Dorothy précipitamment, laissant derrière elle son manteau et son sac à main.

L'espace d'un bref instant, l'angoisse prit le pas sur la tristesse. Elle était frigorifiée, ne savait pas du tout où elle se trouvait. S'enfuir à travers champs avait été une mauvaise idée. Pas aussi mauvaise que Midas le chien imaginaire, mais pas loin.

Elle avait marché à l'aveuglette, focalisée sur la trahison de Dorothy.

Elle avait tant d'informations à digérer... Rosalind ne l'avait pas licenciée, néanmoins Imogen ne pourrait plus travailler avec Dorothy à l'avenir. Que se passerait-il ?

Son instinct de survie s'éveillant lorsqu'elle se mit à grelotter, elle se força à se concentrer sur l'instant présent. Si elle ne se mettait pas rapidement à l'abri dans un endroit chaud et sec, elle risquait l'hypothermie.

Après avoir quitté la maison de Dorothy, elle aurait dû retourner directement au cottage, mais elle avait eu peur que Sara et elle la suivent, aussi elle avait décidé de faire une courte balade à travers champs, histoire de réfléchir. Sur le moment, l'idée lui avait paru bonne. Jamais elle n'aurait pensé qu'elle se retrouverait transie de froid et trempée.

Avant de tomber dans le fossé, elle avait envisagé de se rendre au village afin de s'installer dans un café douillet pour quelques heures, le temps de recouvrer ses esprits. Or c'était désormais impossible. Elle était trempée jusqu'aux os et ses vêtements étaient sales.

Elle allait devoir retourner au cottage. Mais d'abord, elle devait déterminer l'endroit où elle se trouvait.

Plissant les yeux à travers la neige qui tombait dru, elle discerna une route étroite qui serpentait à travers les arbres au bout du champ suivant. A priori, c'était la bonne direction. Si elle parvenait à traverser ce champ sans se tuer, elle suivrait la route jusqu'au domaine.

Elle se mit en route d'un pas lourd, se sentant un peu plus transie de froid chaque minute, et suivit la haie couverte de neige jusqu'à ce qu'elle trouve une clôture. En dépit de ses pieds gourds, elle réussit à l'escalader sans incident. Au-delà, la route étroite était couverte de poudreuse. L'absence de traces de pneus suggérait que personne n'était passé par là depuis un bout de temps.

Fallait-il prendre à gauche ou à droite ? À droite, probablement.

Elle marchait depuis environ cinq minutes quand elle entendit le bruit d'un véhicule en approche. Elle se colla à la haie, attendant qu'elle passe. Au lieu de quoi, celle-ci s'arrêta près d'elle.

Le conducteur baissa sa vitre.

— Vous allez bien ? s'enquit-il d'une voix grave.

— Oui, merci, marmonna-t-elle, tête baissée.

Elle ne voulait pas que la personne voie qu'elle avait pleuré. Elle n'était pas d'humeur à être sociable.

— Vous en êtes sûre ? Il gèle et vos vêtements ne sont pas adaptés. Vous êtes trempée. Vous êtes tombée ? Vous êtes perdue ?

Elle entendit l'inquiétude dans la voix de l'homme. Elle devait le rassurer si elle voulait qu'il reprenne sa route, ce qui était le cas. Elle n'était pas d'humeur à avoir de la compagnie, même si la personne en question semblait sincèrement inquiète.

— J'ai eu un petit accident. Tout va bien.

— Où allez-vous ?

Laissez-moi tranquille, bon sang !

N'ayant guère l'énergie pour cette conversation, elle se retourna, prête à le remettre fermement à sa place. Leurs regards se croisèrent. Elle fut alors traversée par une décharge électrique. Il était plus jeune qu'elle s'y attendait, à peine quelques années de plus qu'elle, et avait les yeux les plus bleus qu'elle avait jamais vus. Bleus, mais également fatigués. Il arborait une barbe de plusieurs jours et il avait l'air d'être resté debout toute la nuit.

Elle ressentit une vive attraction qui la surprit. Les hommes ne provoquaient jamais ce genre de réaction chez elle. Pas de feux d'artifice. Pas de coup de foudre. Elle était bien trop réservée et prudente pour cela. Et cette réaction la contrariait. Ou peut-être était-elle contrariée de rencontrer quelqu'un comme lui le pire jour de sa vie.

À sa place, Janie aurait repoussé ses cheveux en arrière, lui offrant son sourire le plus éblouissant, le suppliant de la secourir. Mais c'était dur d'être éblouissante après être tombée dans un fossé glacé.

Quoi qu'il en soit, Imogen avait l'habitude de se secourir elle-même. Elle s'était donné pour mission dans la vie d'être totalement indépendante. Il lui était impossible de jouer le rôle de la demoiselle en détresse, même quand elle était, littéralement, en détresse. Elle ne voulait pas s'appuyer sur les épaules de cet homme, quelle que soit leur largeur. L'un des rares avantages de son enfance dépourvue d'amour était qu'elle avait appris à se relever seule après une chute.

Et de toute façon, à en juger son allure, il avait l'air de mener une vie bien remplie.

Son esprit d'indépendance farouche prit le dessus et elle faillit ne pas lui dire où elle allait. Toutefois, la partie raisonnable en elle décida que cela pourrait être utile de savoir qu'elle allait au moins dans la bonne direction.

— Holly Cottage. C'est...

— Je vois très bien.

Il fronça les sourcils.

— Vous n'allez pas dans la bonne direction. Comment êtes-vous arrivée là ?

— À travers champs.

— Par ce temps ?

— J'avais envie de faire une balade.

Ça lui semblait ridicule.

— J'aime la neige. Je la trouve… vivifiante.

— Vivifiante ? répéta-t-il d'un ton d'humour mêlé d'incrédulité. Très bien. Vous montez ? Je peux vous déposer au cottage.

Elle vit alors que ses yeux n'étaient pas seulement fatigués, ils étaient également gentils. Instinctivement, elle eut un mouvement de recul. Elle ne voulait pas de sa gentillesse. Elle était à deux doigts de s'effondrer, et cette sollicitude pourrait l'empêcher de se relever.

— Non, merci, ça va.

Maintenant qu'elle en avait la possibilité, elle réalisait qu'elle ne voulait pas retourner au cottage. Il y avait de fortes chances que Dorothy et Sara l'y attendent.

À cette idée, son estomac se noua. Elle ne pouvait pas les affronter. Pas encore. Peut-être même jamais.

Des larmes lui obstruant la gorge, elle détourna le regard.

— Merci de vous être arrêté. J'apprécie.

Elle était sur le point de reprendre sa route en espérant qu'il n'insisterait pas quand elle entendit un couinement à l'arrière de la voiture. L'homme se tourna et tendit une main vers la banquette arrière.

— Je sais. La vie, ça craint, mais tout ira bien.

Elle ne l'aurait pas mieux dit elle-même. La vie, ça craignait, en effet.

Se demandant à qui il parlait, elle jeta un œil dans la voiture. Sous un tas de couvertures, quelque chose bougeait.

— C'est un… chien ?

— Oui, quelque part sous toute cette crasse. Il se cache. Il sait qu'il a de gros problèmes. Il appartient à Valerie Kelly, une pharmacienne à la retraite qui vit au village. Son frère est mort il y a six mois et elle a promis qu'elle prendrait soin de Ralph, mais elle a eu des problèmes de santé, la pauvre, et elle n'est plus en mesure de s'occuper de lui. Il s'est encore échappé ce matin donc elle m'a appelé. Elle avait peur qu'il se fasse écraser. Je l'ai trouvé près de l'endroit où il avait été aperçu pour la dernière fois. Il s'éclatait dans un fossé très boueux.

Il regarda le chien, qui se tassait, l'air contrit, sous la couverture.

— Ne soyez pas dupe. Il sait que personne ne lui fera de mal. Le regard qu'il vous adresse n'est que pure manipulation.

Le chien avait l'air si pathétique qu'Imogen sourit presque.

— Vous possédez un refuge pour animaux ?

— C'est parfois l'impression que j'ai, mais non, je suis vétérinaire. Je m'occupe principalement d'animaux de ferme, c'est ainsi que j'ai rencontré Jim Kelly. Il était fermier. Je soignais son bétail. D'aussi loin que je me souvienne, Jim a toujours eu un chien. Quand un mourait, il en adoptait un autre, qu'il appelait Ralph. Tous ses chiens se sont appelés Ralph.

— Pourquoi Ralph ?

— Je pense qu'il ne se donnait pas la peine de chercher un nouveau nom chaque fois. Bref, Ralph est maintenant la responsabilité de sa sœur, et elle ne s'en sort pas. Il lui donne du fil à retordre. Elle souffre d'arthrite, alors elle ne peut pas le sortir autant qu'elle le devrait. Elle a conscience qu'il faut lui trouver un autre foyer, toutefois elle n'arrive pas à s'y résoudre parce qu'alors elle aurait l'impression de trahir son frère. Mais ce petit incident a été la goutte d'eau. Elle a peur qu'il finisse par se faire tuer.

— C'est tellement triste, commenta Imogen.

Elle reporta son attention sur le chien. Il y avait quelque chose de touchant chez lui.

— Que va-t-il lui arriver ?

— Eh bien, il m'appartient maintenant, ce qui veut dire qu'il m'accompagnera lors de mes visites dans les fermes du coin à des heures indues et sera nourri quand je me rappellerai de le faire.

— Vous le gardez ?

— On dirait bien. Je l'emmène chez moi pour qu'on apprenne à se connaître et que je puisse déterminer quels sont ses besoins, mais le transporter est difficile. Il a des problèmes de comportement, Valerie n'a pas réussi à le dresser. Je m'en chargerai mais pour l'heure, ma priorité, c'est de l'empêcher de sauter hors de la voiture. J'étais de garde, donc je n'avais rien préparé.

J'étais de garde. Était-ce la raison pour laquelle il avait l'air si fatigué ?

Il la regardait d'un air songeur.

— Ça vous dirait de m'aider ? J'ai dû faire quatre arrêts, déjà. Si vous pouviez vous asseoir à l'arrière avec lui, cela le calmerait. Une fois que je l'aurai déposé chez moi, je vous ramènerai à Holly Cottage. Ce n'est pas loin.

— Je...

— Je comprends votre réticence. On vous a probablement élevée en vous disant de ne pas monter en voiture avec un inconnu. Je peux appeler n'importe quelle personne du village si cela vous rassure. Elles vous diront toutes que vous ne craignez rien avec moi.

Au fil des années, elle avait appris à se fier à son instinct. Sans oublier qu'elle était vraiment ceinture noire de jujitsu. Elle se savait capable de se défendre même si son dernier entraînement remontait à avril.

Elle voulait refuser, non pas car elle craignait pour sa vie, mais parce qu'elle préférait rester seule. Alors qu'elle tergiversait, le chien sortit sa tête de sous les couvertures et la regarda avec des yeux expressifs. Sa fourrure était si emmêlée et boueuse qu'il était impossible de dire de quelle couleur il était, encore moins de quelle race.

Son cœur se serra.

La dénommée Valerie ne pouvait pas s'en occuper. Il avait déjà perdu son maître, et il allait devoir quitter sa maison une seconde fois. Vu son expression, il n'en était pas content.

Il se sentait probablement perdu et seul.

Je ne veux pas être ta mère.

Touchée par ses malheurs, elle ouvrit la portière de la voiture et grimpa à l'arrière avec le chien avant de pouvoir changer d'avis. Les laissés-pour-compte devaient se serrer les coudes.

Le chien leva la tête et frétilla de la queue, comme s'il était d'accord avec elle.

— Alors comme ça, tu as été vilain ?

Elle lui caressa la tête, sentant la boue séchée sous ses doigts.

— Tu es sacrément sale, dis donc.

L'homme se tourna pour les regarder, approuvant d'un hochement de tête.

— Il vous aime bien. Parfait. Gardez la main sur lui pour le rassurer. On est à moins de dix minutes de chez moi. Je suis Miles, au fait. Miles McEwan.

— Imogen.

Soudain, elle se rappela qu'elle avait déjà entendu ce nom.

— Miles. Vous êtes le vétérinaire de Dorothy.

Il croisa son regard dans le rétroviseur.

— Vous connaissez Dorothy ?

Comment était-elle censée répondre à cette question ?

Elle avait pensé connaître Dorothy, malheureusement il semblait qu'elle s'était trompée.

Elle caressa la tête crasseuse du chien, une boule dans la gorge.

— En quelque sorte.

L'animal poussa la paume de sa main, ce qui, étrangement, la réconforta. Il ne pouvait pas savoir combien elle était bouleversée, évidemment, pourtant elle avait l'impression qu'il le sentait.

Ou peut-être le sentait-il réellement et pensait : *Tu crois avoir des problèmes ? Regarde-moi ! Personne ne veut de moi !*

Elle se fendit d'un demi-sourire comme il lui léchait la main en signe de solidarité.

Miles reporta son attention sur la route.

— Vous séjournez à Holly Cottage, évidemment que vous connaissez Dorothy. Elle est géniale, vous ne trouvez pas ? C'est une de mes personnes préférées.

Dorothy n'était absolument pas la personne préférée d'Imogen en cet instant, toutefois la curiosité l'emporta.

— Vous la connaissez depuis longtemps ?

— Depuis toujours. Ma mère et elle étaient meilleures amies. Chacune a été la demoiselle d'honneur de l'autre. Pendant un temps, Dorothy a même été ma maîtresse à l'école primaire.

— Vous plaisantez.

Elle essaya d'imaginer Miles à l'âge de six ans.

— C'était il y a longtemps. Avant le décès de son mari. Avant qu'elle reprenne la direction du vignoble.

Avant le décès de son mari. Son grand-père.

Dorothy avait mentionné être veuve, mais Imogen n'avait jamais posé de questions, de peur de se montrer indiscrète. Maintenant elle se demandait quoi faire de cette information. Quel était le timing ? Était-il mort après avoir jeté sa mère dehors ?

Elle croisa le regard interrogateur de Miles. Il attendait une réponse.

— Notre relation est surtout professionnelle. Je travaille pour une agence d'événementiel. Dorothy est une cliente.

Ou était. Était une cliente. Il était hors de question qu'elle continue de travailler avec elle. Quand bien même, elle n'allait pas s'épancher auprès d'un inconnu.

Il hocha la tête.

— Vous vivez à Londres ? Il faut bien que certains se dévouent.

— Vous n'aimez pas Londres ?

— Il m'arrive d'y aller, mais je préfère avoir de l'espace et respirer de l'air pur. Chaque fois que j'y vais, je suis toujours content de rentrer.

À voir le paysage hivernal qui défilait, il n'était pas dur de comprendre pourquoi. Il n'y avait aucune circulation et ils avançaient tranquillement le long de la route étroite bordée d'arbres enneigés.

Si elle n'avait pas eu si froid, été aussi malheureuse, elle aurait été émerveillée. Le paysage avait des allures de carte de vœux.

— Donc Dorothy était votre maîtresse et une amie de la famille, et vous veillez sur ses animaux.

— Elle n'en a pas toujours eu. Ça a commencé avec un âne. Elle l'a accueilli et m'a appelé pour que je l'ausculte. C'était il y a plusieurs années. J'étais fraîchement diplômé, je commençais à peine dans la vie active. Je travaillais dans le cabinet de mon père.

— Il a pris sa retraite ?

— Mes parents sont morts il y a cinq ans, répondit-il d'une voix rauque. Ils rentraient à la maison après un dîner d'anniversaire de mariage. Leur voiture a glissé sur une plaque de verglas.

Il n'ajouta rien, c'était inutile.

Une vague de compassion mêlée de frustration envahit Imogen. La vie était si injuste ! Il avait visiblement une famille merveilleuse, et elle lui avait été arrachée.

— Je suis navrée. Ça a dû être épouvantable.

— En effet. Mais tout le monde au village a été d'un grand soutien, surtout Dorothy. Par amitié envers ma mère, mais également parce qu'elle est d'une nature généreuse. Dorothy est la personne la plus gentille que je connaisse. Elle est toujours prête à aider ceux qui en ont besoin, animaux y compris. Elle accueille tous ceux qui ont été abandonnés.

Sauf lorsqu'il s'agit de sa propre fille, pensa amèrement Imogen. Miles connaissait-il cette partie de son histoire ? Probablement pas.

— Vous la voyez souvent ?

— Je rends visite à ses bêtes régulièrement. Et je m'arrête pour manger un bout de gâteau quand je passe dans le coin. Si elle propose de cuisiner pour vous, acceptez. C'est une cuisinière hors pair. Je traverserais le pays pour une part de son gâteau au chocolat.

Imogen pensa au repas qu'elle avait laissé refroidir sur la table.

Où était Dorothy à présent ? Sûrement au cottage, guettant son retour.

Elle l'avait probablement appelée, mais comme son téléphone se trouvait dans la poche de son manteau, elle n'avait aucun moyen de le savoir.

— On est arrivés, annonça Miles.

Il tourna sur la gauche sur une route cahoteuse et s'arrêta devant une grange reconvertie.

Imogen la contempla.

— Vous vivez ici ?

— C'est plus impressionnant de l'extérieur que de l'intérieur, ne vous emballez pas.

Il coupa le contact.

— Je passe la plupart de mon temps dans des champs boueux, et quand je suis à la maison, je dors, je ne manie pas la serpillière. Allez. Emmenons ce bonhomme à l'intérieur et lavons-le. Ensuite on pourra commencer à lui apprendre les bonnes manières.

Elle ouvrit la bouche pour faire remarquer qu'elle ne lui apprendrait rien du tout, mais Miles était déjà descendu de voiture et ouvrait la portière arrière.

Imogen descendit à son tour. L'air glacé pénétra ses vêtements mouillés, lui arrachant un frisson. Elle regrettait vraiment d'avoir oublié son manteau.

Le chien couina et lui adressa un regard inquiet.

— Imogen ne va nulle part, le rassura Miles. Je vais t'emmener à l'intérieur.

— Je vais le porter.

Imogen ne voulait pas que le chien pense qu'elle l'abandonnait.

Miles fronça les sourcils.

— Vous êtes sûre ? C'est un gros gabarit. Il va bien, je vous assure. Il vous regarde d'un air malheureux pour susciter votre compassion.

— C'est réussi. Il a toute ma compassion.

Imogen le prit délicatement dans ses bras, en s'efforçant de maintenir les couvertures autour de lui. Elle espérait qu'elle ne lui faisait pas mal. Elle n'avait pas l'habitude de s'occuper d'un vrai chien, et il pesait lourd, en effet. Il se blottit contre elle. Ils grelottaient autant l'un que l'autre.

— Tenez.

Miles retira son manteau, qu'il posa sur ses épaules. Imogen fut immédiatement enveloppée de chaleur.

— Vous n'êtes pas obligé de...

— Rentrons, dit-il, coupant court à ses protestations.

Il ferma la portière et ils avancèrent jusqu'à l'entrée de la grange.

— On va utiliser la porte latérale pour éviter de mettre de la boue partout.

— Cette grange est incroyable. Comment l'avez-vous trouvée ?

— Je l'ai achetée à un fermier qui me devait une faveur.

Il ouvrit une porte qui menait dans une vaste buanderie.

— C'est ici que je me décrasse avant de pénétrer dans la maison.

Il retira ses bottes boueuses et lui prit le chien pour qu'elle fasse de même.

Le sol sous ses chaussettes mouillées était merveilleusement chaud. La pièce était vraiment pratique pour un vétérinaire. Il y avait un large évier en acier inoxydable, plusieurs manteaux suspendus à des patères et plusieurs paires de bottes soigneusement rangées, indiquant que Miles passait beaucoup de temps en extérieur et menait une vie active.

Il déposa doucement Ralph dans le lavabo.

— Commençons par retirer toute cette boue pour nous assurer qu'il va bien.

Il avait dit « nous ». Comme si Imogen allait jouer un rôle dans l'avenir du chien. Seigneur, elle en avait tellement envie !

— Vous pensez qu'il est blessé ?

— Espérons que non. Il y avait du fil barbelé près de l'endroit où je l'ai trouvé, donc je souhaite vérifier.

Il écarta les serviettes boueuses enroulées autour du chien.

— Je n'ai pas repéré de signes de blessure mais il neigeait et on risquait tous les deux de mourir de froid. Ma priorité était de le ramener ici et d'appeler Valerie pour l'informer que je l'avais retrouvé.

Miles ouvrit l'eau, prit la douchette et testa la température.

— Au lavage !

Imogen caressa la tête du chien pour le rassurer.

— Je n'ai jamais vu autant de boue. De quelle race est-il ?

— Golden retriever.

Il la regarda.

— Pourquoi n'iriez-vous pas prendre une douche chaude, vous aussi ? Vous êtes trempée et vous avez froid. Je vais vous trouver des vêtements secs.

Golden retriever. L'ironie la fit presque rire. *Ce n'est pas Midas*, se rappela-t-elle. *C'est Ralph.*

— Je reste avec lui jusqu'à ce qu'on ait fini.

— Vous êtes déjà trempée, alors un peu plus d'eau ne fera pas grande différence, concéda-t-il. Au moins, celle-ci est chaude.

Un sourire amusé sur les lèvres, il retroussa ses manches, révélant des avant-bras musclés.

Imogen reporta son attention sur Ralph et lui couvrit les yeux pendant que Miles plaçait le jet d'eau au-dessus de sa tête.

Ce sont juste des bras, bon sang ! Des bras.

Miles savonna les nœuds de poils, retirant et rinçant la boue jusqu'à ce que l'eau s'éclaircisse et que la fourrure du chien commence à apparaître.

— C'est mieux.

Miles coupa l'eau et passa les mains sur le chien désormais propre, l'examinant attentivement.

— A priori, il ne s'est pas blessé durant son escapade.

Miles ausculta ses oreilles avant de l'envelopper dans une serviette propre.

Ralph avait l'air presque aussi pathétique mouillé que recouvert de boue.

Imogen en fut attendrie.

— Donc il va bien ?

— Oui, très bien. Je vous conseille de reculer. Il va se secouer, vous vous retrouveriez trempée.

— Ça m'est égal.

Elle caressa la tête du chien, qui récompensa sa loyauté en léchant sa main.

— OK, ça suffit. Votre amourette va devoir attendre, plaisanta Miles avant de reporter son attention sur Imogen. Vous devez vous réchauffer. La porte que vous voyez là mène à une douche. Vous y trouverez tout ce dont vous avez besoin ainsi que des serviettes propres. Allez vous mettre sous l'eau chaude. Le temps que vous finissiez, je vous aurai trouvé des vêtements secs.

Imogen ne voulait pas laisser le chien, mais elle était vraiment frigorifiée et la dernière chose qu'elle voulait, c'était tomber malade. Elle aurait besoin de toute son énergie pour affronter les nouvelles épreuves qui l'attendaient.

Elle fit une dernière grattouille à Ralph.

— Je reviens dans peu de temps. Je ne vais pas loin.

Ralph gémit, la suivant du regard jusqu'à ce qu'elle disparaisse par la porte que Miles avait indiquée, derrière laquelle elle découvrit une salle de douche.

Elle se débarrassa de ses vêtements trempés et boueux, qu'elle laissa glisser par terre. La peau glacée, elle se plaça sous le jet d'eau chaude et ferma les yeux pendant qu'elle coulait sur ses cheveux et son corps. Elle se demanda si Ralph avait ressenti la même chose. Savait-il que Valerie ne pouvait pas le garder ? Jim lui manquait-il ?

Le cœur serré, elle attrapa le shampooing, se lava les cheveux deux fois et resta encore sous le jet brûlant pendant de longues minutes afin de se réchauffer.

À moins que le froid ne vienne de l'intérieur ?

Qu'allait-elle faire ? Allait-elle vraiment partir sans avoir eu une autre conversation avec Dorothy ? Était-ce même une option ?

Une partie d'elle voulait prendre la fuite en courant, tandis qu'une autre avait des questions. Tant de questions...

— Imogen ? appela Miles. J'ai déposé des vêtements près de la porte.

Elle coupa l'eau.

S'il avait des vêtements de rechange, alors il était probablement marié, ou du moins en couple. Cela n'aurait rien d'étonnant. Il était bel homme, semblait être quelqu'un de bien. Il était gentil avec les animaux donc il y avait fort à parier qu'une personne sensée lui avait mis le grappin dessus depuis longtemps.

Elle sortit de la douche, prit une des serviettes chaudes suspendues au porte-serviettes, dans laquelle elle s'enroula, se frottant les cheveux avec une autre.

Une fois sèche, elle passa en revue les vêtements qu'il avait déposés en une pile ordonnée : un jean qui semblait être à sa taille accompagné d'un pull doux de couleur rose pâle. Elle trouva un sèche-cheveux dans un des tiroirs et finit de se les sécher.

Sortant de la salle de douche, elle manqua trébucher sur le chien.

— Il vous attend assis là depuis que vous avez fermé la porte, déclara Miles, amusé. À un moment donné, il faudra que je lui annonce que c'est moi, son nouveau maître, pas vous.

Elle s'accroupit à côté du chien qui était également sec et propre, sa fourrure couleur sable. Elle sentit une boule dans sa gorge. Là, juste devant elle, se tenait le chien qu'elle avait imaginé. Sauf que lui était bien réel.

En cet instant, il lui semblait être la seule chose réelle dans sa vie.

Elle lui caressa la tête.

— Bon chien. Comme tu es beau !

Il battit de la queue et appuya le museau contre sa main. Imogen sourit.

— Quelle fière allure il a sans toute cette boue !

— C'est un beau chien. Je vais lui trouver quelque chose à manger.

Il la regarda.

— Vous avez l'air d'aller mieux.

— Mieux ?

— Vos lèvres devenaient bleues. L'espace d'un instant, j'ai été aussi inquiet pour vous que pour lui. J'ai pensé que j'allais être confronté à un bon vieux cas d'hypothermie. Les vêtements vous vont bien.

— Oui. Merci. Je me sens mieux, en effet.

Toutefois, elle se sentait aussi mal à l'aise. Il se demandait probablement pourquoi elle marchait sous la neige sans manteau.

— Est-ce que ces vêtements appartiennent à votre épouse ?

— Non, à ma sœur, Lissa.

Il empila les serviettes qu'il avait utilisées pour le chien dans une large machine à laver.

— Elle faisait des travaux de rénovation pour moi et a laissé des vêtements ici. Ça me fait plaisir de voir quelqu'un les porter au lieu qu'ils s'entassent dans mon placard. Venez vous réchauffer dans la cuisine. J'ai besoin d'un café. Je suis sûr que vous aussi.

Elle le suivit et s'arrêta en voyant l'immense sapin de Noël qui trônait fièrement près de la fenêtre.

— Wouah ! Vous êtes un fan de Noël, on dirait.

— Je ne sais pas si je me décrirais ainsi. Je suis généralement de garde pendant les fêtes.

Il contempla le sapin.

— C'est un peu exagéré, non ? Je suis prêt à parier qu'on l'aperçoit de l'espace quand j'allume la guirlande électrique. C'est ma sœur qui a décoré la grange. Elle s'inquiète que je passe autant de temps à travailler, alors elle a demandé à un membre de son équipe d'apporter un sapin et de le décorer. Vous imaginez avoir un job pareil ?

Imogen s'approcha pour étudier l'arbre dont les ornements étaient joliment disposés. Humant l'odeur de la forêt, elle comprit, pour la première fois de sa vie, qu'un sapin pouvait mettre du baume au cœur. Faire entrer la nature chez soi avait quelque chose de magique. Elle tendit la main et toucha une des branches.

— Que font ses employés les onze mois de l'année restants ?

— Ils travaillent pour ma sœur, ce qui veut dire qu'ils n'ont même pas le temps de respirer. Ironique, étant donné qu'elle m'accuse de trop bosser.

Elle l'observa, se rappelant combien il avait l'air épuisé quand il l'avait récupérée.

— Vous faites de longues heures ?

— Oui, probablement trop.

Il haussa les épaules.

— Mais je suis heureux. J'adore mon travail, excepté peut-être à 3 heures du matin, quand je suis dehors dans la neige glacée et le vent violent, avec mon bras enfoncé dans le derrière d'une vache.

Imogen éclata de rire. Un rire franc, ce qui tenait du miracle, étant donné qu'il y a peu, elle était prête à se cacher derrière une congère.

— Je comprends l'inquiétude de votre sœur.

Elle regarda autour d'elle, contemplant le plafond en voûte et les poutres apparentes.

— Cet endroit semble tout droit sorti d'un magazine, murmura-t-elle, envieuse.

Comme à Holly Cottage, les murs étaient en pierre des Cotswolds et de larges fenêtres donnaient sur les champs enneigés. Deux canapés confortables étaient placés de part et d'autre de la cheminée, et une table basse sur laquelle étaient empilés des livres était disposée au milieu d'un large tapis crème.

L'endroit était bien rangé, comme si la personne qui vivait là passait très peu de temps chez elle.

— C'est ridicule, hein ?

Il leva les yeux au ciel en désignant les canapés bleu canard et le tapis de couleur claire.

— C'était l'idée de Lissa, évidemment. Je lui ai naïvement donné carte blanche pour l'ameublement. J'ai demandé du fonctionnel. Comme vous pouvez le voir, je n'ai pas obtenu gain de cause. Elle s'est laissé un peu emporter.

— C'est superbe. Élégant et chic, tout en étant douillet.

Entre Holly Cottage et cet endroit, elle commençait à remettre en cause ses choix de vie. Peut-être était-il temps de devenir enfin propriétaire.

— Comme je l'ai dit, Lissa est décoratrice d'intérieur. Elle a décidé que puisque je passais la majeure partie de mes journées dans la boue jusqu'aux cuisses, mon intérieur devait être immaculé. Lorsque j'ai fait remarquer que mon mode de vie n'était pas compatible avec le bleu canard, elle a décidé de convertir la pièce par laquelle nous sommes entrés en buanderie. Je suis censé me décrasser avant d'entrer dans ma propre maison. J'aimerais n'en faire qu'à ma tête, toutefois je suis convaincu qu'elle a installé des caméras afin de s'assurer que je ne saccage pas son travail.

Ralph poussa la jambe d'Imogen et elle se pencha pour le caresser.

— Voulez-vous le laisser dans l'autre pièce pour éviter qu'il ne casse quelque chose ou saute sur les canapés ?

— Certainement pas. Une maison est faite pour être habitée, et il semblerait qu'il soit désormais ici chez lui. De toute façon (une lueur espiègle dansa dans son regard), s'il n'y a aucune marque sur les canapés bleu canard et le tapis, je serai dans l'incapacité de prouver que j'avais raison de critiquer ses choix. Ça ne sert à rien d'avoir une sœur si vous ne pouvez pas asséner un « je te l'avais bien dit ». Venez. Vous avez besoin d'une boisson chaude et moi aussi.

Elle le suivit jusque dans la cuisine, qui semblait en effet plus fonctionnelle avec son sol en pierre et son large îlot.

— Du café ? proposa-t-il en la regardant. À moins que vous ne préfériez un chocolat chaud ? Cela pourrait vous réchauffer.

— Oh oui, un chocolat chaud me réconforterait.

Constatant qu'il plissait légèrement les yeux, elle se réprimanda intérieurement d'avoir choisi ces mots. Maintenant il allait lui demander pourquoi elle avait besoin de réconfort.

Par chance, il n'en fit rien. Au lieu de ça, il ouvrit le frigo et sortit du lait.

— Vous avez déjeuné ? Je vais me préparer un sandwich, je peux en préparer un pour vous aussi.

Elle se détendit, soulagée qu'il ne se soit pas montré curieux.

— Je n'ai pas très faim, mais merci.

Elle était encore trop stressée par les événements de la matinée.

— Je vais vous en préparer un quand même, au cas où. Manger vous requinquera.

Il fit frémir du lait et lui prépara un chocolat chaud, puis se fit couler un café utilisant une machine si sophistiquée qu'elle aurait pu lancer une fusée dans l'espace.

Croisant son regard, il sourit.

— Je me moque de la couleur de mes canapés, mais pas de mon café. Et ce serait pareil pour vous, si vous passiez autant de temps debout la nuit que moi.

Elle passait elle aussi pas mal de temps réveillée. Peut-être devait-elle investir dans une machine à café similaire.

À peine eut-elle goûté à sa boisson qu'elle se sentit réchauffée.

Miles sortit plusieurs ingrédients du réfrigérateur.

— Fromage ou jambon ?

— Je n'ai pas vraiment...

— Fromage, dans ce cas.

Il désigna un placard près d'elle.

— Vous trouverez de la nourriture pour chien là-dedans. Vous feriez mieux de nourrir votre nouvel ami vu que vous semblez être sa préférée.

— Je vous envie de pouvoir le garder. J'aimerais tant qu'il soit à moi !

Elle se glissa du tabouret, récupéra la nourriture ainsi qu'un bol.

Le chien appuyait contre sa jambe, la queue frétillante.

Miles la regarda avec étonnement.

— Vous n'avez pas d'animal de compagnie ?

Il découpa d'épaisses tranches de pain frais auxquelles il ajouta du fromage et du chutney issu d'un pot portant une étiquette écrite à la main.

— Non. Je vis à Londres.

— Les gens ont des chiens en ville.

— Je travaille beaucoup. Et contrairement à vous, je ne peux pas prendre le chien avec moi. Ce ne serait pas juste.

Mais elle ne pouvait arrêter de penser à ce qu'elle ressentirait si elle était accueillie tous les soirs par cette bouille et cette queue frétillante. Elle commençait à comprendre pourquoi ses collègues adoraient les animaux. Elle regarda Ralph pendant qu'il dévorait sa nourriture.

— C'est votre premier chien ?

— J'ai eu un berger allemand pendant onze ans. Alfie. Un chien incroyable. Je l'ai perdu il y a un an. Il me manque encore.

Il ouvrit un placard duquel il sortit deux assiettes.

— Je n'avais pas l'intention de le remplacer, mais on dirait que l'univers en a décidé autrement. Même si c'est à vous que Ralph s'intéresse. Allez, c'est au tour des humains de manger. Tenez.

Il déposa un sandwich devant elle.

— Ce n'est pas élégant, mais le fromage est bio et provient de la ferme au bas de la rue. Le chutney était un cadeau de

Valerie. Il est fait maison à partir des pommes de son verger. Si vous achetiez cela à Londres, ça vous coûterait un bras.

Elle ne pensait vraiment pas pouvoir manger, mais elle ne voulait pas attirer davantage l'attention ni être bombardée de questions, alors elle remonta sur le tabouret et mordit dans le sandwich, gardant un œil sur son nouveau garde du corps.

— Vous allez le garder ?

— J'ai fait une promesse à Valerie.

Il prit une gorgée de café, le regard rivé au chien.

— Il va falloir le dresser. Je n'ai pas le temps de ratisser la campagne pour le retrouver chaque fois qu'il décidera de partir à l'aventure. Garde-t-on le nom de « Ralph » ?

Elle reposa son sandwich. Il lui parlait comme si elle était une amie de longue date, et non quelqu'un qu'il venait de récupérer sur le bord de la route.

— Vous voulez changer son nom ?

Il haussa les épaules.

— Comme je l'ai dit, Jim ne donnait qu'un seul nom à ses chiens. Peut-être que ce bonhomme voudrait avoir un nom qui lui est propre. Il a perdu son maître, il a vécu des moments difficiles, mais aujourd'hui, il prend un nouveau départ. Peut-être qu'il voudrait un nouveau nom.

Était-ce ce qu'elle devait faire aussi ? Changer de nom. Prendre un nouveau départ. S'éloigner de son ancienne vie.

Elle se reconcentra sur le moment présent.

— Répond-il à « Ralph » ?

— Je ne sais pas.

Il prit une bouchée de sandwich.

— Appelez-le, on sera vite fixés.

Elle se laissa glisser du tabouret.

— Viens ici, Ralph.

Le chien bondit dans sa direction en agitant la queue.

Miles observa la scène pendant qu'il mangeait son sandwich.

— Maintenant, allez dans le salon et appelez-le « Napoléon ».

— Napoléon ?

— Allez-y, essayez.

Avec un soupir, elle retourna dans le salon et prit une inspiration.

— Viens là, Napoléon ! cria-t-elle, se sentant ridicule.

Un instant plus tard, elle gloussa. Le chien l'avait rejointe en courant tout comme la première fois.

Elle le ramena dans la cuisine.

— Je ne comprends pas. Il ne reconnaît pas son nom ?

— Il est encore jeune, il répond surtout à l'intonation de votre voix.

Elle faillit suggérer de le renommer « Midas », mais se retint. Midas faisait partie du passé. Midas n'était pas réel. Elle n'inventerait plus d'animal de compagnie. Si Ralph prenait un nouveau départ, alors elle aussi. Plus de faux-semblants. Elle ne changerait peut-être pas de nom, mais c'en était fini des mensonges.

— J'aime bien « Ralph ». Ce nom lui va bien. Son nouveau départ n'est pas obligé de s'accompagner d'un nouveau nom.

Elle se rassit et prit une autre bouchée de sandwich. Il était délicieux, cependant elle avait l'estomac trop noué pour l'apprécier. Ralph avait beau être superbe, et son nouveau maître, séduisant et charmant, elle était encore profondément choquée d'avoir appris que Dorothy était sa grand-mère.

Cette révélation ne la quittait pas, même alors qu'elle parlait d'autres choses. Tôt ou tard, elle allait devoir arrêter de contourner le problème et décider quoi faire.

— Va pour Ralph, décréta Miles. Bienvenue dans ta nouvelle maison, Ralph.

Il sourit, le chien lui répondant par un mouvement enthousiaste de la queue.

— Il n'a pas l'air trop malheureux d'être ici. Allez, maintenant, dites-m'en plus sur vous. Vous passez Noël à Holly Cottage ? C'est l'endroit idéal pour les fêtes.

— Je n'y passerai pas Noël, répondit-elle avec un pincement au cœur. Je pars plus tard dans la journée.

— Oh ! quel dommage. Je pensais que vous pourriez m'aider à promener Ralph de temps en temps. Quand êtes-vous arrivée ?

Il allait lui demander de l'aider à s'occuper du chien ?

— Hier.

— Un bien court séjour, commenta-t-il en l'observant. Nos coutumes de campagnards ne vous ont pas impressionnée ?

Elle hésita.

— C'est compliqué.

— Oui, c'est ce que j'en ai déduit en vous voyant errer au bord de la route sans manteau.

Il regarda son sandwich à demi mangé.

— Vous allez le finir ?

— Il est délicieux, mais je n'ai pas vraiment faim.

— Vous êtes contrariée, dit-il lentement. Cela ne me regarde pas, mais si vous souhaitez en parler, je suis plutôt doué pour écouter.

Elle le croyait. Elle avait l'habitude d'être avec des gens qui faisaient plusieurs choses à la fois, comme scroller sur leur téléphone. Miles, lui, vous accordait toute son attention. C'était un peu troublant.

— Disons que ma vie est un peu compliquée, en ce moment. Et encore, c'est un euphémisme.

Sa présence calme, forte, sa douceur avec le chien lui donnaient envie de se confier.

— J'ai découvert quelque chose aujourd'hui. Une chose qui m'a choquée.

Elle était à fleur de peau et n'avait pas encore réussi à colmater les brèches dans son armure. Elle lui aurait volontiers tout raconté, or il connaissait Dorothy et la considérait comme une femme exceptionnelle. Elle ne voulait pas être celle qui exposerait ses secrets.

Elle partirait dans la journée et ne reverrait jamais ces gens.

Étrangement, cette pensée la déprima. Elle avait l'impression de perdre quelque chose, ce qui ne faisait aucun sens parce que tout ce qu'elle avait perdu aujourd'hui, c'était sa naïveté.

Et une amie. Car elle avait considéré Dorothy comme une amie.

Une vague d'épuisement la submergea. Elle se sentait fatiguée et abattue. Ralph se leva et posa la tête sur ses genoux, comme s'il l'avait senti.

Miles le regarda.

— Il sait que vous avez eu une rude journée.

Il marqua une pause.

— Comment puis-je vous aider ? Je suis hyper doué pour régler les problèmes des autres.

Imogen sourit.

— Je suis hyper douée dans ce domaine, moi aussi. Hélas, ce n'est pas vraiment quelque chose qui peut être résolu. Plutôt une chose avec laquelle je dois apprendre à vivre.

— Je vois.

Il l'étudia attentivement.

— Est-ce que Dorothy sait que vous vous en allez ? Si vous partez plus tôt que prévu, elle va s'en vouloir. Elle met un point d'honneur à ce que ses invités passent le meilleur séjour possible. Y a-t-il un problème avec le cottage ?

— Non, il est parfait.

Un peu trop parfait. Ça rendait le départ plus difficile. Malgré sa réticence initiale, son humeur s'était améliorée dès qu'elle avait franchi la porte. L'idée de rentrer chez elle ne l'emballait guère. Il était temps de revoir ses plans. Ce bref séjour avait été éprouvant, mais il lui avait permis de réaliser qu'il était temps de déménager. Elle économisait depuis de longues années, avait occupé plusieurs emplois pendant ses études, par conséquent, elle avait assez d'argent pour un apport pour un logement à peu près décent dans la périphérie de Londres. Peut-être pourrait-elle recréer l'ambiance du cottage dans son nouvel appartement.

Miles finit son sandwich.

— Holly Cottage est généralement occupé par des gens qui désirent prendre des photos pour les réseaux sociaux. L'année dernière, elle l'a loué à une boîte de pub qui réalisait un shooting de Noël pour une grande marque. Chaque fois que j'allumais la télévision, je voyais le cottage. Il a aussi servi de cadre pour un film il y a quelques années. La production avait recouvert l'endroit de neige artificielle, ce qui a contrarié les locaux.

— J'imagine.

Il se leva et mit son assiette au lave-vaisselle.

— Dorothy est devenue une vraie businesswoman. Elle n'a pas eu le choix. Elle a appris à tirer des ressources de ce qu'elle possède, ce qui lui permet de donner en retour. Elle reverse une importante somme de son argent à des associations locales et des refuges pour animaux.

Imogen se rendit compte qu'elle connaissait bien peu Dorothy.

— Pourquoi sauve-t-elle les animaux ?

Il hésita.

— Je dirais qu'elle essaie de compenser, car il y a quelqu'un qu'elle n'a pas pu sauver.

— Pardon ?

— Excusez-moi, je réfléchissais à voix haute.

Il secoua la tête.

— Sans être psychologue, je dirais que ça remonte à une tragédie familiale. Tout le monde le sait, donc je ne trahis pas un secret. On forme une communauté soudée. Les habitants veillent les uns sur les autres. Ce qui, je l'admets, s'avère parfois un brin pénible.

— Tragédie familiale ?

Son cœur battait la chamade.

— Vous voulez parler de la mort de son époux ?

— Non. Perdre son époux a été tragique, bien sûr, et ce qui est arrivé y a contribué. Vous n'êtes pas au courant pour sa fille ?

— Sara ? Je l'ai rencontrée ce matin.

Sara, sa tante. Sa tante. Elle n'arrivait toujours pas à y croire. Ava et Iris étaient ses cousines. Sa mère connaissait-elle leur existence ? Probablement pas. On ne lui avait pas donné l'occasion de les connaître, et à Imogen non plus.

Son cœur se serra. Elle aurait adoré faire partie de la vie de ces fillettes charmantes. Elle imaginait Ava le matin de Noël, débordante d'excitation.

Miles fronça les sourcils.

— Je ne parle pas de Sara mais de son autre fille.

Son autre fille ?

Elle garda les mains sur ses genoux, essayant d'afficher une expression neutre.

— Parlez-moi d'elle.

— Je ne me rappelle pas grand-chose à son sujet. Ma sœur était - est - une amie proche de Sara. Elle détestait lui rendre visite quand Tina était là. Tina cachait de l'alcool et des cigarettes dans la chambre de Sara car elle savait que sa mère ne la fouillerait pas. Une fois, elle a volé de l'argent de la poche du manteau de Lissa, mais contrairement à Sara, ma sœur ne marchait pas sur des œufs avec elle. Elle a récupéré ses sous aussi sec et Tina ne l'a plus jamais embêtée.

— Tina volait de l'argent ?

— Oui. Et ce n'était pas tout. Je crois qu'elle avait de mauvaises fréquentations. Une fois, une de ses amies et elle se sont fait arrêter. Puis, à seize ans, elle est tombée enceinte. À partir de là, tout est parti en vrille.

Imogen avait la bouche sèche.

— C'est ça, la tragédie ? Vous êtes en train de dire que le mari de Dorothy a eu si honte que sa fille tombe enceinte que ça l'a tué ?

— Quoi ? Non. Dorothy et Phillip adoraient ce bébé. Ils ont tout fait pour soutenir leur fille. Mais Tina ne voulait pas de leur aide. Elle les a repoussés. Elle a quitté la maison et n'a pas donné signe de vie pendant quatre ans.

Imogen était indignée. C'était faux. Sa mère lui avait répété tant de fois que c'était sa famille qui l'avait rejetée, elle ! Ses parents ne l'avaient pas soutenue, ne lui avaient pas donné sa chance.

Tu as gâché ma vie.

— Peut-être est-elle partie parce qu'elle savait qu'ils ne voulaient pas d'elle dans leur vie, répondit-elle en tentant de garder une voix normale. Peut-être est-elle partie car elle savait qu'ils ne voulaient pas du bébé.

— Non, ce n'est pas ce qui s'est passé, répliqua-t-il, étonné de sa réaction. La preuve, elle n'a pas emmené le bébé. Il est resté avec Dorothy et Phillip.

Ces mots restèrent suspendus entre eux un instant, puis Imogen percuta lentement.

— Qu'avez-vous dit ?

— Tina n'a pas emmené le bébé. Elle a quitté la maison en le laissant. Dorothy s'en est occupée pendant quatre ans. Pas une seule fois Tina ne les a contactés. Je n'ai jamais compris comment une mère pouvait abandonner son enfant de la sorte. Bref. Tina était comme ça. Elle faisait ce qu'elle voulait et se fichait des autres. Elle savait probablement que l'enfant était entre de bonnes mains avec Dorothy.

Imogen fut prise de vertige.

Sa mère l'avait laissée à Dorothy ?

Non. C'était impossible. Elle ignorait où Miles avait entendu cette version de l'histoire, mais elle savait que ce n'était pas la vérité. Elle n'avait pas vécu avec sa grand-mère, elle avait vécu avec sa mère. Sa mère et elle avaient été seules contre le reste du monde. Tina le lui avait rabâché maintes fois.

Curieuse de connaître la suite, elle se força à demander :

— Que s'est-il passé quatre ans plus tard ?

— Tina est revenue. Elle a débarqué peu avant Noël, annonçant qu'elle repartait avec son enfant.

Il secoua la tête d'un air désemparé, comme si la logique lui échappait.

— Qu'elle repartait avec son enfant ?

Les lèvres d'Imogen étaient si sèches qu'elle pouvait à peine les bouger.

— Que voulez-vous dire ?

— Elle a débarqué sans prévenir, a pris la fillette puis est partie sans se retourner. Pauvre Dorothy...

Sa voix s'adoucit.

— Je n'ose imaginer le chagrin qu'ils ont dû ressentir. Phillip et elle adoraient cette petite. Sara aussi. Ils s'occupaient d'elle comme si elle était la leur. Et Tina le leur a pris. Ils ont eu le cœur brisé. Vous devriez finir votre sandwich.

Elle avait complètement oublié la nourriture.

Ce qu'il lui disait ne pouvait pas être vrai. Elle savait que ce n'était pas vrai.

— Ils n'ont pas essayé de l'en empêcher ?

— Phillip a fait un AVC ce soir-là. Tout le monde a pensé que le choc l'avait provoqué. Je m'en souviens très bien. Dorothy a appelé ma mère. Elle souhaitait accompagner son mari à l'hôpital, mais Sara ne pouvait pas rester seule à la maison. Elle était dans tous ses états. Non seulement son père venait de s'effondrer sous ses yeux, mais sa sœur avait pris l'enfant qu'elle dorlotait depuis quatre ans. Dorothy a demandé à ma mère de rester avec elle. Mon père travaillait et ma sœur était en voyage scolaire, alors ma mère m'a mis dans la voiture et m'a emmené à Winterbury. Je n'ai jamais oublié cette nuit-là.

— Quel âge aviez-vous ?

— Neuf ans. À cet âge-là, on est incapable de gérer autant de détresse émotionnelle. Sara était bouleversée. Elle pleurait sur le canapé, ce qui est un peu déconcertant à voir quand vous êtes un gosse. J'étais soulagé que ma mère soit là pour s'occuper d'elle. Sara n'arrêtait pas de dire : « Elle a pris Immy. » Encore et encore. « Elle a pris Immy. »

Elle a pris Immy.

Le cœur d'Imogen tambourinait contre ses côtes.

— Ce n'est pas vrai. Si ça s'était déroulé ainsi, elle me l'aurait dit.

À peine eut-elle prononcé ces paroles qu'elle s'interrogea. Sa mère avait menti un bon nombre de fois. Mais elle n'aurait quand même pas menti sur un sujet aussi grave ? Non. C'était impensable.

Mais quelle raison Miles aurait-il de mentir ? Il ne se contentait pas de rapporter une histoire qu'il avait entendue ; il avait été présent ce soir-là.

— Qui vous aurait dit quoi ? demanda Miles, les sourcils froncés.

Puis il se figea. Il avait compris.

— Imogen.

Il prononça son prénom doucement.

— Immy.

— Oui, répondit celle-ci d'une voix rauque. Je suis l'enfant en question. Et c'est la première fois que j'entends cette histoire.

Chapitre 16

Dorothy

— Devrions-nous appeler la police ?

Dorothy faisait les cent pas dans la cuisine.

— Elle n'est pas au cottage, mais sa voiture est toujours là. Son sac à main est ici. Où peut-elle bien être ?

— Elle a dû aller marcher. J'ai fait le tour des routes du coin pendant dix bonnes minutes, il n'y avait aucun signe d'elle.

Sara ferma la porte de la cuisine. Elle avait l'air tendue et épuisée.

Elles avaient fait déjeuner les filles, qui étaient maintenant installées devant des dessins animés avec Bailey.

— Marcher ?

Cette pensée lui était insupportable.

— Mais il gèle dehors et elle ne porte pas de manteau ! Elle est partie il y a des heures. Peut-être qu'elle a eu un accident. Elle était vraiment bouleversée. Et si elle avait glissé et fait une chute ?

— Je vais reprendre les recherches. J'irai dans une direction différente, cette fois.

Sara attrapa ses clés.

— J'appellerai Patrick pour lui demander de venir garder les filles.

— Je ne veux pas que tu conduises. Une personne en danger, c'est assez. Tu es tendue et les routes sont dangereuses.

Maintenant qu'elle maîtrisait un peu mieux ses émotions, Dorothy était presque aussi inquiète pour Sara qu'elle l'était pour Imogen. Le mécanisme de défense de sa fille était différent du sien. Elle avait choisi de refouler cette partie de sa vie traumatisante, de ne pas en parler, or les actions de Dorothy l'avaient forcée à se la remémorer.

— Je suis vraiment désolée, Sara.

— Inutile de t'excuser. La priorité, c'est de retrouver Imogen.

— Devrions-nous appeler la police ? répéta Dorothy, aux abois.

— Non, pas encore.

Sara reposa ses clés.

— Dire que toutes ces années, elle a pensé qu'on l'avait rejetée. Ça me fend le cœur.

La voix de Sara se brisa.

— Elle nous déteste.

Dorothy était secouée, elle aussi.

— Non. Elle est en colère car elle pense qu'on les a abandonnées, sa mère et elle. Une fois qu'elle connaîtra la vérité, elle changera d'avis.

— Tu crois ? Si elle a grandi en pensant qu'on les a abandonnées, ce ne sera pas facile de la persuader du contraire. Je doute qu'elle soit partante pour une discussion à cœur ouvert autour d'une tasse de thé.

Sara sortit un mouchoir de sa poche et se moucha bruyamment.

— Pardon. Revivre cette période est ma hantise.

— Je sais, ma chérie. Je me sens terriblement coupable. J'aurais dû dire à Imogen qui j'étais dès le début, mais j'étais si choquée de la voir lors de cette première réunion avec l'agence événementielle que j'ai raté le moment, et après ça, j'étais simplement heureuse de passer du temps en sa compagnie. Je ne voulais pas prendre le risque de tout gâcher.

— Je sais. Je comprends.

Sara prit une profonde inspiration.

— Je ne peux pas perdre pied. Les filles posent déjà des questions délicates. Je leur dis quoi ?

— La vérité.

Dorothy se sentait extrêmement lasse, toutefois son inquiétude pour Imogen était encore plus grande.

— Trouvons-la, on s'occupera du reste plus tard. Elle n'a pas pu aller loin. Et si elle marchait au bord de la route et qu'une voiture l'avait renversée ? Il y a du verglas et les routes n'ont pas été déblayées. Appelle l'hôpital, Sara. Ensuite, j'appellerai la police. Il est temps. Ça la fera peut-être arriver plus vite. Tu sais comment est la vie.

Cette fois, Sara ne protesta pas. Elle attrapa son téléphone pour contacter les urgences.

Elle attendait que quelqu'un réponde quand le téléphone de Dorothy sonna.

Elle s'en empara vivement, pleine d'espoir, avant de pousser un soupir.

— C'est Miles. Je ne sais pas pourquoi j'ai pensé que ça pouvait être Imogen étant donné que son portable est ici.

— Réponds-lui. Si Miles travaille, tu peux lui demander de garder l'œil ouvert.

Dorothy y croyait peu, mais à ce stade, elle était prête à se raccrocher à tout et n'importe quoi. Elle décrocha.

— Bonjour, Miles.

— Dorothy ? Imogen est ici.

— Imogen ?

Dorothy attrapa la chaise la plus proche et s'y laissa tomber lourdement. Elle fit un geste de la main vers Sara.

— Imogen est avec Miles, annonça-t-elle avant de reporter son attention sur lui. Où es-tu ? Pourquoi Imogen est-elle avec toi ?

— C'est une longue histoire. On t'expliquera quand on se verra. Je voulais t'informer qu'elle va bien. Je savais que tu serais inquiète.

Il la connaissait bien.

— Merci, Miles.
Elle avait du mal à parler tant elle était rassurée.
— Est-ce qu'elle va bien ?
S'ensuivit une pause, qui la fit s'interroger.
— Oui, répondit-il finalement.
— Es-tu chez toi ? Je viens la chercher.
— Non, ce n'est pas la peine. On va à Holly Cottage. Retrouve-nous là-bas dans vingt minutes.
Holly Cottage ? Pourquoi pas la maison ?
Oh ! quelle importance ? Le principal, c'était qu'Imogen ne soit pas étendue dans un fossé, ou pire encore. Pour l'heure, c'était suffisant. Le soulagement était immense.
— Sara et moi nous mettons en route immédiatement. Et Miles…
Elle déglutit.
— Merci.
Elle raccrocha et regarda Sara.
— Il l'emmène à Holly Cottage. Allons-y.
Elle se leva et regarda alentour, agitée.
— Elle n'a rien mangé au déjeuner. Elle doit mourir de faim. Je vais emballer du poulet et la miche de pain que j'ai cuite ce matin. Sara, peux-tu prendre le gâteau au chocolat dans la boîte à biscuits ?
Elle tourna la tête vers elle. Sa fille tapait un message sur son téléphone.
— Qu'est-ce que tu fais ?
— Je demande à Patrick de venir prendre les filles.
Dorothy se sentit coupable.
— Je peux me débrouiller seule. Patrick fait ses achats de Noël, et toi, tu es censée emmener les filles à leur fête.
— Je viens avec toi. Pas le choix. Imogen a besoin de connaître la vérité, et ce sera peut-être plus facile si on est deux à la lui révéler. J'ai besoin de la voir, de lui parler, de lui dire que…
Elle coula vers sa mère un regard désemparé.

— Je ne veux pas qu'elle nous haïsse. Maintenant que je l'ai rencontrée, je veux en savoir plus sur sa vie. J'espère que ce ne sera pas perturbant.

Elle se massa le front et se fendit d'un sourire fatigué.

— Qu'est-ce que je raconte ? Bien sûr que ce sera perturbant.

Son téléphone vibra.

— Super. Patrick dit qu'il sera là dans cinq minutes. Il était déjà en route pour la maison, donc le timing est parfait. Il peut passer une heure avec les filles puis les emmener à la fête.

— C'est gentil de sa part.

Cette fois, Dorothy n'insista pas. Elle n'était pas sûre de pouvoir affronter Imogen sans Sara. Elle avait besoin de sa fille. Était-ce mal ? Bien que Sara soit une adulte, elle restait l'enfant de Dorothy. Son rôle était de la protéger. Elle avait lamentablement échoué dans ce domaine avec Tina. Comment protéger une enfant qui n'avait aucune envie de l'être ? Qui était une source constante d'angoisse et vous tenait éveillé la nuit ?

Sara et elle avaient affronté la situation ensemble, depuis le début. Sa fille était la seule personne qui savait tout ce qui s'était passé. Peut-être n'y avait-il aucune honte à accepter son aide. Peut-être Sara avait-elle autant besoin que sa mère de dire la vérité à Imogen.

Sara reposa son téléphone.

— Comment Imogen s'est retrouvée avec Miles ?

— Je ne sais pas. En tout cas, je suis soulagée. Elle était dans tous ses états quand elle est partie d'ici.

Son cœur se serra.

— J'avais peur qu'il lui soit arrivé quelque chose.

— Si elle est avec Miles, alors elle est en sécurité. Il sait comment se comporter avec les êtres en détresse, qu'il s'agisse d'un animal ou d'un humain. Je me rappelle encore le soir où il est resté avec moi pendant que tu te rendais à l'hôpital.

Sara se leva pour fourrer quelques-unes de ses affaires dans son sac.

— Tu penses qu'elle va accepter de nous parler ? Ou retourne-t-elle à Holly Cottage pour faire ses valises et décamper ?

Dorothy sentit son estomac se tordre. C'était sa plus grande peur. Qu'Imogen refuse d'écouter, ou qu'elle les écoute mais refuse de les croire.

— Je ne sais pas. On va lui révéler la vérité en espérant que cela suffise.

Elle mit la miche de pain, le poulet et le gâteau dans un sac. Le temps qu'elle ait fini, Patrick était arrivé.

Arborant un air calme et tranquille, il retira ses bottes pleines de neige fraîche avant de les déposer dans l'entrée.

— Y a quelqu'un ? lança-t-il.

Entendant sa voix, les fillettes arrivèrent en courant.

— Papa ! Qu'est-ce que tu fais là ? s'écria Ava, ravie quoique soupçonneuse. Tu as dit que tu faisais tes achats de Noël.

— J'ai fini. Le village est si joyeux avec la neige et les décorations que j'ai pensé que j'allais vous y emmener pour vous faire plaisir.

Patrick prit Ava dans ses bras et tendit la main à Iris.

— C'est une balade entre papa et ses filles. Après, je vous emmènerai à votre fête. Qui est partante ?

Un sourire radieux sur le visage, Iris glissa la main dans la sienne.

— Moi.

— Moi aussi !

Ava passa les bras autour de son cou.

— On peut aller faire du patin ? Je veux faire une pirouette sur la glace.

— Pas aujourd'hui. Une prochaine fois.

Sara lui tendit les manteaux des filles, ainsi que le sac contenant leurs vêtements de rechange.

— Imogen sera là quand on reviendra ?

Ava s'accrochait à son père comme un singe.

— Elle a dit qu'elle fabriquerait des décorations de Noël avec moi. Où est Imogen ? Elle n'a pas mangé son poulet.

— On la verra peut-être plus tard, esquiva habilement Patrick. Maintenant, allons voir ces vitrines de magasins avant qu'ils ferment.

Son regard se posa sur Sara.

— Appelle si tu as besoin de moi.

Elle hocha la tête. Dorothy sentit une boule se former dans sa gorge en voyant le regard qu'ils échangeaient.

Elle était heureuse que Sara soit mariée à Patrick. Heureuse qu'ils soient là pour s'épauler l'un l'autre.

Patrick avait été davantage un fils pour elle que Tina n'avait été sa fille. La vie pouvait s'avérer surprenante. Parfois, c'étaient les personnes les plus proches qui vous décevaient le plus.

Une fois Patrick et les filles partis, Sara prit son manteau, qu'elle reposa presque aussitôt.

— J'ai peur.

— D'Imogen ?

Sara regarda sa mère. Ses yeux trahissaient ses émotions et son angoisse.

— De revivre le passé. C'est ce qu'on fera si on dit la vérité à Imogen. Je ne veux pas aborder cette période. Il m'a fallu tant de temps pour me remettre après le départ de Tina !

— Ma chérie...

Dorothy sentit sa poitrine se comprimer. Elle ne voulait pas revivre le passé non plus, toutefois la situation était un peu différente pour elle. Contrairement à Sara, elle n'avait jamais réussi à totalement l'oblitérer. Elle avait appris à vivre avec. Elle était presque soulagée que la vérité ait éclaté au grand jour. D'ailleurs, elle se sentait plus optimiste qu'une heure plus tôt. Imogen n'était pas partie, ce qui voulait dire qu'elles allaient pouvoir discuter.

— Ça va aller, affirma-t-elle avec une conviction qu'elle ne ressentait pas. On n'est pas obligées d'entrer dans les détails. On va simplement la laisser poser toutes les questions qu'elle souhaite poser.

— C'est bien ce qui m'inquiète. Je ne veux pas parler de Tina. Je ne veux pas penser à Tina. J'ai travaillé dur pour ne pas lui faire la moindre place, et j'adore la vie que j'ai construite. Je refuse de laisser Tina l'envahir et la pourrir, mais voir Imogen a tout fait remonter à la surface. Je me rends compte que je ne suis pas passée à autre chose, que je n'ai pas pardonné. Tout ce que j'ai fait, c'est vivre en prétendant que le passé n'existait pas.

Des larmes roulèrent sur son visage. Elle s'empressa de les essuyer.

— Mon Dieu, je n'arrive pas à croire que je la laisse m'affecter ainsi. On a tant perdu à cause d'elle ! Tu as perdu ton époux, j'ai perdu mon père. Quant à Imogen...

Sa voix tremblota.

— Elle se fichait de l'amour qu'on ressentait pour Imogen. Elle n'a même pas demandé ce dont on avait besoin, ou ce dont Imogen avait besoin. Elle a abandonné sa fille quand ça l'arrangeait, et l'a récupérée quand ça l'arrangeait. Tout tournait toujours autour d'elle. Elle était la personne la plus égoïste de la planète à l'époque, et il n'y a aucune raison de croire qu'elle a changé. Je ne suis pas sûre de pouvoir écouter Imogen sans tenir des propos méprisants envers Tina.

Dorothy traversa la pièce pour enlacer sa fille.

— Tu n'y es pas obligée. On va dire la vérité.

Elle marqua une pause puis reprit :

— Peut-être pas toute la vérité. On avisera au fil de la discussion.

Elle recula et ramassa le manteau de Sara.

— Je pense sincèrement que c'est la meilleure chose qui pouvait arriver.

Sara le lui prit en reniflant.

— Tu n'en sais rien. Tu essaies juste d'être optimiste.

— Au moins, il n'y aura plus de secret.

Plus de nuits blanches à se demander si elle devait révéler son identité à Imogen. Et surtout, à quel moment.

— Allons-y. Je veux être là quand ils arriveront.

Elle prit son manteau ainsi que les sacs, vérifia d'un coup d'œil que tout était en ordre dans la cuisine, et se précipita à l'extérieur. Prendre la voiture pour un trajet aussi court lui semblait ridicule, toutefois elle ne voulait pas perdre un seul instant.

Une fois à l'intérieur du cottage, Sara et elle se rendirent dans la cuisine pour déballer les provisions qu'elles avaient apportées et faire chauffer de l'eau.

Puis elles retournèrent dans le salon afin d'allumer les guirlandes lumineuses enroulées autour des poutres pour que l'endroit ait l'air douillet et accueillant.

— Je regrette de ne pas avoir apporté de sapin ou enroulé une guirlande autour de la rampe de l'escalier, marmonna Dorothy, agitée, en regardant autour d'elle. Quelque chose de festif.

— Je doute qu'un sapin de Noël et quelques décorations rendent la conversation plus facile, maman, répondit Sara.

Entendant une voiture arriver, elle se figea.

— Elle est là.

Le pouls de Dorothy s'accéléra.

— Ça va aller.

Elle se précipita vers la porte d'entrée. Miles se garait à côté de sa voiture.

Le véhicule de location d'Imogen était maintenant recouvert d'une fine couche de neige.

Miles sortit de la voiture le premier, Imogen suivit peu après.

Jamais Dorothy ne s'était sentie aussi nerveuse.

Elle remarqua qu'Imogen était habillée différemment. Elle portait un jean et un pull dans un ton doux de rose qui faisait ressortir la couleur de ses joues et le bleu de ses yeux. Elle avait l'air si vulnérable, si mal à l'aise, que Dorothy dut se retenir pour ne pas se précipiter vers elle pour la serrer fort dans ses bras, comme quand elle était petite.

D'une main, Imogen tenait un large sac rempli de vêtements ; de l'autre, la laisse d'un chien. Dorothy y regarda de plus près.

— C'est Ralph ? Quelque chose est arrivé à Valerie ?

— Elle va bien. En revanche, Ralph a eu une sacrée matinée.

Miles fit le tour du capot et se baissa pour caresser le chien.

— Il est parti se balader en solo dans la campagne, foutant les jetons à la pauvre Valerie. On a décidé que dorénavant, il vivrait avec moi.

— Mais..., bafouilla Dorothy, troublée par ce nouveau développement. Valerie a dit qu'elle ne le ferait jamais adopter ; qu'elle aurait l'impression de trahir Jim.

Cela avait inquiété Dorothy car elle savait que Valerie ne s'en sortait pas avec le chien.

— J'ai proposé d'adopter Ralph, mais elle a refusé. Comment l'as-tu persuadée de te laisser le prendre ?

— Je lui ai dit que j'avais le cœur brisé après Alfie ; qu'il me fallait en adopter un autre.

Il tapota la tête de Ralph.

— Elle a eu pitié de moi.

Dorothy sentit une boule se former dans sa gorge. Miles avait décidément un cœur d'or.

— Pourtant, tu as dit que tu ne voulais pas d'autre chien après Alfie.

— J'ai changé d'avis. Dans la vie, il faut parfois être flexible.

Miles gratta la tête de l'animal.

— Tu aurais dû le voir quand je l'ai sorti du fossé. Il était dans un de ces états ! Imogen s'est retrouvée trempée en essayant de le laver avec moi, raison pour laquelle elle porte les vêtements de Lissa.

En se concentrant sur le chien, il avait habilement contourné le malaise initial. Dorothy lui en fut infiniment reconnaissante. Il avait rendu les choses beaucoup plus aisées pour tout le monde.

— Tu es très généreux. Ralph est un petit chanceux. Valerie sera soulagée.

— Je ne suis pas sûr qu'il soit d'accord.

Miles se redressa.

— Ralph est tombé fou amoureux d'Imogen. Je ne suis qu'un piètre second choix.

Il sourit à Imogen, qui lui rendit son sourire timidement.

La voir sourire fut un soulagement. Étonnamment, elle ne semblait plus en colère. Simplement nerveuse.

Ils étaient tous nerveux.

— Merci d'avoir ramené Imogen, Miles.

Dorothy s'attendait à ce qu'il parte. Pensant visiblement la même chose, Imogen lui tendit la laisse de Ralph avec un sourire crispé.

— Merci pour tout.

Mais il ne partit pas et ne prit pas la laisse. À la place, il pressa rapidement son épaule, restant à ses côtés.

— Ralph ne va pas vouloir être séparé d'Imogen. Comme il a déjà eu une journée stressante, je vais rester un peu si cela ne vous dérange pas.

Il sourit à Imogen.

— Pour soutenir Ralph. Si vous êtes d'accord.

Soutenir Ralph.

Dorothy croisa le regard de Sara.

— Je... oui. Si tu y tiens.

Imogen arborait un air stupéfait, comme si c'était la première fois que quelqu'un souhaitait la soutenir. Le cœur de Dorothy se serra.

Sara et elle avaient craint de se sentir mal, mais Dorothy se rendait compte que ce devait être pire encore pour Imogen qui découvrait tout cela pour la première fois.

Qu'avait-elle raconté à Miles ?

Les grandes lignes au moins, autrement, pourquoi insisterait-il pour rester ?

— Allons à l'intérieur. Il fait froid.

Alors que Dorothy retournait dans le cottage, Imogen resta en retrait.

— Et Ralph ? demanda-t-elle en tenant fermement sa laisse.

— Il peut venir aussi ! Les chiens sont les bienvenus.

En cet instant, elle aurait même permis à Miles de faire entrer un troupeau d'éléphants chez elle tant elle était soulagée qu'Imogen soit là et ne montre aucun désir de partir.

— Venez dans le salon. La cheminée est allumée, il fait bon.

Ils la rejoignirent tous à l'intérieur. Imogen s'assit sur le canapé. Miles s'installa à côté d'elle, ses longues jambes remplissant l'espace. Ralph s'allongea sur les pieds d'Imogen.

— Je vais nous préparer du thé, lança Sara en se dirigeant vers la cuisine.

Dorothy décida que la meilleure façon d'aborder les choses était d'entrer dans le vif du sujet.

— Tout d'abord, je te dois des excuses pour ne pas t'avoir dit qui j'étais dès le début, commença-t-elle à l'intention d'Imogen. Pour être honnête, ça a été un choc de te voir l'année dernière dans la salle de réunion. J'ai été extrêmement surprise.

— Comment m'avez-vous reconnue ?

— Grâce à ton sourire. Tu as la même petite fossette sur la joue que Sara. Ton grand-père l'avait aussi. Ça ne paraît pas significatif, dit comme ça, mais c'est grâce à ça que j'ai su. J'ai tout de suite su.

Imogen se tenait droite comme un piquet. Ralph leva la tête pour la regarder, sentant de la tension. Puis il coula un regard rapide vers Miles avant de sauter sur le canapé, où il s'allongea sur eux deux, la tête sur les genoux d'Imogen.

Miles leva les yeux au ciel.

— Ce jean était propre, maugréa-t-il.

Imogen caressa la fourrure du chien. Ralph frétilla aussitôt de la queue, visiblement heureux de recevoir des câlins.

Sara revint avec un plateau chargé de tasses de thé qu'elle posa sur la table basse.

— J'ai raconté à Imogen ce qui s'est passé ce soir-là, déclara Miles en prenant le mug que lui tendait Sara avec un sourire de remerciement. J'ignorais qui elle était.

Dorothy se demandait encore comment ils s'étaient rencontrés, mais il serait toujours temps de le découvrir plus tard. Pour l'heure, elle devait rester concentrée et crever l'abcès.

— Il y a beaucoup à dire, alors autant que je commence par le début.

Ça semblait logique, toutefois identifier le début n'était pas simple.

— Tina était mon premier enfant. Phillip et moi l'adorions. Peut-être un peu trop...

Sara soupira.

— Maman...

— Pardon. C'est impossible de ne pas ressasser pour tenter de comprendre pourquoi les choses ont mal tourné. Vous vous demandez si vous avez fait quelque chose de mal, ou si, au contraire, vous n'en avez pas fait assez.

Elle sentit la main de Sara appuyer contre son genou. Sa fille l'encourageait, à raison, à avancer dans son récit. Le sujet du jour n'était pas ses échecs en tant que parent.

— Tout a été normal jusqu'à l'arrivée de Sara. À partir du moment où elle est née, Tina l'a prise en grippe. Phillip et moi étions complètement démunis. Tout le monde nous disait que les aînés étaient souvent jaloux des cadets, que c'était une question de temps et de patience. On a fait tout ce qu'on nous conseillait. On s'est assurés de consacrer du temps à Tina pour qu'elle ne se sente pas exclue, on l'a complimentée, on l'a encouragée, on l'a incluse. Mais alors qu'on avait l'impression de progresser, à l'âge de cinq mois, Sara a contracté la méningite.

Elle y pensait rarement aujourd'hui, bien qu'à l'époque, Phillip et elle aient été terrifiés.

— Elle est restée à l'hôpital pendant un mois et j'étais avec elle presque constamment. J'ai essayé de consacrer du temps à Tina aussi, mais c'était difficile. On croyait qu'on allait perdre Sara. Je ne veux pas m'attarder sur cette partie de l'histoire, sauf pour dire que quand on est rentrées à la maison, les choses ont empiré. Tina est devenue extrêmement collante, elle détestait que je m'occupe de sa sœur. On s'est entretenus avec des médecins, on a suivi leurs conseils... en vain.

— Ce n'était pas ta faute, marmonna Sara. Comment peux-tu le penser ? La jalousie était là avant que j'aille à l'hôpital. Tu l'as dit toi-même.

— C'est vrai, mais après, c'était pire encore.

Elle reporta son attention sur Imogen. Elle devait s'en tenir aux faits, ne pas se laisser submerger par ses émotions.

— On ne pouvait pas la laisser seule avec Sara. Une fois, j'ai tourné le dos quelques secondes pour prendre un appel. Quand je me suis retournée, Tina tenait un coussin sur le visage de Sara.

Elle s'arrêta, consciente qu'elle parlait de la mère d'Imogen.

— Je suis désolée. C'est vraiment très difficile d'évoquer ces souvenirs. Je devrais peut-être...

— Continuez, l'encouragea Imogen d'une voix à peine audible. S'il vous plaît.

— On espérait qu'en lui témoignant notre affection, on aiderait Tina à se radoucir. Cela n'a pas fonctionné. Elle cassait les jouets de Sara, lui hurlait dessus... C'était vraiment affreux. Alors qu'on n'élevait jamais la voix, Tina est devenue agressive verbalement. Ça a commencé à affecter Sara. Elle était silencieuse à l'école, avait peur de parler ou d'attirer l'attention sur elle. Elle se cachait dans sa chambre lorsque Tina était à la maison.

Avec le recul, elle se demandait comment ils s'en étaient sortis. Le temps avait l'étrange capacité d'atténuer les douleurs les plus vives.

— On a emmené Tina chez un psychologue. Il nous a conseillé d'être plus stricts, de la tenir pour responsable de ses actes... Cela n'a fait qu'attiser sa rancœur et sa colère. Lorsqu'elle est entrée dans l'adolescence, les problèmes se sont encore aggravés. Elle nous volait de l'argent, elle mentait, elle séchait les cours pour passer du temps avec un groupe de gamins plus âgés qu'elle. Puis elle s'est mise à rentrer à la maison ivre ou défoncée. Elle passait fréquemment la nuit dehors sans qu'on ait la moindre idée de l'endroit où elle se trouvait. Elle a été arrêtée pour vol à l'étalage bien qu'elle n'ait eu aucune raison de voler. À croire qu'elle faisait tout pour nous provoquer et nous rendre fous d'inquiétude.

Sara lui pressa la main.

— Tout va bien, maman.

— Tout le monde disait que c'était ainsi que se comportaient les ados. Que c'était une simple phase. Qu'elle testait nos limites. Or elle ne s'est pas calmée. On a envisagé de déménager pour l'éloigner des jeunes avec qui elle traînait, mais finalement, on a décidé que ce n'était pas juste envers Sara, ni pratique. Nous ne voulions pas quitter notre maison, les vignobles sur lesquels nous avions bâti notre entreprise familiale.

Elle ne prit conscience qu'elle pleurait que lorsqu'elle sentit Sara lui mettre un mouchoir dans la main. Elle se moucha.

— Phillip et moi culpabilisions terriblement, évidemment. On se disait qu'on était de mauvais parents.

Sara inspira vivement.

— Maman...

— La vérité, c'est qu'on s'imagine avoir de l'influence sur nos enfants, mais c'est faux. Et c'est dur à accepter. En tant que parent, on se sent coupable de tout.

Dorothy prit une profonde inspiration.

— Lorsqu'elle est tombée enceinte, Tina s'est calmée. Elle ne nous a jamais dit qui était le père, et nous n'avons pas insisté. On était surtout soulagés qu'elle passe davantage de temps à la maison. Elle a dégotté un job dans une boutique du village et a travaillé jusqu'à ta naissance. Pendant quelques mois, nous avons eu bon espoir. Notre famille prenait un nouveau départ.

Imogen remua sur son siège.

— L'accalmie n'a pas continué, devina-t-elle.

— Tu avais une semaine quand elle a quitté la maison.

Dorothy n'en revenait toujours pas.

— Elle nous a annoncé qu'elle avait rencontré quelqu'un et qu'elle déménageait à Londres. Elle ne voulait pas avoir le moindre contact avec nous.

Elle baissa la tête vers ses mains. Elle aurait préféré ne pas revivre cette partie de l'histoire.

— On a eu une terrible dispute. J'ai dit des choses… des choses horribles, je l'admets. Je lui ai fait un sermon. Je lui ai dit qu'elle avait un enfant désormais et qu'elle devait se montrer responsable. Je regrette d'avoir réagi de cette façon ; j'aurais dû me montrer plus délicate. Je regrette d'avoir dit ce que j'ai dit.

— Tina serait quand même partie, contra doucement Sara. Ça n'aurait fait aucune différence. Elle a dit des choses horribles elle aussi. Vraiment horribles.

Dorothy tourna la tête vers sa fille avec qui elle échangea un regard lourd de souvenirs.

— Le choc a été terrible. Pourtant, on ne pouvait pas perdre pied. On devait s'occuper de toi. Au milieu de toute cette inquiétude, de toute cette colère, tu étais notre rayon de soleil. Tu étais un bébé si joyeux… On t'a élevée comme si tu étais notre enfant. Tu adorais Sara. On a essayé de te mettre dans ta propre chambre quand tu as eu dix-huit mois. Tu as refusé, tu voulais dormir avec Sara.

— C'est vrai.

Sara eut un sourire timide.

— Tu me suivais partout où j'allais.

— Tu avais l'habitude d'attendre à la porte que Sara rentre de l'école.

Dorothy cligna des yeux plusieurs fois pour repousser les larmes.

— Malgré tout, ce fut une période heureuse. Nous avions établi une routine. Voilà à quoi ressemblait notre vie dorénavant. Puis, quatre ans plus tard, une semaine avant Noël, Tina a refait surface, annonçant qu'elle t'emmenait. Elle avait rencontré quelqu'un, elle vivait à Londres, avait un travail. Elle t'a soulevée, et oh, Seigneur, tu hurlais…

Dorothy s'interrompit. Elle pouvait encore entendre ces cris. Sentir l'angoisse d'Imogen.

— Tina était une étrangère pour toi. Tu ne la connaissais pas. Tu t'es accrochée à Sara. Je me rappelle qu'elle portait une écharpe autour du cou. Tu as failli l'étrangler car tu refusais de la lâcher. On a essayé de parler à Tina, de la persuader d'au moins rester avec nous le temps d'apprendre à te connaître. Elle a rétorqué qu'elle ne voulait pas qu'on la juge, ni qu'on critique sa façon de mener sa vie. Je lui ai assuré qu'on ne la jugerait pas, qu'on voulait simplement la soutenir... Elle a refusé d'écouter. Une voiture l'attendait dehors et elle t'a emmenée. Vêtements, jouets... elle n'a rien emporté.

— Elle a même refusé d'emporter Bunny, murmura Sara.

Imogen la regarda, confuse.

— Bunny ?

— Je te l'ai offert quand tu es née. Tu dormais avec tous les soirs. Tu refusais de t'en séparer le temps qu'on le lave. Je savais que tu ne dormirais pas sans lui donc j'ai couru après la voiture, mais Tina ne s'est pas arrêtée. Tu hurlais sur le siège arrière. J'ai continué d'entendre ce cri dans ma tête pendant des années.

— En d'autres circonstances, on l'aurait probablement suivie, reprit Dorothy.

Elle devait continuer de parler. Si elle ne finissait pas son histoire maintenant, elle ne le ferait jamais.

— Malheureusement, Phillip s'est effondré environ une demi-heure après son départ. Il a fait un AVC.

Elle prit une inspiration tremblotante.

— Il avait des problèmes d'hypertension. Ton départ précipité a été la goutte d'eau. Il est décédé trois jours plus tard, à l'hôpital. Ce jour-là, notre vie a basculé.

— Je suis désolée.

Imogen avait les larmes aux yeux.

— Je suis tellement désolée...

Dorothy savait qu'elle ne pouvait pas s'effondrer. Pas maintenant. Elle avait fait le plus dur.

— Je préfère ne pas m'étendre. On a contacté les services sociaux, puis un avocat. On ne savait même pas où vivait Tina. Où elle t'avait emmenée. Lorsqu'on a fini par la retrouver, on lui a envoyé un message, l'informant que son père était mort. Elle n'a pas répondu.

La douleur avait été indicible. Elle s'était alors demandé qui était Tina, car elle ne reconnaissait plus sa fille.

— Elle n'est pas venue à l'enterrement. Cette période a été l'une des plus sombres de ma vie. Non seulement je vous avais perdus, ton grand-père et toi, mais je devais maintenir l'entreprise à flot.

— Honnêtement, je ne sais pas comment tu as fait, murmura Sara. Tu as été incroyable.

— Moi non plus, je ne sais pas, avoua Dorothy. Tu te lèves chaque matin et fais ce qui doit être fait. Plusieurs semaines se sont écoulées avant qu'on puisse se focaliser sur Tina. Les services sociaux ont tranché : tu devais rester avec elle. Tina était ta mère et ils estimaient que tu n'étais pas en danger. Elle était dans une relation sérieuse. Elle allait se marier.

Dorothy devait faire de gros efforts pour empêcher sa voix de trembler. Pour ne pas que le désespoir, la colère envahissent ses mots.

— On a essayé de rester dans ta vie. Un jour, on t'a rendu visite. Tu as tellement mal réagi, tu étais si confuse et agitée que Tina a décidé qu'elle ne voulait plus qu'on vienne du tout. Elle a dit que ça te perturbait ; que tu devais accepter que ta place était auprès d'elle. C'est vrai que nous voir te perturbait, toutefois je me suis toujours demandé si tu réagissais ainsi parce que tu sentais la tension qui émanait de Tina.

— Tu étais si petite..., dit Sara doucement. Tu avais l'air complètement perdue. Tu ne comprenais pas ce qui se passait. C'était horrible.

Dorothy pressa la main de Sara.

— Donc on a obéi aux ordres de Tina. Mais ne t'imagine pas un seul instant que ça a été facile. Je culpabilisais affreusement. Si je ne lui avais pas parlé ainsi quand elle avait quitté la maison la première fois, peut-être qu'elle aurait accepté qu'on la soutienne au lieu de nous traiter en ennemis.

Sara ouvrit la bouche pour protester, mais elle se ravisa et secoua la tête.

— Continue.

— J'ai vu un avocat.

Dorothy marqua une pause.

— Savais-tu que les grands-parents n'ont aucun droit automatique de voir leurs petits-enfants ? Il y a des moyens de contester, mais j'ai décidé qu'un conflit ne serait pas bon pour toi. On a gardé nos distances. Tina a promis qu'elle transmettrait nos lettres, alors je t'ai écrit chaque mois. Le jour de ton cinquième anniversaire, Sara et moi avons pris le train avec des cadeaux et un gâteau, espérant que cela nous permettrait de prendre un nouveau départ. Du temps avait passé, on espérait que les choses seraient différentes. Tina et toi étiez sorties. Tu n'étais pas là.

— Je t'ai écrit aussi.

Sara jeta un œil vers Dorothy, qui hocha la tête.

— Tina nous a renvoyé ces lettres. Le jour de ton septième anniversaire, on a débarqué sans prévenir, pour te voir. Tu étais en route pour le parc avec Tina et un homme, probablement son mari. On a essayé de te parler, mais tu ne nous as pas reconnues. Tina nous a priées de partir, expliquant qu'elle voulait bâtir sa propre famille sans nous avoir sur le dos. Et voilà.

— On a continué de t'écrire, renchérit Sara. On n'a jamais reçu de réponse.

— On partait du principe que si tu voulais nous contacter quand tu serais plus grande, tu le ferais. Mais tu ne l'as jamais fait. Je comprends pourquoi, s'empressa d'ajouter Dorothy. La situation était difficile, je m'en rends compte. On a essayé de l'accepter, même si je t'avoue que je pensais à toi tout le temps en me demandant comment tu allais. Parfois, l'envie me prenait de t'écrire de nouveau, mais tu n'avais pas cherché à nous joindre, alors j'ai pensé que tu n'en avais pas envie. Quand tu es entrée dans la salle de réunion ce jour-là, je n'en revenais pas. Je savais que c'était toi.

Imogen, qui jusque-là s'était tenue immobile, secoua la tête.

— Comment aurais-je pu vous contacter ? demanda-t-elle d'une voix étrange. Je ne savais rien de vous, je n'ai jamais vu la moindre lettre. Chaque fois que je demandais à ma mère pourquoi on n'avait pas de famille, elle répondait que vous l'aviez mise dehors ; que vous ne vouliez pas de nous dans vos vies.

Le choc fut si violent que Dorothy en eut le souffle coupé. Bien qu'Imogen l'ait laissé entendre au moment de leur querelle dans la cuisine, Dorothy dut faire un immense effort pour ne pas réagir. Elle se rappela qu'il ne s'agissait pas d'elle, mais d'Imogen.

— Je t'ai envoyé de l'argent...

— Elle a dû le garder, marmonna Imogen, embarrassée. Je suis désolée.

Dorothy remarqua l'absence de surprise dans sa voix. Elle semblait plus résignée que choquée. Lasse et beaucoup plus vieille que son âge.

— Ce n'est pas ta faute. Rien de tout cela n'est ta responsabilité, la rassura rapidement Dorothy. L'argent n'avait pas d'importance. Ce qui comptait, c'était toi. Ça me brise le cœur que tu aies cru qu'on t'avait abandonnée.

— C'est ce qu'elle me répétait.

Imogen s'accrochait à Ralph.

— Je pensais que je n'avais pas de famille.

Les mots brisèrent le cœur de Dorothy.

— Tu as bien une famille, Imogen. Tu as une famille qui t'aime très fort et qui aimerait avoir la chance d'apprendre à mieux te connaître.

Elle marqua une pause.

— La décision te revient, évidemment.

Sa gorge était si obstruée par les larmes qu'il était difficile de parler, mais elle essaya de n'en rien laisser paraître pour ne pas accabler Imogen.

— On ne peut rien faire concernant le passé, toutefois on peut agir sur le futur. Tu auras des questions, j'en suis sûre. Tu voudras réfléchir à ce que j'ai dit. Peut-être que tu ne croiras pas...

— Je vous crois, coupa-t-elle. Et j'ai un million de questions. Si cela ne vous dérange pas, je les poserai plus tard. Pas maintenant.

Imogen avait l'air épuisée. Ralph dut le sentir car il leva la tête et lécha sa main.

— Tiens.

Sara plongea la main dans son sac pour en sortir un lapin en peluche légèrement usé.

— Il est à toi.

Dorothy fixa le lapin familier.

— D'où sort-il ? demanda-t-elle.

— De la maison. J'ai demandé à Patrick de me l'apporter quand il viendrait récupérer les filles. J'ai pensé qu'il pourrait... je ne sais pas.

Sara haussa les épaules d'un air gêné.

— Il appartient à Imogen.

Dorothy cacha sa surprise. Elle ignorait que Sara avait gardé le lapin. Elle savait que sa fille avait travaillé dur pour bloquer les souvenirs de cette époque, pourtant, elle avait gardé ce lapin. Parce qu'il lui rappelait Imogen.

Cette dernière contemplait le jouet sur les genoux de Sara, une étrange expression sur le visage. Puis elle se pencha en avant pour prendre le lapin.

— Je m'en souviens, déclara-t-elle finalement. Je pensais n'avoir aucun souvenir de l'époque dont vous parlez, mais je me souviens de lui.

Dorothy sentit une bouffée d'espoir.

— Tu adorais ce lapin, précisa Sara à voix basse. Je voulais que Tina l'emporte, je savais que tu serais malheureuse sans lui. Elle a répondu qu'elle t'en achèterait un nouveau.

— Je n'en ai pas eu d'autre, mais je me souviens de celui-ci.

Imogen étudia le lapin avant de relever la tête.

— Puis-je le garder ? Pour l'instant ?

— Bien sûr, répondit Sara, des trémolos dans la voix. Il est à toi. Il a toujours été à toi. Je ne faisais que veiller sur lui.

Imogen cala le jouet entre sa jambe et le canapé.

— Je ne veux pas que Ralph le mange, expliqua-t-elle.

— Moi non plus, intervint Miles sèchement, ou je devrai le sortir de son estomac.

Cela tira un sourire à Imogen, comme ç'avait sans aucun doute été le but, puis celle-ci reporta son attention sur Dorothy.

— Merci de votre honnêteté. Je suis sûre que ça n'a pas dû être facile à revivre. Je vous dois des excuses. J'ai été grossière tout à l'heure. Je suis navrée.

— Tu n'as aucune raison de t'excuser. Tu ne savais rien de tout ça, et j'en suis en partie responsable.

Sara soupira.

— Maman...

— Je sais.

Dorothy leva une main pour la couper dans son élan.

— Pas de culpabilité.

Elle n'y croyait pas, bien sûr. Pas un seul instant. Elle savait qu'elle se sentirait toujours coupable, toutefois elle continuerait d'affronter ses états d'âme en privé.

— Le passé, c'est le passé. J'espère sincèrement que tu vas rester, Imogen. Holly Cottage a toujours été un endroit très joyeux. Il m'a fait du bien. J'espère que ce sera le cas pour toi aussi.

Imogen serrait fermement le collier de Ralph.

— C'est très gentil...

Elle est terrifiée, pensa Dorothy. *Terrifiée et dépassée.*

— Je sais que les filles adoreraient passer du temps avec toi, dit Sara d'une voix timide. Vous êtes cousines, après tout.

— Cousines.

Imogen répéta le mot comme si elle le prononçait pour la première fois.

— Oui, nous sommes cousines.

Le soulagement envahit Dorothy. Elle avait eu peur que Sara garde ses distances dans le but de se protéger, comme elle l'avait fait tant de fois auparavant. Mais elle tendait une perche à Imogen, même si elle restait prudente et circonspecte. Cela voulait dire qu'elle pensait au futur, au lieu de se focaliser sur le passé.

— Il faut que tu fasses la connaissance de Patrick, ajouta Dorothy.

Sara hocha la tête.

— Oui. On vit à cinq minutes d'ici.

Dorothy avait conscience que cela faisait beaucoup d'un coup. Imogen avait cru pendant des années qu'elle n'avait pas la moindre famille, et voilà que, du jour au lendemain, elle découvrait non seulement qu'elle en avait bel et bien une, mais que celle-ci avait hâte de passer du temps avec elle.

— Si tu restes, tu seras complètement indépendante. Tu peux aller et venir à ta guise, même si j'admets ne pas aimer te savoir seule. Je sais que c'est un sacré bouleversement, mais si jamais tu as besoin de quoi que ce soit, je suis juste au bout de l'allée.

Elle eut une inspiration soudaine.

— Ralph est le bienvenu. Je suis sûre que Miles apprécierait que tu t'occupes de lui pendant qu'il travaille. N'est-ce pas ?

Miles joua le jeu.

— En effet, cela m'aiderait beaucoup. Si tu es d'accord, bien évidemment. Juste le temps que je reprenne l'habitude d'avoir un chien.

Imogen le regarda avant de tourner la tête vers Dorothy.

— Ralph peut rester ici avec moi ?

— Il semble plutôt attaché à toi.

Dorothy sourit faiblement. C'était l'euphémisme du siècle.

— Il se sent probablement un peu perdu avec tous ces changements dans sa vie.

Comme toi.

— Si cela ne dérange pas Miles, ce serait merveilleux.

Elle savait combien la présence d'un animal pouvait être réconfortante. Combien cet amour et cette affection inconditionnels permettaient de guérir. Elle respectait le souhait de Sara de ne pas aborder le passé, donc chaque fois qu'elle en ressentait le besoin, elle parlait à Bailey.

Imogen enroula les bras autour du chien.

— J'adorerais qu'il me tienne compagnie de temps en temps, si tu n'y vois pas d'inconvénient, Miles.

— Tu me rendrais un fier service.

Dorothy voulut enlacer le vétérinaire.

— Voilà, c'est réglé.

Imogen n'avait toujours pas l'air convaincue.

— Il est très remuant. Votre beau cottage...

Dorothy balaya son inquiétude de la main.

— A accueilli de nombreux chiens.

Elle redécorerait entièrement le chalet si nécessaire. C'était le cadet de ses soucis. Si Ralph apportait du réconfort à Imogen, alors il était le bienvenu, même s'il saccageait l'endroit.

— J'ai vécu ici quelque temps après le départ de Sara pour l'université. Je tournais en rond à la maison, essayant de trouver de nouveaux repères, alors j'ai décidé de changer de cadre. J'espère que tu seras aussi heureuse ici que je l'ai été.

— Bien, dans ce cas, merci.

Imogen se tourna vers Miles.

— Ralph sera-t-il perturbé de passer du temps ici avec moi ?

— Je ne pense pas. Les gens constituent tout autant un repère que les endroits. Sans oublier qu'il t'adore. Je m'en occuperai quand je ne travaillerai pas et te le déposerai les jours où je serai en vadrouille. Je trouve que c'est une super idée.

Alors qu'il caressait les oreilles de Ralph, Dorothy remarqua que ses doigts frôlaient ceux d'Imogen.

Une pensée lui vint, qu'elle repoussa immédiatement. Elle n'interférerait pas. Elle était simplement reconnaissante envers Miles de son aide. Sa présence avait rendu cette entrevue beaucoup plus facile.

Imogen caressa Ralph.

— Je n'y connais pas grand-chose en matière de chiens.

— J'en connais un rayon, répondit Miles, donc nous ferons une bonne équipe. Je passerai t'apporter des affaires. Ne t'inquiète pas. Il t'apprécie et il se sent en sécurité avec toi. C'est le principal.

— Il peut prendre le second panier de Bailey.

Dorothy se leva, songeant que Sara était probablement pressée de retrouver Patrick et les filles au village pour la fête.

— On a quelques autres affaires à la maison qu'on peut rapporter. Tu as manqué le déjeuner, Imogen. Je t'ai apporté du poulet froid que j'ai mis au frigo, une miche de pain frais ainsi que du gâteau au chocolat.

Elle tourna la tête vers sa fille. Non seulement elle ne semblait guère pressée, mais elle étudiait le salon.

— Il faut qu'on décore cette pièce, dit Sara. En commençant par un sapin. As-tu un type d'arbre favori ?

— Un type favori ? répéta Imogen, perplexe. Euh, non. Je n'ai jamais eu de vrai sapin. Je n'ai jamais vraiment célébré Noël. C'est une époque de l'année difficile pour moi. L'année dernière, j'ai fait un effort, j'ai enroulé une guirlande lumineuse autour de ma plante d'intérieur. Elle est artificielle donc je n'ai pas brûlé les feuilles. Et je me suis fait plaisir avec une pizza à la dinde, même si, pour tout vous avouer, elle n'était pas fameuse.

J'ai enroulé une guirlande lumineuse autour de ma plante d'intérieur.

Je me suis fait plaisir avec une pizza à la dinde.

Dorothy eut un pincement au cœur.

— Tu ne passes pas Noël avec ta mère ?

— Tina ? Non. Pas depuis que j'ai quitté la maison pour l'université. On n'est pas vraiment...

Imogen marqua une pause.

— Les réunions de famille, ce n'est pas vraiment notre truc.

Dorothy pensa aux nombreuses occasions familiales que Tina avait boudées, préférant rester dans sa chambre.

Elle essaya de ne pas penser au nombre de Noëls qu'Imogen avait dû passer seule.

— Eh bien, nous, nous sommes de grands fans de Noël, donc il est grand temps que tu découvres ce que veut dire fêter Noël en grande pompe.

Elle n'ajouta pas qu'ils avaient travaillé très dur pour retrouver l'envie de célébrer Noël après celui où tout avait basculé.

— Il se trouve que je connais deux expertes en sapin. Sara ? Ava n'a-t-elle pas proposé qu'Imogen se joigne à vous demain ?

Elle se demanda aussitôt si elle n'allait pas trop loin avec cette invitation. Aussi fut-elle rassurée lorsque sa fille sourit.

— En effet. Qu'en penses-tu, Imogen ? Ça te dit de te joindre à notre folle quête du sapin parfait ? Chaque fois, Patrick se plaint que l'arbre est trop grand et les filles le supplient jusqu'à ce qu'il cède. On se retrouve avec un arbre qui touche le plafond. On va dans une ferme où l'ambiance est très joyeuse et le chocolat chaud, excellent.

Sara marqua une pause, soudain prise de doute.

— Pas de pression, évidemment. Si ça va trop vite pour toi, si tu préfères passer la journée tranquillement, libre à toi.

— J'adorerais venir, répondit rapidement Imogen. En revanche, je ne voudrais pas laisser Ralph.

— Amène-le ! Les filles adoreraient qu'il nous accompagne.

Sara se tourna vers Miles.

— Si tu es libre demain, pourquoi ne viendrais-tu pas aussi ?

— Avec plaisir. Pour une fois, je suis disponible. Je pourrai aider Imogen à rapporter le sapin ici. Patrick et toi aurez déjà une voiture pleine entre les filles et le sapin.

— Venez tous dîner à la maison ensuite, proposa Dorothy.

Elle planifiait déjà. Elle mettrait les petits plats dans les grands, organiserait un repas des plus festifs. Et peut-être que plus tard, quand Imogen serait un peu plus habituée à eux, elle l'inviterait à passer le jour de Noël. Elle voulait compenser pour tous les Noëls qu'Imogen avait ratés. Plus de plante artificielle. Plus de pizza à la dinde.

Son cœur s'envola.

Si quelques heures plus tôt, elle n'aurait jamais prédit une telle issue, elle se sentait désormais pleine d'espoir. Ils allaient laisser le passé derrière eux, afin de se focaliser sur l'avenir.

Il y avait encore de nombreux points à éclaircir, évidemment. Beaucoup à comprendre et découvrir. Elle savait que ce ne serait pas facile. Ils ne connaissaient pas vraiment Imogen, et elle ne les connaissait pas non plus. Mais le fait qu'elle reste et prévoie d'aller choisir un sapin avec Sara était très positif. C'était un pas vers l'avant.

Et quelle meilleure période de l'année pour des retrouvailles ?

Chapitre 17

Sara

La chute de neige avait transformé le village. De la poudreuse s'accrochait aux toits, recouvrait les pavés, les rendant glissants et ajoutant une atmosphère magique qui faisait oublier le froid. Les guirlandes lumineuses accrochées de part et d'autre de la rue brillaient joyeusement, et les vitrines des magasins débordaient de produits de fête destinés à attirer les clients.

Sara ouvrit la porte de la salle des fêtes et tapa des pieds pour faire tomber la neige de ses bottes avant d'entrer.

Le brouhaha, qui l'informa qu'elle était la dernière à arriver, accentua sa migraine. La journée avait été incroyablement épuisante, toutefois, elle se sentait plus calme qu'elle ne l'avait été depuis longtemps. Elle avait eu peur que voir Imogen les ramène tous en arrière, mais ce n'était pas ce qu'elle ressentait. Au contraire, elle avait l'impression d'avoir fait un pas en avant.

Dieu qu'elle en était contente !

— Sara !

L'une des médecins qui travaillaient au cabinet du village se précipita vers elle. Elle portait des bois qui n'arrêtaient pas de lui tomber dans les yeux.

— Comment vas-tu ?

— Ça va, merci, Nadia. Et toi ?

Après l'avoir enlacée, Sara remonta les bois de son amie sur sa tête.

— Quelque chose te pousse sur le crâne. Tu devrais probablement consulter un médecin.

— Je n'arrive pas à obtenir de rendez-vous.

Son amie lui fit un clin d'œil.

— Tu n'es pas au courant ? Il paraît que les médecins du coin sont terriblement incompétents.

— Ah non, je l'ignorais.

Les médecins de Winterbury étaient formidables. Sara savait combien ils avaient de la chance.

— Ces bois te siéent à merveille.

— Ils me protègent.

Nadia les ajusta.

— Les gens sont moins tentés de venir me parler de leurs problèmes de santé quand j'ai l'air ridicule. Au fait, je voulais te dire combien on a adoré l'assortiment de vins que Patrick nous a envoyé cet été. Le rouge était exceptionnel.

— Appelle-nous si tu en veux encore.

— C'est noté, et…

Nadia s'interrompit en repérant quelqu'un par-dessus l'épaule de Sara.

— Oh, non ! J'aperçois une personne que je ferais mieux d'éviter, autrement je vais devoir parler de parties du corps humain à une fête pour enfants. On se voit plus tard. Ça m'a fait plaisir de te voir, Sara. Tu es superbe, au fait. J'adore ton manteau.

Elle s'éloigna d'un pas vif tandis que Sara la regardait partir, le sourire aux lèvres.

C'était ça, sa vie.

Vivre ainsi, connaître tout le monde était très important pour elle. Après les événements dévastateurs de son enfance, la communauté s'était regroupée autour d'elle et sa mère, leur apportant chaleur et réconfort. Sara avait l'impression d'être à sa place, ici. Cet endroit, ces gens… faisaient partie de son quotidien. Elle n'avait aucun secret pour eux et leur générosité et leurs témoignages d'affection lors de la pire période de sa vie avaient aidé à guérir les cicatrices laissées par le rejet de sa sœur.

— Salut, Sara ! lui lança son ami Paul, propriétaire de la librairie du village. Avant que ton époux remarque que tu es ici et te monopolise, je voulais t'informer que j'ai trouvé le livre.

— Le livre ?

Elle était tellement obnubilée par Imogen et le futur qui s'offrait à eux qu'il lui fallut un moment pour comprendre de quoi il parlait.

— Les volcans, précisa-t-il.

— Bien sûr ! Tu l'as trouvé ?

— Et emballé. Tout ce que Shona a à faire, c'est d'écrire le nom de Patrick sur l'étiquette avec son flair artistique habituel. Patrick et toi êtes toujours dispos après les fêtes pour notre soirée entre amis ?

Ils avaient réussi à trouver une date qui convenait à tous et elle avait déjà hâte d'y être.

— Absolument. Ma mère gardera les filles.

— Bien, car tu es responsable des boissons.

Il se pencha en avant pour déposer un baiser rapide sur sa joue.

— Prends soin de toi, ma belle. Je dois filer, j'ai laissé Rick tout seul au magasin. La période est chargée, il est sûrement en train de paniquer. J'espère que les filles s'amuseront bien à la fête.

Profitant d'être seule un instant, Sara passa la salle en revue.

On avait pris le temps de rendre l'endroit aussi festif que possible. Un immense sapin scintillait dans un coin, des rideaux d'étoiles minuscules cascadaient sur les murs habituellement dénudés.

Les villageois formaient des petits groupes, des parents déposaient leurs enfants, puis s'arrêtaient pour papoter.

Sara repéra ses filles dans la foule, puis Patrick, qui parlait avec Mme Parsons, la propriétaire du centre équestre. C'était une femme énergique, pragmatique, qui avait enseigné l'équitation à Sara quand elle était enfant.

Sara la trouvait aussi effrayante aujourd'hui qu'à l'époque. Bien qu'elle soit désormais une femme adulte avec sa propre famille, elle l'appelait encore « Mme Parsons ».

Patrick s'excusa et la rejoignit d'un pas vif.

— Edna dit qu'Iris a l'équitation dans le sang, ce qui est un sacré compliment de sa part. Elle pense qu'on devrait envisager de lui acheter un poney.

— Edna ? Pourquoi l'appelles-tu Edna ?

— Parce que c'est son prénom ? C'est elle qui me l'a demandé, et je pouvais difficilement répondre : *En fait, mon épouse a terriblement peur de vous donc je préférerais vous appeler Mme Parsons.*

Sara leva les yeux au ciel.

— On n'achète pas de poney à Iris. Thelma suffit pour l'instant.

— Ouch. Je te laisse le lui annoncer.

Remarquant son expression, Patrick eut un sourire espiègle.

— Je plaisante. Je le lui ai déjà dit.

Sara battit des cils à son intention.

— Tu es si grand, si courageux !

— Que dire ? Edna et moi sommes devenus super potes. Sous ses airs effrayants, elle est inoffensive. Oh, et je l'approvisionne en vin, donc forcément, elle m'a à la bonne.

Il l'attira sur le côté.

— J'étais inquiet pour toi, déclara-t-il d'un ton empreint de gravité. Comment c'était ?

Par où commencer ?

— C'était... intéressant.

— Mais pas horrible ?

Comme il étudiait son visage, elle sentit une bouffée d'amour pour lui.

— Certains souvenirs ont été plus douloureux à évoquer que d'autres, mais Imogen nous a écoutées et elle est toujours là, donc je dirais que ça s'est bien passé.

Elle n'en espérait pas tant. Quand Imogen était partie furieuse de la maison à l'heure du déjeuner, elle avait cru qu'elles n'auraient jamais l'occasion de raconter leur version de l'histoire.

Un cri perçant retentit. Ava poursuivait Iris et leurs autres amis autour de la pièce en attendant que la fête débute.

— Quelle quantité de sucre ont-elles mangée ?

— Assez pour les garder hyperactives jusqu'à Noël. Ne me juge pas.

Il passa un bras autour d'elle, se souciant peu qu'ils soient en public.

— Voilà ce qui arrive quand tu me laisses m'occuper des filles. Toi, tu incarnes la discipline. Moi, je suis le parent cool qui dit oui à tout.

Cela la fit sourire, même si elle savait que ce n'était pas vrai.

— Je ne te juge pas. Je te suis reconnaissante d'être passé les prendre. Bonjour, Ellen.

Elle salua une maman de l'école qui déposait sa fille.

— Comment vas-tu ?

— Super, merci. Bonjour, Patrick.

Le regard d'Ellen resta posé sur Patrick un chouïa plus longtemps qu'il n'était inapproprié puis elle s'éloigna avec un sourire et une vague invitation à aller boire un café « un de ces jours ».

Patrick et Sara savaient qu'ils n'iraient pas boire de café avec elle. C'était de la politesse, rien de plus. Mais cela ne dérangeait pas Sara. Elle aimait vivre ici. Aimait savoir que si elle descendait l'artère principale, elle croiserait au moins six connaissances avec qui papoter.

Elle prit Patrick par le bras.

— Pourquoi est-ce qu'elle te regarde toujours comme si elle voulait te dévorer ?

— Elle sait que je ne suis pas libre.

Il baissa la tête pour déposer un baiser rapide sur ses lèvres.

— Je représente donc un défi.

Sara avait le sentiment qu'il n'y avait pas que ça, toutefois elle ne dit rien.

— Hélas pour elle, je n'ai pas l'intention de te laisser partir.

— Parce que je te protège d'Edna ?

— Évidemment. Pour quelle autre raison ?

— Dis donc, j'ai intérêt à faire plus d'efforts.

Son ton avait beau être léger, il la scrutait attentivement.

— Vas-tu me raconter en détail ce qui s'est passé aujourd'hui ?

— Oui, mais pas ici. Il y a trop d'oreilles curieuses.

Il consulta sa montre.

— La fête commence dans dix minutes. On a deux bonnes heures devant nous. Je pensais qu'on pouvait faire une folie. Ça te dirait d'aller boire un thé et manger des biscuits à la cannelle au Bakehouse ?

— Excellente idée.

Même après tant d'années ensemble, la perspective de passer du temps avec lui mettait toujours du baume au cœur de Sara.

— Si on a le temps, j'aimerais acheter quelques petites choses pour la chaussette de Noël d'Ava. Je vais prévenir les filles qu'on part.

Il leur fallut cinq bonnes minutes pour réussir à s'éclipser. À peine furent-ils sortis que le froid mordant s'infiltra sous le manteau de Sara, la faisant frissonner.

— On se pèle ! s'exclama-t-elle en le boutonnant jusqu'en haut.

— Oui. Il va encore neiger, à mon avis.

Il retira son écharpe, qu'il lui enroula autour du cou.

— Alors, où est allée Imogen quand elle a pris la fuite au déjeuner ?

— Je ne sais pas exactement. Figure-toi qu'elle s'est retrouvée avec Miles et Ralph.

— Ralph ? Qui est Ralph ?

Patrick fronça les sourcils.

— Oh ! tu veux dire le chien de Jim ?

— Oui. Sa sœur n'arrive pas à s'en occuper donc Miles l'adopte. J'ignore pourquoi Imogen était avec eux.

Ils descendirent la rue principale tranquillement, se frayant un chemin parmi les familles et les promeneurs en quête de cadeaux de Noël.

— Tu penses qu'il est tombé sur elle quand elle marchait dehors ?

— C'est ce que j'ai déduit. Mais pourquoi Imogen est-elle montée en voiture avec un inconnu ?

Elle détestait cette idée presque autant que la vision d'Imogen errant dehors, seule et bouleversée.

— Vivre avec Tina l'a probablement rendue débrouillarde.

— Oui. Elle est forte, confirma Sara, se remémorant la façon dont elle s'en était prise à Dorothy et elle. En tout cas, quelles que soient les circonstances de leur rencontre, je suis contente qu'ils se soient croisés. En plus, elle semble s'être attachée à Ralph.

— D'après toi, elle ne va pas repartir pour Londres ?

— Non. On a eu une longue discussion. Maman lui a tout raconté. Elle n'était au courant de rien, Patrick. Tina lui a raconté beaucoup de mensonges.

Elle cessa de marcher.

— Elle ne se souvenait pas de moi. Elle ne se rappelait pas combien je l'aimais, ou qu'on avait été inséparables les quatre premières années de sa vie.

Il la serra fort.

— À partir d'aujourd'hui, elle va apprendre à te connaître.

Il recula pour prendre son visage en coupe.

— Tu es chamboulée. Peut-être qu'aller au café n'est pas une si bonne idée. Préfères-tu de l'intimité ? On peut aller s'asseoir dans la voiture ou acheter un café et le boire près de la rivière.

La rivière serpentait à travers le cœur du village, offrant une balade très agréable durant la saison estivale.

— Je ne suis pas vraiment chamboulée. Juste un peu émue. Allons au café.

Elle avait besoin de chaleur. De sentir l'effervescence familière du village. Mais surtout, elle avait besoin de lui.

— On essaiera de prendre une table isolée des autres.

Ils eurent de la chance. La meilleure table, nichée dans une alcôve, était libre. Alors qu'elle contemplait la rue saupoudrée de neige, Sara eut l'impression de retomber en enfance. Sa mère et elle étaient venues de nombreuses fois dans ce café pour prendre le goûter. Elle avait adoré ces précieux moments de calme passés ensemble, loin des soucis causés par sa sœur.

Sara retira son manteau et s'installa sur le siège près de la fenêtre pendant que Patrick allait passer commande.

Il revint quelques instants plus tard avec deux tasses de thé ainsi qu'une épaisse tranche de gâteau.

Il s'assit en face d'elle, ses larges épaules la protégeant des regards curieux.

— Je ne suis pas très étonné qu'Imogen ne se souvienne pas de toi.

Il posa une tasse de thé devant elle.

— Elle n'avait que quatre ans quand Tina l'a emmenée.

— Oui.

Sara entoura la tasse de ses mains.

— En revanche, elle se rappelait Bunny. C'est marrant.

Patrick sourit.

— J'avais peur qu'il tombe en miettes quand je l'ai sorti du fond du tiroir. Cette peluche est tellement vintage ! C'était intelligent de ta part de penser à le lui donner. Comment va ta mère ? La journée a dû être très éprouvante pour elle aussi.

— Ç'a été difficile.

Sara regarda dans son mug.

— Comme tu le sais, je me suis toujours inquiétée qu'elle soit en contact avec Imogen, mais en l'écoutant raconter toute l'histoire, j'ai compris à quel point la situation était impossible. Quel aurait été le bon moment pour lui dire la vérité ? Parfois les choses ne sont pas noires ou blanches, mais complexes et nuancées. En tout cas, maintenant, elle sait, et bien que la journée ait été horrible, affreuse, je me sens soulagée. D'ailleurs, je pense que maman aussi. Désormais, il n'y a plus de secrets.

— Tu as l'air épuisée. Il faut que tu manges quelque chose.

Patrick poussa le gâteau vers elle.

— Ça n'a pas dû être facile pour Imogen de découvrir que sa mère lui avait menti toutes ces années. Comment a-t-elle réagi ? Vous a-t-elle crues ?

— Oui.

Sara prit une gorgée de thé.

— Je m'attendais à ce qu'elle nous contredise ou soit sur la défensive, mais pas du tout. Elle avait une étrange expression sur le visage. Comme si découvrir que sa mère lui avait menti ne la surprenait pas.

— Elle n'était peut-être pas surprise, mais elle devait être sacrément bouleversée.

— Elle était furieuse au déjeuner, raison pour laquelle elle est partie en claquant la porte. Sa réaction s'explique par le choc qu'elle a reçu, évidemment. Elle a reconnu Tina sur les photos de famille accrochées dans les toilettes. Ce n'était pas la façon idéale de découvrir la vérité. On a eu de la chance qu'elle tombe sur Miles et Ralph.

Elle sourit à demi en y repensant.

— Tu aurais dû les voir. Imogen s'est accrochée à Ralph pendant toute la conversation. Elle ne l'a pas lâché une seule fois. Quant à lui, il semblait complètement enamouré.

Patrick sourit.

— On dirait bien que ce Ralph est un héros.

— Oui. Et Miles a été formidable. Il lui a demandé si elle pouvait s'occuper de Ralph pendant quelques jours. Il a dit qu'il n'était pas prêt pour un nouveau chien.

Patrick arqua un sourcil.

— Le gars est véto. Il n'y a pas plus prêt que lui.

— Exactement. Il ne le faisait pas pour lui, mais pour Imogen, dit Sara d'une voix douce. Je pense qu'il a senti combien la présence de Ralph la réconfortait.

— Miles est un type bien. Allez, mange.

Patrick prit la fourchette et coupa un morceau de gâteau, qu'il lui tendit.

— Tu as raté le déjeuner.

Elle se pencha en avant pour enfourner la bouchée qu'il lui offrait.

— Hmm. C'est bon.

Elle lui prit la fourchette et mangea la moitié du gâteau avant de repousser l'assiette vers lui.

— Prends le reste.

— Je préférerais que tu le finisses.

— J'en ai eu assez. Je n'ai pas vraiment faim.

Il l'observa un instant.

— Tu m'as beaucoup parlé d'Imogen. Maintenant, parle-moi de toi.

— De moi ?

— Comment vis-tu ce retournement de situation ? Je sais combien tu détestes parler de cette époque.

— C'est vrai. La discussion a été éprouvante, mais pas autant que je le pensais.

Elle marqua une pause.

— J'ai fait tant d'efforts pour oublier ces années douloureuses, les fuir, les ignorer... Puis le passé m'a rattrapée, mais m'y confronter n'a pas été aussi terrible que je le craignais. Tout raconter à Imogen était presque libérateur. Comme si une page se tournait. Est-ce que ça a du sens ?

— Oui. C'est très positif.

Sara but une gorgée de thé.

— J'adore ma vie, celle qu'on a bâtie ensemble. Et après des années passées à éviter de penser à Imogen, à refuser de la rencontrer dans le cadre professionnel, aujourd'hui, je souhaite qu'elle en fasse partie.

— Et Tina ?

Sara posa sa tasse.

— Je me sentais vraiment mal de ne pas être proche de ma sœur. Ça semblait contre-nature. Je me suis même demandé si c'était moi, le problème. Étais-je trop collante ? Demandais-je trop d'attention à nos parents ? Était-elle jalouse par ma faute ?

Il soupira.

— Sara...

— Je sais que ce n'est pas ma faute. Je n'y peux rien, c'est plus fort que moi. Mais aujourd'hui, en écoutant ma mère tout raconter à Imogen, je n'ai pas pensé en ces termes. À un moment donné, j'ai arrêté de considérer Tina comme ma sœur. J'ai fait une croix sur la relation - probablement idéalisée - que je rêvais d'avoir avec elle. Je ne sais pas quand c'est arrivé. Ma sœur ne fait pas partie de ma vie, on n'est pas proches. C'est comme ça.

— Tu n'es peut-être pas proche de ta sœur, toutefois tu as des amis qui sont aussi proches que de la famille.

— Oui.

Elle pensa à son échange avec Paul à la salle des fêtes. Elle avait tellement hâte de tous les retrouver pendant les vacances ! Elle savait qu'en cas de problème, elle pouvait appeler n'importe lequel d'entre eux et qu'ils lâcheraient tout pour venir l'aider. Elle ferait de même pour eux, évidemment. Pour la première fois, Sara se rendit compte du chemin parcouru en dépit de son enfance difficile.

— Et maintenant, j'ai une nièce. Les filles vont avoir une cousine.

Elle regarda Patrick terminer le gâteau.

— Imogen vient avec nous demain. Ça ne te dérange pas ? J'aurais probablement dû t'en parler avant de l'inviter. C'était spontané.

— Tu as bien fait.

Il lui adressa un sourire espiègle.

— En espérant qu'elle arrive à nous supporter. Si elle n'a aucune expérience de la vie de famille, notre virée sapin de

Noël risque de la vacciner. Il faudra qu'on canalise Ava, sinon Imogen retournera à Londres illico.

— Au contraire, je pense qu'Ava aidera à briser la glace.

— Il y aura de la vraie glace s'il n'arrête pas de neiger.

Patrick jeta un œil par la fenêtre.

— On aura peut-être un Noël blanc, tu imagines ? Les filles seraient folles de joie.

— Les filles ?

Elle inclina la tête et regarda son mari.

— Tu essaies de me faire croire que toi, tu ne serais pas fou de joie ?

— Moi ? Non. La neige, c'est une vraie galère. Je ne supporte pas les bonshommes de neige, les batailles de boules de neige, faire de la luge et toutes ces activités amusantes – pardon, je voulais dire, toutes ces activités barbantes.

Il plissa les yeux. Un léger sourire dansait sur ses lèvres.

— À quand remonte notre dernière bataille de boules de neige ?

— Je suis trop vieille pour ça.

Elle se pencha en avant.

— Au fait, Miles et Ralph se joignent également à nous demain.

— Miles ? Tiens donc. Tu penses qu'il se passe quelque chose entre Imogen et lui ?

— Je ne sais pas. Il n'est sorti avec personne depuis Zara et il vient à peine de la rencontrer. Mais il semblait... protecteur.

— Peut-être qu'il se montrait simplement gentil.

— Peut-être, marmonna-t-elle, guère convaincue. C'est la première fois qu'il vient choisir un sapin avec nous. Lissa le choisit toujours pour lui, c'est aussi elle qui le décore. Elle se plaint qu'il ne reconnaisse pas les différents types de sapins.

Patrick rit.

— Ce n'est pas le seul. Tu penses qu'Imogen lui a tout raconté ?

— Je ne sais pas. Je ne la connais pas assez pour deviner. Miles n'a pas son pareil pour écouter, alors c'est une possibilité.

Toutefois, j'ai la sensation qu'Imogen est très indépendante et habituée à survivre seule. Quoi qu'il en soit, il nous accompagne demain.

Patrick s'appuya contre le dossier de sa chaise.

— Eh bien, la journée promet d'être intéressante. Ce sera l'occasion d'apprendre à mieux connaître Imogen.

— Je l'espère.

À une époque, elle savait tout sur Imogen. Elle avait été capable d'interpréter chaque pleur, chaque rire. Aujourd'hui, Imogen était adulte et elle avait vécu des expériences, elle nourrissait des espoirs et des rêves dont Sara ne savait rien.

Elle allait devoir réapprendre à la connaître.

Chapitre 18

Imogen

— C'est bien la première fois que j'invite dans mon lit quelqu'un que je viens à peine de rencontrer, mais c'est si facile de te parler... Je n'ai jamais rencontré quelqu'un avec qui j'accrochais aussi vite. C'est comme si tu savais exactement ce que je pense et ce que je ressens. Je suis si, si contente de t'avoir rencontré pile au moment où j'en avais besoin !

Imogen se moucha et se blottit sous les couvertures. Elle avait allumé le feu dans la chambre, qui brûlait joyeusement dans la pénombre. Elle aurait pu allumer la lampe, mais parler dans l'obscurité était plus facile.

Ayant laissé les rideaux ouverts, elle contemplait la lente chute des flocons argentés qui se découpaient sur le ciel bleu nuit.

— Je suis désolée de faire ma pipelette. Il faut dire que la journée a été un peu éprouvante. En parler me fait du bien. J'espère que ça ne te dérange pas. La vérité, c'est que je me sens trahie. Comment ma mère a-t-elle pu mentir au sujet de sa famille ? J'aimerais croire qu'il s'agit d'un horrible malentendu, toutefois je sais que ce n'est pas le cas. Je me sens tiraillée. Une partie de moi est vraiment en colère. Elle n'avait pas le droit de nous priver toutes les deux d'une famille. L'autre est triste, car même si je m'en suis bien sortie dans la vie, même si je suis fière de la personne que je suis devenue et de ce que j'ai accompli, ça a été dur.

Sa voix se brisa. Aussitôt il se rapprocha en silence, lui offrant un réconfort bienvenu.

— Il y a eu des fois où ça a été vraiment dur. Alors découvrir que j'aurais pu être épaulée et soutenue toutes ces années est difficile à encaisser. J'aurais pu avoir Dorothy et Sara dans ma vie depuis le début. Avoir une famille. C'est si douloureux que j'ai du mal à y penser. Pourquoi a-t-elle fait ça ? Ne te force pas à répondre. Je ne comprends pas ma mère donc je ne m'attends pas à ce que tu la comprennes. Mais c'est scandaleux, tu ne trouves pas ?

C'était également déroutant parce qu'elle ne décelait rien chez Dorothy ou Sara qui puisse expliquer pourquoi sa mère refusait qu'elles fassent partie de leur vie. Elles semblaient être de bonnes personnes. La décision de Tina de couper les ponts ne faisait aucun sens.

Elles avaient semblé si nerveuses quand elles lui parlaient... C'était en partie sa faute étant donné qu'elle leur avait hurlé dessus quand elle avait vu la photo. Le choc avait été si terrible...

Mais une fois qu'elle s'était calmée et avait écouté, elle avait su qu'elles disaient la vérité. Et ce n'était pas que de l'instinct. Elle savait d'expérience que sa mère mentait à tort et à travers. Elle avait menti à Imogen à de nombreuses reprises. Mais il ne lui était jamais venu à l'esprit que sa mère mentait à ce sujet aussi.

— Vraiment, je ne comprends pas. La dernière fois qu'on s'est vues, le jour où j'ai planté ma collègue Sophie, elle m'a dit que j'étais la pire chose qui lui soit jamais arrivée.

Seigneur, prononcer ces mots à voix haute était très douloureux.

— Alors pourquoi ne m'a-t-elle pas laissée chez ma grand-mère ? Ç'aurait été la solution parfaite, non ?

Croisant son regard empli de compassion, elle l'attira plus près.

— Tu n'as pas ton pareil pour écouter. La plupart des gens jugent et parlent dans le dos, mais toi, tu écoutes d'une oreille attentive. Tu es sincère, je le sens.

Elle lui sourit.

— Je ne devrais pas te laisser dormir dans mon lit. Il y aura probablement des conséquences, mais je m'en fiche. Être avec toi me fait me sentir mieux, et pour l'heure, c'est tout ce qui compte. Et comment une chose si agréable pourrait-elle être une erreur ?

Son téléphone sonna. Elle l'attrapa pour voir qui l'appelait.

— C'est Miles. Je ferais mieux de répondre. Ne fais pas de bruit !

Ralph tapa sa queue contre le matelas et posa la patte sur son bras.

— Bonsoir, Miles, tout va bien ? Comment va le veau malade ?

— Il est sorti d'affaire, mais la visite a duré plus longtemps que prévu.

Sa voix distante lui indiqua qu'il conduisait.

— Je suppose que tu es déjà couchée. J'espère que je ne t'ai pas réveillée.

— Non, je repensais à la journée d'aujourd'hui.

— J'imagine. C'est la raison de mon appel. Je voulais m'assurer que tu allais bien. Tu as eu une journée difficile.

— Je vais bien.

Elle posa la main sur la tête de Ralph.

— Tu es sûre ? insista-t-il.

Elle était touchée qu'il se soucie d'elle.

— Oui. Ça me fait du bien d'avoir Ralph ici. Il me change les idées. Merci de m'avoir laissée le prendre pour la nuit.

— Tu m'as rendu un fier service. Je ne pouvais pas l'emmener au travail. Je comptais passer le récupérer en rentrant à la maison. Est-il trop tard ?

Elle sentit une pointe de panique. Hors de question qu'on la sépare de Ralph. Pas ce soir.

— Je l'ai déjà installé pour la nuit. Pourquoi ne passerais-tu pas ici avant qu'on aille à la ferme de sapins ? Tu pourras le récupérer à ce moment-là. Je voudrais éviter de le réveiller.

— Ça ne te dérange pas, tu en es sûre ?

— Absolument.

C'était un soulagement de savoir que Ralph restait.

— Viens en avance, je te préparerai le petit déjeuner.

— Ça marche. Merci, Imogen.

— De rien.

— Une dernière chose. Quoi que tu fasses, ne le laisse surtout pas dormir sur le lit.

Imogen caressa Ralph, qui était aux aguets.

— Bien sûr que non.

— Oui, ce n'était sûrement pas utile de le préciser mais s'il s'imagine qu'il peut squatter un lit, alors il essaiera de dormir dans le mien, et ça n'arrivera pas. Rien de pire pour gâcher ta vie sexuelle qu'un chien dans ton lit.

Elle rit, puis, prise de curiosité, lui demanda :

— Ta petite amie n'aime pas les animaux ?

— Je suis célibataire justement parce que ma dernière petite amie n'aimait pas les animaux. Elle avait du mal à supporter mes absences nocturnes fréquentes quand ceux-ci tombaient malades. Et toi ?

Il se confiait si facilement qu'elle se sentit heureuse de s'être dévoilée. Il était presque aussi facile de lui parler qu'à son chien.

— Moi ?

Elle tira Ralph plus près d'elle.

— J'aime les animaux.

Il rit.

— Bonne nuit, Imogen. À demain.

— J'ai hâte.

C'était vrai. Qui aurait pensé qu'elle sourirait après la journée qu'elle avait passée ? C'était grâce à Ralph, bien sûr. Rien à voir avec Miles, même s'il avait un regard doux et un bon sens de l'humour.

Ben voyons !

Souriant de toutes ses dents, elle remit son téléphone à charger et prit la tisane qu'elle avait préparée avant de monter.

— Tu n'es pas censé dormir dans le lit. Allez, faisons une exception pour cette nuit. Je compte sur toi, n'en parle pas à Miles.

Ralph battit de la queue puis posa la tête sur ses pattes.

— J'ai essayé de te faire dormir dans ton panier, se défendit-elle. Tu n'as pas voulu y rester.

Elle avait posé le panier sous la fenêtre de sa chambre pour pouvoir le voir. Il était resté assis dedans moins d'une minute, l'air vexé et malheureux, avant de la rejoindre. Il avait essayé de le faire discrètement, espérant qu'elle ne le remarquerait pas, mais les golden retrievers turbulents n'étaient pas vraiment capables d'être discrets, et ses efforts avaient fait sourire Imogen.

Elle savait qu'elle aurait probablement dû le renvoyer à son panier, mais elle se sentait mal après la conversation avec Dorothy et Sara, et elle avait trouvé son corps chaud incroyablement rassurant. Pas étonnant que ses collègues soient gagas. Jamais elle n'aurait deviné qu'un chien puisse faire un si parfait compagnon.

Afin d'avoir des souvenirs une fois qu'elle serait rentrée à Londres, elle prit quelques photos de lui.

Aussitôt, son cœur se serra. Elle ne voulait pas penser à son retour à Londres. Elle ne voulait pas non plus penser à sa mère.

Lasse de toutes ces histoires, elle tourna la tête vers la table de chevet où trônait le lapin en peluche que Sara lui avait donné.

Bien que cela puisse paraître ridicule, ce lapin constituait pour elle un lien entre passé et présent.

Ralph couina pour réclamer son attention.

— Allez, dormons. Une longue journée nous attend demain.

Elle se sentait déjà nerveuse. Certes, ces gens étaient sa famille, mais elle ne les connaissait pas vraiment. D'ailleurs, ils ne la connaissaient pas non plus. Et s'ils ne l'appréciaient pas ? Il n'y avait aucune règle qui stipulait que les membres d'une famille étaient forcés de s'apprécier, comme en témoignait le comportement de sa mère.

— J'appréhende un peu, pour être honnête. Dieu merci, tu seras là. Et Miles aussi. Ça devrait m'aider.

Elle reposa la tisane et se blottit sous les couvertures.

Ralph avait apparemment décidé qu'il en avait fini de l'écouter parce qu'il dormait déjà. Il ne ressentait visiblement pas la moindre culpabilité ni le moindre remords d'être sur le lit.

Imogen s'attendait à passer une nuit blanche après les tribulations de la journée. Quelle ne fut pas sa surprise de constater qu'il faisait jour quand Ralph la réveilla en grattant à la porte de la chambre !

L'œil vitreux, elle regarda l'heure sur son téléphone.

— J'ai dormi toute la nuit ! J'y crois pas !

Peu intéressé par son cycle de sommeil, Ralph se mit à couiner. Se forçant à sortir du lit, Imogen enfila un pull par-dessus le T-shirt dans lequel elle avait dormi.

— Une minute, j'arrive. Je vais te faire sortir dans le jardin.

Elle attrapa des chaussettes, le suivit dans l'escalier, et entra dans la cuisine, savourant le sol chaud sous ses pieds. Ouvrant la porte arrière, elle découvrit qu'un voile de neige recouvrait les arbres et le jardin, scintillant comme du sucre cristal dans la faible luminosité.

Le froid s'infiltrant à l'intérieur du cottage, elle regretta de ne pas avoir pris le temps de trouver son jean, ou mieux encore, le legging doublé en polaire qu'elle avait apporté.

Elle fit sortir Ralph, enfila ses chaussettes et ses bottes fourrées. Puis elle se tint sur le seuil en frissonnant pendant qu'il explorait son nouvel environnement, laissant des traces de pattes dans la neige immaculée. Le jardin du cottage était ceint d'un mur haut, mais elle le surveilla de près. Elle était responsable de lui, elle ne voulait pas qu'il se blesse, bien qu'en cet instant, c'était elle qui risquait l'hypothermie.

— Dépêche-toi, Ralph ! lança-t-elle en claquant des dents. Autrement je serai encore en pyjama quand Miles arrivera.

— Cela ne me dérangerait pas. Prends tout ton temps, lança Miles par-dessus le mur du jardin.

Ralph aboya joyeusement et courut vers lui.

Imogen avait conscience de ses jambes nues et de son T-shirt qui lui arrivait à mi-cuisse. Le pull qu'elle avait enfilé était presque aussi court. À choisir, ce n'était pas la tenue dans laquelle elle aurait voulu accueillir Miles.

Pourquoi n'avait-elle pas entendu la voiture ?

— Tu es en avance.

— On n'a pas fixé d'heure, je ne peux pas être en avance.

Il se pencha pour saluer Ralph.

— Il a l'air d'avoir kiffé sa soirée pyjama. S'est-il bien comporté ? A-t-il dormi dans son panier ?

— Il a été adorable, répondit-elle, éludant la question. On a tous les deux fait la grasse matinée, raison pour laquelle il était pressé de sortir.

Elle n'en revenait toujours pas. Elle ne faisait jamais de nuit complète.

— C'est bien. Je parie que tu en avais besoin après hier.

Il se redressa, étudiant ses jambes nues.

— Très mignonne, cette tenue.

— Ralph réclamait que je lui ouvre. J'avais prévu de m'habiller avant de te voir, évidemment.

— Ne te presse pas pour moi.

Un sourire se peignit lentement sur ses lèvres, qu'elle sentit jusque dans ses os.

— Prépare le café. Je vais enfiler quelque chose de chaud.

— Bonne idée. Tu ne peux pas aller choisir un sapin de Noël les jambes nues.

Il fit entrer Ralph dans la maison.

— Je m'occupe du petit déjeuner.

Elle ne protesta pas.

Dix minutes plus tard, elle s'était douchée et habillée chaudement. Avant de rejoindre Miles, elle fit rapidement son lit et froissa la couverture dans le panier de Ralph pour faire croire qu'il y avait dormi, juste au cas où quelqu'un vérifierait.

Au moins, les chiens ne perdaient pas de boucles d'oreilles ou tout autre objet personnel qui révélerait leur présence.

Lorsqu'elle entra dans la cuisine, elle fut accueillie par les odeurs délicieuses de bacon et de café.

— J'adore cette pièce, déclara-t-elle, contemplant les arbres enneigés par la fenêtre.

— Moi aussi. Il suffit qu'il y ait de la nourriture pour qu'une pièce soit ma préférée.

Debout devant la gazinière, Miles faisait frire du bacon. Son manteau était drapé sur le dossier de la chaise et il avait relevé les manches de sa chemise.

Comme il se tenait dos à elle, Imogen en profita pour l'étudier. Elle était contente que Janie ne soit pas là. *Super sexy*, aurait-elle dit. Imogen aurait eu bien du mal à la contredire. Toutefois, elle savait que l'attirance qu'elle ressentait n'était pas uniquement physique. Miles était fort, compétent, mais surtout, il était gentil.

— Tu as besoin d'aide ?

— Je m'occupe de tout. J'allais te préparer un bol de flocons d'avoine bien sain, quand j'ai repéré le bacon que Dorothy a laissé dans ton frigo. Tu n'as jamais goûté un bacon pareil. Biologique, bêtes nourries à l'herbe...

Il sortit une assiette sur laquelle il déposa des tranches de pain qu'il recouvrit de morceaux croustillants.

— Goûte. Et ne dis pas que tu n'as pas faim. Choisir un sapin de Noël demande des efforts physiques, particulièrement lorsque Ava est présente. Cette fillette sait ce qu'elle veut et elle ne s'arrête pas avant de l'avoir trouvé. Ceci pourrait être ton dernier repas avant un moment. On pourrait bien y être encore au réveillon, tu as besoin d'énergie.

— Elle a l'air d'avoir une sacrée personnalité.

Elle s'assit et mordit dans sa tranche de pain.

— Oh ! c'est délicieux !

— N'est-ce pas ?

Il s'assit à côté d'elle tandis que Ralph s'installait près de la chaise d'Imogen.

Il y avait quelque chose d'étrangement intime dans le fait de prendre le petit déjeuner ensemble. Elle aurait dû se sentir gênée, mais étrangement, ce n'était pas le cas.

Alors qu'il allait soulever sa tasse, il croisa son regard.

— Tu as un drôle d'air. Qu'est-ce qui ne va pas ?

Elle posa sa tartine.

— Je ne fais jamais ça.

— Manger du bacon ? Je sais que ce n'est pas très équilibré. Je dis toujours qu'il faut faire preuve de modération en toutes choses. Ainsi je me fais plaisir sans culpabiliser.

— Pas le bacon. Toi. Ça. Le petit déjeuner.

— Tu ne prends pas de petit déjeuner ? Je suis choqué, Imogen.

Il lui adressa un regard désapprobateur.

— C'est le repas le plus important de la journée.

Elle sourit. Elle savait qu'il faisait exprès de ne pas comprendre.

— Je veux dire prendre le petit déjeuner avec un homme que j'ai rencontré la veille.

— Oui, eh bien, la journée a été intense. Et maintenant on partage la garde d'un chien, donc c'est normal de passer du temps ensemble.

Son cœur rata un battement.

— On l'aura chacun un soir et un week-end sur deux ?

— On doit encore peaufiner les détails. J'espère qu'on n'impliquera pas des avocats.

Il prit une gorgée de café.

— Comment est le bacon ?

— Incroyable. Ça t'arrive souvent de préparer le petit déjeuner pour des femmes ?

— Quasiment jamais. C'est même rare que je le prépare pour moi-même.

— Qu'ai-je fait pour mériter ça ?

— J'ai pensé que tu avais besoin de carburant en prévision de la journée, répondit-il en posant sa tasse. Et de compagnie. Je ne voulais pas que tu restes assise là toute seule, devant un bol de céréales tristounet, à t'inquiéter au sujet de ce qui t'attendait.

C'était exactement ce qu'elle aurait fait s'il n'était pas passé au cottage.

— C'est pour ça que tu es arrivé en avance ? Pour m'apporter ton soutien ?

Elle était touchée qu'il ait passé son jour de repos avec elle la veille, alors qu'il avait probablement des tas de choses à faire.

— Tu penses probablement que je suis la plus nana la plus pénible au monde.

— Non.

Il soutint son regard.

— Tu es sans le moindre doute la personne la plus courageuse que j'ai jamais rencontrée.

Elle déglutit.

— Moi ?

— Oui. Quand je me suis arrêté près de toi hier en voiture, tu étais choquée et bouleversée. Tu venais de découvrir que Dorothy était ta grand-mère. La dernière chose que tu voulais, c'était de la compagnie. Tu ne voulais pas monter dans ma voiture, mais lorsque tu as vu Ralph, tu as grimpé pour m'aider.

— Ça ne fait pas de moi une personne courageuse. Ça dit juste que je suis incapable de résister devant un chien en mal d'amour.

— Je pense qu'il y a des deux. Mais une fois Ralph secouru et lavé, tu aurais pu retourner directement à Londres. Or tu as accepté d'écouter ce que Sara et Dorothy avaient à dire, même si tu te doutais que ce serait difficile. Je n'arrêtais pas de penser que si ç'avait été moi, je n'en aurais pas eu le courage. Toi, par contre, tu es restée assise là et tu les as laissées dire ce qu'elles avaient sur le cœur. De plus, tu as accepté de les croire alors qu'il aurait été plus facile de te voiler la face. Pas simple d'affronter une situation aussi difficile.

Elle repensa à la journée de la veille.

— Partir aurait été la solution de facilité. Cela m'aurait épargné cette conversation pénible.

Mais elle savait que si elle avait pris la fuite, si elle avait accusé sa famille d'être responsable de tout ce qui s'était passé, alors elle se serait menti à elle-même. Elle se serait comportée en victime, comme sa mère. Elle serait restée bloquée dans le passé, au lieu d'avancer. Elle aurait encore eu la sensation de vivre une vie de mensonges, et après si longtemps, elle avait terriblement besoin que sa vie lui paraisse réelle.

Elle avait pensé à ce qu'elle avait dit à sa mère, ce jour-là à l'hôpital.

Tu choisis de m'accuser à tort et à travers au lieu d'admettre que tu es responsable de tes mauvaises décisions.

— J'avais besoin d'entendre leur version de l'histoire. Je devais leur donner une chance de s'expliquer.

Il hocha la tête puis prit une autre bouchée de bacon.

— Donc, comme je le disais, tu es courageuse.

— La présence de Ralph m'a beaucoup aidée. La tienne aussi, ajouta-t-elle après une brève hésitation.

— Je ne suis pas resté pour Ralph.

Elle sentit son cœur battre un peu plus vite.

— Miles...

— Même après cette conversation, tu aurais pu partir. Tu aurais pu leur dire que tu avais besoin de temps pour digérer toutes ces révélations. Quand Sara t'a invitée à te joindre à eux aujourd'hui, tu aurais pu décliner, mais tu ne l'as pas fait.

Il finit son café.

— La journée risque d'être un peu intense pour toi.

Elle ouvrit la bouche pour nier, mais opta pour la vérité.

— Je suis un peu nerveuse, c'est vrai. J'ai peur.

Alors qu'elle s'attendait à une remarque désinvolte ou à une autre blague, Miles prit un air sérieux.

— Qu'est-ce qui t'effraie le plus ?

Par où commencer ?

— Eh bien, ils ne me connaissent pas. Et s'ils ne m'appréciaient pas ? Ma mère les a tellement fait souffrir que je me sens responsable.

Il fronça les sourcils.

— Imogen...

— Je sais que ce n'est pas rationnel, mais c'est ce que je ressens.

— Je peux t'affirmer sans le moindre doute que, si nerveuse que tu sois, Dorothy et Sara le sont tout autant, si ce n'est plus.

— Plus ? Ce n'est pas possible.

— Elles t'ont déjà perdue, dit-il doucement. Elles sont probablement terrifiées de te perdre à nouveau.

Était-ce ce qu'elles avaient pensé quand elle avait claqué la porte la veille ? Qu'elles l'avaient perdue ?

— Elles m'ont perdue à cause de ma mère. Cela ne se reproduira pas.

— Essaie de te mettre à leur place. Tu es une femme indépendante, qui mène une vie bien remplie. Peut-être qu'il n'y a pas de place pour eux dans cette vie. Peut-être que tu profiteras de quelques semaines à Holly Cottage, partageras quelques repas avec eux, ensuite tu retourneras à Londres et enverras une carte de vœux chaque année. Je connais des tas de familles qui se voient à peine d'une année sur l'autre.

Elle sentit quelque chose s'éveiller en elle.

— Ça n'arrivera pas. Je n'ai jamais envoyé de carte de vœux, je n'ai pas l'intention de commencer maintenant.

— Mais elles ne le savent pas. Ça a dû être très dur pour Dorothy de travailler avec toi pendant si longtemps sans te révéler votre lien. Elle craignait probablement de tout gâcher et de te perdre.

Elle avait été en colère que Dorothy ne lui ait pas dit la vérité tout de suite, mais avec le recul, elle se rendait compte que ce n'était pas si simple.

— D'une certaine façon, je suis contente d'avoir pu apprendre à la connaître avant de découvrir qu'elle était ma grand-mère.

— Maintenant, tu vas apprendre à vraiment la connaître. Écoute, faisons un marché. Si tu souhaites t'éclipser, le code secret, c'est...

Il s'interrompit, le temps de réfléchir.

— Sapin.

— Le code secret ?

— Oui. Si tu as eu ta dose, tu prononces le code secret, j'invente une excuse, et on s'en va.

— Tu ferais ça pour moi ? demanda-t-elle, touchée.

— Bien sûr.

Elle sourit.

— Étant donné qu'on va voir de nombreux sapins, je pense qu'il serait judicieux de choisir autre chose.

— Excellente remarque. J'admets volontiers que les codes secrets ne sont pas mon point fort. Choisis.

Elle aurait probablement dû répondre que c'était inutile, toutefois elle aimait l'idée de pouvoir s'échapper si elle en ressentait le besoin.

— Et si on disait qu'on allait voir Valerie, pour la rassurer au sujet de Ralph ?

— Bonne idée. D'ailleurs, le faire pour de bon serait encore mieux. Elle aimerait te rencontrer, j'en suis sûr. Elle sera rassurée de voir combien Ralph est heureux. OK. C'est réglé. Si tu dis « N'est-ce pas l'heure d'aller voir Valerie ? », je comprendrai le message. Ne t'inquiète pas, tout se passera bien, Imogen, conclut-il d'une voix douce.

— J'espère que tu as raison.

Elle tourna la tête vers Ralph.

— Je suis contente qu'il nous accompagne.

— Hé, je serai là aussi ! Je te soutiendrai encore plus que Ralph.

— Tu crois ? plaisanta-t-elle. Ralph m'est d'un immense soutien. Il est très intuitif.

Miles eut un sourire en coin.

— Il se comporte comme ça parce que tu es la dernière personne qui l'a nourri.

Troublée par son sourire, Imogen se leva et débarrassa les assiettes.

— Merci pour le petit déjeuner. On devrait se mettre en route. Le trajet dure combien de temps ?

— Environ une demi-heure si les routes sont dégagées. C'est un bel endroit.

— Génial.

Une partie d'elle aurait préféré passer la journée ici, avec Miles et Ralph. Aller marcher dans la campagne (avec une tenue adéquate, cette fois, et accompagnée de quelqu'un qui connaissait le chemin) ou explorer le village.

Il prit son manteau, sortant une laisse pour Ralph de sa poche.

— La ferme te plaira. L'ambiance est très festive.

Habituellement, elle évitait les sorties festives, car cela lui faisait penser à tout ce qu'elle ratait. Combien de fois s'était-elle imaginée choisissant son sapin de Noël entourée de sa famille ? À maintes reprises. Et aujourd'hui, elle allait le faire. Aujourd'hui, elle allait vivre la vie qu'elle avait si ardemment désirée.

— Je n'ai jamais vraiment participé aux préparatifs de Noël. J'ai hâte.

Même s'il s'avérait finalement qu'ils n'avaient rien en commun, que c'était trop dur de tisser des liens à cause de leur passé, elle comptait profiter de la journée à fond.

Elle qui avait toujours voulu avoir une famille venait de découvrir qu'elle en avait bel et bien une, alors elle allait saisir cette chance de mieux les connaître. Elle ne laisserait pas sa nervosité mêlée d'appréhension l'arrêter.

Certainement pas.

Au final, la journée fut beaucoup plus facile qu'elle l'avait prédit, surtout grâce à Ava.

— Règle numéro 1 : l'arbre doit être gigantesque.

Ava tenait serrée la main d'Imogen, la traînant d'arbre en arbre. Elle portait une veste rose rembourrée ainsi que des bottes vertes. Ses cheveux étaient relevés en queue-de-cheval, dont quelques mèches s'échappaient sous son bonnet chaud.

— J'aime ceux qui sentent la forêt. Tu aimes ceux qui sentent la forêt ?

— Je ne sais pas. Je compte sur toi pour me donner des conseils avisés.

— Ça veut dire quoi ?

— Ça veut dire que tu me dis quoi faire.

— Oh.

Le visage d'Ava s'illumina.

— Ça, je sais faire.

— Oh que oui, elle sait, intervint Iris qui passait devant elles, sa main dans celle de Patrick. Ma petite sœur est très autoritaire.

— Je ne suis pas autoritaire. Oh ! regarde !

La fillette tira si brutalement Imogen vers leur droite que celle-ci en perdit presque l'équilibre.

— Ava !

Sara tendit le bras pour attraper l'écharpe qui menaçait de glisser du cou d'Ava.

— Tu ne peux pas traîner Imogen partout.

— Pourquoi pas ? On s'amuse.

— Je suis ravie que tu t'amuses, répondit Sara, mais sois un peu plus douce.

Émue, Imogen regarda Sara interagir avec sa fille. Elle était si chaleureuse, aimante et patiente... Elle ne repousserait jamais un enfant qui avait fait un mauvais rêve.

On a essayé de te mettre dans ta propre chambre quand tu as eu dix-huit mois. Tu as refusé, tu voulais dormir avec Sara.

À quoi aurait ressemblé sa vie si sa mère n'était pas revenue la chercher ?

Elle se força à repousser cette pensée. S'appesantir sur le passé ne servait à rien. Seuls comptaient l'instant présent et, elle l'espérait, le futur.

Toutefois, elle ne put s'empêcher de se demander si le côté chaleureux de Sara et Dorothy et l'importance que revêtait la famille à leurs yeux n'avaient pas déteint sur elle, bien qu'elle n'en ait aucun souvenir. Était-ce la raison pour laquelle elle était restée si loyale envers sa mère ?

À ce moment-là, Ava tira si fort sur son bras qu'elle faillit le lui arracher. Imogen sortit alors de ses pensées, reportant son attention sur le moment présent.

— Celui-là !

— Ava ! s'écria Sara, exaspérée. Arrête de tirer Imogen.

— Je ne la tirais pas, protesta la petite, qui n'aimait guère être freinée dans ses élans. Je voulais juste qu'elle marche plus vite. Je l'aime bien, maman.

— Je le sais. On l'aime tous. C'est pourquoi on ne veut pas qu'elle tombe sur les fesses sur la glace, autrement elle ne nous aimera plus ! Et elle ne voudra pas venir avec nous la prochaine fois.

Sara arrangea de nouveau l'écharpe autour du cou d'Ava puis adressa un sourire d'excuse à Imogen.

— Elle est très excitée. Iris aussi. On l'est tous, pour être honnête. J'espère que tu ne nous trouves pas trop envahissants.

On l'aime tous.

— Non, je passe un moment merveilleux.

Réalisant que Sara était aussi nerveuse qu'elle, Imogen ressentit un élan de reconnaissance envers Ava. La fillette était si ouverte ! Sa spontanéité, son absence totale de méfiance détendaient considérablement l'atmosphère.

— Vous faites ça chaque année ?

— Oui, c'est une de nos traditions familiales préférées. Je le faisais avec mes parents, Patrick aussi, donc c'est tout naturellement qu'on a décidé de poursuivre la tradition avec nos propres enfants. C'est une journée qu'on attend tous avec impatience.

Peu intéressée par la conversation des adultes, Ava s'éloigna en sautillant pour jeter un œil à un autre arbre.

Tradition familiale.

Imogen voulut demander si sa mère y avait participé, si elle s'était jointe à eux dans leur quête de l'arbre parfait, toutefois elle ne voulait pas risquer de gâcher l'ambiance.

— Tina n'est jamais venue avec nous, murmura Sara. Elle détestait les virées en famille. Elle préférait passer du temps avec ses amis.

Imogen se demanda comment elle avait su ce qu'elle pensait.

— Ça a dû être dur pour vous tous.

Sara haussa les épaules, le regard rivé sur Ava.

— C'est la vie. On profite à fond des bons côtés, on supporte comme on peut les moins bons. On s'est habitués à ne pas l'avoir avec nous pour ce genre de célébrations. On l'a accepté.

Elle coula un regard vers Imogen.

— C'était un cercle vicieux. Personne ne la forçait à nous accompagner, et comme elle ne le faisait pas, on s'est encore plus éloignés. On aurait peut-être dû insister.

Imogen contempla la scène. Devant elles, Patrick prenait Ava sur ses épaules pour qu'elle puisse mieux voir les arbres. Miles parlait avec Iris, qui tenait fermement la laisse de Ralph.

Elle avait sous les yeux l'exemple parfait d'une sortie de Noël en famille. Et jamais, au grand jamais, elle n'aurait pu imaginer sa mère dans ce tableau.

— Tu ne peux pas forcer quelqu'un à faire ce qu'il refuse de faire.

Sara sourit.

— C'est très vrai. Je me le répète tous les soirs quand je lutte pour coucher Ava.

— Les filles sont proches, fit remarquer Imogen.

— Oui. Patrick et moi espérons qu'elles le resteront. On les encourage à veiller l'une sur l'autre, à être attentionnées. Par chance, cela leur vient naturellement. Elles sont profondément attachées l'une à l'autre.

Imogen, qui avait toujours pensé que cela aurait été sympa de ne pas être fille unique, se demanda en cet instant ce qu'on ressentait quand son frère ou sa sœur refusait tout contact.

Elle n'avait pas eu une vie facile et se rendait compte maintenant que Sara et Dorothy non plus.

— Accepterais-tu de me parler de ton enfance ? demanda Sara timidement. J'ai passé tant de nuits à me demander où tu étais, comment tu allais. As-tu eu une enfance malheureuse, Imogen ?

Malheureuse.

Comment était-elle censée répondre à ça ? Par réflexe, elle fut tentée de mentir, d'enjoliver les choses. Elle avait l'habitude de déguiser son passé. De le cacher. D'inventer une vie qui mettait autrui à l'aise et lui donnait l'impression d'être comme tout le monde.

Mais mentir à Sara était inutile. Celle-ci connaissait Tina. Elle n'avait pas besoin de s'inventer un chien, un petit ami, une famille. Sara était sa vraie famille, et elle connaissait déjà la vérité en partie.

— Parfois, c'était difficile. Tina ne voulait pas être mère, donc elle n'était pas très investie ni impliquée.

Ne pas avoir à faire semblant ou jouer la comédie lui fit un bien fou. Pour une fois, elle disait la vérité et elle restait elle-même. Elle décrivait sa vie telle qu'elle était, au lieu d'élaborer une version fictive.

— J'ai remarqué hier que tu l'appelles Tina. Pourquoi ?

— Elle a insisté. Je pense que cela lui permettait de prétendre qu'elle était une jeune femme célibataire sans attaches ni responsabilités.

C'était à ce moment-là qu'elle avait découvert qu'il était possible de s'inventer une vie. Après tout, n'était-ce pas ce que Tina avait fait ?

Sara l'écoutait attentivement.

— Qu'est-il arrivé au type qui vous accompagnait la dernière fois qu'on t'a vue ?

— Terry.

Le cœur d'Imogen se serra. Elle avait de bons souvenirs de lui.

— Il était gentil. Il me faisait la lecture. Mais ils n'étaient pas heureux ensemble. J'étais trop jeune pour comprendre les détails, mais ils se disputaient beaucoup. Il a fini par partir.

Elle ne lui en avait guère voulu. Elle aurait aimé pouvoir partir, elle aussi.

— Ils ont divorcé. Elle n'a pas eu de relation sérieuse depuis. Les hommes allaient et venaient.

— Es-tu restée en contact avec Terry ?

— Il a déménagé à l'étranger. Au début, il m'envoyait des cartes postales, mais ça n'a pas duré longtemps. Ce n'était pas vraiment le genre à écrire des lettres. Et je suppose que c'était gênant. Il s'est bâti une nouvelle vie, dont je ne faisais pas partie.

— Ça a dû être difficile pour toi.

— Un peu, répondit-elle en haussant les épaules.

Il y avait tant de choses qu'elle aurait pu raconter à Sara, mais à quoi bon ? Sara souhaitait nouer des liens avec elle, pas fouiller dans sa vie pour en connaître les détails les plus sordides. Peut-être qu'elle en parlerait un jour, à un moment plus opportun.

— Ça aurait pu être pire. Au moins, j'ai appris à me débrouiller toute seule.

Elle essayait de toujours voir le verre à moitié plein, de se concentrer sur ce qu'elle pouvait changer. Pas parce qu'elle était une indécrottable optimiste, mais parce que, si on se focalisait sur le positif, les aspects négatifs prenaient moins de place et finissaient par s'estomper.

— Tu t'en es si bien sortie…, commenta Sara. Tu peux être fière de toi. As-tu quelqu'un dans ta vie ?

— Non.

Imogen admira les arbres, la neige, le ciel d'un bleu limpide.

— C'est ma faute. J'ai du mal à accorder ma confiance.

En était-elle même capable ? Elle n'avait jamais eu de relation où elle était vraiment elle-même. Elle montrait aux gens ce qu'elle voulait qu'ils voient, ne dévoilait que très peu d'informations à son sujet. Elle avait appris très tôt à se débrouiller par elle-même, avait passé sa vie à se protéger et à protéger son cœur. Était-elle capable de baisser la garde suffisamment pour se rapprocher de quelqu'un ?

Son regard glissa vers Miles, qui écoutait Ava attentivement. Il avait été facile de lui parler la veille. Ce matin, elle s'était même sentie à l'aise quand ils avaient déjeuné côte à côte. Il en savait déjà plus sur elle que quiconque.

Cela la rendait nerveuse, comme si le déguisement qu'elle portait lui avait soudain été arraché.

Sara pressa son bras, se rapprochant pour que seule Imogen puisse l'entendre.

— Tu peux lui faire confiance, souffla-t-elle.

— Oh !

Était-elle transparente à ce point ? Elle se sentit rougir.

— Je n'étais pas... Je veux dire...

— Je sais. Je dis simplement qu'il est formidable, au cas où tu te poserais la question.

Sara se fendit d'un sourire gêné.

— Pardon. Je n'aurais rien dû dire.

— Tout va bien.

Imogen la regarda.

— Je n'ai pas l'habitude d'avoir de telles conversations, c'est tout.

— Alors entraîne-toi sur quelqu'un comme moi. Ainsi, au moment de discuter avec des personnes importantes, tu seras déjà une experte.

— Tu es importante.

— Mais je suis ta tante. Tu peux tout me dire. Aucun sujet n'est tabou. Tu n'es pas obligée de surveiller tes mots ni d'être sur tes gardes.

— Ma tante, répéta Imogen, peu habituée à prononcer ces mots. Je crois que je ne me suis pas encore faite à l'idée.

— Je sais. C'est bizarre, hein ? Avoir un lien de parenté mais à peine se connaître. Le mieux à faire, c'est de nous détendre et de passer du temps ensemble sans nous prendre la tête. Noël est le moment idéal pour ça.

La voix de Sara s'adoucit.

— Sache que tu peux me parler. De tout, et à n'importe quel moment. Je suis là pour toi, Imogen. C'est important pour moi que tu le saches. Même quand tu seras de retour à Londres. Si tu veux parler à quelqu'un, il te suffit de m'appeler.

Personne ne lui avait jamais rien dit de tel. Jamais offert un tel niveau de soutien. Elle savait que Sara était sincère. Elle avait vu la façon dont elle se comportait avec les filles, Patrick et Dorothy. Le fait qu'elle cherche à renouer avec elle, malgré le chagrin que lui avait infligé Tina, montrait combien elle était loyale.

Des larmes lui brûlèrent les yeux.

— Merci.

— Je le pense. La situation doit te sembler si étrange… C'est important que tu puisses parler à quelqu'un en qui tu as confiance, et tu peux me faire confiance. J'aurais vraiment aimé faire partie de ta vie… Ta vieille tante sage qui te donne des conseils que tu n'as probablement pas envie d'entendre et qui te tricote des pulls moches.

Sara sourit d'un air amusé.

— Je plaisante. Je suis incapable de tricoter, tu ne risques rien. Pas de pull de Noël moche de ma part cette année, promis.

Malgré l'émotion, Imogen rit aussi. Elle pensa à toutes les épreuves difficiles qu'elle avait traversées. Elle aurait pu appeler Sara.

— Je t'avoue qu'à certains moments, les conseils d'une vieille tante sage m'auraient été utiles.

Elle pensa à la dernière chose que sa mère lui avait dite.

Va jouer à la petite famille idéale ailleurs.

Dire que pendant tout ce temps, elle avait une famille qui l'attendait quelque part...

— Je me sens en colère, avoua-t-elle, se surprenant elle-même. En colère qu'elle ait menti. Et coupable.

— Tu n'as pas la moindre raison de te sentir coupable. Je suis en colère moi aussi, dit Sara. Je suis sûre que ma mère – ta grand-mère – ressent la même chose, bien qu'elle ne l'admette pas. Elle est plus généreuse et indulgente que moi, peut-être parce qu'elle est la mère de Tina. Ça doit être terriblement dur de renoncer à s'entendre avec l'un de ses enfants, de se convaincre qu'on doit l'accepter tel qu'il est. Je ne sais pas.

— Moi non plus. Je ne comprends pas pourquoi elle a fait ce qu'elle a fait.

— Je ne suis pas psychologue, mais je dirais qu'elle se sentait mal dans sa peau. Qu'elle n'arrivait pas à trouver sa place.

Sara regarda Miles prendre Ava sur ses épaules.

— Vas-tu lui demander des comptes ?

— Je ne sais pas. La dernière fois qu'on s'est vues, ça s'est mal fini.

C'était un euphémisme. Toutefois, elle n'avait pas l'intention d'entrer dans les détails, surtout aujourd'hui.

— Je vais y réfléchir.

Sara passa son bras sous celui d'Imogen.

— Je ne peux rien changer au passé, mais je suis là maintenant. Quoi qu'il se soit passé, on forme une famille, Imogen. On fait partie de ta vie, maintenant. Ne l'oublie pas.

On forme une famille. Elle en avait le tournis.

Sa mère pensait que c'était un fantasme. Pourtant, elle se tenait bel et bien là, au milieu de la ferme de sapins, en compagnie de Sara.

— Venez ! leur cria Ava, sa voix leur parvenant à travers le paysage gelé.

Sara rit.

— D'ici la fin de la journée, tu regretteras peut-être de t'être découvert une famille.

— Aucune chance.

— On ferait mieux de se concentrer ou on va se faire gronder par ma fille incroyablement autoritaire. On a tout le temps pour rattraper le temps perdu. En plus, Ralph te jette des regards inquiets. Profitons de la journée.

À ce moment-là, le téléphone d'Imogen sonna. Elle le sortit de sa poche pour voir qui appelait.

Tina.

Impossible. Sa bulle de bonheur éclata, à l'instar d'un ballon percé par une aiguille.

Pour quelle raison appelait-elle ? Après tout ce qui s'était passé la dernière fois qu'elles s'étaient vues, toutes les choses affreuses qu'elle avait dites, pourquoi sa mère voudrait-elle lui parler ?

Elle fixa l'écran, consciente que Sara l'observait.

— Tout va bien ?

— Oui.

Imogen rejeta l'appel puis remit le téléphone dans sa poche.

— C'est juste le travail.

— Je vois.

Sara la regarda longuement. Sentant une pression dans la poitrine, Imogen reprit :

— J'ai menti. C'était Tina. Je ne sais pas pourquoi elle appelle. La dernière fois qu'on s'est vues, elle m'a fait comprendre qu'elle ne voulait plus rien avoir à faire avec moi, donc il a dû se passer quelque chose. Elle a probablement besoin d'argent.

— Oh ! Imogen ! s'exclama Sara, sous le choc.

Elle se rapprocha un peu plus.

— Elle t'appelle souvent pour te demander de l'argent ?

— Ça arrive. Ne t'inquiète pas, je ne lui en donne plus. Il m'arrive encore de payer son loyer ou des réparations.

Elle attendit que Sara lui dise combien elle était crédule, mais elle n'en fit rien.

— Tina est douée pour la manipulation, hein ? Elle se comporte mal, mais étrangement c'est la personne en face qui se sent coupable.

— C'est exactement ça.

Le poids sur ses épaules s'allégea un peu. Partager ce fardeau avec Sara lui rendait les choses un peu plus faciles. Pour la première fois de sa vie, elle avait l'impression de ne plus être seule avec ses problèmes.

— As-tu envie de lui parler ? On peut s'éloigner pour te donner de l'intimité.

Sara hésita puis ajouta :

— Ou je pourrais lui parler pour toi si tu préfères.

Imogen regarda timidement Sara.

— Tu ferais ça ?

— Si cela peut rendre service, absolument, même si je ne garantis pas d'être aussi indulgente que toi. Je pourrais dire quelque chose de grossier ou de regrettable… que j'assumerai totalement.

Imogen sourit. Elle avait bien du mal à imaginer Sara être grossière avec qui que ce soit.

Elle était sur le point de le lui dire quand son téléphone sonna de nouveau.

Son regard croisa brièvement celui de sa tante, puis elle reporta son attention sur son téléphone, qu'elle éteignit.

Il y avait des tas de choses qu'elle ne pouvait ni changer ni contrôler, néanmoins elle pouvait décider de parler ou non à sa mère.

— C'est ma première sortie en famille pour acheter un sapin. Je ne vais pas la laisser gâcher ce moment.

Sara l'étudia un moment puis hocha la tête.

— Sage décision. Alors, allons-y. Choisissons un sapin. Voici les règles : on trouve un arbre bien trop grand pour le salon. Pas pratique du tout. Puis on écoute Patrick nous expliquer tout ça.

— Et ensuite ?

Imogen repoussa le nuage sombre qui avait menacé de l'engloutir.

Sara sourit.

— À ton avis ?

— Contre vous trois, Patrick n'a aucune chance.

— Exactement !

Tandis qu'elles rejoignaient Ava, Imogen se fit la réflexion que les problèmes étaient beaucoup plus faciles à gérer lorsqu'on avait quelqu'un avec qui les partager.

À un moment donné, il faudrait qu'elle prenne une décision au sujet de sa mère. Mais pour l'heure, entourée de sapins enneigés, des rires de ses proches et des cris excités d'Ava, elle comptait bien profiter de cette nouvelle expérience à fond.

Tout le reste pouvait attendre.

Chapitre 19

Dorothy

Elle passa la journée à préparer le dîner, déterminée à organiser la soirée parfaite.

Sara l'avait invitée à se joindre à eux pour aller choisir leurs sapins de Noël, mais elle avait décliné. Non seulement elle avait déjà trois arbres à la maison, mais elle voulait se concentrer sur les préparatifs, et surtout permettre à Imogen et Sara de passer du temps ensemble.

Elle s'était dit que cela leur ferait du bien, et que ce serait moins perturbant pour Imogen d'apprendre à les connaître petit à petit. Toutefois, pendant la journée, elle avait douté plusieurs fois de sa décision. Sara avait fait de gros efforts pour refouler les traumatismes du passé et, à cause de Dorothy, elle avait été forcée de le revivre. Comment se sentait-elle ?

La balade à la ferme pour choisir un sapin de Noël était l'une des journées préférées de Sara. Et si la présence d'Imogen gâchait ce moment si précieux pour sa fille ?

Elle dut se retenir d'envoyer un message pour s'assurer que tout allait bien et se rappela que Patrick et Miles étaient tous deux présents, ainsi que les filles. Ava et Iris n'avaient pas leur pareil pour détendre l'atmosphère.

Elle espérait que la journée se déroulait bien, mais elle essayait de ne pas trop se projeter. Elle savait qu'elle avait tendance à idéaliser la vie de famille, même après tout ce qu'elle avait traversé. C'était une des raisons pour lesquelles elle se sentait responsable de l'éclatement de leur famille. Une partie d'elle croyait encore que si elle avait fait les choses différemment, l'issue aurait peut-être été différente. Mais était-ce réellement le cas ? Et si Sara avait raison, en fin de compte ? C'était irrationnel de s'imaginer qu'elle avait le pouvoir de contrôler les aléas de la vie. Elle devait accepter que, malgré tous leurs efforts pour donner une bonne éducation à Tina, celle-ci n'en avait fait qu'à sa tête.

Au lieu de te fustiger, tu devrais essayer d'accepter ce qui s'est passé.

Les mots de Sara lui revinrent en mémoire.

Elle avait regretté si longtemps ce qu'elle avait dit à Tina, la façon dont elle avait réagi... Et en endossant la responsabilité de tous leurs problèmes familiaux, elle avait disculpé Tina, ce qui frustrait terriblement Sara.

Du mouvement attira son attention. Elle regarda par la fenêtre de la cuisine. Benson sortait de la grange pour explorer le champ recouvert de neige.

Sara avait raison. Tina avait fait des choix sans se soucier des conséquences et de la peine qu'elle leur infligerait à tous. Elle avait choisi d'abandonner Imogen, de revenir et de l'emmener, le choix d'exclure sa famille de sa vie.

Dorothy devait l'accepter, même si elle ignorait comment ; elle devait accepter qu'il était possible d'aimer son aînée de tout son cœur, tout en désapprouvant son comportement et ses actions.

Lasse de ressasser, l'estomac noué par l'inquiétude, elle enfila son manteau et son écharpe pour aller nourrir Benson et les autres alpagas. Un manteau de neige recouvrait les champs, qui scintillaient au soleil. Ce spectacle sublime lui coupa le souffle, alors même que sa respiration était déjà mise à mal par le froid mordant.

Elle se secoua. Elle n'aurait pas dû être là dehors à parler à Benson quand il y avait tant à faire à l'intérieur ! Elle devait se concentrer sur le présent, pas le passé.

Se sentant revigorée par la bouffée d'air frais et quelques minutes en compagnie de ses animaux, elle retourna chez elle et s'affaira dans la cuisine.

Une heure plus tard, elle avait préparé un ragoût d'hiver bien réconfortant dont l'odeur délicieuse flottait dans la cuisine.

Pour l'occasion, elle dressa la table dans la salle à manger, la décorant soigneusement. Elle disposa des bougies qui diffusaient une douce lueur. L'arbre qu'elle avait choisi quelques jours plus tôt trônait fièrement dans l'alcôve près de la fenêtre. Elle rangeait méticuleusement les décorations d'une année sur l'autre et toutes étaient précieuses à ses yeux. Chaque ornement qu'elle suspendait au sapin s'accompagnait d'un souvenir.

C'est ici que je servirai le repas de Noël, décida-t-elle.

Du vivant de Phillip, ils adoraient recevoir. Dorothy conviait des gens du village, organisant des soirées pleines de rires et de conversations animées. Après sa mort, l'envie de recevoir avait disparu. Elle continuait de cuisiner et d'y prendre du plaisir, mais ces repas étaient devenus informels et souvent impromptus.

En revanche, aujourd'hui, ils avaient une raison de faire la fête. Elle avait du mal à croire qu'Imogen déjeunerait avec eux.

Elle avait à peine fini les préparatifs quand elle entendit le son de moteurs, puis des voix et les cris d'excitation d'Ava.

Ils entrèrent dans la maison en même temps qu'une bouffée d'air froid, avec leurs sourires et leurs bottes pleines de neige.

Et leur bruit. Tant de bruit. Il se réverbéra dans la maison et emplit le cœur de Dorothy.

Remarquant que Sara et Imogen riaient ensemble, Dorothy observa sa fille avec un soulagement empreint de curiosité.

Sara s'était protégée si farouchement du passé que Dorothy avait craint qu'elle soit sur la défensive avec Imogen, or cela ne semblait pas être le cas.

— Au moins, ton arbre entre dans ton salon, disait-elle à Imogen tandis qu'ils enlevaient leurs manteaux et empilaient écharpes et gants sur le côté. Celui que les filles ont choisi pour nous est trop haut. Même moi, je le reconnais. Patrick va devoir le tailler.

Ralph choisit ce moment pour poursuivre Bailey en courant jusque dans la cuisine.

— Ralph ! Pardon, Dorothy, marmonna Miles. Pourquoi me suis-je laissé entraîner là-dedans ? Imogen, rappelle ton chien.

— Mon chien ?

Imogen suspendit son écharpe par-dessus celle de Sara et se tourna vers lui, les joues roses.

— Depuis quand c'est mon chien ?

— Tu es la seule qu'il écoute.

Imogen repoussa ses cheveux de son visage.

— Ralph ! Viens ici.

Le golden retriever fusa vers elle, s'arrêtant brusquement à ses pieds, l'air enamouré.

— Assis, ordonna Imogen.

Ralph obtempéra, la queue frétillante.

— Tu vois ce que je veux dire ?

Miles secoua la tête, stupéfait.

— C'est décidé. Tu le ramènes à Londres avec toi.

— Ne me tente pas.

— Je ne veux pas qu'Imogen rentre à Londres, protesta Ava avec une expression affligée. Je veux qu'elle reste ici pour toujours et soit mon amie. Tu as une étoile pour le sommet de ton arbre, Imogen ?

Elle fit une pirouette, tombant presque sur Bailey, qui voulait jouer lui aussi.

— Non, je n'ai pas d'étoile.
Imogen rattrapa Ava avant qu'elle perde l'équilibre.
— Tu as d'autres décorations ?
— J'ai ce qu'il faut, lança Sara.
Elle tendit à Imogen une boîte ornée d'un gros nœud rouge.
— Voici un petit cadeau.
— Pour moi ? s'exclama Imogen.
Elle le prit, stupéfaite.
— Qu'est-ce que c'est ?
— Tu dois l'ouvrir pour voir ! Je vais t'aider.
Alors qu'Ava allait attraper le ruban, Iris l'écarta.
— Pas si vite ! Tu dois laisser les gens ouvrir leurs propres cadeaux.
Imogen s'accroupit devant Ava.
— Ouvrons-le ensemble, proposa-t-elle. Tu tires sur le ruban et moi, je retire le papier cadeau.
Ava acquiesça et le ruban glissa au sol, suivi par l'emballage. À l'intérieur du paquet se trouvait un assortiment de décorations argentées. Certaines étaient unies, d'autres ornées d'un flocon de neige délicat.
— Elles sont superbes.
Imogen en sortit une de la boîte et leva les yeux vers Sara.
— Tu les as achetées pour moi ?
— Je me suis dit que tu n'en aurais aucune, et tu en auras besoin année après année, donc… c'est le début de ta collection, conclut Sara en haussant les épaules, gênée.
Imogen contempla la boîte un instant puis cligna des paupières.
— Merci.
— Avec plaisir. Par chance, Miles est grand. Il pourra facilement atteindre le sommet de l'arbre.
— Je suis intrigué de voir combien de dégâts Ralph peut faire, commenta celui-ci. Pour l'instant, il a encore du mal avec « assis » et « pas bouger ».

— Venez vous réchauffer au salon. Je vous propose qu'on dîne tôt. Prenons un verre avant de passer à table. J'ai préparé des tartelettes aux fruits secs.

Les enfants foncèrent droit sur l'arbre et les cadeaux à son pied.

Ava en souleva un qu'elle secoua.

— Arrête !

Iris le lui prit.

— Tu vas le casser. Et il n'est peut-être même pas pour toi.

— Il y a mon nom dessus.

Une heure passa, dans la joie et l'euphorie. Lorsque Dorothy s'excusa pour des préparatifs de dernière minute en cuisine, Sara la suivit.

— Je peux t'aider ?

— Oui, tu peux écraser les pommes de terre.

Dorothy les égoutta et les plaça devant Sara. Elle était pressée de découvrir les détails de cette journée, ce qu'en avait pensé Sara, si l'ambiance avait été pesante. Mais étant donné qu'elles pouvaient être dérangées à n'importe quel moment, elle se contenta d'une simple question.

— Comment a été ta journée ?

— Magique. La neige y est pour quelque chose, bien sûr. Je crois que c'est la première fois qu'on a de la neige le jour de notre balade à la ferme de sapins. La forêt était splendide. Imogen a l'air de s'être amusée. Elle a trouvé un super sapin. Ou plutôt, Ava a trouvé un super sapin et a insisté pour qu'Imogen le prenne.

Sara écrasa les pommes de terre, les versa dans un plat et les glissa dans le four pour les garder au chaud. Puis elle reporta son attention sur sa mère.

— C'était chouette. Mieux que je m'y attendais. Plus facile. Et toi ? Tu as passé la journée en cuisine ?

— Oui. Cela m'a donné l'occasion de réfléchir.

— À quel sujet ?

— La vie.

Dorothy s'essuya les mains et se tourna vers sa fille.

— Tu as raison. Tina est responsable de ses propres actions. Je dois cesser de lui trouver des excuses et me montrer moins indulgente. Je te dois des excuses.

Sara toucha le bras de sa mère, l'air attendri.

— Tu ne me dois rien du tout.

— Si. Tina s'est mal comportée et a blessé de nombreuses personnes. Imogen et toi avez terriblement souffert. J'aurais dû le reconnaître il y a longtemps. Voir la vérité en face plutôt que de me flageller.

Au lieu de se sentir responsable, elle se sentait triste. La vie de famille n'était peut-être pas toujours facile, mais elle offrait beaucoup de joie et de bonheur. Hélas, Tina avait fait une croix sur la sienne.

Si Sara était surprise, elle ne le montra pas.

— Qu'est-ce qui t'a fait changer d'avis ?

— Je n'arrêtais pas de ressasser les terribles mensonges qu'elle a racontés à Imogen. Tu te rends compte ? Elle a été jusqu'à lui dire qu'on ne voulait pas d'elle.

Les paroles d'Imogen ne l'avaient pas quittée de la journée.

— Elle a choisi de la priver de sa famille.

Et la seule personne responsable de cette décision était Tina.

— Imogen a choisi de nous croire. Cela montre à quel point elle est mûre.

— Oui. Elle n'a pas peur de la vérité, aussi difficile soit-elle.

Sara hésita puis reprit :

— Je te dois des excuses aussi. J'ai été dure avec toi. J'avais peur que tu fonces dans le mur en te rapprochant d'Imogen. Il s'avère que je me trompais. Tu as fait ce qu'il fallait, maman.

— Je suis contente de l'entendre. Si Imogen avait été différente, les choses auraient pu prendre une tout autre tournure. Les retrouvailles auraient pu être beaucoup plus compliquées.

— J'ai l'impression qu'elle affronte des situations compliquées depuis longtemps.

— Oui. Tu penses qu'elle appellera Tina pour exiger des explications ?

Voilà une autre chose qui l'inquiétait. Elle craignait que Tina réussisse à détruire les jeunes pousses de cette nouvelle relation.

— Je ne sais pas, répondit Sara en conservant une expression neutre. Mais je pense que, tout comme on doit accepter les choix de Tina, on doit avoir confiance en Imogen et accepter les siens. Je pense qu'elle ne se fait aucune illusion sur le caractère de Tina.

Dorothy comprit alors qu'Imogen et Sara n'avaient pas échangé que des banalités pendant leur escapade en forêt.

Mais elle ne s'en mêlerait pas. Il était important qu'elles bâtissent leur propre relation, et si cela avait déjà commencé, alors elle en était ravie.

— Tu as sans doute raison.

— Je suis convaincue qu'Imogen aura la force de prendre ses propres décisions et de faire ce qui est le mieux pour elle, peu importe la pression que lui mettra Tina.

— Oui.

Dorothy sortit le ragoût du four.

— Au moins, maintenant, elle connaît la vérité.

Peut-être qu'en tant que parent, on avait moins d'influence qu'on le pensait. Vous éleviez vos enfants de la façon que vous pensiez être la meilleure et leur enseigniez la différence entre le bien et le mal, mais une fois qu'ils avaient atteint un certain âge, ils prenaient leurs propres décisions. Et parfois, tout ce que vous pouviez faire, c'était accepter les choses, sans perdre de temps à espérer qu'elles soient différentes.

Imogen était là, sur le point de manger avec la famille, car elle avait fait un choix. Son propre choix.

Et il semblait qu'elle prenait ses propres décisions depuis longtemps.

— Comment s'est-elle entendue avec Miles ?

Sara haussa un sourcil.

— Tu ne vas pas interférer, hein ?

— Absolument pas.

— Bien, parce que Ralph est le seul entremetteur dont ces deux-là auront besoin.

— Dans ce cas, je lui pardonne d'avoir caché mes chaussons à l'instant où il est entré dans la maison.

À ce moment-là, Imogen apparut sur le seuil, Ava à ses côtés.

— On peut vous aider ?

Ravie qu'elle le propose, Dorothy sortit les assiettes du four où elles restaient au chaud.

— Tu peux dire à tout le monde de se laver les mains et d'aller dans la salle à manger. On est prêts à passer à table.

— Que ça sent bon ! s'exclama Imogen.

Ava lui prit la main.

— Mamie est la meilleure cuisinière.

— À ce qu'il paraît. J'ai hâte de goûter au dîner.

— Noël, c'est vraiment trop cool, s'enthousiasma Ava. Tu seras là le jour de Noël, hein, Imogen ?

S'ensuivit un silence légèrement pesant.

Sara regarda Imogen puis Dorothy.

Dorothy avait eu l'intention d'attendre encore un peu avant de lancer son invitation, mais la spontanéité d'Ava lui avait coupé l'herbe sous le pied.

— Nous serions ravis si elle se joignait à nous, déclara-t-elle.

Elle retint son souffle. Elle ne lui mettrait pas la pression. Elle n'allait pas insister, n'essaierait pas de la convaincre. Si cette idée mettait Imogen mal à l'aise, si elle ne voulait pas venir, alors il faudrait l'accepter. Elle avait écouté ce qu'elles avaient à dire, elle avait passé du temps avec Sara et sa famille, et elle était ici aujourd'hui. Personne ne lui en voudrait si elle préférait y aller progressivement. Célébrer Noël en famille si tôt après leurs retrouvailles serait peut-être trop perturbant.

Elle laisserait Imogen décider ce qui était le meilleur pour elle.

— J'adorerais passer Noël avec vous, répondit celle-ci doucement, mais seulement si cela ne vous dérange pas.

— Pas du tout ! s'exclama Dorothy. Noël serait exceptionnel si tu te joignais à nous.

— Super ! Je veux m'asseoir à côté de toi.

Tandis qu'Ava partait d'un pas dansant pour annoncer la bonne nouvelle à sa sœur, Imogen traversa la cuisine jusqu'à Dorothy.

— Laisse-moi les prendre.

Elle soulagea Dorothy des assiettes.

— Je veux absolument t'aider à préparer le repas de Noël. Je ne suis pas experte en cuisine et je n'ai jamais cuisiné de plat de fêtes, mais je suis capable de suivre des instructions. Je tiens à participer.

— Dans ce cas, tu peux essayer de persuader mes filles de manger des choux de Bruxelles sans se plaindre, lança joyeusement Sara.

Imogen sourit d'un air amusé.

— Je peux toujours tenter.

— Emporte les assiettes, Imogen, je prends la marmite.

Patrick apparut, accompagné des filles. Tout le monde prêta main-forte, apportant les assiettes et la nourriture jusqu'à la table.

Dorothy reçut de nombreux compliments sur la décoration de la pièce.

Sara et elle échangèrent un sourire complice.

La veille, quand Imogen avait claqué la porte, aucune d'elles n'aurait pu imaginer qu'ils dîneraient tous ensemble.

C'était plus que Dorothy n'en espérait. Plus que Sara n'en espérait elle aussi.

Imogen semblait heureuse de tirer un trait sur le passé et d'accueillir ce nouveau développement.

Dorothy s'installa à table et se donna la permission d'arrêter de s'inquiéter et de simplement profiter de ce repas en famille.

Si Imogen pouvait laisser le passé derrière elle, alors elle aussi. Elle pouvait choisir de tourner la page, d'enfin se pardonner pour le rôle qu'elle avait joué dans les événements qui avaient ébranlé leur famille. Elle n'était pas la seule responsable des drames qui avaient chamboulé leur existence. Il était temps qu'elle l'accepte. Ainsi, elle serait capable de jouir du moment présent.

Chapitre 20

Sara

— Les filles sont enfin couchées. Je ne tarderai pas non plus, je suis épuisée.

Sara se laissa tomber sur le canapé et prit le verre de vin que lui tendait Patrick.

— Merci. J'en avais besoin.

Dans le coin de la pièce, leur sapin de Noël fraîchement coupé brillait de mille feux. Bien qu'ils soient rentrés tard du dîner chez Dorothy, les filles avaient insisté pour le décorer.

— Je veux me réveiller demain et le voir tout éclairé, avait dit Ava, et Iris avait soutenu sa sœur.

Ils avaient siroté du chocolat chaud en écoutant de la musique de Noël, puis Sara les avait persuadées d'aller au lit.

— Trinquons à une autre quête du sapin parfait réussie.

Elle leva son verre.

— Il est beau, hein ?

Les lumières de l'arbre nimbaient le salon d'une douce lueur, le rendant encore plus douillet que d'habitude. L'odeur vive et boisée embaumait l'air, accentuant l'ambiance festive. C'était comme faire entrer la nature chez soi.

— Il est immense.

Patrick s'assit près d'elle et étira les jambes.

— Pourquoi est-ce que je vous laisse toujours me convaincre toutes les trois de choisir un arbre plus haut que notre plafond ?

— Parce que tu ne sais pas dire non ?

— Ça doit être ça.

Il se pencha vers elle pour l'embrasser.

— La journée a été agréable, déclara-t-il.

— La meilleure.

— Imogen et toi aviez beaucoup de choses à vous dire.

Sara prit une gorgée de vin.

— Oui, c'est vrai.

— Ce n'était pas gênant ? Cela m'inquiétait un peu.

— Moi aussi, mais Imogen a rendu les choses faciles. Elle n'a pas peur d'aborder les sujets délicats. Son honnêteté nous a permis de vraiment échanger. On ne marchait pas sur des œufs, en faisant comme si le passé n'existait pas.

Contrairement à elle, Imogen ne fuyait pas les discussions difficiles. Cela lui donnait envie de devenir plus courageuse.

— A-t-elle parlé de Tina ? C'est un sujet que tu préfères éviter.

— Elle a appelé pendant qu'on discutait, figure-toi.

— Sérieusement ? s'exclama Patrick.

Il changea de position pour pouvoir la regarder.

— Tu plaisantes.

— Pas du tout. J'ai le sentiment qu'elle appelle Imogen chaque fois qu'elle a besoin de quelque chose.

— Ça ressemble à la Tina qu'on a connue. Que voulait-elle ? De l'argent ?

Elle oubliait parfois qu'il avait été aux premières loges ces années-là, qu'il avait assisté à la destruction causée par sa sœur.

— Imogen ne lui a pas répondu.

— Étonnant, commenta Patrick, mais tant mieux pour elle.

— Oui, je pense qu'elle le fait souvent. Elle choisit le moment de répondre pour ne pas que Tina tire les ficelles.

Sara regarda l'arbre.

— J'ai réfléchi.

— Oh oh, dois-je m'inquiéter ?

En temps normal, sa remarque l'aurait fait sourire, mais pas ce soir.

— Je songe à lui proposer d'aller voir Tina avec elle.

— Quoi ?

Comme elle s'y attendait, il avait l'air horrifié.

— Elle veut la voir ?

— Elle n'a rien dit de tel pour l'instant, mais penses-y, Patrick. Tina lui a menti. Elle ne comprend pas pourquoi. Découvrir qu'elle avait une famille a été un choc terrible pour elle. À un moment donné, elle ressentira le besoin de crever l'abcès. Elle voudra essayer de comprendre.

— C'est logique, mais pourquoi devrais-tu l'accompagner ? Tu as toujours fait tout ce que tu pouvais pour éviter de penser à Tina. Tu as plus de discipline que quiconque. Pourquoi aurais-tu envie de la voir ?

— Je n'en ai pas envie, mais je veux soutenir Imogen. Si elle souhaite parler à Tina, alors j'aimerais être présente - si elle accepte, bien sûr.

— C'est entre Imogen et Tina.

— Oui. Mais elle n'est pas forcée d'affronter sa mère seule.

— Tu ne fais pas ça car tu as peur que Tina mente de nouveau, si ?

— Non, je fais ça car Imogen n'a personne.

Sa voix s'adoucit.

— Toutes ces années, elle a été seule. Je ne connais pas les détails, mais ça n'a pas dû être facile. Elle est farouchement indépendante. Elle n'a probablement pas eu le choix, étant donné qu'elle n'avait personne pour l'épauler. Mais maintenant, elle m'a, moi.

— C'est si éprouvant pour toi..., protesta Patrick, soucieux.

— Encore plus pour Imogen. Je veux qu'elle sache que quelqu'un la soutient.

— Je suis sûr qu'elle le sait.

— Je le lui ai dit, évidemment. Mais les actions sont plus parlantes que les mots. Je ne veux pas me contenter de lui répéter que je serai là pour elle, je veux le lui montrer.

Patrick n'avait pas l'air rassuré.

— Je comprends, mais il y a encore quelques semaines, tu refusais de penser à Tina ou de parler d'elle.

— Et ces derniers jours, j'ai été obligée de faire les deux.

Elle prit une gorgée de vin et posa son verre.

— Je pensais qu'occulter la situation avec ma sœur, ignorer cette partie de ma vie et tourner la page était la chose à faire. J'étais fière de moi, tu imagines ? J'étais frustrée que ma mère n'arrive pas à faire de même.

— Tu as de nombreuses raisons d'être fière. Tu as réussi à te reconstruire après de terribles traumatismes.

— Non. Pas vraiment.

Elle se frotta la nuque.

— C'était de l'évitement, Patrick.

— L'évitement est un mécanisme de défense tout à fait légitime.

— Peut-être. Mais c'est un mécanisme fragile. Quand le passé a rejailli hier et que je m'y suis retrouvée confrontée, j'ai failli faire une crise d'angoisse. Cette période de ma vie est si douloureuse que l'idée de la revivre me terrorisait.

— Raison de plus pour ne pas aller voir Tina.

— Je n'ai plus peur, justement. Je répète sans cesse à ma mère qu'elle devrait arrêter de s'en vouloir et accepter ce qui s'est passé, mais aujourd'hui, dans la forêt, en parlant avec Imogen, j'ai pris conscience que je devais suivre mes propres conseils. Au lieu d'en faire abstraction, je dois faire la paix avec le passé. Imogen a grandi sous l'emprise de Tina. Elle n'a pas eu le luxe de pouvoir l'éviter ni la fuir, elle n'a pas bénéficié du soutien de sa famille. Elle a dû se débrouiller toute seule pour s'en sortir et elle a montré un immense courage.

— On dirait qu'elle t'a inspirée.

— En effet. Je me suis sentie toute petite. Un peu lâche aussi, pour être honnête. Cela m'a fait réfléchir à la personne que je suis, et à l'exemple que je souhaite donner à nos filles. Je veux que leur vie soit douce, bien sûr, mais on sait tous les deux que c'est rarement le cas, ce n'est pas un long fleuve tranquille. Je veux leur donner la confiance nécessaire pour qu'elles puissent relever les défis qui se présenteront à elles. Je ne veux pas qu'elles fassent l'autruche comme je l'ai fait.

— Tu es trop dure avec toi-même.

Il caressa sa joue du pouce.

— Tu étais jeune, c'était une période difficile. Elle t'a profondément affectée, ce qui est tout à fait compréhensible.

— Imogen était jeune aussi. Pourtant, elle a fait avec.

— Donc tu vas lui proposer d'aller voir Tina ?

— Non. Je la laisse tenir les rênes. Peut-être décidera-t-elle de ne pas demander de comptes à sa mère. Mais si elle souhaite crever l'abcès, je veux qu'elle sache que je suis là pour la soutenir. C'est ma nièce.

Elle était déterminée à compenser pour toutes les années où Imogen avait été forcée d'affronter la vie seule.

Il laissa retomber sa main.

— Si tu vas voir Tina, alors je t'accompagne.

Sara en fut attendrie.

— J'apprécie, mais ce n'est pas utile.

— Fais-moi plaisir. Si tu t'approches à moins d'un kilomètre de Tina, j'insiste pour être présent.

— Pourquoi ?

— Tu as vraiment besoin de poser la question ? Parce que je t'aime. N'as-tu pas dit il y a un instant que les actions sont plus parlantes que les mots ?

Elle se pencha vers lui et l'embrassa.

— J'ai beaucoup de chance.

— En effet.

Les lèvres de Patrick s'attardèrent sur les siennes.

— Montons à l'étage que je puisse te montrer à quel point.

Ce fut la note de fin parfaite à une journée presque parfaite.

Chapitre 21

Imogen

— Tu ne m'as pas dit où on allait.

Imogen attrapa son manteau épais, son bonnet et ses gants. Le soleil avait beau briller, le froid n'en restait pas moins mordant.

Miles l'attendait, appuyé contre la porte d'entrée.

— Je pensais que tu serais prête. Suis-je en avance ?

— Non. Je suis en retard. J'ai encore fait la grasse matinée. Ça commence à devenir une habitude ! ajouta-t-elle.

Elle était passée d'un sommeil léger à un sommeil profond. Et elle avait commencé à se demander si Rosalind avait raison. Peut-être qu'elle avait été au bord du burn-out. Ces derniers jours, le nœud de tension dans son estomac s'était allégé, et le sentiment de foncer à toute vitesse avec le réservoir vide avait disparu. Elle ne pensait plus au travail, ne griffonnait pas sur des blocs-notes dans l'obscurité et n'envoyait plus de mails à 3 heures du matin. Il n'y avait personne à manager, pas de dates butoirs à respecter, pas de listes de tâches à effectuer. Le soir, elle éteignait son téléphone et ne le consultait pas avant le lendemain matin.

Et elle dormait. Elle ne savait pas si c'était grâce au lit confortable, à la façon dont la couette douce s'enroulait autour d'elle, ou à l'absence de bruit citadin, mais elle avait l'impression d'avoir plus dormi en quelques nuits qu'en une année entière. Même les deux appels de sa mère ne l'avaient pas empêchée de fermer l'œil.

Pour l'instant, elle ne lui avait pas parlé. D'ailleurs, elle ignorait encore si elle le ferait.

Elle était contrariée et perdue. En colère, également. Elle avait besoin de temps pour se calmer et réfléchir à la façon dont elle voulait aborder la situation.

Elle se força à repousser cette pensée. Elle n'allait pas penser à sa mère maintenant. Elle allait profiter de sa journée avec Miles, et elle ne laisserait pas sa mère la gâcher.

Après la balade à la ferme de sapins et le dîner chez Dorothy, Miles l'avait ramenée à Holly Cottage. En retenant son souffle, elle avait hésité à l'inviter à l'intérieur. Toutefois, elle s'était dégonflée et l'avait simplement enlacé, puis avait caressé Ralph pour masquer son embarras.

Elle était au lit depuis à peine cinq minutes quand Miles l'avait appelée pour lui demander si elle était libre le mardi, car il avait prévu quelque chose de spécial.

Elle avait accepté immédiatement (évidemment !) et ils avaient passé les deux heures suivantes à papoter. Elle avait alors regretté de ne pas avoir eu le courage de le faire entrer.

Mais aujourd'hui, ils passaient la journée ensemble. Si elle avait été Ralph, elle aurait bondi partout.

Ne voulant pas paraître excessive, elle se contenta d'un sourire.

— J'ai hâte que la journée commence, bien que tu ne m'aies toujours pas dit ce qu'on ferait. Tu es resté vague.

— C'est une surprise. Tu n'aimes pas ça ?

Imogen ne sut comment répondre. La dernière surprise qu'elle avait eue, c'était la découverte que Dorothy était sa grand-mère et Sara, sa tante, ce qui avait constitué un sacré choc.

Ces derniers jours, elle avait eu l'impression de vivre la vie de quelqu'un d'autre. Miles avait travaillé la veille, donc elle s'était occupée de Ralph. Elle l'avait emmené faire une longue balade durant laquelle ils avaient rendu visite à Dorothy. Elle l'avait aidée à enrouler des guirlandes autour de la rampe de l'escalier, décorer la chambre dans laquelle les filles dormiraient et préparer le glaçage pour la bûche de Noël. Elles avaient passé l'après-midi à cuisiner des plats qu'elles avaient ensuite mis au congélateur pour éviter de passer toutes les fêtes aux fourneaux.

Imogen ne s'était jamais vraiment intéressée à la cuisine, mais aux côtés de Dorothy, elle avait découvert que couper, faire frire et mijoter pouvait être étonnamment relaxant. De plus, cela rendait la conversation plus facile. Elle lui avait posé une myriade de questions, pressée de découvrir tout ce qu'elle pouvait au sujet de cette famille dont elle avait ignoré l'existence. Les vingt-huit années qu'elle avait ratées. Tous les anniversaires, Noëls et célébrations, ainsi que les journées ordinaires et banales. Elle voulait connaître les causes qui leur tenaient à cœur, ce qui les intéressait, les faisait rire, qui ils étaient. Elle avait découvert que Dorothy était une pianiste talentueuse, qu'elle était accro aux mots croisés et se détendait en passant du temps avec ses animaux.

Elle essaie de compenser, car il y a quelqu'un qu'elle n'a pas pu sauver.

Quand Miles avait prononcé ces mots la première fois, elle n'avait pas compris, mais elle comprenait, aujourd'hui. Et plus elle apprenait à connaître Dorothy, plus elle était convaincue que la version des événements donnée par sa mère ne pouvait être vraie. Au contraire, elle était teintée de ses propres insécurités et faiblesses. Dorothy n'abandonnerait jamais un membre de sa famille. Ni un ami. Imogen en était convaincue, pas seulement à cause de ce que les gens lui avaient raconté, mais à cause de ce qu'elle avait elle-même observé. Dorothy était généreuse et altruiste.

Et puis, il y avait Sara. Elle adorait passer du temps à l'extérieur, surtout auprès des chevaux. Elle était souvent montée enfant, une passion dont Iris semblait avoir hérité. Sara adorait également faire du shopping, les fleurs et passer du temps auprès de sa famille. En la regardant avec les enfants à la ferme, Imogen s'était demandé comment il était possible que Sara et sa mère partagent les mêmes gènes. Elles étaient aux antipodes l'une de l'autre. Plus elle passait de temps avec elles, plus l'image de sa famille apparaissait, s'assemblant telles les pièces d'un puzzle.

Mais aujourd'hui, elle allait se focaliser sur Miles.

— J'adore les surprises, mais c'est dur de savoir comment s'habiller quand j'ignore quelles activités sont au programme.

Elle attrapa son sac à main, vérifiant qu'elle avait ses clés et son téléphone.

— Où est Ralph ?

— Je l'ai déposé chez Dorothy. Certaines activités ne sont pas pratiques avec un chien dans les pattes.

— Tu ne veux même pas me donner un tout petit indice ? insista Imogen, intriguée.

— Habille-toi chaudement. On sera dehors toute la journée, ainsi qu'une partie de la soirée.

Imogen lui donna son chapeau et ses gants à tenir pendant qu'elle enfilait son manteau.

— Rien que nous deux ?

— Rien que nous deux.

Son cœur battit un peu plus fort.

— Comme un rendez-vous ?

— Ce n'est pas *comme* un rendez-vous.

Il sourit.

— *C'est* un rendez-vous.

Imogen se sentit soudain nerveuse.

— Dans ce cas, sache que je ne suis pas super douée niveau rencards.

— Je ne savais pas qu'on pouvait réussir ou échouer dans ce domaine. Tu penses que je vais t'attribuer une note ?

— J'espère que non. J'obtiendrais sûrement un D moins. Je te préviens histoire que tu ne sois pas déçu.

Elle essaya de zipper son manteau, mais ses doigts tremblaient tant qu'elle n'y parvint pas.

Elle était vraiment nerveuse. Miles s'en rendait-il compte ?

Elle eut aussitôt la réponse à sa question. Miles cala le bonnet et les gants qu'elle lui avait confiés sous son bras, repoussa délicatement ses mains et remonta soigneusement sa fermeture éclair.

— Tu parles au gars qui a une fois planté une femme dans un restaurant pour aller s'occuper d'une vache en train de mettre bas, donc tu n'as vraiment aucune raison d'être nerveuse.

Il garda les mains sur son manteau. L'espace d'un fol instant, Imogen se demanda s'il allait l'attirer vers lui et l'embrasser.

Elle en avait envie. Elle en avait vraiment envie.

— C'est une raison valable pour écourter un rencard.

Ressentait-il la même chose ? Oh ! non, et si elle interprétait mal les signaux ?

— La vache et le veau ont survécu ?

— Oui, Dieu merci.

Il lâcha son manteau.

— Mais mon rencard, non. La femme en question a questionné mes priorités.

— Qu'étais-tu censé faire ? Demander à la vache de se retenir pendant quelques heures ?

— J'aurais peut-être dû essayer, même si l'expérience m'a appris que les vaches ne se montrent jamais très dociles. Ou peut-être que c'est moi qui ne sais pas m'y prendre avec elles.

Il lui enfonça son bonnet sur la tête.

— Est-ce que tu te sentirais plus à l'aise si je t'avouais que je n'ai pas l'habitude des rencards non plus ? Je ne suis sorti avec personne depuis mon dernier fiasco.

— Alors, pourquoi maintenant ?

Il repoussa quelques mèches de cheveux égarées devant ses yeux.

— Disons que tu me plais beaucoup.

Ses paroles et le léger frôlement de ses doigts étourdissaient Imogen.

— Vraiment ?

Si jusque-là respirer avait été difficile, c'était maintenant presque impossible. Elle avait une conscience aiguë de sa présence. Il était si proche d'elle... Sa peau picotait où il l'avait touchée, l'air autour d'eux était chargé d'une tension presque insupportable, qu'Imogen n'avait jamais expérimentée.

Alors que son cœur s'emballait dans sa poitrine, Miles recula.

— Oui, tu me plais.

Il lui rendit ses gants.

— Allons-y ou ce rencard va tomber à l'eau.

Elle faillit lui dire qu'elle se fichait de la forme que prenait leur rencard tant qu'ils étaient ensemble, mais elle se retint. Il s'était visiblement donné du mal pour leur concocter un super programme. Et à l'issue de cette journée, soit il ressentirait la même attirance qu'elle, soit non.

Mais si c'était le cas...

Elle enfila ses bottes en se souriant à elle-même.

L'anticipation avait quelque chose de délicieusement excitant.

Elle ferma le chalet à clé puis ils se dirigèrent ensemble vers sa voiture. Dehors, le ciel était d'un bleu sans nuages et la neige scintillait sous le soleil hivernal.

Miles sortit de l'allée et s'engagea sur l'étroite route de campagne qui longeait le domaine.

— Je parie que tu n'as pas encore commencé tes achats de Noël, lança-t-il.

— Non. En dehors de l'habituel Secret Santa au travail, qui est toujours une expérience pénible, je n'ai jamais eu personne à qui offrir des cadeaux. Je devrais probablement chercher de l'inspiration sur Internet.

Un sentiment de panique prit naissance en elle lorsqu'elle se rendit compte combien Noël était proche. Agitée, elle sortit son portable de son sac.

— J'aurais dû y penser plus tôt.

— Tu ne savais pas que tu allais te découvrir une famille. Ne t'inquiète pas, j'ai un plan. Range ton téléphone.

Miles conduisait avec assurance sur la route étroite, levant occasionnellement la main pour saluer des automobilistes.

— Tu connais tout le monde ici ?

— Pas mal de gens. C'est ce qui arrive quand tu as vécu dans le même village presque toute ta vie.

Ils empruntèrent de petites routes sinueuses à travers la campagne, longeant des champs recouverts de givre, des fermes et quelques églises. Les branches des arbres et les murs de pierre étaient blancs. Londres lui paraissait si loin... Elle essaya d'imaginer ce qu'elle ressentirait en vivant ici et en faisant partie de cette communauté.

— Tu n'as jamais déménagé ?

— Seulement pour faire mes études vétérinaires. Je ne regrette pas, l'expérience a été intéressante, mais le village m'a manqué. Nous sommes arrivés, annonça-t-il un instant plus tard.

Ils avaient atteint l'entrée d'un village et il ralentit pour se garer à côté d'un pub pittoresque. Le toit était saupoudré de neige et de minuscules lumières avaient été suspendues le long de l'avant-toit.

— Cet endroit propose des plats délicieux, comme tu le découvriras plus tard.

Le pub avait l'air si accueillant qu'Imogen n'eut guère envie de patienter.

— On peut y aller maintenant ?

— Tu veux déjeuner à 10 heures du matin ?

— J'ai faim.

Un sourire en coin ourla les lèvres de Miles.

— Plus j'apprends à te connaître, plus je t'apprécie.

Son cœur rata un battement. Elle ressentait la même chose pour lui, toutefois ses émotions étaient trop instables pour le dire. Tout cela était nouveau pour elle. Son travail prenant ne lui permettait pas vraiment de faire des rencontres. Elle avait eu recours aux applis spécialisées ces dernières années, sans succès. Les échanges étaient si impersonnels qu'elle avait eu l'impression de passer des entretiens d'embauche. En fin de compte, trouvant l'expérience trop stressante, elle avait décidé de les désinstaller.

— Est-ce qu'une pause café est prévue au programme ? J'ai besoin de caféine pour fonctionner. Désolée. J'aurais dû mettre le réveil et me lever plus tôt. Ainsi j'aurais pu boire mon café avant que tu arrives.

— Pas d'inquiétude. Boire un café est la première étape de la journée. Que dirais-tu d'un gâteau au chocolat pour le petit déjeuner ?

Elle cligna des yeux.

— Je n'ai encore jamais tenté, donc je te répondrai après avoir essayé.

— Ça marche. Ferme ton manteau, il fait froid.

Il ouvrit la portière. Aussitôt, une bourrasque glaciale s'engouffra dans la voiture.

— Wouah, tu n'exagérais pas !

Imogen mit son bonnet et remonta la fermeture éclair de son manteau.

— Le gâteau au chocolat me tente de plus en plus.

Ils s'engagèrent dans la rue pavée qui traversait le village. Un ruisseau serpentait le long de la route, sa surface en partie gelée.

Le village avait une atmosphère nostalgique, comme si le temps s'y était arrêté et qu'ils se retrouvaient dans une autre époque.

— Je n'arrive pas à croire qu'il y ait des canards.

Imogen s'arrêta pour les regarder.

— Ils n'ont pas froid ?

— Les canards sont robustes. Ils s'adaptent bien aux périodes de gel, bien qu'il faille surveiller leurs pattes.

— As-tu déjà eu un canard comme patient ?

— Les animaux dont je m'occupe sont un peu plus gros que ça.

Sentant qu'il lui prenait la main, elle tourna la tête vers lui.

— Tu as peur que je glisse ?

— Non. J'aime simplement te tenir la main.

Il la tira vers lui pour laisser passer quelqu'un.

— Sauf si tu es contre ce geste d'affection en public ?

— Non.

Elle s'éclaircit la gorge.

— Pas du tout.

Il était si détendu, si à l'aise, alors qu'elle réfléchissait à chaque parole, chaque geste… Mais peut-être que ce n'était pas aussi nouveau pour lui que pour elle. Elle était seule depuis si longtemps qu'elle avait oublié ce que l'on ressentait en tenant la main de quelqu'un.

C'était agréable.

— Miles !

Une femme dans la quarantaine traversa la rue pour venir le saluer. Elle jeta un regard curieux à Imogen.

— Comment vas-tu ?

— Je vais bien, merci, Pippa.

Il tenait la main d'Imogen fermement, ne montrant aucune intention de la lâcher.

— Comment va Ted ? demanda-t-il.

— Mieux, merci. Il récupère. Le médecin lui a imposé un régime strict et il n'arrête pas de se plaindre, ce qui est particulièrement pénible, surtout à cette période de l'année. Melissa m'a dit qu'elle voyageait pour Noël ?

— Oui. Elle était là le mois dernier et espère être des nôtres pour le Nouvel An. Voici Imogen, au fait. Imogen, je te présente Pippa.

Imogen sourit poliment et elles échangèrent quelques mots.

— Tu travailles pendant les fêtes ? s'enquit Pippa en posant la main sur le bras de Miles. Si tu es disponible le jour de Noël, viens déjeuner à la maison.

— C'est gentil, Pippa, mais j'ai déjà accepté l'invitation de Dorothy.

Pippa sourit.

— Alors je sais que tu seras bien nourri. Bon. Si je ne te revois pas avant, je te souhaite un joyeux Noël.

Elle le prit dans ses bras puis repartit d'un pas vif dans la direction opposée.

Imogen la regarda partir.

— Elle me dévisageait bizarrement.

— Ne le prends pas personnellement. Elle était simplement curieuse parce qu'on est ensemble et que je te tiens la main. Elle va bombarder ma sœur de questions, et Lissa ne connaîtra pas les réponses. Elle ne va pas tarder à m'appeler.

Il semblait trouver cela drôle plutôt que contrariant, et elle l'envia d'être si proche de sa famille.

Sa mère n'avait jamais montré le moindre intérêt pour sa vie amoureuse. D'ailleurs, il serait plus juste de dire qu'elle ne s'était jamais intéressée à Imogen du tout.

Elle avait été seule.

Mais plus maintenant.

— Tu t'entendais bien avec ta sœur quand vous étiez enfants ? Elle n'était pas jalouse de toi ?

— Non. C'est même le contraire. Elle me maternait. Et elle continue aujourd'hui, à sa manière. On s'entendait bien, et encore mieux maintenant qu'on est adultes. On n'avait pas beaucoup de points communs, en dehors d'un amour pour la nourriture. On avait l'habitude de se battre pour la dernière tranche de gâteau au chocolat de ma mère.

Le gâteau au chocolat de sa mère était synonyme de souvenirs heureux pour lui.

Imogen sourit.

— Qui gagnait ?

— Ma mère insistait toujours pour qu'on la coupe en deux. C'était une diplomate-née.

— Ton appétit a l'air d'être légendaire. Reçois-tu chaque année plusieurs invitations pour le jour de Noël ?

— Toujours. Je prends un air désespéré quand les gens mentionnent Noël, ça fonctionne à merveille. Je n'ai pas eu à cuisiner un 25 décembre depuis au moins cinq ans. Pour ma défense, je suis toujours de garde pour les fêtes alors je ne prendrais pas le risque de préparer ma propre dinde. Si je peux picorer quelques pommes de terre rôties à la table de quelqu'un d'autre, ça me convient.

— Pourquoi travailles-tu le jour de Noël ?

— Mes collègues ont tous des familles. C'est important qu'ils soient à la maison pour les fêtes.

— C'est gentil de ta part.

— Ils me remplacent quand c'est nécessaire.

Il l'attira plus près.

— J'ai négocié pour qu'on me remplace aujourd'hui.

— Quelle raison as-tu donnée ?

— Je leur ai dit la vérité. Que j'avais un rencard avec une femme sexy.

Il lui sourit.

— Bien que la femme sexy en question ait l'air de se geler. Dépêchons-nous d'aller au café avant que tu ne sois frigorifiée.

Ils continuèrent de marcher. Partout où ses yeux se posaient, elle découvrait du charme et du caractère. Des rangées de cottages, leurs murs de pierre or pâle scintillant dans la lumière du soleil hivernale ; des plantes grimpantes qui encadraient les portes et les fenêtres ; de la neige qui tapissait les toits inclinés.

— On se croirait sur le tournage d'un film. Je n'ai jamais vu un endroit qui incarnait aussi bien Noël.

— Pourquoi t'ai-je emmenée ici, à ton avis ?

Sa main se resserra sur la sienne.

— Tu as dit que tu n'avais jamais vraiment célébré Noël, alors aujourd'hui, on profite des fêtes. Toute la journée.

— Je croyais que tu ne faisais pas grand cas de Noël, d'habitude ?

Il sourit.

— Ce sera une première pour tous les deux. Et c'est une façon rusée de solliciter ton aide pour choisir mes cadeaux. Si ça ne tenait qu'à moi, j'achèterais un bonnet en laine à tout le monde. As-tu besoin d'un bonnet en laine à tout hasard ?

— Est-il possible d'en avoir trop ?

— Pas d'après moi. Je suis content que tu sois d'accord. Mais avant qu'on aille faire du shopping, on a besoin de se restaurer. Cet endroit accueille un marché de Noël et un coffee shop qui vend les meilleurs gâteaux du coin. Personne ne leur arrive à la cheville, excepté peut-être Dorothy.

Il poussa la porte d'un joli café.

Immédiatement, Imogen fut enveloppée de chaleur. L'établissement embaumait d'odeurs délicieuses et on entendait le ronronnement apaisant d'une machine à café.

— Qu'est-ce qui te ferait plaisir ?

Miles ouvrit son manteau et fit un geste vers le comptoir.

— Choisis quelque chose.

— Je pense qu'il est un peu trop tôt pour du gâteau au chocolat.

Elle passa en revue la vitrine.

— Un croissant aux amandes, s'il te plaît. Avec un cappuccino. Je paierai.

— Non, aujourd'hui, c'est moi qui régale. C'est ma façon de te remercier de t'occuper de Ralph. À charge de revanche. Tu m'organiseras une journée à Londres. Va prendre la table près de la fenêtre. Elle a une jolie vue sur la rue.

Imogen s'assit à la table vacante, nichée dans la courbe de la fenêtre. Elle contempla la rue enneigée, avec l'impression de figurer dans un roman de Dickens.

Tu m'organiseras une journée à Londres.

Il espérait qu'ils se reverraient. Elle en avait le tournis.

— Pourquoi est-ce que tu souris ?

Miles réapparut, un plateau dans les mains. Il déposa la nourriture et les cafés sur la table avant de s'asseoir à côté d'elle.

— Parce que je passe un bon moment.

— C'est un soulagement.

— La dernière femme avec qui tu es sorti (elle s'efforça de garder une voix détachée), c'était sérieux ?

— Non, pas du tout.

Il enfourna un morceau de gâteau au chocolat.

— Elle n'aimait pas mon mode de vie. La dernière relation sérieuse que j'ai eue date d'il y a trois ans. Elle non plus n'aimait pas mon mode de vie. Elle n'aimait pas non plus la campagne. Et toi ?

Elle prit une gorgée de café, se demandant quoi révéler.

— Je n'ai pas eu beaucoup de relations. Mon passé amoureux n'a rien de glorieux.

— Parle-moi de ton dernier petit ami.

Elle posa sa tasse.

— Il s'appelait Jack, répondit-elle en rougissant.

Miles haussa un sourcil.

— Et Jack était – laisse-moi deviner – un banquier accompli avec des revenus de la même taille que son ego ?

— Pas exactement.

Elle hésita.

— Jack était fictif.

Il digéra ses propos en silence.

— Fictif ? Tu veux dire qu'il n'existe pas ?

— Exactement. Je l'ai inventé. J'en ai eu marre d'utiliser des applis de rencontres. Pensant qu'avoir un petit ami pouvait s'avérer utile, j'ai inventé un type appelé Jack.

Et il était temps de le laisser partir. Jack, Midas... C'en était fini des mensonges.

— Pourquoi était-ce utile d'avoir un petit ami ?

Elle regarda par la fenêtre un moment, se demandant pourquoi elle se dévoilait ainsi.

— Je voulais m'intégrer. J'ai inventé une vie qui ressemblait à celle des autres.

— Pourquoi voudrais-tu être comme les autres ?

— En grandissant, je me suis toujours sentie différente. Les autres enfants avaient des foyers aimants. Nombre d'entre eux avaient des parents séparés, pour autant ceux-ci continuaient de s'intéresser à eux. Je ne voulais pas me démarquer, alors j'ai pris l'habitude d'inventer des choses. Il n'y a pas eu qu'un petit ami.

Elle lui raconta tout. Comment elle avait essayé de se fondre dans la masse quand elle était à l'école et ensuite à l'université, comment elle avait appris à se comporter d'une certaine façon afin de ne pas attirer l'attention. Elle lui parla de son premier jour à RPQ, lui expliquant combien elle avait été surprise de voir que tous les employés avaient des objets personnels sur leur bureau.

— Ils parlaient tous si ouvertement de leur famille et leurs amis... Qu'étais-je censée dire ? Que ma mère insiste pour que je l'appelle par son prénom car elle refuse qu'on sache que je suis sa fille ? C'était trop personnel. Au fond de moi, je craignais d'être jugée. Si ta propre mère ne s'intéresse pas à toi, pourquoi quiconque le ferait ?

— D'après moi, cela en dit plus long sur ta mère que sur toi.

— Peut-être, mais s'ils avaient su la vérité, ils auraient eu pitié de moi. Cela m'aurait été insupportable. Je ne demandais qu'une chose, c'était de m'intégrer et faire mon travail.

Il hocha lentement la tête.

— Donc tu as inventé une famille et un chien pour éviter les questions et te rendre la vie plus facile. Le chien avait-il un nom ?

— Midas. C'était un accident, vraiment. J'ai parlé de lui un jour en passant car tout le monde avait des animaux, et je pensais que ce serait une façon simple de tisser des liens. Je n'ai pas pensé un seul instant que mes collègues souhaiteraient le rencontrer. Tout s'est enchaîné, jusqu'à ce que je me retrouve coincée. Le coup de grâce, ç'a été le mail annonçant la journée « Amenez votre chien au travail ».

— « Amenez votre chien au travail » ? répéta-t-il avec un sourire en coin.

Elle poursuivit son récit jusqu'à la disparition de Midas puis, voyant qu'il n'avait pas quitté son sourire, elle fronça les sourcils, vexée.

— Tu es en train de te moquer de moi ?

— Non. Ce que je trouve drôle, c'est que tes collègues ignorent visiblement quelle pagaille peut semer une ribambelle de chiens. J'aurais adoré voir ta tête quand ils t'ont annoncé qu'ils avaient imprimé des flyers « chien kidnappé ».

Elle poussa un grognement.

— Les dieux du mensonge n'étaient pas de mon côté ce jour-là. Figure-toi que la vraie propriétaire du chien a appelé le numéro. La prochaine fois, je ne me servirai pas d'une photo trouvée sur Internet.

Elle gloussa. Miles avait raison - avec le recul, c'était drôle. Et ça lui faisait du bien d'être enfin honnête avec quelqu'un, de se confier sur ses bévues. Mais c'était troublant, aussi. Elle ne s'était jamais autorisée à être elle-même avec quiconque auparavant. Nerveuse, elle joua avec la mousse de son café. L'opinion de Miles à son sujet avait-elle changé ?

— Maintenant que je t'ai tout raconté, tu peux partir, si tu veux. Sans rancune.

Le sourire de Miles faiblit.

— Partir ? Pourquoi est-ce que je partirais ?

— Parce que je viens de te raconter mes déboires.

Elle posa la cuillère.

— Tu dois penser que je suis complètement folle.

— De vouloir t'intégrer ? Non, bien sûr que non. C'est un besoin tout à fait humain. L'homme est avide de lien social. Quant au fait de ne pas vouloir parler de ta mère (il haussa les épaules), cela ne me surprend pas. Des tas de gens taisent certains aspects de leurs vies, Imogen.

Il réagissait si bien à ses révélations qu'elle commença à se détendre.

— Mais inventer un chien...

— Était tout à fait créatif. Et ce n'est pas comme si la journée « Amenez votre chien au travail » était courante. Comment pouvais-tu t'y attendre ? De quelle race était Midas ?

Elle coupa le bout de son croissant et le mangea.

— C'était un golden retriever, comme Ralph.

— Évidemment. Midas.

Il hocha la tête.

— J'aurais dû deviner.

— Le plus drôle, c'est que je l'ai inventé car je voulais me faire passer pour une personne qui adore les chiens, et il s'avère que c'est réellement le cas. C'est en faisant la connaissance de Ralph que je l'ai découvert. Je n'ai pas eu d'animal en grandissant, et j'ai inventé Midas uniquement car tout le monde au travail est obsédé par son animal de compagnie.

Elle s'adossa à sa chaise en soupirant.

— Je dois encore leur avouer que ce n'étaient que des mensonges. J'appréhende.

— Ils ne savent pas que Midas était fictif ?

— Non. J'ai été envoyée en vacances prolongées avant de pouvoir leur dire la vérité. Cette joie m'attend en janvier, parmi d'autres réjouissances.

Comme affronter sa mère.

Penser à son retour à Londres la rendit maussade, comme si un nuage venait peser sur ses épaules. Elle ne pouvait supporter l'idée de quitter Holly Cottage. Hélas, le cottage ne serait à elle que le temps des vacances, évidemment.

Le cottage de Noël.

À la nouvelle année, Dorothy recommencerait à le louer.

Miles prit sa main.

— Tu n'es pas obligée de le leur dire si tu n'en as pas envie. Il n'y a aucune règle stipulant que tu dois révéler à tes collègues tous les détails de ta vie.

— Je sais, mais si tu ne laisses jamais personne voir le vrai toi, alors personne ne sait vraiment qui tu es.

Elle marqua une pause.

— J'avais peur qu'ils ne m'apprécient pas.

— Je connais la vraie toi, et je t'apprécie, dit-il d'une voix rauque. Je t'apprécie beaucoup.

Comment pouvait-elle être si sûre d'elle dans certains domaines mais tant manquer de confiance en elle en matière de relations humaines ?

Comme maintenant.

Elle se sentit rougir.

— Je t'apprécie beaucoup, moi aussi.

— Bien.

Il serra sa main plus fort.

— Maintenant, concentrons-nous sur Noël. C'est après tout le thème de la journée. Si tu pouvais avoir n'importe quel cadeau, que demanderais-tu ?

Elle n'eut pas besoin d'y réfléchir.

— Passer un vrai Noël en famille sera le plus beau des cadeaux. Dorothy a suspendu une chaussette pour moi à la cheminée. Tu te rends compte ? En fait, c'est Ava qui a insisté. Et demain, c'est la pièce de théâtre de l'école d'Iris. On emmène Benson. Je suis chargée de le surveiller. J'ignore comment étant donné qu'il n'en fait qu'à sa tête.

— Si j'étais toi, j'emmènerais un expert. Juste au cas où.

Elle écarquilla les yeux.

— Tu viendrais ?

— Si je suis invité.

— Alors je t'invite officiellement.

Elle marqua une pause, se rappelant toutes les fois où elle avait participé à un spectacle sans personne dans le public pour l'encourager.

— Iris serait ravie. Moi aussi.

— Bien, dans ce cas, je serai là. Pour en revenir au sujet de Noël, en dehors d'être en famille, quel serait ton cadeau de rêve ?

Un chien.

Mais pas n'importe quel chien. Ralph.

Elle ne prononça pas ces mots à voix haute. À quoi cela servirait-il ? Ralph était le chien de Miles, pas le sien. Et de toute façon, sa vie actuelle ne lui permettait pas d'adopter un animal de compagnie.

— Je ne sais pas. Qu'y a-t-il au sommet de ta liste ? As-tu écrit au père Noël ?

— Je me suis acheté une veste imperméable qui me tiendra chaud quand je serai dans les champs à 2 heures du matin en janvier.

— Ça n'a pas l'air particulièrement excitant.

— Détrompe-toi. Si tu attrapes des engelures, ta soirée devient soudain beaucoup moins ennuyeuse.

Il poussa son gâteau au chocolat vers elle.

— Goûte. J'insiste.

Elle obéit et ferma les yeux en le savourant.

— OK, je l'admets : c'est bon. Trop bon. Alors, quelle est notre prochaine activité ?

— On va aller faire du shopping au marché de Noël. Puis on déjeune.

— Et ensuite ?

— On fait du patin à glace.

Elle posa la fourchette.

— Sérieusement ? J'ignorais que tu savais patiner.

— Je ne sais pas. Ce sera la première fois. Lissa m'assure qu'on s'amusera.

— Tu as parlé de notre journée avec ta sœur ?

Il finit son café.

— J'avais besoin de conseils pour rendre cette journée parfaite, alors j'ai consulté une experte. Ma sœur est obsédée par Noël. Elle visite au moins deux marchés de Noël en Europe chaque hiver et commence à décorer en novembre. Elle dit que ça égaye les mois d'hiver. Je voulais que tu passes un bon moment.

Il voulait qu'elle passe un bon moment, donc il avait demandé conseil à sa sœur.

— Eh bien, sache que je passe un excellent moment, ses conseils étaient avisés.

Lorsque leurs regards se croisèrent, elle sentit l'atmosphère changer entre eux.

— Est-ce que ta sœur t'aurait donné des idées de cadeaux, par hasard ? Je dois en trouver pour Ava, Iris, et Sara, et je n'ai jamais rien acheté pour des enfants.

— Je n'ai pas demandé ce genre de précisions, mais si on se retrouve en panne d'inspiration, on peut l'appeler. Tu es prête ?

Ils quittèrent la chaleur du café et s'aventurèrent dans la rue. Ils passèrent devant une boutique de souvenirs et une librairie indépendante. Tournant à l'angle, ils découvrirent un marché animé. Des stands en bois proposaient des objets artisanaux dont de la céramique, des bijoux, des spécialités culinaires et des boissons.

— C'est joli. J'ignorais qu'il y aurait de la nourriture.

— D'après Lissa, c'est le meilleur marché de Noël des environs. Les exposants sont des producteurs locaux et la qualité est exceptionnelle. Voilà pourquoi je ne pouvais pas emmener Ralph. Il est incapable de résister à une bonne saucisse artisanale. Je ne voulais pas prendre le risque qu'il saccage l'endroit. Après une telle humiliation, je serais forcé de déménager.

— Pauvre Ralph. Je lui achèterai une friandise pour le réconforter.

— Tu le gâtes déjà suffisamment en le laissant dormir avec toi.

Alors qu'elle s'apprêtait à nier, elle vit l'expression de Miles. Celle-ci l'informa que cela ne servirait à rien.

— Comment as-tu deviné ?

— Il essaie de faire pareil chez moi. La différence, c'est que je ne le laisse pas faire.

— Que dire ? J'aime l'avoir au lit avec moi.

Elle refusait de s'en excuser.

— Ralph est le compagnon idéal, ajouta-t-elle.

— Tu me lances un défi ?

— Non. Tu t'en sors très bien aussi. Puis-je te poser une question ?

— Tout ce que tu veux.

— Dorothy a dit que tu ne voulais pas adopter d'autre chien après Alfie. C'est vrai ?

— Oui. Alfie était vraiment unique.

Il souleva un vase fait main, consulta le prix et le reposa.

— Je ne supportais pas l'idée de le remplacer. Je n'avais pas fait mon deuil. Mais quand j'ai vu combien Valerie galérait avec Ralph, j'ai décidé qu'il était temps.

Elle sentit un pincement d'envie à l'idée que Ralph et lui vivent ensemble, partageant leur quotidien.

— Ralph a de la chance. J'espère que tu le gâteras à Noël.

— Ça dépend.

— De ?

— Si les bonnets en laine lui vont bien.

Imogen gloussa et continua de déambuler parmi les nombreux stands, en quête d'inspiration.

Elle choisit une paire de boucles d'oreilles pour Sara, puis décida sur un coup de tête d'acheter les mêmes pour Janie et Anya. Elles avaient été de bonnes amies pour elle. Elle craignait que cela change une fois qu'elle leur aurait appris la vérité, aussi elle préférait éviter d'y penser.

Au stand suivant, elle choisit un joli carnet pour Rosalind afin de la remercier. Sans son intervention, elle ne serait pas là. Elle n'aurait pas rencontré Miles. Dorothy ne lui aurait pas prêté le cottage, et elle n'aurait peut-être pas appris qu'elle était sa grand-mère, même si leur lien de parenté aurait forcément fini par être révélé.

Et si Rosalind n'avait pas insisté pour qu'elle prenne de longues vacances, elle aurait probablement fait un burn-out. Avec le recul, elle avait pris conscience qu'elle n'aurait pas pu continuer au même rythme intensif. Non seulement c'était intenable, mais cela l'empêchait de profiter pleinement de la vie.

Une fois qu'elle eut payé, Miles lui prit le sac des mains pour le glisser dans l'un de ceux qu'il portait.

— C'est pour qui ?

— Ma cheffe.

— Tu l'apprécies ?

— Oui, elle est incroyable. Inspirante, mais également sagace. Quand elle m'a dit que je devais prendre un mois de congé, j'ai été anéantie. Je ne savais pas du tout comment remplir mes journées, surtout pendant les fêtes.

Il regarda le nombre de paquets qu'elle avait amassés en peu de temps.

— Tu as l'air de très bien t'en sortir dans ce domaine.

— Oui. Et je dors bien, ce qui tient du miracle. Ça m'a pris un moment pour déconnecter, mais maintenant que c'est fait, je ne peux imaginer reprendre au même rythme. Ça m'a fait réaliser que j'aspirais à plus. J'aimerais trouver un meilleur équilibre dans ma vie. La seule chose à laquelle je pensais, c'était le travail. J'envoyais des mails au beau milieu de la nuit.

— Ton petit ami fictif aurait dû t'empêcher d'apporter ton ordinateur portable dans la chambre.

Elle rit.

— Il était nul. C'est terminé entre nous.

— La rupture s'est mal passée ?

— Ç'a été affreux. Il refuse de me parler.

— Le pauvre, j'ai de la peine pour lui. Pourquoi devais-tu répondre à des mails au beau milieu de la nuit ? Ça paraît intenable.

— C'était ma faute, j'étais incapable de dire non à qui que ce soit. J'acceptais toujours plus de responsabilités. J'étais toujours la première au bureau et la dernière à rentrer. Je me disais que c'était de l'ambition et c'est en partie vrai, mais c'était également de la peur.

Elle pouvait se l'avouer maintenant.

— Mon ambition s'explique surtout par mon manque de confiance en moi.

— Tu as l'air compétente dans ton domaine. Pourquoi douterais-tu de toi ?

— C'est plus fort que moi. L'argent manquait quand j'étais petite. Parfois Tina avait du travail, parfois non.

Il grimaça.

— T'entendre l'appeler Tina est tellement bizarre...

C'était le moins qu'on puisse dire. Presque tout dans sa relation avec sa mère était bizarre.

— Elle insistait pour que je l'appelle Tina. On déménageait fréquemment, généralement car elle ne pouvait pas payer le loyer. On n'a jamais eu d'endroit à nous, aucun endroit qu'on pouvait appeler la maison. Je rêvais d'une vie différente. Quand je rendais visite à mes amis et que je découvrais leurs demeures, je les enviais. Je ne souhaitais pas vivre dans un endroit immense ni luxueux, je rêvais seulement d'avoir un endroit à moi. À la fac, nombre d'étudiants recevaient de l'aide de leurs parents, mais Tina ne m'a jamais aidée. J'avais trois boulots, raison pour laquelle j'ai pris l'habitude de travailler la nuit. J'ai toujours su que je devrais être indépendante financièrement, ça a toujours été un moteur.

Elle s'arrêta devant un stand d'animaux en peluche.

— Est-ce que Dorothy sait combien ton enfance a été difficile ?

— Je lui ai donné quelques détails. Je suis sûre qu'elle a deviné le reste.

Elle souleva un alpaga en peluche.

— Il est tout doux, tout moelleux. Il plairait à Ava, d'après toi ?

— Aucune idée. Sûrement. Donc tu protèges Dorothy ?

— En partie. Je sais qu'elle se sent coupable et je ne veux pas l'accabler davantage. Mais je préfère aussi regarder vers l'avant. Je pensais n'avoir aucune famille et il s'avère que j'en ai une, aimante de surcroît. Je ne veux pas rester bloquée sur mes années de solitude. Je veux profiter de mes proches. Tu comprends ?

— Tout à fait. D'ailleurs, puisqu'on parle d'aller de l'avant, vas-tu continuer à travailler pour Rosalind ou chercher autre chose ?

Autre chose. L'idée ne lui était pas venue à l'esprit.

— J'adore mon boulot. Je suis douée dans mon domaine. Je dois simplement apprendre à fonctionner différemment. À déconnecter. Déléguer davantage.

Elle pensa à Anya et Janie, et combien elle trouvait difficile de déléguer.

— Il faudra que j'y réfléchisse, mais pas maintenant.

Elle ne voulait pas penser à son retour à Londres alors que les illuminations du marché égayaient l'atmosphère et que Miles la regardait comme si elle était la seule personne présente.

Elle aurait voulu arrêter le temps afin que cet instant dure toujours.

Elle acheta un alpaga en peluche pour Ava, et un pour Iris.

— Je dois trouver un cadeau pour Patrick. Des idées ?

Elle regarda alentour, en panne d'inspiration.

— Je ne savais pas du tout que trouver des cadeaux de Noël était si stressant. Ce sera mon premier Noël avec eux. Je veux leur offrir des cadeaux vraiment spéciaux.

— Ta présence elle-même suffira à rendre ce Noël spécial. Les cadeaux, c'est secondaire.

— Pas pour moi. Je veux taper dans le mille.

— Si je ne peux pas offrir un bonnet en laine, je prends de la nourriture. Comme ça la personne peut la manger ou bien l'offrir à son tour. Pourquoi pas des chocolats ? Iris raffole du chocolat. Je suis sûr qu'elle sera plus qu'heureuse de l'aider à finir la boîte. Donne-moi une minute. Je vais envoyer un message à Lissa pour qu'elle me fasse des suggestions. Elle connaît Patrick depuis une éternité.

Il sortit son téléphone et écrivit à sa sœur, puis ils reprirent leur balade, à la recherche de cadeaux originaux.

Le problème, c'était qu'Imogen ne connaissait pas encore très bien les membres de sa famille.

Elle hésitait sur une paire de gants en cachemire pour Dorothy quand Lissa répondit.

Miles lut le message.

— Elle dit d'aller à la librairie et de demander à Paul et Rick. Patrick adore les livres, c'est vrai. C'est une bonne idée. J'aurais dû y penser. Cet oubli prouve que je ferais un bien piètre père Noël. On ira à la librairie quand on en aura fini avec le marché.

— Paul et Rick ? Tu connais vraiment tout le monde.

— Lissa a un groupe d'amis super soudé qui date de l'enfance. Tu connais Patrick et Sara. Puis il y a Paul, Rick, et Shona. Elle est fleuriste. Elle vit à Cheltenham où elle crée de superbes compositions pour des mariages chics. On s'est embrassés, complètement bourrés, le jour de mon dix-huitième anniversaire. Ma sœur ne doit jamais l'apprendre.

Sa franchise la fit sourire. Cela devait être agréable d'avoir un groupe d'amis qui grandissaient et évoluaient avec vous, qui connaissaient votre histoire et avec qui vous partagiez une myriade de souvenirs.

Elle acheta les gants en cachemire, puis au stand suivant, choisit du matériel artistique pour Ava et Iris.

Elle ajouta une boîte de truffes au chocolat pour remercier Dorothy de l'avoir invitée à se joindre à eux au repas de Noël et acheta de grands pères Noël en chocolat pour les enfants.

— Est-ce que ça dérange Sara que les filles mangent du chocolat ?

— À Noël, tout est permis. Dis donc, pour quelqu'un qui fait ses premières emplettes de Noël, tu te débrouilles comme un chef.

Miles attrapa ses achats avant qu'elle puisse les faire tomber.

— On va devoir aller les déposer dans la voiture.

— Et toi ? Tu ne fais aucun shopping ? Achètes-tu quelque chose pour Lissa ou va-t-elle recevoir un bonnet en laine aussi ?

— Du fromage.

— Du fromage ?

— Ma sœur adore le fromage, surtout le fromage français. Ce sera son cadeau.

Leur balade au marché de Noël fut une expérience inoubliable. Magique. Elle goûta du caramel crémeux et des chocolats et continua d'acheter des cadeaux jusqu'à ce que Miles propose de faire une pause car ils ne pouvaient plus rien porter.

Ils se dirigèrent vers la librairie, où Paul et Rick lui vendirent un livre qui plairait à coup sûr à Patrick, puis ils allèrent au pub. C'était un ancien relais de poste datant du XIVe siècle avec poutres apparentes, sol en pierre et feu de cheminée crépitant.

L'endroit était bondé, mais le propriétaire réussit à trouver une table de choix pour Miles, près du feu, marmonnant qu'il n'aurait plus jamais à payer ses consommations après ce qu'il avait fait pour le bétail des Henderson l'été précédent.

Plus les heures passaient, plus Imogen découvrait que Miles était une sorte de héros dans sa communauté.

— On aurait dû faire emballer tes cadeaux.

Il s'assit à côté d'elle et étira les jambes.

— Tu n'aurais pas eu à le faire toi-même.

— Je ne voulais pas qu'ils soient emballés. Je m'en occuperai moi-même à notre retour. Ça fait partie de l'expérience de Noël. Tu n'emballes pas les tiens ?

— Si tu savais à quoi ressemblent mes paquets, tu ne poserais pas la question.

Elle suspendit son manteau au dossier de la chaise.

— J'ai regardé des tutos pour apprendre à emballer un cadeau à la perfection.

— Tu ne crois pas que tu prends tout ça un peu trop sérieusement ?

— Non. C'est mon premier vrai Noël en famille. Je veux qu'il soit aussi parfait que dans les films.

Alors qu'elle riait, son téléphone vibra. Elle le sortit de sa poche et aussitôt sa gaieté s'évapora.

Miles l'observait attentivement.

— C'est ta mère ?

— Oui. Elle a appelé deux fois, mais je n'ai pas répondu et ne l'ai pas rappelée. La dernière fois que je l'ai vue, elle m'a ordonné de sortir de sa vie, donc c'est ce que je fais. Sauf que ce n'est pas si facile.

Elle rejeta l'appel et rangea son téléphone dans son sac.

— Une partie de moi souhaite obtenir des réponses.

La semaine passée, elle lui avait tout raconté, en révélant bien plus qu'elle n'en avait révélé à Dorothy et Sara. C'était plus facile de parler à quelqu'un qui n'était pas directement impliqué. Ou peut-être avait-elle cette impression car il était facile de se confier à Miles.

— Est-ce que des explications aideraient vraiment ? demanda-t-il d'une voix douce.

Elle le regarda un moment. Comment faisait-il pour toujours savoir quelle question poser ?

— Non, probablement pas. Quoi qu'elle dise, rien ne changera le passé.

— Ce ne sont peut-être pas des réponses que tu cherches, mais des excuses.

Elle prit une gorgée de sa boisson, songeuse.

— Oui. Mais je sais que je n'en obtiendrai pas. Je lui en veux tellement.

Miles couvrit sa main de la sienne.

— C'est compréhensible.

— Pas seulement pour toutes les choses affreuses qu'elle a dites la dernière fois, mais parce qu'elle a pris une décision qui ne lui incombait pas. C'était peut-être compréhensible quand j'étais bébé, encore que je ne comprenne pas du tout. Si elle détestait tant que ça être mère, si j'étais vraiment la pire chose qui lui soit jamais arrivée comme elle me l'a dit, pourquoi ne m'a-t-elle pas laissée à Dorothy et Sara ? Cela n'a aucun sens. Mais ce qui me rend furieuse, c'est qu'elle a menti à leur sujet toute ma vie. Elle a passé des années à attiser ma rancœur envers Phillip et Dorothy en me disant qu'ils l'avaient abandonnée. Elle ne voulait pas d'eux dans sa vie. Elle a pris cette décision pour nous deux, ce que j'ai du mal à accepter. Même la dernière fois, elle ne m'a pas dit la vérité.

— Elle m'a tout l'air d'une experte en manipulation, dit-il. Je n'ose imaginer combien l'épisode de l'hôpital a dû être déchirant.

Imogen repensa à la douleur qu'elle avait ressentie ce soir-là. Elle s'était sentie totalement seule. Elle avait failli perdre son travail.

— C'était horrible. Mais la vie est pleine de surprises. Je me fustigeais d'être allée la voir à l'hôpital, mais sans cela, je n'aurais pas commis un impair au travail, et Rosalind n'aurait pas insisté pour que je prenne un mois de congé. Si je n'avais pas pris un mois de congé, je ne serais pas là en ce moment. Je n'aurais jamais rencontré ma véritable famille. N'est-ce pas ironique ?

Il caressa sa main de son pouce.

— Tu ne penses pas que Dorothy aurait fini par dire quelque chose ?

— Je ne sais pas. Je suppose que oui.

Elle fronça les sourcils.

— Quand je l'ai interrogée à ce sujet, elle a simplement répondu qu'elle n'avait pas de plan. Qu'elle avisait au jour le jour.

— Aborder le sujet n'a pas dû être facile pour elle.

— Oui. Je m'en rends compte maintenant.

Il lâcha sa main pour attraper sa bière.

— Si Tina ne t'appelle pas pour s'excuser ou te souhaiter un joyeux Noël, alors pourquoi ?

— Elle a probablement besoin d'argent. C'est la seule raison pour laquelle elle me contacte. Bref, assez parlé de tout ça. On passe une journée très agréable, je refuse que ma mère vienne la gâcher.

Elle était déterminée à empêcher que cela arrive. Elle ne pouvait pas contrôler les actes de sa mère, mais elle pouvait contrôler ses propres réactions.

Ils déjeunèrent en prenant tout leur temps, avant de quitter le pub et sa douce chaleur.

Elle passa le bras sous celui de Miles.

— Quelle est notre prochaine activité ?

— Le patin à glace.

Ils se dirigèrent vers la petite patinoire qui avait été installée au bord du village et observèrent la scène pendant quelques minutes. Des enfants tournant sur la surface gelée avec des parents aux jambes tremblantes.

Une femme portant un bonnet bleu perdit l'équilibre et tomba lourdement sur les fesses, arrachant une grimace à Imogen.

— Ouille !

— Hmm. Lissa pensait que ce serait romantique, marmonna Miles. Je ne sais pas pourquoi. On pourrait tous les deux finir à l'hôpital. Elle pensait probablement que patiner nous donnerait l'occasion de nous tenir la main, mais vu qu'on le fait depuis plusieurs heures, je ne suis pas convaincu qu'on ait besoin d'en arriver à de tels extrêmes. À moins que tu ne meures d'envie de montrer tes talents de patineuse ?

— Je ne sais absolument pas patiner. Passons à l'activité suivante.

Ils reprirent la route, s'enfonçant dans la campagne.

Le temps qu'ils franchissent le portail d'une demeure d'époque, il faisait nuit.

— Ce ne sera pas fermé ?

— L'intérieur, si. Ce n'est pas grave puisque nous allons suivre le parcours des lumières. Je crois qu'officiellement, on l'appelle « le parcours enchanté » donc si tu ne te sens pas enchantée, je demanderai un remboursement. Un de mes clients m'en a parlé. Je me suis dit que c'était un élément incontournable de notre journée sur le thème de Noël.

Imogen en fut touchée. Il s'était vraiment donné du mal pour organiser tout cela. Lorsqu'elle sortit de la voiture, elle ne put qu'approuver son choix.

Main dans la main, ils passèrent devant des vendeurs de chocolat chaud et de marshmallows grillés, puis empruntèrent un sentier éclairé par des lanternes à travers les jardins. Ils traversèrent des tunnels de lumières féeriques, contemplèrent un lac illuminé par des lasers de différentes couleurs.

Imogen avait passé la majeure partie de sa vie à essayer d'ignorer Noël. Pour elle, c'était un mauvais moment à passer avant que la vie reprenne son cours début janvier. Or ici, entourée de lumières et de sapins, d'enfants excités et baignant dans une ambiance des plus enchanteresses, elle comprenait enfin pourquoi nombre de gens adoraient cette période de l'année. Elle-même découvrait qu'elle l'adorait.

— C'est beau.

Elle pencha la tête en arrière, admirant les flocons de neige argentés et les étoiles lumineuses au-dessus de sa tête.

— Je suis absolument enchantée. Aucun remboursement nécessaire.

— Par chance, on a de la vraie neige.

— C'est vrai.

La lumière scintillante nimbait la neige de couleurs irisées, accentuant la magie du paysage.

Ils suivirent le sentier neigeux pour s'enfoncer dans les bois, où des arbres brillaient de différentes couleurs.

Des rires leur parvinrent, mais ils étaient seuls, bercés par une lueur intime et douce, cachés aux regards par des branches couvertes de neige. Quand il baissa la tête pour l'embrasser, Imogen se hissa sur la pointe des pieds pour venir à sa rencontre.

Bien que les lèvres de Miles soient froides, son baiser, lui, était chaud et langoureux. Une vague de plaisir l'envahit, la sensation si intense et inattendue qu'elle aurait perdu l'équilibre s'il ne l'avait pas tenue. Pas un seul instant elle ne songea à s'écarter. Au contraire, elle enroula les bras autour de son cou pour se rapprocher. L'embrasser était si naturel qu'elle se demanda si la forêt était en effet enchantée.

L'union lente et séductrice de leurs bouches était bien plus qu'un simple baiser. C'était un prélude délicieusement érotique. Une promesse.

Entendant du bruit, Miles leva la tête à contrecœur mais garda les bras autour d'elle, la tenant serrée jusqu'à ce que les enfants soient passés et qu'ils se trouvent à nouveau seuls.

Elle s'appuya contre son torse, attendant que son pouls redevienne régulier.

Embrasser Miles lui avait donné l'impression de découvrir quelque chose sur elle-même, comme si ce moment signifiait bien plus qu'un interlude romantique sous les étoiles.

Il prit son visage en coupe et l'embrassa de nouveau.

— Si tu as eu ta dose d'activités de Noël, je pourrais te ramener chez toi, murmura-t-il contre ses lèvres. Et peut-être que tu pourrais m'inviter à entrer ?

Quelque chose dans ses yeux et son intonation lui coupa le souffle.

D'une certaine manière, elle l'avait déjà invité à entrer. Elle lui avait confié des choses qu'elle n'avait jamais révélées à quiconque ; s'était ouverte et l'avait laissé voir qui elle était vraiment.

Il n'y avait aucun faux-semblant entre eux. Pas de mensonges. Rien que la vérité et l'honnêteté.

Et maintenant elle était là, dans ce paysage hivernal féerique, sur le point de vivre l'une des nuits les plus authentiques sa vie.

Elle n'hésita pas.

— Allons-y.

Chapitre 22

Dorothy

— J'ai des nouvelles ! annonça Sara en entrant précipitamment dans la cuisine.

Elle déposa deux sacs de courses débordants sur la table, retira son manteau et le lança sur la chaise la plus proche.

— Tu ne devineras jamais !

— Quoi donc ? Tu as dépensé toutes tes économies au marché de producteurs et tu as besoin d'un prêt ?

Dorothy posa la plaque de tartelettes aux fruits secs qu'elle avait sortie du four, se dépêchant d'attraper les sacs avant que le contenu se renverse par terre.

— Pourquoi fais-tu tes courses là-bas ? Tout coûte une fortune. Pourquoi de telles dépenses ?

— C'est notre façon de participer. Si on passe Noël avec toi, alors on doit contribuer. Entre Patrick et les filles, on mange beaucoup. Et Imogen sera là aussi, et peut-être Miles. Ce n'est pas grand-chose. J'ai acheté les biscuits salés préférés de Lissa qui se marient si bien avec le fromage, tes olives favorites, ces adorables animaux à la pâte d'amande dont raffole Iris. Mais peu importe. J'ai quelque chose de très excitant à te raconter.

— Ah oui ? Quelles sont donc ces nouvelles ?

Dorothy transféra les tartelettes sur une grille pour les faire refroidir.

— Je viens de parler avec Lissa. Pippa l'a appelée hier soir.

Sara enleva son bonnet de laine et repoussa les cheveux qui lui tombaient dans les yeux.

— Devine qui était au marché de Noël hier ?

Dorothy essaya de ne pas sourire.

— Tu ne veux pas vraiment que je perde du temps à deviner, n'est-ce pas ? Je me demande bien à quoi peut nous servir le journal local étant donné que les villageois ont un pouvoir d'observation hors norme.

Sara vibrait d'excitation.

— Pippa a croisé Miles et Imogen. Ils se tenaient la main !

— Je pensais qu'on avait décidé de ne pas interférer ?

— Je n'interfère pas. Disons que je suis extrêmement intriguée.

Dorothy saupoudra les tartelettes de sucre glace.

— Les trottoirs sont glissants en cette période de l'année. Ils se tenaient probablement la main pour éviter de tomber. Y a-t-il quelque chose dans ces sacs qui doit aller au frigo, Sara ?

— Pour éviter de tomber ? Ce n'était pas à cause du verglas, maman. Ils riaient, parlaient, s'amusaient. Ces tartelettes sentent divinement bon. Je peux en goûter une ?

— Plus tard. Je les ai préparées pour Imogen. Elle m'a dit que c'étaient ses préférées.

Elle aurait cuisiné n'importe quoi, du gâteau à six étages à un soufflé (et elle détestait ça), dans le seul but de faire plaisir à Imogen. Elle voulait la gâter. Pour compenser toutes les années où elle en avait été incapable.

— Je suis heureuse d'apprendre qu'ils s'amusaient. Quitte à passer la journée ensemble, autant qu'elle soit agréable.

— Comment savais-tu qu'ils passaient la journée ensemble ?

Sara plissa les yeux.

— Lissa m'en a seulement informée ce matin.

— Attention, Sara, ce ne sont pas tes affaires.

— Bon, c'est vrai. Je me mêle de ce qui ne me regarde pas. De toute façon, ils n'ont pas l'air d'avoir besoin d'un entremetteur.

Ils se débrouillent très bien tout seuls, sans aucune aide de notre part. Dis-moi comment tu l'as su !

— Miles m'a dit qu'il avait prévu une journée d'activités festives pour Imogen. Un tour au marché de Noël, une balade à la campagne, un déjeuner au pub, et ensuite, le sentier des lumières. J'ai trouvé l'idée charmante. Très romantique. Idéale pour Imogen. Pour une fois, elle va profiter pleinement des fêtes. Cette histoire de pizza à la dinde m'a donné froid dans le dos.

Elle commença à vider les sacs de Sara.

— J'ai le sentiment qu'elle ne s'est pas suffisamment amusée dans la vie. Elle était trop focalisée sur la sécurité financière qui lui permettrait d'être indépendante.

Imogen ne s'était pas étendue sur le sujet, toutefois elle en avait dit assez pour que Dorothy en déduise qu'elle n'avait pas eu une vie facile. Et elle se sentait à la fois coupable et frustrée à ce sujet.

— Attends... Miles te l'a dit ?

Sara la fixait.

— Quand ?

— Il est passé en coup de vent très tôt hier matin pour boire un café. On a un peu discuté, ce qui n'a rien d'inhabituel en soi.

— Et tu ne me l'as pas dit ?

— On ne s'est pas vues hier. De plus, je ne répète jamais ce que Miles me confie. Comme tu le sais, je suis une sorte de figure maternelle pour lui. J'aime me dire que je remplace cette pauvre Sheila.

Le cœur de Dorothy se serra comme elle pensait à son amie.

— Je ne voulais pas attirer l'attention sur eux au risque de les mettre mal à l'aise.

— D'après Pippa, ils n'en sont plus à ce stade. J'espérais vraiment qu'ils passeraient la nuit ensemble, mais sa voiture n'était pas là ce matin quand j'ai emmené les filles à l'école. Dommage. Une lumière était allumée dans le chalet, donc Imogen était à l'intérieur. Ce qui signifie qu'elle n'a pas passé la nuit chez lui.

Sara s'arrêta pour reprendre son souffle.

Ralph choisit cet instant pour arriver en courant, une des pantoufles de Dorothy dans la gueule. Le regard de Sara navigua entre le chien et sa mère.

— Ralph est ici ? Pourquoi est-ce que Ralph est ici ?

— Je l'ai gardé hier pendant leur rendez-vous. Miles ne voulait pas le laisser seul aussi longtemps. Sage décision vu les dégâts que ce chien peut causer.

Elle se baissa pour le caresser.

— Mais tu as été un bon garçon, hein ? Oh oui, tu as été sage. Tu veux bien me rendre ma pantoufle, s'il te plaît ?

Ralph la laissa tomber à ses pieds en remuant la queue.

Sara fronçait les sourcils.

— Pourquoi a-t-il passé la nuit ici ? Pourquoi est-ce que Miles ne l'a pas récupéré quand il a ramené Imogen au cottage ?

— Il devait être tard, il n'a pas osé me déranger. Avoir Ralph à la maison ne m'a pas gênée. C'est un amour. Je me demande toutefois pourquoi il voulait dormir dans mon lit avec moi. Je suis certaine que Valerie ne l'a jamais laissé entrer dans sa chambre donc j'ai été surprise.

Dorothy frotta le sommet de la tête de Ralph.

— Je ne sais pas où il a pris cette habitude.

— Tu penses que Miles a passé la nuit avec Imogen mais a caché sa voiture ?

— Seigneur, pourquoi cacherait-il sa voiture ?

Dorothy se redressa.

— Ce sont des adultes consentants. S'ils ont choisi de passer la nuit ensemble, alors c'est leur choix. J'ai invité Valerie à se joindre à nous pour le repas de Noël. Je ne voulais pas qu'elle soit seule, et elle est de compagnie très agréable. Elle a toujours des anecdotes datant de l'époque où elle était pharmacienne sur les « habitudes de consommation médicamenteuses » des gens, comme elle les appelle. J'espère que Patrick et toi n'y verrez pas d'inconvénient. Ellen la conduira.

— À cette allure, le village entier va passer Noël ici. Cela ne me dérange pas. Quant à Miles et Imogen, je ne juge pas. J'aimerais tellement que ça marche entre eux !

Sara piqua une tartelette sur la grille.

— J'aime Miles comme un frère. J'ai envie qu'il soit heureux. Mais Imogen vit à Londres, et Miles ne déménagera pas d'ici, alors comment leur histoire pourrait-elle fonctionner sur le long terme ?

— Je ne sais pas. Ce ne sont pas mes affaires. Les tiennes non plus, d'ailleurs.

Sara mordit dans la tartelette et ferma les yeux.

— Quel délice ! Remarque, Londres n'est pas si loin.

— Sara !

— Quoi ? Pardon. Je réfléchissais à voix haute.

— Sois plus discrète.

Dorothy lui adressa un regard sévère.

— Je sais d'expérience qu'il ne sert à rien de jouer les entremetteurs ou d'interférer de quelque façon que ce soit. À l'arrivée d'Imogen, comporte-toi normalement. Ne la bombarde pas de questions.

— J'essaierai de me retenir, répondit Sara, le sourire aux lèvres. Lissa serait ravie s'ils sortaient ensemble. Elle s'inquiète beaucoup pour lui. Il n'a fréquenté personne depuis le départ de Zara.

— Il a été prudent, c'est vrai. Mais c'est compréhensible. Et comme je l'ai dit, ce ne sont pas nos affaires. Maintenant, cesse d'en parler. Je ne veux pas qu'Imogen arrive et nous trouve en train de ragoter. As-tu terminé tes achats de Noël ?

— Absolument. Et toi ?

— Il me reste à trouver un cadeau pour Imogen. Iris et moi avons choisi des petites choses amusantes pour remplir sa chaussette, mais j'aimerais lui offrir quelque chose de spécial. Aurais-tu une idée de ce qui pourrait lui faire plaisir ?

Sara souriait toujours.

— Hmm, un certain vétérinaire super sexy, peut-être ?

— Sara !

— OK, pardon. Je ne m'en mêlerai pas.

Sara réfléchit.

— Des vêtements ? Non, elle vit à Londres donc elle a sûrement déjà une garde-robe bien remplie. Même ses tenues hivernales sont stylées. Un collier ?

— Je n'y avais pas pensé. Peut-être, répondit Dorothy, pensive. C'est son premier Noël avec nous. Je voudrais lui offrir quelque chose qui symbolise ce nouveau départ ; quelque chose qui lui donne l'impression de faire partie de la famille.

— Je vais continuer de réfléchir, même si, à mon avis, le simple fait d'être présente lui donnera l'impression de faire partie de la famille, dit Sara.

Les chiens sortirent de la cuisine en courant et en aboyant. Dorothy les regarda partir.

— Quelqu'un est arrivé. Imogen, probablement. On ne parle plus de Miles. Ne l'interroge pas sur sa vie amoureuse.

— Motus et bouche cousue, assura Sara.

Imogen entra dans la pièce un instant plus tard, un Ralph au regard adorateur sur les talons.

— Merci beaucoup de l'avoir gardé, Dorothy.

Elle la serra si fort qu'une boule se forma dans la gorge de Dorothy. Tout l'amour qu'elle retenait menaçait de déborder.

— De rien, ça m'a fait plaisir.

Imogen fit des grattouilles à Ralph.

— Est-ce qu'il a été sage ?

— Comme une image.

Dorothy coula un regard vers Ralph, ce qui fit sourire Imogen.

— Il t'a donné du fil à retordre ?

— Eh bien, il n'arrêtait pas de vouloir partager le lit avec moi. Heureusement, une fois qu'on a eu établi que cela n'arriverait pas, il a dormi en bas avec Bailey et tout s'est bien passé.

Imogen rougit.

— C'est ma faute. Je ne lui ai pas vraiment fixé de limites quand il était avec moi.

— Et voilà pourquoi nous n'avons pas de chien, commenta Sara. Deux enfants qui squattent mon lit, ça me suffit. Tu t'es bien amusée hier, Imogen ?

— Je me suis éclatée. J'ai acheté des cadeaux. Un pour Ralph et un pour Bailey. Comme ça, pas de jaloux.

Imogen sortit deux jouets à mâcher en forme d'os de sa poche.

— Le marché de Noël était très animé et le sentier des lumières, absolument féerique. J'y pense encore.

— Par chance, vous avez eu beau temps. La nuit était dégagée. Ça devait être romantique.

Dorothy soupira.

— Sara...

— Oui, c'était romantique.

Imogen s'appuya contre le comptoir, le regard rêveur.

— La journée a été exquise. Normalement j'évite tout ce qui a trait à Noël, mais hier, je me suis laissé porter et j'ai passé des heures inoubliables. Miles est génial.

— Il l'est, confirma Sara. Vraiment.

Imogen regarda Ralph jouer avec l'os.

— Vous saviez qu'il avait demandé conseil à sa sœur pour notre rencard ?

— Eh bien, en fait, je..., commença Sara.

Croisant le regard sévère de sa mère, elle s'interrompit.

— Non. Je ne savais pas. Raconte-nous tout.

Dorothy attrapa une boîte à gâteaux.

— Imogen préfère peut-être garder cela pour elle.

— Non, pas du tout. C'était si incroyable que j'ai envie d'en parler.

Elle leur adressa à toutes les deux un regard d'excuse.

— Pardon. Je n'ai jamais rien ressenti de tel avant. Je ne veux pas vous ennuyer. Vous n'avez sûrement pas envie de connaître les détails.

— Oh que si, crois-moi ! Plus tu nous donnes de détails, mieux c'est ! s'exclama Sara en tirant la chaise près de la sienne. Assieds-toi, Imogen. Mange une tartelette. Elles sont délicieuses. Maman va nous préparer du café pendant que tu nous racontes. Où est Miles, au fait ?

— Il travaille. On l'a appelé à 6 heures du matin.

Imogen s'assit près de Sara.

— Il m'a donné le nom de la ferme en question, mais je l'ai oublié.

— À 6 heures ?

Sara se fendit d'un large sourire. Elle avait compris.

— Il a quitté le cottage à 6 heures ? Voilà qui explique tout.

— Expliquer quoi ?

Dorothy lança un regard d'avertissement à sa fille.

— Pourquoi tu… as l'air un peu fatiguée. Quel dommage que tu aies été réveillée aussi tôt !

— Cela ne me dérange pas. C'est son boulot.

— En effet.

— J'apprécie qu'il s'investisse autant dans son travail. Je suis pareil.

— C'est un type bien. En plus, il est hyper canon…

— Sara ! s'écria Dorothy d'un air de reproche.

Sara adressa un sourire espiègle à Imogen.

— On finira cette conversation quand ta grand-mère aura quitté la cuisine.

— Je ne suis pas prude, se défendit Dorothy, simplement plus respectueuse de l'intimité d'autrui que toi.

— En temps normal, je respecte l'intimité d'autrui, protesta Sara. Mais Imogen fait partie de la famille et, en tant que tante, j'ai le droit de poser des questions.

Dorothy était sur le point de la contredire quand elle vit qu'Imogen rayonnait.

Alors qu'elle s'était creusé la tête pour trouver un cadeau qui donnerait à Imogen l'impression de faire partie de leur famille, Sara avait réussi en le proclamant haut et fort et en posant quelques questions intrusives.

Imogen fait partie de la famille.

Dorothy s'éclaircit la gorge.

— Rappelle-toi, Imogen, dit-elle sèchement, que faire partie de la famille te donne le droit de dire à ta tante bien intentionnée mais entremetteuse de garder ses questions et ses observations pour elle.

Imogen piqua une autre tartelette.

— C'est agréable d'avoir quelqu'un avec qui en parler.

— Dommage que Miles ait dû travailler aujourd'hui, soupira Sara. Mais au moins, l'un de vous a pu se rendormir.

— Pas vraiment. Je me suis levée à 6 heures et lui ai préparé du café ainsi qu'un sandwich au bacon. Il fait froid dehors et vous connaissez son appétit légendaire.

Imogen finit la tartelette.

— Ce sont les meilleures tartelettes que j'ai jamais goûtées, Dorothy. Je serais heureuse de ne plus rien manger d'autre pour le restant de mes jours. Sais-tu comment faire du bœuf bourguignon ? Si oui, tu veux bien m'apprendre ?

— Oui. Mais pourquoi donc ?

Imogen rougit.

— Hier, quand on parlait de nos plats préférés, Miles en a parlé. C'est mon tour de préparer le dîner demain, alors je voudrais lui faire la surprise. J'espère que ça ne te dérange pas, mais je l'ai invité à la pièce ce soir et il a dit oui. Il m'aidera avec Benson.

Dorothy la regarda.

— Miles vient à la pièce de théâtre de l'école ? Tu en es sûre ?

Sara riait.

— Oh ! Imogen, Imogen...

— Quoi ? Je n'aurais pas dû l'inviter ?

— Je l'invite chaque année, dit Dorothy, surtout s'ils veulent faire jouer des animaux. Il refuse toujours.

— Pour sa défense, par le passé, il s'est retrouvé à refuser les avances de mères de famille et esquiver des questions sur les animaux de compagnie, expliqua Sara sèchement. Il pense probablement que s'il est avec toi, il est protégé.

— Ça tombe bien, je suis ceinture noire de jujitsu.

Imogen plia le bras pour faire ressortir son biceps.

— Bien que je doute qu'il ait besoin de ma protection. Il a des muscles, lui aussi.

Sara posa le menton sur sa paume.

— Dis-nous-en plus, Imogen.

— Ignore-la, conseilla Dorothy. Pour en revenir au bœuf bourguignon : l'essentiel est d'avoir de la viande et du vin de qualité. On pourrait aller au marché de producteurs ensemble pour acheter tous les ingrédients, et ensuite le préparer dans ta cuisine du cottage.

— Es-tu sûre d'avoir le temps ?

— Absolument. On augmentera les quantités pour en mettre au congélateur.

Dorothy sélectionna un livre sur l'étagère de la cuisine, qu'elle ouvrit à la bonne page.

— Voici la recette que j'utilise. Je l'adapte légèrement. Tu verras mes notes dans la marge. Il te faut une liste de courses.

Imogen étudia la recette et commença à prendre des notes sur son téléphone.

— Je voudrais qu'il soit vraiment réussi.

— Je demanderai à Patrick de te choisir un bon vin, proposa Sara. Et pourquoi pas des bougies ? Tu en as ?

— Il y en a au cottage.

Imogen esquissa une moue hésitante.

— Pensez-vous que des bougies, ça fera trop ? Je ne veux pas l'effrayer.

— Ce n'est pas le genre de gars qui prend peur facilement. Sauf si tu attends de lui qu'il assiste au spectacle de l'école sans être accompagné. En plus...

Sara se pencha en avant.

— Tout paraît plus beau à la lueur des bougies. Si le plat ne présente pas bien, Miles ne le remarquera pas.

Dorothy lui lança un regard courroucé.

— La nourriture sera parfaite, affirma-t-elle. Veux-tu qu'on garde Ralph ici ?

— Non, ce n'est pas la peine.

Imogen se pencha pour le caresser.

— On adore l'avoir avec nous.

— Eh bien, je suis sûre que Ralph serait heureux de dévorer un bœuf bourguignon, alors assure-toi de ne pas le laisser seul dans la cuisine.

Dorothy attrapa une feuille de papier et un stylo et commença à rédiger une liste de courses.

— La viande sera meilleure si on la fait mariner toute la nuit. Je te propose d'aller faire les courses cet après-midi. As-tu déjà quelque chose de prévu ?

— Emballer les cadeaux de Noël que j'ai achetés hier et me préparer pour la pièce.

Imogen marqua une pause.

— Et je dois aller acheter un timbre.

— Un timbre ? Pour une carte ? Je peux t'en donner un.

Sara ouvrit son sac et en trouva un.

— Je croyais que tu n'envoyais pas de carte.

— En effet. C'est la première fois.

Imogen hésita.

— J'ai reçu un autre appel de Tina.

Le sourire de Sara s'évanouit.

— Oh.

— Je n'ai pas décroché. Je ne voulais pas interrompre mon rencard de rêve.

— Tu as bien fait.

Sara rapprocha sa chaise de celle d'Imogen, posant la main sur son bras.

— A-t-elle laissé un message ?

— Elle me demande simplement de la rappeler, répondit Imogen. Ce qui veut dire qu'elle doit vouloir quelque chose.

Ralph lâcha son os par terre et traversa la pièce pour la rejoindre.

— Vas-tu l'appeler ?

— J'ai failli, ce matin. Non seulement c'est ce que je fais toujours – c'est plus fort que moi –, mais je suis contrariée et je veux obtenir des réponses. Elle a décidé de couper les ponts avec sa famille, et elle nous a imposé cette décision à tous. Elle ne m'a pas donné le choix et à vous non plus.

Imogen caressa la tête de Ralph.

— J'ai envisagé de retourner à Londres pour la journée afin de tambouriner à sa porte pour obtenir des réponses en face à face.

— Si tu veux aller lui parler en personne, alors je viens avec toi, dit Sara immédiatement.

Imogen lui offrit un sourire tremblotant.

— Merci. Tu n'imagines pas ce que ça signifie pour moi d'entendre ça. Mais c'est inutile, puisque je n'irai pas.

Dorothy sentit un immense soulagement. Elle avait eu si peur que l'intervention de Tina sème la zizanie entre elles !

— Ah bon ?

— Non. En discutant avec Miles, j'ai pris conscience qu'obtenir des réponses ne changerait rien à ce que je ressens. Il n'y a rien qu'elle puisse dire qui modifierait quoi que ce soit, donc d'une certaine façon, ses raisons n'ont pas d'importance. Ce qui est fait est fait. C'est le passé. Je préfère me concentrer sur le présent.

— Vas-tu la rappeler ?

— Non. Je lui ai écrit une carte de vœux. Ma première carte de vœux.

Imogen sourit à demi.

— À l'intérieur, je lui explique que je vous ai rencontrées, que vous comptez pour moi, et qu'à partir de maintenant vous ferez partie de ma vie. Je lui propose de me contacter si elle souhaite être présente et développer une vraie relation mère-fille, en précisant toutefois que pour cela, elle devra arrêter de me tenir, de vous tenir pour responsables de ses échecs, et commencer à assumer ses erreurs. Bien entendu, j'adorerais qu'elle me présente des excuses, qu'elle exprime des regrets, mais je sais que cela n'arrivera pas à moins d'un miracle. Je ne me fais aucune illusion.

Dorothy fut impressionnée. Son respect pour Imogen grandit encore.

— Tu es vraiment incroyable.

Sa voix se brisa un peu et Imogen fit la grimace.

— Pas du tout, dit-elle. J'aurais dû le dire il y a des années, mais je ne pouvais supporter l'idée de couper les ponts avec la personne que je croyais être ma seule famille, même si elle ne s'intéressait à moi que pour mon argent. J'aurais aimé agir différemment, mais je ne vais pas me tourmenter avec ça. J'ai fait ce qui semblait juste à ce moment-là, et parfois, c'est tout ce que l'on peut faire.

J'ai fait ce qui semblait juste à ce moment-là.

La gorge de Dorothy se serra. C'était vrai pour elle aussi. Elle avait fait ce qui lui semblait juste sur le moment. Et depuis, elle n'avait eu de cesse de culpabiliser.

C'en était fini. Elle avait toujours cru aux secondes chances. Peut-être était-il temps qu'elle s'en donne une.

Elle allait suivre l'exemple d'Imogen et laisser le passé à sa place.

Elle allait se pardonner les erreurs qu'elle avait pu commettre et cesser de se rendre malade à cause des choix égoïstes de sa fille aînée.

Au lieu de regretter toutes ces années loin d'Imogen, elle se réjouirait de celles qu'ils avaient devant eux.

Et soudain, elle sut exactement ce qu'elle allait offrir à Imogen pour Noël.

Chapitre 23

Imogen

Imogen chargea soigneusement ses cadeaux à l'arrière de la voiture. Elle avait passé des heures à les emballer dans du papier aux couleurs joyeuses en pliant méticuleusement les coins, faisant des nœuds élaborés avec du ruban brillant, et elle n'allait pas prendre le risque de ruiner son dur labeur maintenant. C'était un peu ridicule de prendre la voiture pour se rendre chez Dorothy qui habitait tout près, toutefois il n'y avait aucune autre façon de transporter les cadeaux. De plus, elle s'était offert une nouvelle robe dans l'une des boutiques du village, et celle-ci n'était pas faite pour marcher dans la neige.

Elle était partie du principe qu'elle irait avec Miles, mais après avoir passé un réveillon de Noël romantique, à siroter du champagne et à parler de tout et de rien comme ils semblaient le faire chaque fois qu'ils étaient ensemble, il avait disparu avant le lever du jour.

À moitié endormie, elle l'avait entendu lui souhaiter un joyeux Noël, mais le temps qu'elle émerge, il était parti, et Ralph aussi.

Il avait laissé un mot sur la table de la cuisine l'informant qu'il avait des choses à faire et qu'il la retrouverait chez Dorothy.

Elle avait déjà hâte de le revoir, bien que quelques heures à peine se soient écoulées. Ils avaient passé chaque moment libre ensemble depuis leur premier rencard, et elle n'avait jamais été aussi heureuse.

Elle finit de charger la voiture, verrouilla le cottage puis remonta prudemment le chemin recouvert de neige jusqu'à la maison.

Dorothy l'avait invitée à dormir chez elle pour le réveillon, mais étant donné qu'Ava et Iris seraient là, Imogen et Miles avaient décidé que ce serait plus approprié qu'ils passent la nuit au cottage. Elle avait conscience qu'il ne restait plus beaucoup de temps avant son retour à Londres, aussi elle voulait profiter de Miles le plus possible.

— Imogen !

Sur le seuil, Ava lui adressait de grands gestes excités. Elle portait une robe rouge avec des collants verts, ses joues étaient rosies par l'excitation et elle avait déjà des traces de chocolat autour de la bouche.

— Je vais t'aider avec tes cadeaux.

— Ne la laisse pas faire, conseilla Iris en apparaissant près d'elle. Soit elle les fait tomber, soit elle les ouvre.

— C'est pas vrai, protesta Ava.

— On va toutes aider Imogen, décréta Sara en sortant de la maison.

Elles déchargèrent la voiture toutes ensemble, apportant les paquets à l'intérieur.

— Où est Miles ?

— C'est un mystère. Il a marmonné quelque chose au sujet d'un animal.

— Il nous a prévenus qu'il était de garde, se rappela Sara.

Ava écarquilla les yeux.

— Oh, non ! Vous croyez qu'un des rennes du père Noël est malade ? Ils doivent être vraiment fatigués après avoir fait le tour du monde.

— C'est possible, en effet, répondit Sara.

Elle ferma la porte d'entrée et elles déposèrent les cadeaux d'Imogen sous le sapin.

Comme celle-ci retirait son manteau, Ava poussa un cri.

— Tu brilles ! Maman, regarde !

— Oui, je vois.

Sara recula pour admirer Imogen.

— Cette robe est superbe.

— Tu ressembles à l'étoile sur le sapin. Tout argentée.

Ava toucha la robe d'Imogen délicatement d'un air émerveillé.

— Je peux avoir la même ?

— Une fashionista à six ans, s'esclaffa Patrick.

Il fit la bise à Imogen.

— Pauvre de moi. Pauvre compte en banque.

— Je ne suis pas sûre que la robe existe dans ta taille, dit Imogen à Ava. On ira se renseigner.

Elle craignait d'être trop habillée, mais Sara s'était apprêtée elle aussi, portant une robe élégante en velours bleu nuit. Ses cheveux étaient relevés en un chignon flou. Son clin d'œil à Noël était la paire de rouges-gorges en argent qui pendait de ses oreilles et qui attrapait la lumière chaque fois qu'elle bougeait.

Imogen hissa Ava dans ses bras, tandis que la fillette s'accrochait à son cou.

— Alors, est-ce que le père Noël est passé ?

Elle débordait d'affection pour la petite fille.

— Ta chaussette était-elle remplie ?

— Oui ! J'ai reçu beaucoup de cadeaux. Je te les montrerai. Et du chocolat. Je l'ai déjà mangé.

— Je vois ça.

— On peut ouvrir tes cadeaux maintenant ?

Ava se tortilla pour descendre, courut jusqu'au sapin et commença à secouer et tripoter les paquets qu'Imogen avait apportés.

Celle-ci pouvait sentir son excitation, ainsi que celle d'Iris et des adultes. L'anticipation flottait dans l'air.

— Si tu en ouvrais un maintenant, et le reste plus tard ? proposa-t-elle.

— Oui !

Ava lut les étiquettes soigneusement puis en tendit un à sa sœur.

— Celui-là est pour Iris.

Les joues roses, la fillette sourit à Imogen.

— Merci.

Elle s'assit et défit soigneusement le ruban.

Ava, pendant ce temps, arrachait l'emballage du sien, pressée d'en connaître le contenu.

— C'est un alpaga ! annonça-t-elle en le brandissant. Je l'adore ! Je veux le montrer à Benson.

Elle était sur ses pieds et avait traversé la moitié du salon quand Sara l'arrêta.

— Qu'est-ce que tu dis à Imogen ?

— Merci.

Ava revint en courant pour déposer un baiser chocolaté sur la joue d'Imogen.

— Je vais l'appeler Benson.

— Mamie va apporter à manger, dit Sara. Tu le montreras à Benson plus tard.

Dorothy entra dans la pièce chargée d'un plateau de cafés et de biscuits à la cannelle faits maison.

— J'ai pensé que vous auriez besoin d'énergie pour déballer tous ces paquets.

Apercevant Imogen, elle sourit.

— Tu es là !

— Je viens d'arriver. Joyeux Noël !

C'était étrange de prononcer ces mots. Jusqu'à aujourd'hui, elle n'avait jamais eu personne à qui les dire.

— Joyeux Noël !

Dorothy posa le plateau et fit un gros câlin à Imogen.

— Noël, c'est vraiment trop cool, comme dirait Ava.

— Mamie, regarde !

Ava agita son alpaga. Dorothy l'admira, tout en distribuant le café aux adultes.

Ils avaient ouvert la moitié des cadeaux et dévoré presque tous les biscuits à la cannelle le temps que Miles apparaisse sur le seuil.

Le cœur d'Imogen rata un battement.

Le voir la rendait si heureuse...

Était-ce de l'amour ? C'était impossible, n'est-ce pas ? Pas après un temps si court. Il y avait pourtant quelque chose entre eux, c'était indéniable. Quelque chose d'important. D'excitant et de beau.

Miles soutint son regard pendant quelques secondes, intimes, avant qu'il reporte son attention sur Ava, qui lui tirait le bras.

— Entre, Miles.

Dorothy désigna une place sur le canapé.

— Ellen et Valerie arrivent à midi, on va donc ouvrir nos cadeaux maintenant, mais j'ai besoin de dix minutes en cuisine avant cela.

Imogen voulut demander à Miles où était Ralph, mais il discutait avec Patrick d'un livre qu'ils avaient lu tous les deux. Aussi elle suivit Dorothy dans la cuisine avec Sara.

— Que puis-je faire pour aider ?

— Rien du tout, répondit Dorothy. Tu es une invitée. Sara ? Pourrais-tu éplucher d'autres pommes de terre et des panais, s'il te plaît ? Je crains de ne pas en avoir préparé assez. Miles et Patrick mangent tellement ! Je ne veux pas que quiconque reste sur sa faim.

— Aucune chance que cela arrive. Et Imogen n'est pas une invitée, elle fait partie de la famille.

Sara lui tendit un épluche-légumes.

— Tu t'occupes des patates, je me charge des panais.

Imogen rit. Qui aurait cru que recevoir un épluche-légumes la rendrait si euphorique ?

— À tes ordres, tante Sara.

Cette dernière grimaça.

— Tu me fais me sentir vieille. À la réflexion, tu ne devrais peut-être pas éplucher des patates dans cette robe argentée.

— Ça ne me dérange pas.

— Tu es absolument ravissante. Tu as vu l'expression de Miles quand il a découvert ta robe ?

Sara fit un clin d'œil à Imogen.

— Il voulait te déshabiller.

Il l'avait déshabillée de nombreuses fois la semaine passée, toutefois elle ne le leur dit pas.

Elle découvrait qu'il y avait des choses qu'on ne partageait pas, même avec sa famille.

Elles travaillèrent côte à côte dans la cuisine jusqu'à ce que Dorothy soit satisfaite, puis elles retournèrent dans le salon, où Ava était déchaînée.

— Tout est sous contrôle dans la cuisine, déclara Dorothy, alors passons un moment ensemble avant que nos invitées arrivent. Je pense qu'il est temps pour Imogen d'ouvrir quelques-uns de ses cadeaux.

— Ava et moi allons te les chercher, Imogen.

Excitée, les joues rouges, Iris se faufila sous le sapin avec sa sœur, vérifiant les étiquettes et ressortant avec des boîtes de différentes formes et tailles.

Imogen observa les paquets, un peu gênée.

Une chaussette avec son nom cousu dessus fut placée sur ses genoux, raide et débordante de présents.

Émue, elle la tâtonna.

— C'est...

Elle déglutit.

— Ma première chaussette.

— Quoi ? s'écria Ava, stupéfaite. Pourquoi ? Le père Noël n'avait pas ton adresse ? Tu ne lui as pas écrit ?

— Non, jamais.

— Jamais ? À partir de maintenant, on lui écrira ensemble.

Ava se jeta sur le canapé à côté d'Imogen.

— Tu veux que je t'aide à les ouvrir ?

Quelques semaines plus tôt, elle redoutait un Noël en solitaire. Mais aujourd'hui, elle était entourée de ses proches, de cadeaux, et envahie d'une douce chaleur qu'elle n'avait pas ressentie depuis longtemps.

— J'adorerais.

— Je vais t'aider aussi.

Iris s'assit de l'autre côté.

— Tu es trop lente ! s'écria Ava.

Elle fourra un cadeau dans les mains d'Imogen, qui le déballa en riant. Puis un autre et encore un autre, jusqu'à ce qu'elle se sente complètement bouleversée par leur générosité.

Ensuite ils ouvrirent les cadeaux venant d'elle. Chaque fois qu'ils la remerciaient et s'émerveillaient, son cœur s'envolait. Elle était reconnaissante envers Miles pour leur virée shopping, et pas seulement parce que ç'avait été l'un des jours les plus heureux de sa vie.

Elle n'avait pas eu de réponse de sa mère à la carte de vœux, mais cela n'avait pas d'importance. Peut-être que Tina la contacterait, peut-être pas. Imogen savait qu'avec le soutien de Dorothy, Sara et Miles, quoi qu'il se passe, elle arriverait à le surmonter.

— Au fait, ceci est arrivé pour toi hier par coursier.

Sara lui tendit une grande boîte.

— Elle vient de Londres.

Londres ?

Perplexe, Imogen ouvrit la boîte. À l'intérieur, elle découvrit une carte signée par Rosalind, Anya, Janie, Sophie ainsi que le reste de l'équipe.

> Joyeux Noël, Imogen ! Tu nous manques. On a hâte de te retrouver – on en a marre de faire ton travail à ta place !

Imogen déglutit.

Tu nous manques.

Sa bouche s'assécha. Quand elle avait envoyé la carte de vœux à sa mère, elle en avait également adressé une à ses collègues, accompagnée d'une lettre qui leur racontait tout. Révéler la vérité par écrit avait été plus facile. Elle appréhendait leur réponse, et voilà qu'elle recevait une carte adorable.

— Il y a un cadeau.

Ava plongea la main dans la boîte et en sortit un jouet en peluche.

— C'est un chien ! Il est trop beau, mais pas autant que l'alpaga que tu m'as offert ! Il ressemble un peu à Ralph.

— Ce n'est pas pour toi.

Iris l'arracha des mains de sa sœur pour le tendre à Imogen.

Le chien en peluche ressemblait effectivement à Ralph, sauf qu'autour de son cou se trouvait un collier sur lequel était inscrit « Midas ».

Elle sourit. Pour la première fois, elle se sentait confiante. Tout allait s'arranger.

Ils avaient accepté ses explications. Ils l'avaient acceptée, elle.

Elle jeta un regard à Miles, la seule personne à être au courant de ses tribulations avec ses collègues.

Il lui rendit son sourire.

— C'est le format de chien idéal. Tu pourras l'emmener partout et tes factures vétérinaires ne seront pas trop élevées.

— Maintenant, c'est mon tour.

Dorothy tenait un petit paquet joliment emballé dans les mains.

— J'ai longtemps réfléchi à ce que je pourrais t'offrir, Imogen. C'est notre premier Noël en famille alors je voulais trouver le cadeau idéal. Quelque chose dont tu te souviendrais toujours.

Imogen fut touchée.

— Je me rappellerai toujours aujourd'hui.

Le contraire était impossible.

— Je n'ai pas besoin de cadeau pour ça.

— Eh bien, j'espère que celui-ci te plaira.

Dorothy lui remit le cadeau. Imogen le déballa soigneusement, se demandant ce que cela pouvait bien être.

À l'intérieur, elle trouva une clé. Elle la leva, déconcertée.
— Une clé ?
— C'est la clé de Holly Cottage, expliqua Dorothy d'une voix rauque. Le cottage est à toi, ma chérie. Je sais que tu vis à Londres et que ta vie est là-bas, mais j'ai pensé que si tu avais un endroit à toi ici, tu viendrais passer quelques week-ends avec nous. Tu pourrais même faire du télétravail, si Rosalind le permet. Ou mieux encore, viens travailler pour nous. Tes compétences nous seraient fort utiles.
Imogen était silencieuse. Elle était incapable de parler.
— Aucune pression, intervint rapidement Sara. On sait que tu es très occupée et qu'une fois de retour au travail, tu seras de nouveau sous l'eau. Tu n'auras probablement même pas le temps de penser à nous. Mais lorsque tu voudras t'éloigner de Londres, tu pourras venir ici. Et pour que les choses soient claires : ce n'est pas parce que tu fais partie de la famille que tu es obligée de rejoindre l'entreprise familiale.
Rejoindre l'entreprise familiale.
— Je ne sais pas quoi dire, bredouilla Imogen.
Ses yeux s'emplirent de larmes et elle cligna des paupières plusieurs fois pour les empêcher de couler. Elle passait une journée merveilleuse et elle ne voulait pas perturber ses petites cousines. Elle était heureuse. Incroyablement heureuse.
— C'est un cadeau extrêmement généreux.
Il représentait bien plus que des briques et du mortier, et elle avait le sentiment que Dorothy le savait.
Sa grand-mère ne lui offrait pas simplement un cottage, elle lui offrait de la sécurité.
Pour la première fois de sa vie, elle avait un filet de sécurité.
Pour la première fois de sa vie, elle n'était pas seule.
— Je viendrai vous voir aussi souvent que possible.
Imogen resserra les doigts autour de la clé.
— J'ai déjà décidé de changer ma façon de travailler à mon retour.

Après avoir longuement réfléchi, elle avait envoyé un mail à Rosalind quelques jours plus tôt. À sa grande surprise, Rosalind l'avait aussitôt appelée. Elle savait que sa cheffe avait eu connaissance de la lettre qu'elle avait écrite pour ses collègues, donc il n'y avait plus de secrets.

Elles avaient eu une conversation franche pendant laquelle Imogen lui avait avoué qu'en effet, elle avait frôlé le burn-out. Elle savait qu'elle devait trouver une façon de travailler qui lui permettait de donner le meilleur d'elle-même sans tomber dans l'excès. Elle voulait également passer plus de temps avec Miles. Rosalind lui avait proposé un compromis. Imogen pourrait travailler de la maison chaque fois que cela collait avec son planning (par chance, RPQ avait plusieurs clients dans les Cotswolds) et elle apprendrait à déléguer, pour ne pas devoir prendre part à chaque événement. Rosalind n'avait pas mentionné sa lettre, ni le quiproquo embarrassant concernant Midas. Imogen s'était sentie terriblement honteuse, mais maintenant qu'elle avait reçu ce cadeau drôle et attentionné de la part de ses collègues, elle se sentait beaucoup mieux.

Elle retournerait travailler en janvier et ce serait l'occasion de prendre un nouveau départ. De travailler différemment.

Pour l'heure, cela lui suffisait. Mais peut-être qu'un jour, elle envisagerait de rejoindre l'entreprise familiale.

Elle regarda Dorothy.

— Tu ne vas pas le croire. J'allais justement te demander si je pouvais réserver Holly Cottage pendant quelques semaines l'année prochaine.

— De cette façon, tu n'auras rien à réserver. D'ailleurs, je préfère que tu t'y sentes chez toi plutôt que de le louer.

Chez toi.

Elle s'imagina buvant son café matinal dehors au printemps, entourée de jonquilles et de tulipes, des agneaux dans les champs au-delà. L'été, elle traverserait les champs pour se rendre au village. Elle passerait du temps à la librairie, retrouverait Miles pour déjeuner au pub.

Elle travaillerait au bureau de la chambre d'amis, qui donnait sur la campagne luxuriante, et emmènerait Ralph se promener pendant sa pause déjeuner si Miles le lui permettait.

— Je ne sais pas quoi dire.

Chamboulée, elle se leva et enlaça Dorothy.

— Merci. Tu n'imagines pas ce que ce cadeau représente pour moi. Je viendrai ici si souvent que tu regretteras de t'être montrée si généreuse.

— Jamais.

Dorothy serra Imogen puis la relâcha avant de s'éclaircir la gorge.

— Allez. Si tous les cadeaux ont été ouverts, place au déjeuner. Iris, Ava, vous pouvez aller vérifier que rien ne manque sur la table ?

— Une minute, intervint Miles. L'ouverture des cadeaux n'est pas tout à fait finie. J'ai quelque chose pour Imogen.

Elle s'était attendue à un bonnet en laine, aussi fut-elle surprise quand il sortit de la pièce. Elle entendit le son de la porte d'entrée qui s'ouvrait, le claquement d'une portière de voiture, puis un aboiement familier.

Ralph entra en trombe dans la pièce et s'arrêta devant Imogen, affichant une expression d'adoration.

Ava fronça les sourcils.

— Pourquoi Ralph a un gros nœud rouge autour du cou ?

— Parce que je serais accusé de cruauté animale si j'essayais de l'emballer dans du papier.

Miles s'accroupit à côté du chien et regarda Imogen.

— Je sais que tu ne peux pas le ramener à Londres, mais je sais également combien tu l'aimes. Et il t'aime, lui aussi.

La façon dont Miles la regardait lui fit se demander l'espace d'un instant s'il parlait uniquement du chien. Mais ce n'était pas le moment de se poser cette question. Sa famille entière suivait la scène, fascinée. Elle vit Sara sourire d'un air entendu et échanger des regards signifiant « Je te l'avais dit » avec Patrick. Même Dorothy les observait avec curiosité.

La queue frétillante, Ralph posa la patte sur la jambe d'Imogen.

— Attention à ta robe ! s'écria Sara, horrifiée.

Mais Imogen se fichait bien de la robe.

— C'est vrai que je l'aime.

Que suggérait Miles exactement ?

— Voici ce que je te propose...

Miles prit sa main.

— On a la garde partagée. Il vit avec moi la semaine, et quand tu es ici, que tu dormes chez moi ou à Holly Cottage, puisque cela semble être ta nouvelle demeure, il reste avec toi. Il est à toi. À nous.

À nous.

Miles et elle. Ensemble.

Elle ne savait pas du tout comment un tel arrangement pourrait fonctionner, mais elle était convaincue qu'ils trouveraient un moyen. Et bien qu'elle sache qu'il était bien trop tôt pour penser sur le long terme, peut-être qu'un jour, ils vivraient sous le même toit.

— C'est parfait.

— Bien.

Il soutint son regard.

— Il n'y a qu'une seule règle.

— Ah bon, il y a une règle ?

— Oui. Tu promets de ne pas le laisser dormir sur le lit.

Elle était si heureuse qu'elle ne put s'empêcher de le taquiner.

— Même quand il me regarde avec des yeux tristes ?

— Surtout à ce moment-là. Il est important qu'il sache qui est le boss.

— C'est Ralph, le boss, dit-elle en enlaçant le chien.

Miles lui adressa un sourire en coin puis déposa un petit paquet sur ses genoux.

— En attendant de peaufiner les détails, je t'ai acheté ceci.

— On ne dirait pas un bonnet en laine.

Elle l'ouvrit, découvrant une photo de Ralph et elle dans la neige quelques jours plus tôt, encadrée. Elle levait le visage vers l'appareil en souriant, les bras autour du chien, son sourire si immense qu'elle se reconnut à peine.

— C'est pour ton bureau, déclara-t-il d'une voix douce. Tout le monde devrait avoir une photo de son chien sur son bureau.

Elle ressentit tant d'émotion qu'elle fut momentanément incapable de parler.

— Je suis quand même déçue que ce ne soit pas un bonnet en laine, plaisanta-t-elle finalement, déclenchant des éclats de rire.

— Oh ! vous allez me faire pleurer ! Allez. On devrait vraiment se préparer, intervint Sara. Maman a invité la moitié du village pour le déjeuner. Mais d'abord, portons un toast.

Patrick entra dans la pièce avec un plateau sur lequel étaient disposés des verres de vin. Tout le monde se servit.

Sara leva le sien.

— À Imogen. Et à la famille.

Elle sourit à ses filles et à Patrick.

— Joyeux Noël !

Imogen leva son verre aussi, craignant que Ralph ne le fasse valser d'un coup de queue.

— Joyeux Noël.

Plus elle passait de temps à Winterbury, plus elle comprenait pourquoi cette période de l'année était spéciale pour tant de personnes.

Là, entourée des membres de sa famille, elle baignait dans un cocon d'amour et de bonheur. Apprendre à les connaître avait été comme assembler les pièces d'un puzzle et découvrir une image. Et maintenant, elle réalisait qu'elle était une pièce de ce puzzle. La pièce manquante.

Et elle était parfaitement à sa place.

Remerciements

Publier un livre demande un véritable travail d'équipe et j'ai la chance d'avoir des équipes éditoriales excellentes. Je tiens à remercier les incroyables Margaret Marbury et Susan Swinwood ainsi que le reste de l'équipe chez Canary Street Press de travailler si dur pour mettre mes livres entre les mains des lecteurs. Lisa Milton, Manpreet Grewal et toute l'équipe de HQ Stories me soutiennent depuis le début et c'est grâce à leur dur travail, à leur créativité et leur enthousiasme que de plus en plus de lecteurs découvrent mes ouvrages. Atteindre la place tant convoitée de numéro 1 de la liste des best-sellers du Sunday Times avec *The Christmas Book Club* a été une superbe consécration, et c'est eux que je dois remercier pour ça. De plus, travailler avec eux est FUN, ce qui ne gâche rien !

Ma talentueuse éditrice, Flo Nicoll, continue d'exercer sa magie sur chaque livre que j'écris. Je travaille avec Flo depuis si longtemps qu'elle est pratiquement devenue un membre à part entière de ma famille. Notre relation autrice/éditrice est idéale. Tous les auteurs devraient avoir autant de chance.

Mon agente, Susan Ginsburg, est tout simplement la meilleure. J'accorde une grande importance à ses conseils avisés et j'adore son sens de l'humour. Je lui suis reconnaissante, ainsi qu'à Catherine Bradshaw et à toute l'équipe de Writers House de continuellement me soutenir.

J'ai la meilleure famille dont on puisse rêver, et pas uniquement car ils m'apportent toujours de la nourriture et du chocolat quand je m'approche d'une date de remise.

Pour finir, un immense merci à vous lecteurs, qui continuez d'acheter mes livres, de m'envoyer de gentils messages, de poster de belles photos sur les réseaux et de m'encourager. J'espère que ce nouveau titre vous plaira.

Avec toute mon affection,

Sarah

Édité par HarperCollins France

Composition et mise en pages
Nord Compo à Villeneuve-d'Ascq

Achevé d'imprimer en septembre 2025.

FIRMIN-DIDOT

à Mesnil-sur-l'Estrée (Eure)

Dépôt légal : octobre 2025.

Pour limiter l'empreinte environnementale de ses livres, HarperCollins France s'engage à n'utiliser que du papier fabriqué à partir de bois provenant de forêts gérées durablement et de manière responsable.

Imprimé en France